Os estranhos fascínios de Noah Hypnotik

TÍTULO ORIGINAL *The strange fascinations of Noah Hypnotik*

Plataforma21 é o selo jovem da VR Editora

DIREÇÃO EDITORIAL Marco Garcia
EDIÇÃO Thaíse Costa Macêdo
EDITORA-ASSISTENTE Natália Chagas Máximo
PREPARAÇÃO Ana Paula Martini
REVISÃO Raquel Nakasone e Flávia Yacubian
DIAGRAMAÇÃO Balão Editorial
ARTE DE CAPA WBYK
DESIGN DE CAPA Theresa Evangelista

Dados Internacionais de Catalogação na Publicação (CIP)
(Câmara Brasileira do Livro, SP, Brasil)

Arnold, David
Os estranhos fascínios de Noah Hypnotik / David Arnold; tradução Guilherme Miranda. – São Paulo: Plataforma21, 2019.
Título original: *The strange fascinations of Noah Hypnotik*
ISBN 978-65-5008-008-2

1. Ficção juvenil I. Título.

19-27571 CDD-028.5

Índices para catálogo sistemático:
1. Ficção : Literatura juvenil 028.5
Cibele Maria Dias - Bibliotecária - CRB-8/9427

VR EDITORA S.A.
Rua Cel. Lisboa, 989 | Vila Mariana
CEP 04020-041 | São Paulo | SP
Tel.| Fax: (+55 11) 4612-2866
plataforma21.com.br
plataforma21@vreditoras.com.br

DAVID ARNOLD

OS ESTRANHOS FASCÍNIOS DE NOAH HYPNOTIK

Tradução
Guilherme Miranda

PLATA FORMA 21

Para minha mãe e meu pai,
por me ajudarem a passar pelo labirinto

ESTA É A ↣ PARTE UM

"Não basta me implicar na minha arte – preciso morrer por ela. E é assim que sei que ela tem valor."

– Mila Henry,

trecho da entrevista ao Portland Press Herald, *1959*

1 ➡ *essa tristeza parece mais pesada embaixo d'água*

Vou prender a respiração e explicar o que quero dizer: descobri a Menina Se Apagando dois meses e dois dias atrás, assim que o verão começou a abrir seu sorriso presunçosamente ensolarado por toda parte. Eu estava com o Alan, como sempre. Tínhamos entrado num daqueles buracos negros do YouTube, que era algo que fazíamos de tempos em tempos. Em geral, detesto o YouTube, principalmente porque o Alan vem com "Só preciso te mostrar uma coisinha, mano", mas uma coisa sempre vira dezessete e, antes que eu me dê conta, estou assistindo a uma lontra usando uma máquina de vendas automáticas, pensando *Que merda estou fazendo da vida?* E veja bem: não sou imune ao charme da lontra, mas em algum momento a gente tem que questionar todas as decisões que nos levaram a ficar sentados num sofá assistindo a uma doninha superestimada apertar H9 para comprar um salgadinho.

Tranquilo, e um pouco triste, mas de um jeito real, flutuando na piscina dos Rosa-Haas – amo muito este lugar.

Eu poderia morar aqui.

A título de esclarecimento: o vídeo da Menina Se Apagando é uma compilação em time-lapse de fotografias, contabilizando pouco mais de doze minutos. O título é *Um rosto, quarenta anos: Uma investigação sobre o processo de envelhecimento* e, embaixo, tem uma legenda que diz:

"Autorretratos diários de 1977 a 2015. Acabei me cansando". (Adoro esta última parte, como se a Menina Se Apagando achasse necessário explicar por que não tinha completado todos os quarenta anos.) No começo, ela deve ter uns vinte e poucos anos, o cabelo é loiro, longo e cintilante, e os olhos brilham como um nascer do sol refletindo em uma cachoeira. Mais ou menos no meio do vídeo, o quarto muda, e presumo que ela mudou de casa, mas, atrás dela, os pertences continuam os mesmos: uma aquarela emoldurada de montanhas, uma estatueta de porcelana do Chewbacca, e elefantes por toda parte. Estátuas, pôsteres, camisetas – pode-se dizer que a Menina Se Apagando tinha uma obsessão por elefantes. Ela está sempre dentro de casa, sempre sozinha e – com exceção da mudança e de uma variedade de cortes de cabelo – ela está igual em todas as fotos: sem sorrir, olhando diretamente para a câmera, todos os dias, durante quarenta anos.

Sempre igual, até que: muda.

Certo, agora preciso respirar.

Adoro este momento: emergir, inspirar, o cabelo molhado sob o sol quente.

Alan fica todo:

– Cara!

O momento seria bem melhor se eu estivesse sozinho, para ser sincero.

– Foi tipo um recorde – diz Val. – Você está bem?

Mais algumas respirações profundas, um sorriso rápido e...

Adoro ainda mais este momento: imergir sob a superfície. Algo em ficar embaixo d'água me permite sentir mais intensamente – o silêncio e a leveza, acho.

É o que mais gosto ao nadar.

As primeiras fotos são polaroides escaneadas, mas, com o avanço do time-lapse e a melhora da resolução, o brilho da Menina Se Apagando começa a diminuir: pouco a pouco, o cabelo vai ficando mais ralo; pouco a pouco, os olhos ficam mais opacos; pouco a pouco, o rosto murcha, a pele definha, a jovem cachoeira reluzente se torna um laguinho escurecido, mais uma vítima na fossa séptica do envelhecimento. E não é que me deixe triste, mas dá uma impressão de tristeza, como ver uma pedra afundar e nunca chegar ao fundo.

Todos os dias durante quarenta anos.

Já devo ter assistido ao vídeo umas cem vezes: à noite antes de dormir, de manhã antes da escola, na biblioteca durante o almoço, no meu celular durante a aula, na minha cabeça durante os intervalos; cantarolo a Menina Se Apagando como se fosse uma música várias e várias vezes e, toda vez que acaba, juro que nunca mais vou assistir de novo. Mas, como o bumerangue humano mais triste do mundo, eu sempre volto.

Doze minutos olhando fixamente para a tela e observando a morte de uma pessoa. Não é violento. Não é imoral nem vergonhoso; nada acontece com ela que não aconteça com todos nós, cada um a seu tempo. Chama-se *Uma investigação do processo de envelhecimento*, mas eu acho uma balela. Aquela menina não está envelhecendo; está se apagando. E não consigo tirar os olhos.

Lá vem, a inevitável cutucada no ombro.

Hora de voltar ao mundo dos vivos.

2 ➡ *o triângulo delicado*

– Que porra é essa, Noah? Você está querendo morrer afogado? – indagou Val, deitada num colchão de ar no meio da piscina, usando óculos de sol gigantes, tomando um daiquiri caseiro.

– Sério – diz Alan, enfiando um punhado de pipoca caramelizada na boca. Ele está comendo dessa lata gigante (do tipo com florestas e neve e cervos brincando desenhados na lateral) quase que a tarde toda. – Nosso triângulo é delicado, cara. Se você se afogar, fode com todo o sistema.

Val e Alan Rosa-Haas são irmãos gêmeos. A casa dos Rosa-Haas fica pertinho da minha, além de tudo tem essa piscina fantástica e o sr. e a sra. Rosa-Haas quase nunca estão em casa, então imagina.

Alan foi a primeira pessoa que conheci quando minha família se mudou para Iverton. A gente tinha doze anos e ele foi para a minha casa e brincamos na sala, e ele me contou que achava que era gay, e fiquei tipo "Hm, beleza" e ele ficou todo "Hm, uh", e foi superesquisito. Aí ele me pediu que não contasse para ninguém, e falei que não contaria. E ele disse: "Se você contar, vou mijar no seu hamster". Naquela época, eu tinha um hamster com artrite que chamava Goliath, e eu não queria que nenhum moleque mijasse em cima dele, então prometi ao Alan que ficaria de boca fechada. Depois descobri que fui a primeira pessoa para quem o Alan saiu do armário e, aos doze anos, eu não fazia ideia de como esse passo era importante. Só sabia que meu hamster estava a uma distância perigosa de alguém que ameaçou mijar em cima dele. Perguntei ao Alan por que ele não queria que eu comentasse nada, e ele me respondeu que eu não tinha como entender. Alguns anos depois, ele saiu do armário para todo mundo – e os moleques o chamaram de nomes horríveis, e os moleques se afastavam ao se depararem com ele nos corredores, e os moleques arrastavam mesas quando ele sentava perto deles no almoço, não todos os moleques, mas muitos moleques – e entendi por que ele estava certo. "Eu não tinha planejado contar pra você", ele me explicou na minha sala naquele dia quando tínhamos doze anos. E me contou que se sentia como uma garrafa de Coca-Cola chacoalhada e que, por acaso, eu estava por perto quando a tampa estourou. Falei para ele que não tinha problema. Desde que ele não mijasse no Goliath.

Fizemos um pacto.

E aí mijamos juntos pela janela.

A verdade é que, no momento em que conheci o Alan, eu soube que o amava. Ele também me ama muito. Quando a gente era mais novo, a gente falava sobre como seria se eu fosse gay, ao que ele sempre dizia: "Até parece que eu seria a fim de você, Oakman", ao que normalmente eu flexionava um bíceps miúdo, erguia uma única sobrancelha e acenava em câmera lenta, como se dissesse *Como poderia alguém não ser a fim disto?*, e a gente dava risada e imaginava que era verdade. Imaginávamos que nos casaríamos e compraríamos uma cabana em algum lugar nas montanhas e passaríamos os dias tecendo cestas e comendo em panelas de ferro e falando sobre coisas profundas.

Mas isso foi há muito tempo.

– Quem deu isto pra gente, aliás? – pergunta Alan, sentado na ponta do trampolim, balançando os pés enrugados sobre a água.

– Quem nos deu o quê? – pergunta Val.

– Esta merda aqui. – Ele ergue a lata, agora vazia.

– Certo, você praticamente transou com essa pipoca caramelizada – diz Val. – Agora que acabou, está ofendendo a coitada?

– Não é isso que ele quer dizer – digo, cortando a água até a beira da piscina.

– Exato. Ninguém compra essas coisas para consumo próprio – diz Alan. – É um presente de última hora, uma consideração a posteriori. Devia vir com um cartão dizendo: *Você não significa quase nada para mim.*

Val diz:

– Ah, eu acho simpático, mas vou lembrar de expressar seu descontentamento aos Lovelock da próxima vez que os vir.

– Espera, tipo, os Lovelock? Da Piedmont?

– Sim, eles vieram jantar aqui na outra noite. Você estava no treino.

Alan joga a lata vazia na piscina, e diz:

– Danem-se os Lovelock! – E mergulha dando um berro.

Val revira os olhos, pousa a cabeça no colchão inflável. Ao contrário de Alan – que é pálido o ano inteiro, tendo puxado ao pai no que ele chama de "tom de Haas perpétuo" –, Val é sempre a primeira a se bronzear. Quando éramos mais novos, ela era só a irmãzinha irritante do meu melhor amigo, uma constante presença indesejada, como um mosquito zumbindo na nossa cara. Corta para o verão antes do ensino médio, e um dia ela abre a porta e eu fico todo: *Uh, ei, Val, uh, hm, tipo, uh*. É uma conclusão aterradora, levar um tapa na cara com aquela primeira noção de que talvez sexo não seja algo nojento.

Como uma marretada na cabeça.

Não sei se foi acontecendo devagar, bem debaixo do meu nariz, ou se foi da noite para o dia, mas de repente passei a achar a presença de Val bem menos irritante. Naquele ano, convidei-a para o baile, e ela aceitou, e foi um pouco constrangedor porque a gente se conhecia fazia tanto tempo, mas também parecia uma daquelas coisas que a gente precisava tentar. Então a gente tentou. E o que aconteceu foi o seguinte: eu de mãos dadas com a Val no corredor durante dois minutos até Alan nos ver; achando que era uma piada, Alan desatou a rir; quando percebeu que não era uma piada, teve um verdadeiro acesso de fúria.

Essa foi a última vez que demos as mãos, e a primeira que Alan se referiu a nós como "o triângulo delicado".

Ainda assim, eu estaria mentindo se dissesse que não penso nela nesse sentido às vezes. A Val tem esse charme, é inteligente sem ser arrogante, engraçada sem dominar o ambiente. Ela faz pequenos comentários sussurrados como se tomasse nota da situação, e você tem a impressão de que ela faria isso tivesse ou não alguém ouvindo, o que faz com que você se sinta uma pessoa de sorte só por estar na órbita dela.

Além disso, ela tem seios perfeitos.

Alan nada de costas por toda a piscina. Ele está ficando mais rápido, o que eu quase digo em voz alta, mas sei aonde isso vai levar: *A equipe sente sua falta, Noah. Precisamos de você, No. Como estão suas costas, No? Você está bem, No?*

– Você está bem, No? – pergunta Val, tipo, do nada.

Um subproduto do triângulo, imagino eu: quase telepatia.

– Estão – respondo. – Melhores, eu acho.

Ela ergue aqueles óculos escuros enormes para a testa.

– O quê?

Merda.

– Foi mal – eu digo. – Pensei que você estava falando das minhas costas.

– Perguntei porque você estava viajando. Mas já que comentou, como estão suas costas?

– Bem.

– Melhores, será?

Ela deixa os óculos caírem de volta no lugar, dá um gole de seu daiquiri e me crava o olhar fixo. Ninguém deixa a gente tão sem graça quanto Val.

Saio da piscina, de olho no trampolim.

– O dr. Kirby mandou ir devagar, não foi? – ela comenta, mas a piscina é grande, e ela está boiando perto da borda oposta, então finjo não ouvir.

E talvez eu possa escapar do olhar fixo de Val, mas a primeira pergunta dela sai da piscina e me segue como uma sombra gotejante: *Você está bem, No?*

Em cima do trampolim agora, bem na beirada. O sol já quase se pôs, e tem aquela meia-luz morna que só aparece no fim de verão, quando o ar parece opaco, e é bonito mas meio triste ver o dia se acabando bem diante dos seus olhos, sabendo que não há nada que você possa fazer quanto a isso. Acho que o sol e a Menina Se Apagando têm muita coisa em comum.

Você está bem, No?

É assim: num verão, quando eu tinha oito anos (antes dos tempos da Iverton), fui para um acampamento onde fiz um bando de amigos novos que me ensinaram a montar estilingues, e foi onde fumei meu primeiro (e único) cigarro, e um dos meninos tinha até uma foto de uma mulher de calcinha e sutiã, o que provocou uma conversa reveladora que me fez descobrir que sexo era mais do que só beijar pelado. Aí, depois que o acampamento acabou e eu fui para casa, voltei a brincar com meus amigos antigos e descobri que eles não sabiam nada sobre estilingues e cigarros. Eles não sabiam que sexo era mais do que só beijar pelado.

Por mais que eu ame a Val e o Alan – e os amo muito –, às vezes parece que eles não sabem nada sobre estilingues e cigarros. Como se ainda achassem que sexo é só beijar pelado.

Do outro lado da piscina, Val desliza para fora do colchão de ar, pega um daqueles macarrões de espuma e bate com ele na cabeça do Alan; ele joga água nas costas dela, e eles riem despreocupadamente daquele jeito de verão que as pessoas fazem.

Fecho os olhos, mergulho, me entrego completamente à água e, ali, submerso no marasmo, imagino um diagrama do meu coração.

Todas as partes que um dia foram ocupadas pelas pessoas que mais amei foram transplantadas pelo Velho da Incrível Papada, pela Fotografia Abandonada, pelo *Ano de mim* de Mila Henry, e pela Menina Se Apagando. Não sei como ou por que isso aconteceu.

Eu os chamo de meus Estranhos Fascínios.

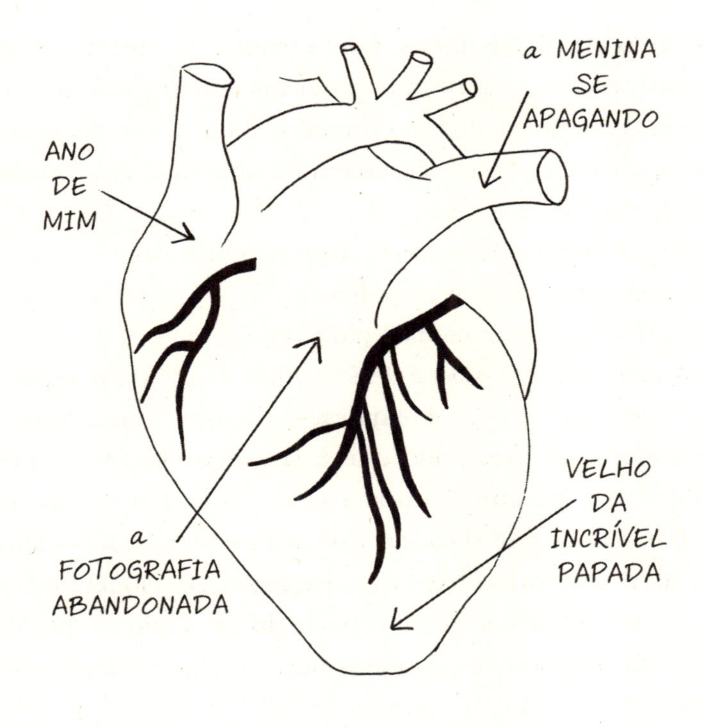

3 ➠ *algumas reflexões sobre Iverton e casa e voltar a pé para casa por Iverton*

Iverton, Illinois, é a personificação de seus jovens residentes: alguém deu as chaves para ela, um cartão de crédito, e não deu hora para voltar, e agora ela acha que as merdas dela não fedem. Esse bairro rico é povoado por espalhafatosas casinhas de tijolos iguais, uma clonada da outra; as entradas de carro e garagens abrigam uma variedade de SUVs reluzentes, os gramados são forçados a ter o tom mais verde dos verdes, e as árvores crescem de uma maneira estranhamente simétrica.

"Quão branca é Iverton?", Alan perguntaria.

"Quão branca?", eu responderia.

"Tão branca que nem dá para ver a neve."

A mãe de Val e Alan é de San Juan, Porto Rico, o pai deles é descendente de holandeses. ("Rosas nunca vêm em segundo lugar" era tudo que a sra. Rosa-Haas respondia sempre que perguntavam seu sobrenome. Parece que esse foi o único jeito de ela aceitar se casar com o sr. Rosa-Haas.) Numa cidade como Iverton, ser meio porto-riquenho significa que metade das pessoas parte do princípio de que Val e Alan são brancos, enquanto a outra metade faz perguntas como: "Não, sério, de onde vocês *são*?".

No ano passado um menino da equipe de natação fez essa pergunta ao Alan, que respondeu "de Iverton", ao que o menino retrucou "Não, quero saber de onde", ao que Alan respondeu "Ahhhhh, pensei que você estava querendo saber de onde *onde* onde-onde-onde *ooooooooooooonde*", ao que o menino ficou completamente vermelho, fingiu ouvir o celular tocar e saiu andando.

Val e Alan ouvem essas merdas o tempo todo, e fingem que não se importam – e talvez não se importem mesmo, quem sou eu para dizer. Mas nunca vou esquecer de algo que Alan disse certa vez. "Parece que esta cidade quer que eu seja

Rosa *ou* Haas. Tipo, ela não aguenta que eu seja as duas coisas ao mesmo tempo."

Então, sim, Iverton pode ter as chaves, o cartão de crédito e não ter hora para voltar para casa, mas, que as merdas dela fedem, isso fedem.

Estou no meio do caminho para casa agora, e vou admitir um negócio: depois do pôr do sol, numa noite clara de verão, dá para caminhar bem em Iverton.

Há quem diga que caminhar é o método mais lento de ir do ponto A ao B, e até que isso faz sentido, mas, para mim, ir do ponto A ao B não passa de uma vantagem secundária. Eu vejo um valor inerente nos passos em si. Isso é exponencialmente verdadeiro nas minhas caminhadas indo e vindo da casa dos Rosa-Haas, como se eu fosse mais próximo do meu verdadeiro eu quando estou em algum lugar entre meus amigos e minha família.

Subo a entrada da garagem, passando pela variedade de automóveis da família Oakman: meu *hatchback* Hyundai (que o Alan chama de "calhambeque do seu pai"), a caminhonete Pontiac do meu pai (com painéis de madeiras e um banco voltado para trás no porta-malas), e a velha Land Rover da minha mãe. Se prestar atenção, dá para ouvir o suspiro coletivo de desaprovação da vizinhança.

Compramos essa casa pouco depois do falecimento do vovô Oak, que passou os últimos anos como um viúvo semirrecluso e que, depois de morto, confirmou as desconfianças sobre seu patrimônio. Todos na família ganharam uma quantia considerável e foi então que aprendi uma coisa: se nada revela o desejo mais profundo de um coração como uma grande bolada, o desejo mais profundo do meu pai tinha menos a ver com torque e motores alemães, e mais com a paz de um bairro de classe média alta. Meu pai é chef vegano, e tem se virado bem: casamentos, bar mitzvahs e bat mitzvahs, principalmente. E, embora minha mãe seja advogada, ela trabalha para o governo do estado, o que significa que praticamente devemos nossa casa ao vovô Oak (descanse em paz).

Mal passei pela porta quando ouvi minha mãe na sala:

– Oi, amor. – É sua resposta automática ao alarme de dois bipes sempre que uma porta é aberta na casa.

Bipe–bipe–oi–amor.

Posso jurar que os ouço cochichando, mas, quando entro na sala, eles estão sorrindo, aconchegados no sofá, assistindo a um episódio de *Friends*.

– Como foi a piscina? – meu pai pergunta, apertando o botão para pausar.

– Legal – eu digo, e me imagino pausando os dois.

Meus pais são basicamente superapaixonados um pelo outro, o que é sorte deles, mas é um pouco demais às vezes. Veja esse ritual de *Friends*, por exemplo. Eles assistem a pelo menos um episódio por noite de sua estimada coleção de DVDs. Meu pai com seu bourbon, minha mãe com seu vinho, cantam "I'll Be There for You" em uníssono e recitam de cor as falas do Joey assim que o Matt LeBlanc as pronuncia.

– Como estão as costas? – pergunta minha mãe. – Algum episódio novo?

Episódio. Como se minhas costas fossem uma minissérie de televisão instigante.

– Estão bem – digo, com o cuidado de manter a linguagem descritiva o mais vaga possível de modo que minha mãe não comece o interrogatório. – Um pouco tensas, mas bem.

Nosso shar-pei moribundo invade a conversa, dando de cara com a parede. Meu pai o recolhe do chão, dizendo:

– Coitadinho do Fofo. – E o acomoda em seu colo.

Fluffenburger, o Parvo Inútil, anda mancando pela casa, normalmente muito merecedor do seu nome e, embora definitivamente não seja um cachorro de colo, tente dizer isso ao meu pai. Desde o incidente do ano passado, em que o Fofo ficou permanentemente rouco de tanto latir, meus pais parecem considerar nosso cachorro velhote mais como um bebezinho humano.

– Jantar? – pergunto.

Minha mãe dá um gole do vinho.

– Era a minha vez de cozinhar – ela diz, o que significa frango empanado. Meu pai chama de sua "noite de trapaça vegana", e ele finge que adora, mas eu conheço a verdade: ele ama minha mãe, e ela não sabe cozinhar outra coisa. – Penny ficou com fome, então a gente já comeu, mas deixei um prato para você no micro-ondas. É só apertar o botão que está prontinho.

Vou à cozinha e, de novo, assim que saio de perto... escuto cochichos. Provavelmente coisinhas fofas. Provavelmente nada que eu queira saber.

Conecto o celular à caixa de som via Bluetooth da cozinha, ponho *Hunky Dory* do Bowie para tocar, ligo o micro-ondas e fico olhando o prato girar. Minha fome diminuiu muito desde que parei de nadar competitivamente e, durante esse período, a ideia de comer passou a ser meio estranha para mim, animalesca até. O rasgar, roer, triturar, até a palavra *mastigar* sugere uma atividade selvagemente carnal.

Tipo, somos basicamente um bando de lobos.

O micro-ondas apita, o prato para de girar, minha presa me aguarda. Levo-a para o balcão onde minha mãe deixou um guardanapo e uma bebida e talheres preparados para mim. E, ao lado, tem um Post-it com meu nome (na letra da minha mãe) seguido por cinco pontos de exclamação e uma seta apontando para a luz da secretária eletrônica do telefone de casa. Meu pai insiste em manter uma linha fixa como "base de operações" para seus telefonemas profissionais e, embora quase sempre recebamos uma ligação de telemarketing atrás da outra, esse telefone tem outra função, minha própria experiência pessoal ao usá-lo: telefonemas de recrutamento para faculdades.

Ao fundo, Bowie canta sobre homens das leis e das cavernas, marinheiros lutando em salões de dança, e queria que ele estivesse aqui agora, nesta cozinha comigo, e eu seguraria sua mão e juntos conversaríamos sobre a vida – em Marte, ou em outros planetas.

4 ➟ uma história concisa de mim, parte dezenove

Em 8 de janeiro de 1947, David Robert Jones nasceu em Londres. Era uma quarta-feira. Estava nevando. Em algum lugar do outro lado do Atlântico, um garotinho chamado Elvis comemorava seu aniversário de doze anos. Nenhum dos dois era considerado um prodígio musical, e, no entanto, ambos viriam a abalar as estruturas da música, formulando-a e reformulando-a até que a própria palavra *música* ficasse quase irreconhecível.

Quando o bebê David nasceu, diz a lenda que a parteira afirmou: "Esta criança já esteve na Terra antes". Anos depois, David Robert Jones se tornou David Bowie, e as pessoas especularam que talvez ele já tivesse estado em outros planetas também.

Quando Elvis nasceu – 8 de janeiro, doze anos antes –, seu irmão gêmeo nasceu morto. Gladys Presley dizia aos amigos que seu filho Elvis "tinha a energia de dois". Durante grande parte de sua vida, Elvis foi assombrado pela morte do irmão gêmeo e por sua sobrevivência aparentemente acidental.

Algumas pessoas já estiveram na Terra antes e algumas pessoas nunca terão a chance.

Em 8 de janeiro de 1973, uma aeronave não tripulada chamada *Luna 21* foi lançada à órbita com sucesso. Depois de pousar na lua, *Luna 21* liberou um rover lunar robótico soviético chamado *Lunokhod 2*, que tirou 80 mil imagens televisivas e 86 fotografias panorâmicas.

O pequeno David cresceu, compôs músicas sobre astronautas e o espaço, e lançou um álbum no mesmo mês em que a *Apollo 11* pousou na lua. (Sendo que Apolo é, entre outras coisas, o deus da música.)

Anos depois, o filho de David Bowie faria um filme chamado *Lunar*.

O pequeno Elvis cresceu e entrou para uma banda chamada The Blue Moon Boys. Ele teve uma filha que se casaria com um músico icônico conhecido por um passo de dança chamado *moonwalk*.

Mais tarde, Elvis seguiria carreira solo, vindo a contratar um homem chamado Thomas Parker como empresário. Elvis diria sobre Parker: "Acho que eu nunca teria feito sucesso se não fosse por ele".

O apelido de Thomas Parker era Coronel Tom. O Coronel Tom transformou Elvis num astro.

David Bowie compôs uma música sobre o Major Tom, que foi deixado flutuando entre os astros.

Luna 21 e o *Lunokhod 2* não estão mais na Lua. O pequeno David e o pequeno Elvis e o dançarino de *moonwalk* não estão mais na Terra. Mas a música deles vive. Eu ouço, sei bem.

E o mesmo vale para aquelas imagens do *Lunokhod 2*. Eu vi, sei bem.

Sempre me pego pensando nas pequenas ligações do universo que se estendem pelo tempo e espaço, algumas saltitando de um astro a outro como pedrinhas lisas sobre um lago, outras flutuando a esmo pela vastidão do infinito. Eu me pego pensando em palavras como *reencarnação* e *relatividade* e *paralelismo*. E imagino se alguma dessas pedras vai cair no mesmo lugar duas vezes.

Eu nasci no dia 8 de janeiro.

5 ➡ estou pensando em lobos de novo

Começou no primeiro ano. Alan disse: "A gente deveria entrar para a equipe de natação", e aí a gente entrou. Por mais que passássemos horas na piscina dos Rosa-Haas e por mais disputas que eu tivesse ganhado, pensei "Por que não?". Descobri que eu era muito bom – rápido, não o mais rápido. Daí, no segundo ano, meus braços e pernas cresceram ou coisa assim, porque de repente meus tempos ficaram absurdos. Não absurdos em nível olímpico, mas bons o bastante para atrair o interesse adiantado de algumas universidades razoáveis como Saint Louis, Universidade Estadual de Manhattan, Eastern Michigan e Universidade de Milwaukee. (Meus pais ficaram especialmente animados com a possibilidade desta última, porque Milwaukee fica a poucas horas de viagem de Iverton.) No terceiro ano, meus tempos continuaram melhorando, o interesse se intensificou e, já no dia primeiro de julho – o primeiro dia em que um treinador universitário pode recrutar alguém –, recebi dois telefonemas: um da treinadora Tao da Estadual de Manhattan e outro do treinador Stevens da Milwaukee, ambos indicando a possibilidade de uma bolsa integral. Não eram universidades de elite cheias da grana, então as bolsas integrais eram raras, fato deixado bem claro para mim com frequência.

O grande segredo: não amo nadar. Era só aquela coisa de que eu gostava, em que era muito bom e, antes que me desse conta, era muito bom *mesmo*, e aí todo mundo ficou "Nossa, acho que esse é seu caminho, rapaz", falando sobre natação com um brilho tão intenso nos olhos que nunca se tocaram que eu não tinha o mesmo brilho.

E aí aconteceu este verão. Treino de longa distância (cinquenta metros olímpicos), estou no meio da piscina, quando começo a ter cãibras e meu corpo todo trava. Alguém me puxa para fora, e o treinador Kel fica falando: "Você está bem, Oak? O que há de errado? O que está doendo?". E, sem nem pensar, eu falei: "Minhas costas".

Foi assim. Tudo de que foi preciso. Eu não estava fora da equipe, não tive que sair – só não precisava mais nadar.

Como vim a descobrir, lesões nas costas nem sempre são evidentes, por isso não é uma dificuldade enorme perpetuar a mentira contanto que a mantenha vaga. Tenho consultas regulares com um quiroprata, o dr. Kirby; quase toda manhã, tenho os treinos de condicionamento físico com o treinador Kel, que me garante que isso vai me ajudar muito não apenas a me manter em forma, mas também a mostrar aos treinadores universitários que estou levando a reabilitação a sério. Minha mãe, meu pai e meu treinador se uniram para ligar para as faculdades e não demorou para a Saint Louis e a Eastern Michigan desistirem. Não sei se é a proeza jurídica da minha mãe ou o quê, mas tanto o treinador Stevens de Milwaukee como a treinadora Tao da Estadual de Manhattan aceitaram esperar um tempo.

As últimas semanas foram cheias de situações hipotéticas ensaiadas. Minha mãe e meu pai ficaram falando da importância de agir rápido ao primeiro sinal de uma oferta, e eu sempre os lembro de que a maioria dos nadadores só se compromete na primavera. "Sim", minha mãe diz, "mas a maioria dos nadadores não perdeu semanas de treino por uma lesão nas costas". Daí meu pai diz algo na linha de aproveitar enquanto é tempo, ao que minha mãe diz: "Se você tiver a sorte de receber uma oferta neste outono, quer mesmo esperar para ver se ela ainda estará de pé na primavera?".

Nunca falo muito a essa altura da conversa. Não houve nenhuma oferta real na mesa, então não via por que isso importava tanto.

Mas agora: uma mensagem na secretária eletrônica da linha fixa, e um Post-it com pontos de exclamação.

Olho para o prato de frango à minha frente e invejo o lobo por sua simplicidade. Eu o imagino passando horas caçando sua presa, perseguindo-a, o ataque violento – e, no fim, soltando-a da boca, deixando-a por comer e indo embora calmamente.

Pego o telefone, aperto o botão da secretária eletrônica:

– Oi, pessoal, aqui é o treinador Stevens. Tenho uma boa notícia...

6 ➟ *quanto mais longe, maior a vontade*

– Você *precisa* ir, No. Todo mundo vai estar lá.

Val deveria saber que essa última parte não estava tornando a proposta mais atraente, ainda mais considerando o retrato da minha vida neste momento: jogado na cama, com o laptop na barriga, uma Coca-Cola na mão, no meio do meu terceiro episódio de *Gilmore Girls* da tarde.

– Qual é o episódio? – ela pergunta, sentando na cama ao meu lado. Antes que eu possa responder, ela fica toda: – Ahhh, sei.

Val é viciada em *Gilmore Girls*. Já viu todos os episódios, incluindo a nova temporada, tipo, umas seis vezes.

– Espera, não me conta – diz Alan, observando minhas estantes como se já não tivesse feito isso uma centena de vezes. – Luke e Lorelai se paqueram, tensão sexual absurda, nada acontece, fim.

– *Alan* – diz Val. – Você tem zero recursos românticos.

– *Valeria*. Não faço ideia do que isso quer dizer.

Na tela, Lorelai entra na casa de Luke para tomar o que deve ser seu quarto café da tarde.

– Eles nunca bebem água em Stars Hollow? – pergunto.

– Só quando é filtrada por grãos de café. – Alan gosta de tirar sarro de *Gilmore Girls*, mas, mais de uma vez, eu e Val o ouvimos cantar o tema de abertura no quarto dele com todo o amor desafinado dos sete anões. – No entanto – ele diz –, odeio admitir, mas Stars Hollow é da hora pra cacete no inverno.

Concordo sem sair do meu ninho de travesseiros.

– Só queria que eles colocassem o *g* de *girls* em letra maiúscula nos créditos de abertura.

– É mesmo – ele concorda. – O que é aquilo?

– É uma falta total de simetria, isso sim.

– Certo. – Val aperta a barra de espaço para pausar, senta, cruza as pernas e os braços. – Noah. Quero que você venha a essa festa hoje à noite. Por mim. Por favor.

Não movo um músculo. Estática, inércia, a total atrofia física provocada por uma manhã e um começo de tarde gastos em nada além de Netflix: essas são as coisas de que mais vou sentir falta do verão.

– Você sabe como me sinto quando as pessoas me obrigam a fazer coisas – reclamo.

– Não estou *te obrigando*. Meu Deus. Só estou pedindo.

– E eu só estou dizendo que sinto o verão escapando pela ampulheta como as areias do tempo, e uma noite na casa dos Longmire não é como gostaria de gastar, sabe... minha areia.

– Tudo bem, a gente entende – diz Alan, diante da minha escrivaninha, cutucando a pilha de papéis virados para baixo. – Um escritor premiado como você pega mal aparecer numa reles festa colegial.

No ano passado, em inglês avançado, o sr. Tuttle nos instruiu a escrever uma "história concisa", na qual explorássemos algo específico de nossas vidas que tivesse relação com uma parte da história mundial. Uma tarefa vaga, talvez, mas me agarrei a ela e, depois que acabou, não larguei, e continuei escrevendo todas essas vinhetas históricas. Depois de um tempo, reuni o que tinha num único projeto intitulado "Uma história concisa de mim" e a inscrevi num concurso nacional organizado pela *Revista literária de novas vozes juvenis*. Não contei para ninguém porque era óbvio que eu não iria ganhar.

Aí eu ganhei.

– Você está virando um ermitão – diz Val. – Você sabe disso, né?

– Não estou.

– Você nunca sai.

– Saio sim.

– A piscina dos Rosa-Haas não conta, No.

– Vou a... outros lugares.

– Que outros lugares?

– Sei lá – digo. – Lugares.

– Sabia que o Bowie morreu no mesmo ano em que o Prince e o Muhammad Ali? – diz Alan, pegando minha cópia da biografia de David Bowie. – Essas merdas sempre acontecem em três.

– George Michael também morreu nesse ano – digo.

– Ah. Quatro, então.

– E queria saber por que é tão ruim virar um ermitão – digo. – Ermitões são julgados injustamente, se você parar pra pensar. Eles só querem ficar em casa e ser deixados em paz. Que mal há nisso?

Alan diz:

– Ermitões não transam, mano.

Nesse exato momento, minha mãe coloca a cabeça no batente.

– Quem não transa?

– Sra. O! – Alan corre para dar um abraço.

Os dois têm essa relação estranha em que Alan flerta com ela de formas exageradas e inapropriadas, e minha mãe finge que não gosta. Ela não engana ninguém.

– Pensei que vocês tinham saído para fazer uma trilha – comenta Alan.

Minha mãe, corando loucamente:

– Só o Todd. Ele tem esse grupo de amigos que sobe pelo parque Starved Rocks de meses em meses, tentando provar que não envelheceram.

Alan lança à minha mãe – repito, minha *mãe*, a mulher que me botou no mundo e, mais de uma vez, ameaçou me tirar dele – um olhar exagerado de cima a baixo que só ele consegue fazer impunemente.

– Bom, não sei quanto ao seu marido, sra. O, mas acho que você está envelhecendo ao contrário.

Val diz:

– Já deu, Alan.

– Sério, talvez tenhamos uma situação Benjamin Button aqui.

– Já chega agora.

– Noah, me diz se sua mãe não está maravilhosa.

– Alan, meu Deus.

– Desculpa, sra. Oakman – diz Val. – Meu irmão bateu a cabeça muitas vezes quando era pequeno.

Alan pisca para a minha mãe, e abre aquele sorriso encantador dos Rosa-Haas.

– Não dê ouvidos a ela, sra. O. A senhora está linda hoje. Toda cremosa.

– Bom, não sei exatamente o que isso quer dizer – diz minha mãe, adorando tudo, fingindo totalmente que não foi em busca disso que ela entrou no quarto. Quer dizer...

– Mãe, você precisa de alguma coisa?

Eu percebo que ela quer perguntar sobre a mensagem de voz do treinador Stevens, mas não sabe se deve puxar o assunto na frente de Alan e Val.

– Só queria saber se vocês gostariam de um lanchinho ou coisa assim.

– Um lanchinho?

Ela assente.

– Ou coisa assim.

– A gente não tem sete anos, mãe.

– Nem eu – ela diz – e eu *adoro* lanchinhos.

– Tem Cheetos? – pergunta Alan.

Minha mãe franze o nariz.

– Bolinho de arroz?

Intervenho antes que Alan finja adorar bolinho de arroz.

– Obrigado, mãe. Mas não precisamos de nada.

Depois que minha mãe sai, coloco para tocar uma *playlist* antiga do Radiohead. Val põe o laptop no chão, deita do lado oposto da cama e ficamos pé com cabeça, e Alan se joga ao meu lado, e nós três ficamos encarando o teto, ouvindo música. Às vezes, coisas simples e coisas complicadas são a mesma coisa, e nós três nos movendo em harmonia, ouvindo música na mesma cama é uma dessas coisas, a intimidade numa estranha frequência subterrânea.

– Pense em Iverton como um palco – Val diz, quase num sussurro. – O espetáculo está quase acabando, e essa festa é nosso agradecimento final.

– Bem dramático da sua parte – digo. – Além disso, o último ano ainda nem começou. Além desse *além disso*, quem diz que vamos nos separar depois do ensino médio?

Alan está de olho no programa de animação da DePaul; Val, com seu portfólio fotográfico cada vez maior, fala da Escola do Instituto de Arte de Chicago [SAIC] como Rory Gilmore falava de Harvard. Tirando as últimas frustrações, saber que meus melhores amigos não vão se mudar para o outro lado do país no ano que vem é um consolo enorme.

– Alguma notícia das bolsas? – pergunta Val.

Eu podia contar para eles sobre a mensagem de voz, mas sei o que diriam. As únicas pessoas mais animadas do que meus pais sobre a possibilidade de eu entrar na Milwaukee no ano que vem são Val e Alan. Se eles conseguirem ir para a DePaul e a SAIC, a viagem rápida até Milwaukee manteria nosso triângulo intacto.

Mas há outras formas de fazer isso acontecer.

– Talvez eu só arranje um trabalho na cidade – digo, ignorando a pergunta de Val. – Faça todo o lance da faculdade depois.

– Noah.

– Val.

– Fala sério.

– Estou falando.

– O que você faria?

– O mundo é vasto, Val. Aposto que há oportunidades de sobra para um jovem intrépido como eu.

– Você fala isso, mas sabe que vai acabar trabalhando no Starbucks.

Alan diz:

– Ouvi dizer que eles têm ótimos benefícios – ao que Val responde botando o pé na cara dele. Alan dá um tapa no pé dela e, por um segundo, só ficamos ali escutando "Everything in Its Right Place", em que sempre penso como meu hino pessoal: as paredes sem decoração, as estantes em ordem alfabética, tudo em cores brancas e pastel, minha escrivaninha com suas pilhas de papel em ângulos perfeitos, e digo:

– Sabe do quê?

– O quê? – diz Val.

Lembro que, quando Penny era mais nova, mas estava crescendo rápido, às vezes eu via passar pela sua cabeça essa ideia de que ela nem sempre seria criança e, nesses momentos, ela regredia – falava como um bebê ou se agarrava à minha mãe de formas como não fazia há muito tempo.

Quanto mais longe me sinto dos meus amigos, maior é a vontade de puxá-los para perto.

– Amo vocês. – Coloco um braço em volta do pescoço de Alan, o outro em volta dos tornozelos de Val. – Eu amo vocês, e amo nosso verão, e só não quero estar com outras pessoas agora.

A música termina e começa outra, "Daydreaming", que é o tipo de música que derrama melancolia no ar como um navio petroleiro naufragando.

Val senta, bate uma palma.

– Certo, meninos. Não vamos passar o dia todo neste quarto estéril, ouvindo músicas de panacas tristes feito...

– Panacas tristes? – diz Alan.

– Exato. Não somos panacas tristes. Somos jovens e vigorosos e sedentos, e temos, você sabe...

– Sede?

– Uma sede insaciável, é o que estou dizendo. Por sorte, conheço a festa perfeita para jovens como nós.

Pego meu laptop do chão, o coloco de volta sobre o peito, e retomo *Gilmore Girls* de onde tinha parado.

– Vocês não podem me obrigar a ir.

Val se inclina para a frente para que apenas seus olhos espiem por sobre a tela.

– Noah.

– Eu tenho direitos.

– Seria uma pena se eu, sem querer, acabasse estragando o fim da série pra você.

Ergo os olhos alguns centímetros, encontrando o olhar dela.

– Você não faria uma coisa dessas.

Se sobrancelhas pudessem dar de ombros, foi o que Val acabou de fazer.

– Você nunca vai adivinhar quem foge para a Califórnia.

– Não tem graça.

– Ou quem se casa num navio de cruzeiro.

– Você acha mesmo que eu iria para uma festa idiota para evitar *spoilers* de *Gilmore Girls*?

– Ou quem *não* entra em Harvard.

7 ➠ *eu vou a uma festa idiota*

Will e Jake Longmire caíram da árvore de babacas e abriram todas as torneiras no caminho. Além disso, não sem nenhuma relação, eles são muito bonitos, mas no mesmo sentido que Lochte ou os irmãos Hemsworth podem ser considerados bonitos; com isso, quero dizer que, quando você olha para eles, sente uma vontade incontrolável de meter um soco na cara deles. E eu me sentiria mal só de pensar nisso se não tivesse visto a maneira como tratam suas namoradas ou ouvido as "brincadeiras" que fazem com Alan, então, por mais que eu não dê um soco na cara deles, não vejo mal nenhum em querer fazer isso.

A casa dos Longmire ocupa o espaço equivalente a um campo de futebol americano no quarteirão e, se tem uma residência que se destaca como a maior, mais vistosa, mais ivertoniana do que todas as outras, é a deles. Val estaciona seu BMW preto entre outros dois BMWs, e nós três saímos do carro. Alan tira uma caixa de sei lá o quê do porta-malas, e tem cara de cerveja, mas parece um pouco – sei lá – chamativa demais? Contrariando o bom senso, pergunto o que é.

– Uma caixa de Hurricanes – responde Alan.

– Caixa do quê?

– Mixx Tail Hurricanes.

– Parece catastrófico.

– Só a partir da quarta garrafa, cara.

Não sou muito de beber. Quer dizer, eu bebo de vez em quando, mas "ser de beber" me traz imagens de testas suadas e olhos vidrados, e sei lá... prefiro minha testa seca e meus olhos focados.

– E aquilo? – Aponto para o saco de comida na outra mão de Alan.

– *Bulgogi* – ele responde. – Churrasco coreano. Mas não o tipo de churrasco que você está pensando. *Bulgogi* é completamente diferente.

Atravessamos o jardim da frente, com o gramado composto pelas folhas mais perfeitas conhecidas pelo homem e, de repente, sinto como se a gola da minha camiseta estivesse me enforcando.

– Você está bem, No? – Val coloca um braço em volta do meu ombro. – Você parece meio nervoso, sei lá.

– Estou sim. Só não sabia que precisava trazer um prato.

Alan ri.

– Não é um jantar, amigo. Isso aqui não é para dividir.

– Tá, então, nesse caso, eu não queria mesmo estar aqui agora, é isso.

– Calminha aí, cara – Val diz. – A gente vai entrar, pegar uma bebida para você. Você vai ficar contente por ter vindo, prometo.

– E quem sabe – Alan diz. – Talvez a gente consiga contrariar aquele velho ditado sobre ermitãos celibatários.

Por mais que eu repita para o Alan que ainda não tenho interesse em transar, ele não acredita. E, ok, ao longo dos anos fui chegando perto. Devo ter jogado meia dúzia de cuecas fora só para evitar que meus pais fizessem perguntas demais nos dias de lavar roupa. (Eu sei. Mas é mais fácil se fazer de bobo sobre seu estoque curiosamente minguante de cuecas do que explicar *aquilo*.) E, assim, veja bem: minha decisão de não transar não é por falta de habilidade ou desejo. Sei que isso parece o tipo de coisa que um pai diria, mas é mais tipo: sempre senti esse potencial de profundidade sincera numa relação. Sei o que o sexo *pode* significar, e como com certeza deve afetar essa profundidade de um jeito ou de outro e, para mim, isso é algo que pesa, tão delicado que não quero me meter (por assim dizer). É uma ideia simples e muito mal compreendida, essa dos Virgens por Escolha como eu, mas tudo bem.

Val nos interrompe para tirar uma selfie na frente da casa dos Longmire e, como estou certo de que meu mau humor está visível, torço para ela não postar a foto em lugar nenhum. Um ano atrás eu não teria ligado, mas um ano atrás Val não tinha mais de cem mil seguidores.

Valeria Rosa-Haas se tornou um sucesso das redes sociais. Imagino que muitas pessoas queiram ser assim, mas, para ela, o mais importante é a mídia: fotografia. Começou com o banquete de sempre de placas de rua em filtros granulados, caminhadas ao pôr do sol, sapatos descolados na penumbra. Com o tempo, foi se transformando no que hoje é a marca registrada dela, essas fotos elaboradas a partir de seus filmes favoritos: itens ou roupas reconhecíveis que os personagens usaram, livros que discutiram, discos que ouviram, referências geográficas, cores temáticas. É tudo muito artístico e de bom gosto e, se seu número de seguidores é sinal de alguma coisa, não sou o único que pensa assim.

Ela complementa essas publicações com uma ou outra foto de comentário social, das quais minha favorita é o retrato de um homem no zoológico, de cabeça baixa, no celular, enquanto, do outro lado de uma vidraça grossa, um gorila o observa. Val escreveu na legenda, simplesmente: "Jaulas".

Ela vai arrasar na SAIC no ano que vem.

Quanto mais perto chegamos da porta, mais o chão estremece: uma batida acelerada, um burburinho de conversas e risos, a casa está balançando totalmente, parece. Val vai na frente, abrindo a porta sem tocar a campainha, e eu e Alan seguimos atrás. Tem adolescentes por toda parte, bebendo e rindo, se pegando, conversando, coisas assim. Atravessamos o corredor e passamos por quatro relógios de pêndulo, dois de cada lado da entrada. Tem um lustre gigante pendurado no teto e uma grande escada circular para subir, no lado esquerdo da parede. É tudo muito Gatsby moderno, e Val, com seu jeitinho delicado, assume o comando da sala, sem nunca fazer barulho demais, sem nunca ser exigente demais, mas, de alguma forma, ela é mais presente do que o resto de nós.

– Ei, No – diz Alan, apontando para o lustre. – Deve dar para estacionar o calhambeque do seu pai naquele lustre.

É mais ou menos nessa hora que tomo uma decisão muito importante: vou encher a cara esta noite. Testa suada e tudo, olhos vidrados e tudo. É minha única esperança de sobreviver.

A cozinha não é bem uma cozinha, mas um Átrio de Comidas e Bebidas: geladeira de duas portas, teto abobadado, panelas e frigideiras penduradas, tijolos à vista. Seria uma visão e tanto se não estivesse agora cheia de latinhas e garrafas, sacos de salgadinho e caixas de comida que parecem ter sofrido uma variedade de cirurgias experimentais.

A coisa toda me faz querer dar uma de louco com um aspirador portátil e um par de luvas de borracha industriais.

– Só para você saber – comenta Alan enquanto abro a caixa de Hurricanes –, essas garrafinhas têm oito por cento de teor alcóolico. – E, como eu não sou de beber, não faço ideia do que isso significa, então viro a garrafa toda.

É vermelho-cereja e tem gosto de Jolly Rancher e, antes que eu me dê conta, acabou, então pego uma segunda garrafa e, enquanto bebo, começo a sentir a possibilidade de ter uma conversa real com outra pessoa sem o desejo avassalador de enfiar o punho dentro da boca. Ou dentro da boca dela. Ou da boca de qualquer pessoa, na verdade.

Só vou tomando minha Hurricane, andando pela casa, sem nenhum plano em mente.

Tem uma piscina enorme nos fundos que faz a piscina dos Rosa-Haas parecer um aperitivo de tamanho moderado. Está lotada, claro – adolescentes bebendo, subindo no escorregador, se beijando numa boia gigante em formato de cisne, dando mergulhos da beira do trampolim, jogando água, gritando, todo tipo de *Senhor das moscas* e sei lá o quê.

A Hurricane acaba.

Volto à cozinha atrás da terceira, e tem tantos cômodos nesta casa, a maioria cheia de adolescentes que reconheço da escola, embora alguns rostos sejam novos. Depois de um tempo vou parar numa sala cheia de gente dançando, o marco zero do aparelho de som, deixo a música tomar conta e, antes que eu perceba, estou dançando com uma menina cujo nome ainda não decorei. Ela é gata, então não estou forçando, mas estou suando porque está quente, e também porque essa Hurricane está suscitando uma questão interessante: será que nasci tão incrível assim? Tipo, sério mesmo? Ou fui desenvolvendo isso com o tempo?

– Então você usou essa roupa ontem? – pergunta a menina.

A gente está encostado numa parede agora, em volta da ação. Em algum momento decidimos parar um pouco (*de dançar,* garanto a mim mesmo, *não de ser incrível por natureza*), e estou explicando meu amor por Henry David Thoreau e como ele me inspirou a usar a mesma roupa todos os dias.

– Sim, eu usei essa roupa ontem. Anteontem também, e antes de anteontem, e por aí vai.

– Então... – A menina dá um único passo para trás, com as sobrancelhas erguidas.

– Não, quero dizer... Eu tenho, tipo, dez pares de calça e dez camisas iguais. É só ir alternando.

Ela assente, dá um gole da cerveja, olha ao redor.

Vou falando:

– Então minhas roupas são superlimpas, é isso que quero dizer. – *Isso aí, Oakman, continue falando sobre suas roupas perfeitamente lavadas, você está indo muito bem.* Não sei por que dou ouvidos a mim mesmo, mas dou. – Mas a fadiga da decisão existe pra valer. – E, como o cara festeiro que sou, conto para essa menina de quando fui ao shopping com a minha mãe, escolhi minha roupa favorita, calças compridas azul-marinho bem ajustadas e uma camiseta branca do David Bowie (com uma imagem dele fumando e, em cima, letras em negrito: BOWIE), e comprei dez de cada. Complemento com meu par favorito de botas marrom de cadarço, e pronto.

Val chama o conjunto de "Bowie marinho". – Ajuda na eficiência – continuo – mas, como eu disse, Thoreau foi o verdadeiro catalisador. "Nossa vida é desperdiçada com detalhes", ele disse, o que acho que é verdade, você não concorda? E sei o que está pensando.

A menina diz:

– Aposto que não. – Mas eu continuo mesmo assim:

– Você está pensando: quase todo mundo passa por uma fase Thoreau e supera, e depois ficam falando "Ah, que fofo, aquele tempo em que eu era jovem e achava Thoreau tão maneiro, mas foda-se". Adoro Thoreau e toda a porra de filosofia da simplicidade dele. *Walden* especialmente, sabe? Você já leu? – Dou um gole da Hurricane. – A ideia de se livrar do entulho, ir viver à beira de um lago em algum lugar para escrever? É basicamente o que Mila Henry fez também, sabia? – A essência da deliciosa cerveja forte com sabor artificial de cereja está derramando conhecimento hoje! – E eu garanto que nenhum deles nunca parou para pensar se tinha passado dias demais usando sua camiseta irônica favorita. "Simplificar, simplificar." Eu tento, tento mesmo. Enfim.

Só agora me dou conta de que a menina na minha frente não é a mesma com quem eu estava conversando no começo. Essa menina nova está bebendo alguma coisa que tem cheiro de uísque puro em um copo plástico. Ela ri, e fala:

– Você é tão engraçado, Jared.

– Quem é Jared?

A menina ri histericamente.

– Viu? *Quem é Jared?* – ela diz, balançando os braços no ar, derramando um pouco da bebida no chão. – Hm, merda, acho que vou vomitar... Quer dizer, não, mas... O quê?

A sala está em polvorosa, então é possível que eu tenha deixado passar alguma coisa.

– Quê?

– O que você disse? – ela pergunta.

– Não disse nada!

Outra vez a gargalhada melodiosa, o giro dos braços no ar, o derramamento de bebida: essa menina está completamente bêbada. Por falar nisso, eu deveria pegar duas dessas garrafinhas da próxima vez; esse troço de cereja é bom pra caralho.

– Vem, Jared! – Aparentemente cansada de conversar, a menina me arrasta para o meio da pista, encosta a bunda na minha virilha, dança fora do ritmo, e depois ergue o copo plástico no ar lenta e decididamente, esvaziando o conteúdo em um círculo à nossa volta.

Examino os rostos na multidão em busca de Val ou Alan, qualquer plano de fuga viável. Val não está em lugar nenhum. Lá está Alan, encostado numa pilha de caixas de som, ficando com Len Kowalski, o jogador de tênis que jogava ovos na minha casa fim de semana sim, fim de semana não.

Do outro lado da sala, uma menina sorri na minha direção. Ela é desconhecida, bonita e difícil de não ver com uma bandana azul brilhante prendendo o cabelo para trás.

– Jared!

Volto a olhar para a menina na minha frente.

– Quê?

Acho que meu nome é Jared agora.

– Vem pra Vancouver comigo – ela diz com a língua enrolada, perto o suficiente para que eu sinta seu hálito, uma combinação estranhamente inebriante de milho doce e lenha.

Tiro a mão dela da minha nuca, tentando descobrir como é que essa mão tinha ido parar lá.

– O que tem em Vancouver?

Ela ri como se fosse a piada mais engraçada do mundo, depois grita:

– Maconha, cara!

Neste momento, ela escorrega na própria poça de bebida e, lá vai ela, caiu.

A música muda e começa a tocar a última do Pôncio Piloto, e a sala entra em frenesi. Tento ignorar a música enquanto ajudo a pobre menina a se levantar, levando-a para a sala do lado e a colocando num sofá.

– Porra, você é tãããão *legal* – ela diz, cutucando um dedo no meu peito. – O mundo é um lugar terrível e cheio de merda. Mas você não. *Você é* legal!

Eu a deito no sofá, coloco a cabeça dela em cima de uma almofada, e digo as primeiras palavras que me vêm à mente, uma das minhas frases favoritas de *Ano de mim*.

– Talvez o mundo não seja uma esfera de bosta tão grande, afinal.

Ela ri, repetindo "Esfera de bosta", e, de repente, pega no sono. Espero alguns minutos, confirmo que está respirando normalmente, daí parto para o Átrio de Comidas e Bebidas para testar a teoria de Alan sobre os efeitos catastróficos de uma quarta Hurricane.

8 ➟ *a narrativa ensolarada de Philip Parish*

Pôncio Piloto é um músico de Chicago que se apresentou no auditório da Iverton High School no ano passado, como uma recompensa por nossa turma do penúltimo ano ter feito um evento decente de arrecadação de fundos para a revista. Nada estraga mais um show do que o cachê de uma manhã de terça; mesmo assim, o conselho estudantil batizou o evento de Mega Gala da Revista e, de repente, Pôncio Piloto se transformou numa lenda. Embora, em geral, a população de Iverton High pense na música dele como o troféu de futebol da quarta série, ou as batatinhas onduladas do refeitório: é um amor nostálgico, mas no fundo fraco.

Na hora seguinte à apresentação dele, Pôncio Piloto tinha aceitado falar sobre seu processo criativo à minha turma de literatura inglesa avançada.

– Esse é seu nome verdadeiro? – um aluno perguntou.

Pôncio Piloto disse:

– Meu nome é Philip Parish, mas ter um pseudônimo ajuda a criar sua marca. E, para os músicos, marca é tudo.

– Pode elaborar um pouco mais?

O sr. Tuttle se foi há muito tempo, seu corpo físico tendo sido substituído por um autômato condenado a um ciclo eterno de analisar demais *As vinhas da ira*, recitar *Macbeth* e fazer perguntas como: "Pode elaborar um pouco mais?".

Parish deu de ombros.

– A marca fala para as pessoas quem você é, faz você se destacar na multidão. Depois de um tempo, se tudo der certo, as pessoas escutam seu nome e o associam ao que você faz. – Ele apontou para o computador da escola na mesa do sr. Tuttle. – Uma maçã mordida. – Virou o dedo para a lata de Pepsi do sr. Tuttle. – Lata azul com um círculo vermelho, branco e azul.

– Mas você está falando de objetos – Alan disse. – Não pessoas.

Parish apontou bem na minha direção.

– Aquele cara entendia de marca.

– Noah? – perguntou alguém.

– Ele está falando do Bowie – disse Val. (Inglês avançado foi a única matéria que nós três fizemos juntos no ano passado. A direção tomou o cuidado de não repetir esse erro.)

Parish apontou para mim com a cabeça.

– Diz que você não está só usando a camiseta, garoto. Você sabe do que estou falando, certo?

– David Robert Jones – digo.

Parish disse:

– Alguém aqui acha que teria decorado o nome *David Robert Jones*? Talvez. O cara revolucionou a música, revolucionou *um monte* de coisas, sério, então vai quê. Mas, *cara*, só olhem para aquela camiseta.

A sala toda se virou para olhar o meu peito, as letras BOWIE em negrito em cima e, embaixo, o próprio homem com um cigarro pendurado na boca.

– A música, a sexualidade, a imagem – Parish disse. – Tudo dentro de uma única palavra entendida universalmente: *Bowie*.

Outro aluno levantou a mão.

– Então seu pseudônimo é inspirado por aquele cara da Bíblia?

– Algo assim – Parish disse, subitamente nervoso.

– Mas é escrito de um jeito diferente, certo?

Parish encolheu os ombros.

– Erros de ortografia propositais podem ajudar a sua marca.

Val ergueu a mão.

– Você diria que coloca muito de você nas suas músicas?

Se Parish parecia pouco à vontade antes, tentar responder à pergunta de Val o deixou completamente magoado. Ele resmungou algo como:

– Essa é uma pergunta complicada.

E, quando o sr. Tuttle disse:

– Pode elaborar um pouco mais?

Parish pigarreou e se levantou.

E foi então que as coisas ficaram esquisitas. Quando entrou na sala, Parish estava segurando um caderninho. Eu tinha imaginado que eram amostras de seu trabalho, algo que ele poderia usar para exemplificar a evolução de suas composições.

– Toda música é pessoal. – Parish apertou o caderno junto ao peito. – A maioria das minhas letras são baseadas na atmosfera de alguma coisa, não na coisa em si. Crio uma história, me escrevo dentro dela. Chamo isso de narrativa sombreada. – E então sua voz mudou, parecia vir de trás de uma máscara. – Mas, às vezes, sai outra coisa de dentro de mim, uma música que eu nem sabia que estava lá. Essas são mais pessoais. São as narrativas ensolaradas. Desculpa, eu não... – Ele abanou a cabeça, olhou para o sr. Tuttle, depois de volta para a turma como se tivesse esquecido onde estava. – Desculpa.

E aí ele foi embora – simplesmente saiu da sala, deixando cair uma coisa do caderno. Até onde a gente sabia, era a primeira vez que um palestrante ia embora no meio do evento.

– Acho que ele não estava a fim de elaborar um pouco mais – alguém disse, e a sala gargalhou daquele jeito aliviado de quando a normalidade é restaurada.

E então o sr. Tuttle nos instruiu a abrir nossos livros de Steinbeck, e nossas risadas foram substituídas por visões de poeira e bebida e pneus gastos na estrada do oeste, onde os seios largos e brancos feito o leite análogo aos Estados Unidos rurais aguardavam pacientemente a nossa chegada.

Ao fim da aula, enrolei para ser o último a deixar a sala; na saída, peguei o papel que Parish havia deixado cair, o coloquei no bolso discretamente, depois me tranquei na cabine de banheiro mais próxima.

Era uma fotografia: um retrato simples de um jovem olhando ligeiramente para o lado da câmara, não exatamente com um sorriso no rosto, mas a ideia de um. No verso, achei a dedicatória: *O sol é forte demais. Com amor, A.* No fim da noite, depois do jantar, procurei a frase na selva do Google (por mais vaga que fosse) ou algum sinal desse cara na página de Pôncio Piloto no Facebook, mas nada. Algo na dedicatória me pareceu familiar e, no começo, pensei que tinha algo a ver com a fala de Parish sobre a "narrativa ensolarada", mas não era isso. Havia algo mais; eu simplesmente não conseguia identificar.

É assim que funcionam meus Estranhos Fascínios.

9 ➠ *estão falando de Tweedy e faculdade e coisas do tipo*

Jake Longmire volta do banheiro.

– Ei – ele diz, como se o mundo inteiro estivesse ansioso pela sua chegada. – Esqueci do que a gente estava falando.

– Que a banda Wilco é uma bosta – diz Alan.

– Qual é, mano – diz Jake. – Tem que respeitar o orgulho de Chicago.

– Eu não respeito.

Estou no canto do Átrio de Comidas e Bebidas, no meio da minha quinta Hurricane. (A quarta desceu tranquilamente, sem nenhum problema.) Tem um monte de gente na cozinha, muitas conversas e risos, mas todos os olhos estão fixados em Jake. Ele é o sol em torno do qual giram os astros solitários do ambiente.

Alan está fumando um baseado. Não sei de onde isso surgiu.

– Só não entendo por que todo mundo tem orgasmos auditivos pelo Tweedy – ele diz. – O cara nem sabe cantar.

Jake pega uma Natty Ice, amassa a lata numa mão ao mesmo tempo em que pega outra.

– Você acha que Van Morrison sabia cantar, ou *Jim* Morrison? O que os torna da hora é que a voz deles é diferente de todas as outras. Pegue o cara do seu namoradinho – Jake aponta para a minha camiseta –, Bowie. Você acha que *ele* sabia cantar?

Grande gole. Hurricane, não me deixe na mão.

– O que é isso? – Jake pergunta, apontando para a garrafa.

– Hurricane. – Gole, do nada, e então: – É uma delícia.

– Ah, claro, aquela bebida de menina. – Jake ri com um grunhido. – Acho que o Alan está te influenciando demais, mano.

Antes que Alan possa arremessar uma lata de cerveja vazia, Jake ergue sua Natty Ice em um brinde, e Alan finge que está tudo bem, e eu me arrependo da minha decisão anterior de não enfiar o punho na boca de ninguém, e, além disso, quero aprovar um decreto que proíba homofóbicos descarados de terem cozinhas tão fodas.

– E você, Oakman?

Alan e Jake estão me encarando. A pergunta foi de Jake, então na verdade o cômodo todo está pelo menos um pouquinho atento à minha resposta.

– O quê?

– Esporte universitário. Você vai nadar?

– Ah. Não sei ainda.

– Pois deveria. Você é rápido. – Jake aponta para Alan. – Ao contrário desse viadinho aqui. – E o cômodo ri; Alan responde atirando aquela lata de cerveja na cabeça de Jake.

– Eu sou rápido – diz Alan.

– Ah, é? – questiona Jake. – Prova.

– Como?

– Disputa comigo.

Alan engasga com o baseado.

– Não vou fazer isso.

– Vou te dizer. Se ganhar de mim, deixo você ver. – Jake aponta para a virilha. – O *Titanic* aqui, mano.

A cozinha inteira dá risada e, de repente, tudo o que vejo é o Alan de doze anos me fazendo jurar que não vou contar para ninguém que ele é gay.

E não entendi por quê.

– Em primeiro lugar, que nojo – diz Alan. – E, segundo, não vou fazer você passar vergonha no seu território. Seria falta de espírito esportivo.

– Eu cresci naquela piscina, cara. Além disso, estou naquele time novo da Elgin, sabe? Pois é, você não vai me fazer passar vergonha.

Alan pergunta o que Jake nada, ao que Jake responde:

– Quinhentos metros borboleta.

Não existe quinhentos metros borboleta, mas acho que, quando você tem uma cozinha tão incrível e todos esses astros em sua órbita, você só ergue uma cerveja e fala o que quiser.

Jake pergunta:

– Noah, o que você nada mesmo?

– Meia distância. – Mal consigo dizer. – Duzentos costas, quinhentos livre.

Jake ergue uma Natty Ice.

– É o Michael Phelps da casa, porra.

As pessoas riem, e começo a sentir um efeito colateral novo daquelas Hurricanes.

– Na verdade, Phelps é conhecido pelo nado borboleta. Assim, ele nada de costas, mas a única medalha dele nessa modalidade foi uma de prata no Campeonato Pan-Pacífico. Ele praticou nado livre, mas, até onde eu sei, nunca ganhou uma medalha pelos quinhentos metros, que é o que eu nado. Então não é uma comparação muito pertinente.

Todos ficam me encarando.

– Cara – diz Alan. – Por que está tão azedo?

– Relaxa – diz Jake. – Homem de princípios. Isso eu respeito. – Jake dá um gole da cerveja, limpa a boca com o dorso da mão. – E como vão as costas, mano?

Dou de ombros. Não tenho outra resposta.

– Meu primo tem uma hérnia de disco ou uma merda dessas – diz Jake. – Ficou de cama várias semanas. Você me parece até que muito bem, maninho.

– E você me parece um babaca titânico.

Alan salta do balcão.

– Vem, Noah. Vamos dar uma volta, ou sei lá.

– Alan – digo, mas não sai mais nada, e ele não diz nada, só me olha como se fosse eu quem o estivesse amassando como uma lata vazia de Natty. – Quer saber? – digo. – Vou embora. Continua aí chapando com seus amigos.

Saio da cozinha antes que a cara de Alan me faça chorar na frente de todo mundo.

10 ➠ *saída do robô*

Adoro o jeito como minhas botas ecoam nos pisos de madeira, o valor máximo do caminhar, cada passo uma afirmação, e tenho de me perguntar: o álcool nos faz dizer coisas que não queremos dizer, dizer coisas que realmente queremos dizer ou só dizer coisas maldosas e mais nada?

Beber Hurricane, bater as botas no chão, parece que essa é a minha vida agora.

– Pode ir na frente – diz a menina na fila do banheiro. – Estou esperando uma amiga.

Já a vi antes, mas não sei direito onde.

– Não estou aqui pelo banheiro.

– Está esperando alguém também?

– Não.

Bandana azul. É a menina de antes, aquela que estava sorrindo para mim do outro lado da pista de dança. Ela é bonita, mas não do mesmo jeito que Val. Essa menina tem o cabelo escuro ondulado sob a bandana, a pele clara e sardas em volta do nariz e dos olhos.

Ela fala:

– Você só é fã de filas, então?

– Sou mais fã de ficar andando por aí sem destino, acho. Mas é que também precisava de uma desculpa para sair de um cômodo.

– Se eu fosse você, tomaria cuidado com isso de andar por aí sem destino. – Ela aponta para as portas em volta do corredor. – Tem alguém transando.

– Sério?

– Ah, sim. Agora está quieto, mas um segundo atrás estava um verdadeiro Animal Planet ali dentro.

– Bom saber.

– Sou Sara Lovelock, aliás. Sara sem *h*.

– Noah Oakman. Com h.

Ela sorri, aponta para a minha Hurricane.

– Hurricane, hein?

– Pois é. – Dou um gole como se estivesse experimentando. – Aliás, gostei da sua bandana.

– Sério? Decidi arriscar, mas sei lá. Parece montado, ou coisa assim. Não sei se é muito a minha cara, sabe?

– Eu uso a mesma roupa todo dia, então...

Minha cabeça está girando, mas não a ponto de eu não me dar conta de que passei a noite toda do lado não sóbrio das conversas. E, sim, o fiasco da cozinha foi um saco, mas estou me sentindo bem incrível agora.

– Você usa as mesmas roupas todo dia – Sara diz, cheia de sorrisos.

– Fadiga de decisão. Sou meio complexo, já vou logo avisando.

Mais um gole para provar essa merda. Não espere uma resposta sarcástica.

– Você é meio fofinho.

Engasgo com a Hurricane. A Hurricane me traiu.

– Obrigado, hm. Você também.

Você também? O que é que está acontecendo agora?

A amiga de Sara sai do banheiro, nos despedimos e repito a conversa na minha cabeça. *Sou meio complexo*? O que foi isso?

Mas ela me chamou de fofinho.

Do nada, um gemido. Pois é. Definitivamente tem alguém transando num desses cômodos. Me sinto um intruso, ou um daqueles caras que nunca saíram do porão da casa da mãe. Um morador de porão, bem assim.

Os sons estão vindo em ondas agora, e me fazem lembrar de uma conversa que tive uma vez com a Val: "As pessoas são como músicas", ela disse, "altos e baixos, crescendos e batidas, felizes e tristes", e respondi: "É verdade", mas não disse o que realmente estava pensando, que era: *Às vezes eu sinto todas essas coisas ao mesmo tempo*.

Coloco a garrafa no chão do corredor, olho para ela e então vêm: as lágrimas, aquela alta voltagem liberada, do nada também. Mila Henry chamou isso de "saída do robô", a ideia de que nossos corpos físicos são construtos, dos quais podemos sair à vontade. Ela alertou contra isso, dizendo que, depois de sair, era difícil encontrar o caminho de volta para dentro e, talvez, isso lhe desse uma espécie de perspectiva espiritual, mas que era perigosa a toxicidade das coisas fora do robô. Acontece assim: sinto demais, como de menos, quero ir a lugares onde nunca estive, sentir aqueles crescendos e batidas dentro de mim, felizes e tristes, e, para variar, queria sentir apenas uma coisa pelo que ela é, só *uma* coisa, cacete, mas nunca é assim. É tudo de uma vez e, por mais organizado que eu mantenha meu quarto, meus discos, meus livros, por mais detalhadamente que eu comunique uma coisa ou por mais flechas que apontem para determinados objetos, no fim estou flutuando pelo espaço de um jeito muito peculiar.

Certo.

Está tudo nadando embaixo d'água.

Certo.

– Aí está você. – Val aparece de repente. – Que merda você falou pro Alan?

– Nada.

Agora que ela chega mais perto, sua voz fica mais suave.

– Você está bem, No?

– Estou.

Ela olha para a garrafa vazia no chão.

– Quantas dessas você tomou?

– Não sei. Cinco. Eu acho.

– Certo, bem... Me diz que você parou.

– Parei.

– E que vai me procurar na hora de ir embora – diz Val. – Não estou bebendo, então posso dirigir.

– Beleza.

– E que vai pedir desculpa pelo que disse para o Alan, seja lá o que for.

– Val...

– Estou falando sério, Noah. Não quero viver num mundo em que você e o Alan não sejam completa e semirromanticamente apaixonados um pelo outro.

Um sorriso escapa, mas se fecha com a mesma velocidade.

– Escuta – diz Val. – Sei que você não queria vir. E sinto muito que não esteja se divertindo. Me dá, tipo, uma hora, e já posso ir embora. Enquanto isso, por que não espera na biblioteca?

– Biblioteca?

Val faz que sim.

– Diretamente de *A Bela e a Fera*. Sinceramente, estou chocada que você ainda não tenha montado acampamento lá.

– Onde?

Ela aponta para o fim do corredor, onde o teto se curva num batente arqueado e há uma sala pouco iluminada lá dentro.

– Fique à vontade – ela diz, virando para o banheiro. – Já, já encontro você.

Sozinho de novo, vou até o fim do corredor, espio dentro de uma sala cavernosa de livros, todas as paredes estão lotadas deles, velhos e novos. E, sentado numa poltrona de couro ao lado de uma lareira apagada no canto – ou um prisioneiro do exército de livros ou seu capitão –, um menino que eu nunca vi canta uma música que conheço muito bem.

11 ➠ *Circuit, uma conversa*

– Ei.

– Puta que pariu. Que susto.

– Foi mal, só... Você estava cantando.

– Ah. Sim. Minha mãe fala que eu faço isso sem perceber, tipo um tique, sei lá. O que era dessa vez?

– "Space Oddity".

– Outro fã do Bowie, então?

– O quê?

– Sua camiseta.

– Ah, claro. Sim. É, então. Desculpa ter te assustado.

– Você é o Noah, certo? Um terço do Valanoah?

– Um terço do quê?

– Vocês não viraram amigos porque seus nomes se encaixam?

– Não sei se...

– Ah, vá. Val. Alan. Noah. *Valanoah*. Porra, parece o nome de um resort de esqui.

– Conheço você da escola ou...?

– Não, eu estudo em casa. Mas já vi vocês pelo bairro. Você está bem? Está com cara de choro.

– Então você mora por aqui?

– Sim, logo ali em Piedmont. Meu nome é Circuit.

– Seu nome é o quê?

– Circuit Lovelock.

– Ah.

– Que foi?

– Acho que acabei de conhecer sua irmã. Sara?

– Ela mesma.

– Legal. Não estava espiando atrás da porta nem nada, só pra avisar.

– Não achei que você estivesse. Toma, quer um trago?

– Ah, valeu, não. Não fumo maconha.

– Tranquilo.

– Legal. Bom, prazer em te conhecer.

– Posso jogar a real com você, Noah? Você parece o tipo de pessoa com quem posso jogar a real.

– Hm. Claro.

– Na última hora mais ou menos, estava aqui contemplando as origens etimológicas da palavra *conversa*.

– Sério?

– Quando fico nervoso, procuro a origem das palavras no dicionário. Isso me acalma. Enfim, ficar nessa casa com aquele bando de patetas bêbados lá fora me fez pensar na palavra *conversa*, que, segundo este dicionário, quer dizer... Tá, cadê? Aqui... "Troca oral de sentimentos, observações, opiniões ou ideias", e sabe o que me passou pela cabeça?

– Não sei.

– Temos monólogos, amassos, bebidas, danças, tiro ao alvo, socialização de sobra acontecendo, mas, na integridade dessa casa enorme do cacete, não está rolando nenhuma conversa. Sem *troca*, não existe conversa. E sabe do que eu me dei conta?

– Não.

– Não lembro quando foi a última vez que tive uma conversa de verdade, segundo a definição desse dicionário aqui. Então prometi a mim mesmo que começaria uma com a próxima pessoa que visse que não fosse um babaca colossal. E, olha só, aí está você.

– Ah.

– Você não é um babaca colossal, é, Noah?

– Acho que não.

– Então. Vamos conversar?

– A gente meio que já está conversando, não?

– Não, só estou resmungando, e isso não conta. Aqui, senta comigo nessas poltronas ridículas. Quer um pouco de scotch? Os Longmire têm um monte de bebida da boa. Parece que temos... Springbank dez anos? Um negócio que chama... Glenmorangie? Não sei se estou falando certo. Ah, uau, este aqui tem vinte e seis anos. Puro malte, o que você acha?

– Acho que você entende muito de scotch para alguém que não é pai.

– Aqui, experimenta este.

– O que é?

– Laphroaig quinze anos. O favorito do meu pai.

– *Caralho*.

– Não é? Faz até nascer pelo no peito.

– Tem gosto de lava de peixe.

– Certo. Estamos sentados, estamos bebendo, estamos falando como adultos. Me fale algo de você. Mas uma coisa pra valer. E aí vou te dizer alguma coisa minha. Lembra: troca de ideias.

– Circuit. Olha, isso está esquisito. Você não acha esquisito?

– Se é esquisito, é só porque fomos programados para não ter conversas pra valer.

– Certo, então. Beleza. Meu amigo Alan.

– Sim.

– Na cozinha agora há pouco, a gente teve uma discussão. Não exatamente uma discussão, mas mais tipo, sei lá. Falei um troço.

– Continua.

– O Alan é meu melhor amigo, e eu amo aquele menino, mas às vezes o blá-blá-blá dele me cansa. E às vezes são só bobagens, tipo, eles estavam falando sobre Wilco.

– A banda.

– É. E o Jake *ama* Wilco pra caralho, e o Alan *odeia* Wilco pra caralho, e eles ficaram nessa por um tempo.

– E aí? Você gosta de Wilco?

– Sou indiferente, na verdade. Não sou nem muito a favor nem muito contra, o que é uma arte que se perdeu. Tipo, se você não ama nem odeia uma coisa, sua opinião não importa. Mas nem tudo se resume a ser o melhor ou o pior. Nem tudo é foda ou um lixo, algumas coisas são só mais ou menos, mais pra mais ou mais pra menos, e pronto. Mas parece que com o Alan...

– O quê?

– Nada. Deixa pra lá.

– Tá tudo bem, Noah. Pode confiar em mim.

– Já ouvi falar de você, sabe? Não tem muitos Lovelock por aí.

– Mas não foi por isso que você ouviu falar de mim. Foi?

– Seu pai, ele é tipo... assim, ele *era*... um inventor famoso, não era?

– Sabe... O importante de uma conversa pra valer, na minha opinião, é aceitar a vulnerabilidade. Deixar as ideias fluírem na direção que elas quiserem, por mais desconfortável que seja. Se você quer falar do meu pai, podemos falar do meu pai. Vai ser um prazer, Noah, um prazer ser vulnerável com você.

– Obrigado.

– De nada.

– Então... seu pai.

– Ainda não.

– Foi mal, achei que você tinha dito...

– Ah, nós vamos falar do meu pai. Mas você está evitando a questão maior aqui.

– Estou?

– Estávamos falando dos seus problemas com o Alan e aí, *de repente*, a gente está falando do meu pai. Parte da condição humana: chegamos perto demais da verdade e ela nos assusta. Mas vamos tentar não fugir do espírito da coisa.

– Que é o quê, exatamente?

– Verdade. Consequência. *Troca*. Noah, esta é a única conversa pra valer rolando nesta casa agora. O que a gente diz aqui *importa*, você me entende? A gente não precisa cacarejar feito um bando de galinhas retardadas, ou falar das nossas bandas ou filmes ruins favoritos, ou será-que-eles-vão-se-pegar na TV ou será-que-eles-vão-se-pegar na vida real, kkkkk, vsf. Não estamos discutindo o valor inerente de uma coisa em comparação a outra de que todo mundo gosta, ou que o filtro Clarendon destaca o azul dos meus olhos.

– Essa maconha é hidropônica?

– A gente não precisa falar sobre cento e uma maneiras de se dar bem na vida. Eu já fiz isso, você já fez isso, e acho que nós dois estamos de saco cheio disso.

– O espírito da coisa.

– A porra do espírito da coisa.

– Estou com medo de ter crescido tanto que minha vida não cabe em mim, Circuit.

– *Agora* estamos chegando a algum lugar.

– Assim... eu me escuto dizer isso, e não consigo... sei lá.

– Está tudo bem.

– Ontem à noite descobri que ganhei uma bolsa de natação na Universidade de Milwaukee, e sei que deveria estar pirando de alegria por conta disso, mas é como se a gente começasse certas trajetórias quando tem doze anos ou, pior, as trajetórias começassem *por* nós, e aí a gente tem que continuar nessa trajetória pelo resto da vida. Mas que merda. Estou de saco cheio de nadar. E não quero ir pra faculdade. Quero uma trajetória nova. Tudo – *todo mundo* – na minha vida está tão estagnado. Não estou dizendo que sou melhor do que ninguém. Acho que está todo mundo crescendo também, só que em sentidos diferentes, mas é como se minha vida fosse essa blusa velha. E eu cresci e ela não serve mais. Não que eu não goste dessa blusa em particular ou não entenda o valor dessa blusa. Só não consigo mais usar.

– Você precisa de uma blusa nova.

– Preciso de uma blusa nova.

– Noah?

– Quê?

– Acho melhor você vir comigo.

12 ➡ *destinos infelizes*

As begônias, na verdade, não são especialmente perfumadas. Ou talvez já tenham sido, vai saber. Mas me pergunto se os ivertonianos que moram aqui sabiam onde estavam se metendo quando plantaram as flores tão perto da calçada, que um dia um menino consumiria o próprio peso em cervejas cor-de-rosa, complementaria com um suco de lava de peixe, teria uma conversa bizarra com um total desconhecido numa biblioteca enorme e aceitaria voltar para casa com o tal desconhecido sem nem questionar, momento em que o menino precisaria de um lugar conveniente e oportuno para vomitar tecos de lava cor-de-rosa.

Eu deveria mandar um cartão de agradecimento. Só para que eles soubessem que suas begônias foram utilizadas exatamente como eles pretendiam.

– Está bem, cara? – Circuit mantém distância atrás de mim.

– Defina *bem*.

– Ah. Saquei.

– Assim, me afoguei num mar de cerveja de cereja, então o que você acha?

– Parece...

– Catastrófico?

– Eu ia dizer espetacular. Mas não sou nenhum exemplo de moderação.

Voltamos a caminhar, e não posso falar por Circuit, mas preciso de quase toda a minha concentração só para colocar um pé diante do outro. Não sei se ele veio de carro para a festa, mas Piedmont fica a apenas seis quarteirões, o que é ótimo, porque eu é que não vou entrar num carro com esse garoto.

– Faria qualquer coisa por um café – digo.

– Ah, cara. Sem dúvida. O que eu não faria por um transporte imediato para o Buraco de Minhoca agora.

– Buraco de Minhoca?

– Não me diga que nunca foi ao Buraco de Minhoca. – Ele tira o celular do bolso e, um minuto depois, passa-o para mim. – Dá só uma olhada.

Navego pelas fotos de um café decorado com parafernálias dos anos oitenta – tudo, desde computadores antigos a pôsteres de filmes clássicos a...

– Isso é um...

– Sim. Um DeLorean.

É esquisito ficar bêbado. Tipo, um café com um DeLorean não me parece nada estranho agora, mas imagino que, em algum momento amanhã, vou lembrar e pensar, MAS QUE PORRA?

Devolvo o celular e só agora me dou conta de como Circuit é alto. Nunca cheguei a dar uma boa olhada nele na biblioteca, tirando os óculos com aro grosso e o cabelo desgrenhado. Sua pele é ainda mais clara que a da irmã, quase translúcida. Como um fantasma. Que não sai muito.

Um fantasma eremita.

– Verdade seja dita – Circuit fala –, nunca entendi muito o valor dela.

– Esqueci do quê... Hmmm... – Meu Deus. Nunca mais vou beber. – Esqueci do que a gente estava falando.

– Moderação, e como não tenho nenhuma. *Moderação*! – ele berra; a palavra ecoa pela vizinhança, e me sinto um pouco melhor em saber que não sou o único perdendo o controle. – Só acho que... sabe, por que não querer *mais*?

Sei exatamente o que ele quer dizer.

– Às vezes penso – engulo em seco, chacoalho a cabeça, me recomponho –, penso que meu apetite pela vida excede o de um humano normal, como se ela estivesse para acabar, então é melhor eu viver tudo, sentir tudo, fazer tudo agora antes que acabe.

– Meu pai me falou uma vez que ele não foi feito para a manutenção a longo prazo. O que agora parece estranhamente premonitório.

No começo do ano, saiu um artigo sobre invenções revolucionárias na *Time* ou na *Newsweek,* algo assim, e o nome do dr. Lovelock foi mencionado como uma das tragédias do ano. Bala na cabeça, pelo que me lembro, o que culminou em níveis mórbidos de curiosidade em todo o bairro. A massa de Iverton não é exatamente generosa com aqueles que buscam privacidade, um subproduto de ser rico e entediado ao mesmo tempo.

– Então, seu pai – digo, totalmente parte da massa curiosa.

Por sorte, Circuit não parece se importar. Ele diz que o pai preferia o termo *arquiteto de cognição* a *inventor,* uma vez que as pessoas normalmente associavam o segundo a feiras de ciências escolares.

– Mas ele sempre foi um pouco estranho. Daí o meu nome. – Aparentemente, os pais de Circuit não conseguiram concordar quanto a um nome, então jogaram cara ou coroa para ver quem escolhia o primeiro e quem escolhia o segundo. – E assim uma pessoa acaba batizada de Circuit Patrick.

Ele volta a assobiar "Space Oddity".

– É a sua favorita do Bowie?

– Acho que sim.

– É a do Alan também. Toda vez que a gente discute as melhores do Bowie, ele diz: "Ela literalmente abre com uma contagem regressiva de lançamento, No. O futuro da exploração espacial está em jogo".

– E qual você acha que é a melhor do Bowie? – pergunta Circuit.

– Eu gosto de "Changes".

– Ah. Combina com você.

Circuit não dá risada, eu percebi. Ele diz *ah*, como se fosse uma palavra como qualquer outra, o que acaba soando parte de um roteiro, como se estivéssemos numa peça e ele estivesse regurgitando as frases decoradas.

– Álbum favorito do Bowie? – pergunto.

– Hmm, essa é difícil – diz Circuit. – Assim, eu sei que parece meio evasivo, mas todos, na verdade. Impossível escolher um álbum só.

Certo, veja bem: ninguém ama o Bowie tanto quanto eu, e nem eu gosto de *tudo* que ele lançou. Do primeiro álbum ao último, o cara evoluiu talvez mais do que qualquer pessoa, então a menos que você seja o tipo de ouvinte que realmente curte qualquer coisa (nunca entendi essa galera), é difícil imaginar alguém que realmente adore todos os discos dele.

Meu celular toca no meu bolso antes que eu possa contestar Circuit em relação a isso: cinco mensagens não lidas do Alan, uma da Val.

Alan: Cara. É sério que você foi embora???

Alan: PQP qual é seu problema?

Alan: Blz depois a gente conversa. Jake acabou de me desafiar para uma "competição de nado livre 25" seja lá que merda for essa

Alan: Vou colocar esse cara no lugar dele

Alan: E você ainda vai se ver comigo, No

A da Val era uma única palavra:

Val: Noah

– É aqui – diz Circuit, apontando para uma casa três portas à frente.

Meu celular toca de novo; coloco-o no silencioso e o guardo de volta no bolso enquanto atravessamos o jardim de uma casa que, como era de se esperar, é igualzinha à minha. Na casa do lado, um velho está sentado na varanda, fumando um charuto. Aos pés dele, um collie de pelos longos está em posição de sentido, observando todos os nossos movimentos com um certo brilho de consciência humana. O cachorro é quieto, calmo, parece velho.

– Meu cachorro estaria andando em círculos agora – comento, e é verdade; ele sempre faz isso quando passam estranhos pela casa. E Deus nos livre se alguém tocar a campainha. *Pandemônio de mijo,* como minha mãe chamou certa vez, uma descrição bem fiel dos fatos.

– Aquele é o Abraham – diz Circuit. – O cachorro, quero dizer. Está aí desde que eu era pequeno. – Circuit acena para o velho, ergue um pouco a voz. – Ei, Kurt. Está acordado até tarde.

– Estava pensando o mesmo de você, jovem mestre Lovelock.

– Ah. Nessa o senhor me pegou. – Circuit destranca a porta, a abre. – Te vejo por aí.

O velho sopra um círculo de fumaça no céu da noite.

– Não se eu te vir primeiro.

13 ➡ *uma história concisa de mim, parte vinte e dois*

A estrada até Fluffenburger, o Parvo Inútil, é pavimentada por muitos Jacks.

Mas é melhor começar pelo começo:

Vinte e seis anos mil anos atrás, um menino entrou em uma caverna. A caverna era na França, e se chamava caverna de Chauvet. O menino carregava uma tocha. Um cachorro caminhava ao seu lado. É muito provável que houvesse meninos com tochas caminhando com cachorros muito antes dele, meninos e cachorros e tochas de sobra. Mas as pegadas desse menino em particular e desse cachorro em particular foram capturadas pelo tempo, e as cinzas daquela tocha em particular caíram no chão da caverna de Chauvet, onde sobreviveram por muito mais tempo do que o menino poderia ter imaginado. Mais adiante, a ciência fez o que sempre faz: os apanhou. Apanhou aquele menino, porém, mais importante, apanhou seu cachorro, o avô dos cachorros de todo o mundo, cujas pegadas são a mais antiga evidência do homem e do lobo em conjunto, caminhando lado a lado, coabitando.

O primeiro melhor amigo do homem.

Uns vinte e cinco mil novecentos e tantos anos depois daquele menino e daquele cachorro atravessarem a caverna de Chauvet sob a luz bruxuleante, li *O chamado selvagem* sob a luz bruxuleante de uma lanterna de T. rex. Eu tinha apenas dez anos de idade, mas lembro de um capítulo chamado "A fera primordial dominante", em que dois cachorros brigam até a morte para provar sua supremacia, e pensei na época: *Yukon não é tão diferente assim do parquinho.*

Nunca fui muito durão.

O livro foi um presente de Natal do meu tio Jack, que era um saco. Cutucões, cuecadas, torcidas de mamilo, dedadas na orelha: tio Jack fazia parte daquele subgrupo peculiar de indivíduos que se divertia sendo detestável, mas ele gostava de cachorros, tinha um grande chamado Kennedy, que parecia um lobo. E, naquele Natal curioso, enquanto eu abria o papel de embrulho camuflado com cheiro de mofo para revelar *O chamado selvagem*, tio Jack soltou um rosnado grave do fundo da barriga, deixou que o som crescesse e então latiu. Feito um cachorro.

Tio Jack: sempre a fera primordial dominante.

Um homem chamado Jack London escreveu *O chamado selvagem* quando morava no que é agora Piedmont, Califórnia. Ele escreveu outros livros também – suas palavras e histórias viriam a influenciar obras como *Admirável mundo novo*, de Aldous Huxley, porém, mais que tudo, ele é lembrado pelos cães que criou: Caninos Brancos e Buck.

E assim começou minha conspiração virtuosa por um cachorro, aquele velho processo feliz de esgotar seus pais até não restar nada deles além de fantasmas de quem já foram. O resultado? Um passeio em família até um criador da cidade, onde achamos um shar-pei fofinho que rola sobre rolos e rolos de pele áspera, não era nada fofo, mas que eu havia decidido batizar a qualquer custo em homenagem ao vira-lata de três cabeças de *Harry Potter e a Pedra Filosofal*, e assim foi. Fofo, o shar-pei. (Ele só se tornaria Fluffenburger, o Parvo Inútil, anos mais tarde, depois de atingir seu verdadeiro potencial como o animal mais inútil que já havia nascido do ventre perplexo do universo.) E, por um tempo, fomos unha e carne, Fofo e eu, tudo porque o louco do meu tio Jack me deu um livro embrulhado em camuflagem.

Três dias antes do Dia de Ação de Graças seguinte, tio Jack levou um tiro e morreu num acidente de caça. Era 22 de novembro.

Jack London morreu em 22 de novembro de 1916.

Em 22 de novembro de 1963, Aldous Huxley morreu de câncer na laringe.

C. S. Lewis, que escreveu sobre um tipo diferente de fera primordial e era chamado pelos amigos de "Jack", também morreu nesse dia.

Huxley e Lewis são lembrados por suas obras, suas palavras. Mas nenhum deles é lembrado pelo dia em que morreram. Esse dia é obscurecido por outra morte.

John F. Kennedy, também conhecido como Jack, foi morto em 22 de novembro de 1963. Kennedy é mais conhecido por ter sido presidente dos Estados Unidos. O nome do cachorro-lobo do meu tio foi em homenagem a ele.

Até onde eu sei, o nome do meu tio Jack também.

A família Kennedy tinha uma cachorrinha, dada a eles por um líder soviético. (Os soviéticos são mais conhecidos por seus rovers lunáticos e robóticos do que por sua generosidade, mas enfim.) Essa cachorra se chamava Pushinka.

Em russo, *Pushinka* significa "Fofa".

Às vezes me imagino numa caverna, tarde da noite, sob a luz bruxuleante de uma tocha. Sinto suas cinzas tocarem em meus ombros ao caírem ao chão, e me pergunto se alguém, daqui a vinte e seis mil anos, alguma Pessoa do Futuro com capacidades além da minha imaginação, pode vir a encontrar essas cinzas.

E me pergunto o que essas cinzas vão dizer.

14 ➡ *minha blusa nova*

Circuit diz que a mãe está numa convenção, e todos os amigos da irmã também estavam na festa, então ela ainda vai demorar horas para voltar.

– Só ignora a Nike – ele diz no caminho para a escada. – Ela é meio ingrata.

Uma gata (provavelmente Nike) está no alto da escada, nos observando calma e silenciosamente enquanto nos aproximamos. A poucos degraus de distância, Circuit se abaixa e literalmente ruge – como um leão – na cara dela. A gata desce a escada correndo, roçando a minha perna no caminho. Claramente não sou o único que tem uma relação complicada com o animal de estimação da família.

– Preciso urinar – digo.

Circuit aponta para um cômodo seguindo o corredor e, quando saio do banheiro, ele está literalmente parado à porta esperando por mim.

– Pronto? – ele pergunta, e penso: *Pronto pra quê, doido*? Tudo que sai é:

– Ok.

No quarto de Circuit, tem uma cama grande, duas prateleiras meio vazias, uma guitarra elétrica empoeirada no canto e uma escrivaninha, diante da qual Circuit já sentou, se empertigou e abriu o laptop. A escrivaninha está uma bagunça revirada, que eu pagaria vinte paus para limpar: pilhas de papéis sem ordem aparente; livros didáticos sobre livros didáticos, todos os quais têm a palavra *psicologia* em algum lugar da lombada; alguns aparelhos do tipo cientista maluco, um dos quais parece ser um par de binóculos soldado a um par grande de óculos; e, em meio aos entulhos, um pequeno porta-retratos de Circuit e Sara na frente da Casa Branca com os pais.

– Cara. – Da cadeira, Circuit está me encarando enquanto eu encaro a foto. – Me diz que você está admirando minha irmã, e não eu.

Considerando o primeiro nome de Sara, imagino que a mãe deles tenha ganhado no cara ou coroa.

– Qual é o segundo nome dela?

– Ah. Flux.

– Circuit Patrick e Sara Flux.

– Sara sempre zoava que, juntos, fazemos um ser humano normal e um ciborgue.

– Por falar em ciborgues... – Aponto para os binóculos-óculos híbrido em cima da mesa, de onde sai um emaranhado de fios ligados ao laptop.

– Chamamos de Oráculo – diz Circuit.

– Você e a Sara?

– Não, quer dizer, deixa pra lá. – Ele aponta para a beirada da cama. – Senta aí.

Sento, entrevejo um documento em seu computador com o cabeçalho *Catalepsia e âncoras acorrentadoras*. Circuit gira na cadeira para ficar de frente para mim e, de repente, me sinto num consultório médico, como se ele estivesse prestes a me mandar abrir a boca e dizer *ahhh*.

– Você quer uma trajetória nova – ele diz.

– O quê? – Tento me levantar, mas minhas pernas não estão cooperando e tudo parece mais pesado. Minhas pálpebras, minha cabeça, meu braço, como se eu tivesse sido um reservatório vazio a vida toda e alguém tivesse acabado de me encher com pedras e areia. – É melhor eu ir. – Mas meus lábios também estão pesados, e não sei direito se falei alguma coisa.

– É simples, Noah. Confia em mim.

OLHA, É A ➻ PARTE DOIS

Henry: (...) deve ser por isso que sou tão fixada em escrever sobre pessoas de verdade. Por causa das minúcias.

Mod: As minúcias?

Henry: Sim, prefiro as minúcias.

Transcrição parcial de "Uma conversa com Mila Henry"
Harvard, 1969
(última aparição pública conhecida de Henry)

15 ➠ *a névoa*

No verão de dois anos atrás, minha família fez um cruzeiro pelo Caribe, e uma das muitas atrações noturnas exuberantes era um hipnotista. Lembro de assistir com um pavor curioso enquanto ele dizia a uma voluntária para fechar os olhos, imaginar que estava no alto de uma bela e longa escadaria de cem degraus. Ele disse a ela que, quanto mais ela descesse, mais relaxada ficaria. Depois de um tempo, a mulher estava num ponto em que era basicamente uma marionete humana sujeita aos caprichos de seu titereiro. E, por mais perturbador que isso fosse, o mais impressionante para mim foi o que veio depois. Encontrei essa mulher no barco algumas vezes ao longo da semana, e vi o rosto dela na plateia de outras atrações noturnas – o mágico, o comediante, a trupe de dança toda emplumada – e em nenhum momento ela sorriu. Só ficava sentada, de olhos vidrados, o tempo todo a marionete controlada por cordas.

Nike não se mexe. Vigia a porta feito uma sentinela, bloqueando minha saída, olhando ao redor com calma como se eu não estivesse a menos de meio metro dela. Pego a gata e acho que ela vai resistir, mas, em vez disso, ela se aninha no meu braço e ronrona. Coloco-a ao pé da escada, olho para o caminho por que desci – o quarto de Circuit se assoma lá no alto da escada, uma luz suave escapa por debaixo da porta fechada. Ele não disse uma palavra quando falei que para mim bastava, nem uma palavra quando abri os olhos à força, me levantei, saí do quarto.

É simples, Noah. Confia em mim. Fecha os olhos. Respira fundo, inspira e expira. Isso. Agora. Você está no alto de uma escada...

Com uma dor de cabeça latejante e um juramento solene de nunca voltar à rua Piedmont, saio pela porta e atravesso o jardim, as botas na calçada, ganhando as ruas em direção à minha casa.

Kurt, o vizinho velho, me cumprimenta ao passar. Ele continua na sacada, seu charuto agora é um toco.

Seu cachorro late. Abraham, Circuit o chamou.

Paro. Tudo fica um pouco embotado, enevoado; olho para a casa de Circuit atrás de mim, tenho uma sensação estranha de já ter estado ali antes de hoje.

Abraham choraminga, me encarando com aqueles olhos cintilantes, oniscientes e diligentes. Kurt acaricia a cabeça do cachorro e fala tão baixo que mal escuto:

– Então, na primavera, eu estava fazendo uma trilha perto de Starved Rock, e era tudo bem regulado, sabe, com guias e cavalgadas e vinícolas, mas não me interesso por nada disso, não é, Abe? Não, senhor, nada pior do que a natureza fabricada.

Fico imóvel no meio-fio na frente da casa desse estranho, ouvindo-o contar uma história para seu cachorro.

– Então saio do sistema, opto por um tour *não* guiado, quando me deparo com uma caverna. Não uma daquelas cavernas resguardadas cheias de cataratas e merdas turísticas, só uma caverna natural. Escura, úmida, misteriosa como as profundezas do inferno. Bom, você sabe melhor que ninguém como sou um cachorro velho curioso. Vou direto para lá e entro. Afinal, de que vale a vida não experimentada, que valor ela tem se não assumimos nenhum risco? Eu pretendia arriscar e experimentar, e admito que foi exatamente o que fiz. E sabe quem eu encontrei naquela caverna? Um mistério, e isso é fato. Deus Todo-Poderoso! Vai me dizer que isso não bate tudo? E sabe o que Deus me disse? – Devagar, intencionalmente, Kurt dá um último trago do charuto, o esmaga sob a bota, e seus olhos recaem sobre mim. – Ela me falou para vir à luz.

A caminhada para casa é enevoada, dentro e fora da minha cabeça, e não há alegria ou valor inerente nesses passos, apenas distração.

Quando entrei na casa de Circuit, Abraham era um collie.

Quando saí, era um labrador.

16 ➠ *num sonho daquela noite estou suspenso no teto*

Pairando aqui em cima, um espírito de mim mesmo, olhando para meu corpo adormecido na cama de outra pessoa. Ao lado da cama, Abraham, o labrador, late sem parar, mas é um latido silencioso, rítmico e mudo. Tem outra pessoa no quarto também, em pé no canto oposto, de frente para a parede, pingando como se tivesse acabado de sair de uma piscina. Uma poça d'água se acumula aos seus pés e só consigo ver sua nuca: cabelo escuro e, toda vez que ele se vira, o tempo acelera até ele virar de frente para a parede de novo. O ar rodopia como um tornado invisível, e então – cores por toda parte. Cores grandes, tão intensas que é difícil olhar para elas: tons ofuscantes de fúcsia bem rosado, turquesa, lavanda, verdes e azuis e amarelos vívidos. E, nas cores brilhantes que giram, letras começam a escorrer das paredes: os *A*s vêm primeiro, depois os *T*s, os *N*s, depois todo um conjunto de letras aleatórias de todas as formas e fontes, flutuando e se revirando pelo quarto em um desalinho caótico até que, finalmente, tomam forma, uma letra na frente da outra, e duas palavras se formam, flutuam até o teto, e param bem na minha cara: ESTRANHO FASCÍNIO.

Na cama ali embaixo, minhas pálpebras tremulam e, de repente, estou no meu corpo de novo, consciente e inconsciente, sabendo que estou dormindo e com um desejo urgente de acordar.

5h37.

Merda.

Minha cabeça está uma verdadeira carnificina. Tipo, facas e armas e uma doença infecciosa não identificável.

Pego meu celular do chão (mesas de cabeceira são um entulho superestimado), e encontro vinte e três mensagens não lidas do Alan.

Alan: Tá cheguei à conclusão que não dá pra partir corações rebeldes

Alan: O que quer dizer que nosso amor ainda voa nas asas de uma águia

Alan: O que quer dizer que te amo MUITÃO e hoje foi uma bosta

Alan: E o Jake é mesmo um babaca titânico

Alan: (que aliás foi totalmente humilhado por este que vos fala)

Alan: E estou bem chapado agora

Alan: Ô, lembra aquela vez que a gente bolou o manjericão da sua mãe?? Esse dia foi foda

Alan: Yo gabba gabba!

Alan: Que merda é gabba aliás???

Alan: Batman era da hora

Alan: ESTOU MAIS LOKO QUE O BATMAN

Alan: Olhaaaaa pipas

Alan: Quero FRANGO

Alan: Me deem frango e ninguém se machuca!!

Alan: O KFC 24 horas tem drive-thru ARRASOU!!!!!!!!

Alan: Amo muito tudo isso!!!!

Alan: Merda esse é do McDonald's ¯_(ツ)_/¯

Alan: Espera. Saca só...

Alan: o- ¯_(ツ)_/¯

Alan: estou tacando o microfone no chão

Alan: Rosa-Haas PARTIU

Alan: o- ¯_(ツ)_/¯

Alan: Boa noite migo

Ler essa conversa unilateral sob a luz sóbria ainda que cedo demais da manhã responde a pelo menos uma pergunta de ontem à noite: eu estava errado em falar o que falei para o Alan. E, embora às vezes eu tenha raiva dele, amo muito aquele menino.

Eu: Alan, desculpa.

Eu: Fui um babaca x 407.000. Por favor, me perdoa.

Eu: Quando vir isso (imagino que vá demorar) quero que repita as seguintes palavras em voz alta: "Noah Oakman me ama muito".

Passo para a conversa com Val só para confirmar que ela não escreveu nada depois da mensagem de uma palavra só.

Val: Noah

Não. É isso. Só *Noah*. Enviada à 1h01.

Pelo que sei, tenho o funcionamento interno de um homem de quarenta anos: depois que eu acordo, eu acordo. Tomo um longo banho minucioso, visto uma Bowie marinho limpa, sento na minha cadeira giratória ergonômica, me acomodo diante da escrivaninha, abro o laptop, abro o YouTube, encontro a Menina Se Apagando, encontro consolo.

Adoro meu quarto.

17 ➡ passagem do tempo (I)

O resto do dia é como um daqueles capítulos de um livro cujo autor avança no tempo porque acho que nada de interessante aconteceu com o personagem. Henry chamava esses capítulos de "capítulos de passagem do tempo" e, embora ela não os curtisse muito, às vezes não acontece nada que valha a pena mencionar. Às vezes você está no quarto, se recuperando de uma festa de merda em que bebeu demais e foi com um garoto até a casa dele quando deveria estar pedindo desculpas para o seu melhor amigo. Às vezes você fica analisando demais uma mensagem de uma palavra só porque, quanto mais pensa nela, mais percebe que uma mensagem com o nome de uma pessoa normalmente precede algo mais substancial, como *Precisamos conversar* ou *Tenho uma confissão*, mas você não responde e a pessoa não dá continuidade. Às vezes você tira o dia para alternar entre episódios de *Gilmore Girls* e a Menina Se Apagando até decidir escrever um pouco e aí, depois de uma hora sem chegar a lugar nenhum, você fica com raiva da escrita por se disfarçar de Trabalho Importante quando, na verdade, é uma puta perda de tempo, então você passa para algo que sabe exatamente o que é perda de tempo:

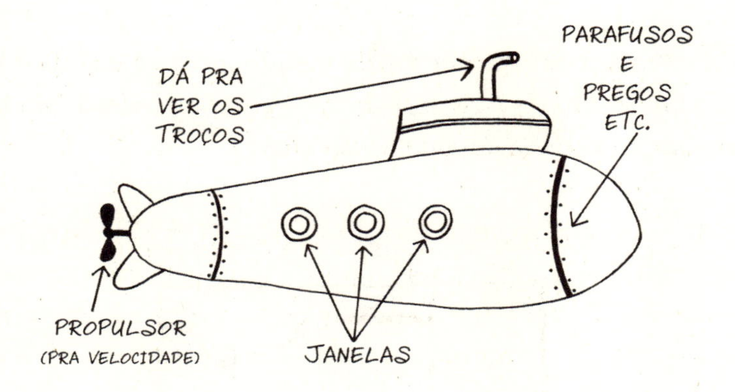

Às vezes você termina o desenho e se sente inteiramente relaxado, se consolando na certeza de que uma ilustração de submarino nunca vai lhe fazer mal. E se pega imaginando se algum dia vai ter a oportunidade de navegar um submarino, o que o leva a pensar em outros meios de transporte que ainda tem de experimentar...

Às vezes você entra numa de metalinguística e pensa: *Se tudo que eu quero fazer é ficar no meu quarto desenhando, bem que eu poderia desenhar meu quarto.*

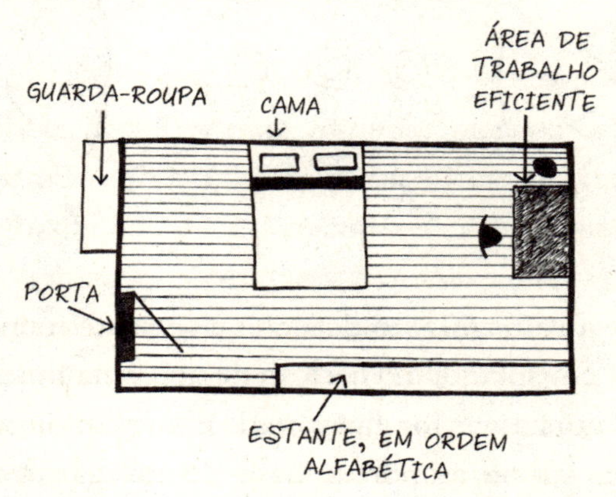

Às vezes você se pergunta se existe uma carreira que envolva ilustração com setinhas, mas aí pensa: *Que trabalho poderia exigir esse conjunto específico de habilidades?* E pensa: *Eu deveria estar fazendo algo mais produtivo.* Então imagina dois de seus desenhos procriando e tendo um filho.

E às vezes esse é o seu dia.

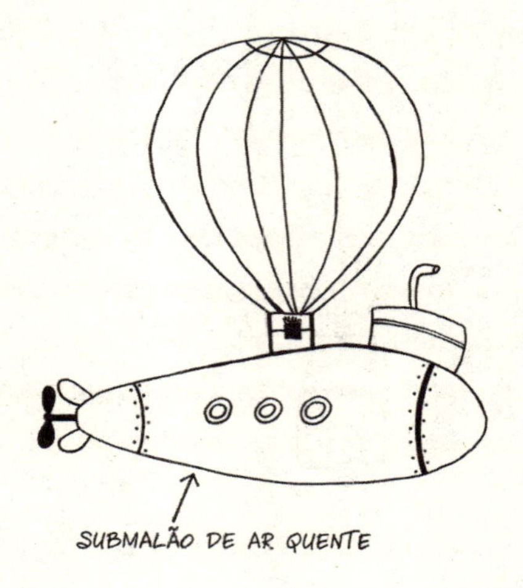

18 ➠ *as cores e peculiaridades de Penny Oakman*

Na manhã seguinte, o mesmo sonho me acorda antes do sol outra vez. Tomo banho, me visto, escovo os dentes e, quando termino de colocar meus novos livros didáticos na mochila, inicio um episódio de *Freaks and Geeks* como inspiração para o primeiro dia de aula. Enquanto passa, não consigo deixar de me questionar quantas noites seguidas constituem um sonho "recorrente". Não consigo deixar de me questionar sobre o menino pingando no canto do quarto e sobre as letras saindo das paredes. Mas também não consigo deixar de me questionar como a NBC pôde ter cancelado *Freaks and Geeks* no meio da primeira temporada se era uma série tão genial.

Os mistérios do universo não acabam!

Uma batida na porta, seguida imediatamente por sua abertura.

– Ei – diz minha mãe. Ela sempre bate, mas é menos um pedido e mais um aviso. – Eu ia te acordar pra ir à escola, mas parece que você já está pronto.

– Pois é.

Ela sorri daquele jeito preocupado, mas carinhoso. Uma expressão das mães em geral, mas especialmente da minha.

– Então. A mensagem do treinador Stevens.

Era só uma questão de tempo, acho. Sinceramente, é admirável que não tenham perguntado antes.

– Sim.

– Então, não é a bolsa integral que a gente queria, mas, Noah... quinze mil. Isso é ótimo. Demais, considerando tudo.

– Eu sei, mãe.

– Sabe, a questão não é só o dinheiro, mas estar no...

– Estar no lugar que mais me valoriza. Eu sei.

Esse tem sido o bordão dos meus pais desde o começo. E sei que eles querem que seja sincero, e em parte provavelmente é, mas quando "reunião de orçamento" e "uma semana meio apertada" são parte do vocabulário da sua família, e alguém coloca quinze mil dólares numa mesa, você faz mais do que só ficar olhando.

– E, com suas costas, não há garantias de...

– A gente pode conversar sobre isso depois? – pergunto.

Uma pausa; minha mãe está desapontada por eu não estar mais animado.

– Claro. Vou ligar para o treinador Stevens hoje à noite – ela diz. – Dizer que estamos considerando. Tudo bem?

Nas entrelinhas: *estamos* considerando?

– Claro – respondo. – Sim.

Ela assente uma vez.

– Você está com uma cara péssima, filho.

– Valeu, mãe.

– Você entendeu o que eu quis dizer. Cansado, eu acho. Tem dormido bem?

– Mãe. Estou ótimo.

Ela está prestes a sair quando noto uma cicatriz em sua bochecha esquerda.

– Ei, o que aconteceu?

– O quê?

– A cicatriz. – Aponto para ela, depois para a minha bochecha. – O que aconteceu aqui?

Ela toma fôlego – tipo, eu literalmente a escuto tomar fôlego.

– Noah, me faz um favor. Vai dormir cedo hoje. Está claro que você precisa descansar um pouco.

Ela sai do quarto, fecha a porta atrás de si.

Antes que eu consiga entender o que acabou de acontecer, escuto outra batida na porta, mas desta vez ela continua fechada.

– Entra, Penny.

Juro, toda vez que minha irmã abre uma porta, um anjo ganha asas. Ela sempre a entreabre alguns centímetros, como se tivesse medo que a porta saísse voando das dobradiças se ela não tomar cuidado, e sei lá – é a coisa mais fofa que já vi, um dos resquícios de quando ela era pequena.

– Oi – ela diz, enfiando a cabeça dentro do quarto como uma marmota hesitante saindo do buraco. Fofo choraminga no corredor atrás dela. – Psiu – diz Penn. – Os adultos estão conversando. – Depois, para mim: – Você notou que o Fofo anda meio estranho ultimamente?

– A menos que você conte bater com a cara na parede como estranho, não.

– Essa é a questão. Ele não está mais fazendo isso.

– Ele fez, tipo, duas noites atrás.

Penny revira os olhos.

– Bom, *eu* não vi, darling.

Minha irmã passa por essas fases em que fica completamente obcecada por uma coisa e, quando está numa dessas fases, *essa coisa é a única coisa*. Atualmente, essa coisa são os filmes da Audrey Hepburn, o que significa que ela não para de me encher o saco para assistir *Bonequinha de luxo* com ela, e fica andando pela casa, chamando todo mundo de darling.

– Ele voltou a latir – ela diz. – Você percebeu?

Fofo dá um latidinho no corredor como se para me mostrar do que ela está falando.

– Acho que ele anda esquisitando.

– Acho que *esquisitar* não é uma palavra, Penn.

– Pois deveria ser. E ele não parece meio, sei lá... *melhor*?

– Melhor como?

– Mais ágil, acho.

– Penny, nem quando o Fofo era ágil, ele era muito ágil.

Ela continua no batente, com a cabeça dentro do quarto, o resto do corpo no corredor com Fofo.

– Enfim, o verdadeiro motivo por que passei aqui é para confirmar nosso compromisso hoje à noite.

– Ah. É assim que você chama agora? Saquei.

– Juro, Noah, não faço a menor ideia a que você está se referindo.

– Nenhuma?

– Noah. *Darling*. Escuta. Você não sabe do que está falando. Agora, não posso ajudá-lo se você não agir de maneira racional.

– Certo.

– Afinal, sua opinião sobre *Bonequinha* é completamente *ir*racional.

– Adoro bonequinhas.

– Você sabe do que estou falando.

– Sei.

Penny limpa a garganta e, quando finalmente entra no quarto, quase consigo sentir o chão soluçar, como se minha decoração minimalista não fosse capaz de digerir as cores e peculiaridades de Penny Oakman. Hoje ela está usando tênis pretos de cano alto, meia-calça rosa bordada com caveiras e corações, uma saia cuja cor pode ser descrita como "da família fúcsia", uma camiseta de I <3 NY, e o cabelo preto bagunçado como se ela tivesse entrado num salão e pedido o corte de Bellatrix Lestrange.

– Fica – ela diz para o corredor. (Momento para o choramingo *Aonde a Penny foi?* do Fofo.) Ela atravessa o quarto e me dá um envelope com meu nome *e* sobrenome inscritos na frente; sua postura e seus movimentos indicam o caráter oficial de seu gesto. – Toma. Escrevi uma lista de motivos pelos quais você deveria reconsiderar sua opinião sobre *Bonequinha de luxo* e, em particular, por que deveria assistir ao filme comigo. Fique à vontade para ler, darling, o quanto antes, de preferência.

Ela fala tudo isso com um sotaque britânico, afinal, por que não?

Enfio o envelope no bolso, faço o possível para manter a cara séria.

– Vou levar em consideração.

– Espera, o que você está fazendo?

– Como assim?

– Você acabou de colocar no bolso. – Penny olha para a lateral da minha calça como se o bolso tivesse comido sua carta inteira.

– Onde eu *deveria* guardar?

– Você vai esquecer dela aí – ela diz.

– Não vou, não.

– Ah, não? – Penny bate o pé numa imitação perfeita da nossa mãe. – Lembra daquela vez que você colocou um Kit Kat no bolso, e aí esqueceu dele?

– Tá.

– E algumas horas depois todo mundo achou que você tinha se cagado todo?

– Não fala cagar, Penn. E, sério, não vou esquecer. Pronto, olha. Vou colocar um lembrete no celular, tá? Como plano B.

– Daí, quando o alarme tocar, você vai ler a carta?

– Claro. Vou ler e ponderar sobre toda a sabedoria contida nela.

Penny dá um aceno curto de cabeça.

– É tudo que peço. – Fofo late no corredor, ao que Penny diz: – Tudo que *nós* pedimos, quero dizer. Agora, se me der licença, tenho um compromisso importante ao qual comparecer.

– Só pra dizer, o oitavo ano é muito menos importante do que você pensa.

– Talvez para *você* tenha sido – ela diz ao sair. – Mas planejo ser um sucesso absoluto, darling.

19 ➟ VIP

Pegar o caminho mais longo para a escola significa encontrar o Velho da Incrível Papada em seu trajeto. Diminuo um pouco a velocidade entre a Mill Grove e a Ashbrook, e lá está ele: a bengala, o chapéu, a incrível papada do lado esquerdo do pescoço, o homem em pessoa. *Quem é você, VIP? Um pastor aposentado? Um herói de guerra? Um magnata do fast-food?* Hoje o imagino em sua juventude, um dono de restaurante em ascensão em Paris, um americano expatriado do Alabama que se deu bem na alta sociedade, todo *voulez-vous coucher avec moi?* Me aproximo devagar, tentando não entortar o pescoço ao passar. Lá está o semblante carregado, como sempre, Deus o abençoe. VIP definitivamente entende o valor inerente da caminhada. Ele nunca tira os olhos da calçada, resoluto em sua decisão de andar neste momento, neste lugar, todo – santo – dia.

Nada me anima mais do que o VIP.

Quando entro no estacionamento da Iverton High, quase não estou mais deprimido por causa da volta às aulas.

– Noah!

É Tyler Massey, um daqueles moleques cuja popularidade é um mistério incompreensível, porque parece que ninguém gosta dele. Quase finjo não ouvir, mas é preciso dar atenção a caras como Tyler senão eles seguem você o dia todo, atazanando, tão devagarinho que você nem nota. É melhor se entregar logo de cara.

– E aí, Tyler? – digo, saindo do carro, mas já sei onde isso vai dar e, de repente, queria voltar no tempo, parar o carro e ir até o VIP, perguntar de onde ele é de verdade e por que faz o que faz, e poderíamos trocar ideia sobre meus Estranhos Fascínios, e eu poderia finalmente contar a verdade a alguém, que acho que ele e a Menina Se Apagando devem entender os perigos de viver fora do robô, e VIP escutaria e, olha só, o mundo se revelaria um lugar lindo e glorioso.

Tyler Massey aperta a virilha, balança de um lado para o outro.

– E aí, cuzão? Perdeu o cabaço nas férias ou o quê?

Caralho, como eu odeio o ensino médio.

20 ➠ *uma escola é igual à outra*

Se seguirmos os galhos da árvore genealógica dos Oakman, daríamos de cara com o irmão da minha mãe, Orville O'Neil, feliz proprietário da Escola de Voo Humano de Orville em Orlando.

O tio Orville e o tio Jack eram gêmeos idênticos, melhores amigos e praticamente funcionavam da mesma forma. A morte de Jack acabou com a minha mãe, mas foi ainda mais pesada para Orville. Só o vemos uma vez por ano agora, no dia de Ação de Graças, e, embora sempre caia perto do aniversário da morte de Jack, nunca falamos dele. (Ou talvez nunca falemos dele *porque* cai perto do aniversário da morte dele, vai saber.) Mas, para alguém como o tio Orville – cujo tema de conversa predileto é queda livre humana, que mora sozinho e manda fitas de VHS dos comerciais regionais de sua empresa para pessoas da vida dele que são obrigadas a pelo menos fingir que gostam (isto é, sua família) –, é seguro supor que a mesa de Ação de Graças oferece mais do que apenas um tipo de banquete.

– As pessoas pensam que paraquedismo é só pular de um avião – ele disse no ano passado entre uma mordida e outra do doce de oxicoco. – É muito mais do que isso.

O tio Orville ficou falando sobre "saltos com linha estática", que, pelo que entendi, são o equivalente do paraquedismo às rodinhas da bicicleta. Basicamente, uma corda chamada "linha estática" se liga do avião ao saco de paraquedas do saltador (ou, como o tio Orville chamava, apenas "saco do saltador", afinal, por que não?). O saltador tinha uma queda livre muito limitada antes de a corda do paraquedas ser puxada automaticamente pela linha estática.

Fiquei em silêncio durante a maior parte do jantar, mas tinha uma pergunta. Então, quando a conversa do outro lado da mesa se voltou para o estado da temporada do Bears, soube que tinha encontrado meu momento.

– Tio Orville – eu disse, cutucando o ombro dele.

– Fala, retardatário.

Tio Orville, obedecendo à emenda constitucional que dita que todas as crianças tenham pelo menos um tio que se refira a elas em terminologia esportiva, dispensou o suspeito habitual *campeão* e preferiu o azarão, o mais eloquente *retardatário*.

– Então, estava pensando...

– Você quer uma história de *espatifada* – ele disse.

– Hm. Quê?

Meu tio abriu a mão esquerda com a palma voltada para cima, depois ergueu a direita e deixou que ela caísse até uma encontrar a outra, momento em que fez um som de explosão.

– História de *espatifada*.

Por mais que eu odiasse admitir, Orville acertou em cheio.

Ele deu um gole do chá gelado, ergueu os ombros.

– Tive esse aluno em seu segundo salto de linha estática cujo paraquedas não abriu. Agora, se ele estivesse numa queda livre acelerada seria uma *puta* espatifada. Pra sorte dele, a linha estática virou uma linha salva-vidas. Quando a corda chegou no fim... pffff. Pegou o garoto. Ele ficou lá pendurado, sendo puxado pelo avião. Na verdade, me fez lembrar um pouco de esqui aquático; só que, sabe, no céu.

Esqui aquático no céu. Nessa eu não teria pensado.

– Parece perigoso – eu disse.

– Ah, foi mesmo. Precisou de nove caras para puxá-lo de volta para o avião. O cara estava em choque, passou um tempão no hospital, as costas dele nunca mais foram as mesmas. Ele tentou processar, mas você basicamente entrega sua vida quando assina o contrato, então não deu em nada.

O outro lado da mesa ainda estava falando do futebol americano do Bears, enquanto nosso cantinho ficou em silêncio por um segundo. E então:

– Me faz acordar no meio da noite – disse o tio Orville.

– Foi por pouco.

– Ah, sim, isso... Mas também...

– O quê?

– Nada – ele disse. – É só que às vezes eu sonho que sou ele. Pendurado a milhares de metros do chão, apertando meu saco, me segurando firme para salvar minha vida.

E eu me dei conta: assim era o ensino médio.

21 ➡ *virgens felizes*

Aperto minha mochila, me segurando firme para salvar minha vida enquanto multidões de adolescentes passam pelo corredor.

– Decidi trazer o *duh* de volta – diz Alan, me passando um burrito de café da manhã. O café da manhã na casa dos Oakman normalmente consiste na mais moderna tecnologia de linhaça, alguma receita nova para a qual meu pai precisa de uma família de cobaias antes de introduzir oficialmente em seu cardápio. Quase toda manhã minha barriga está roncando feito um urso-pardo quando recebo a mensagem de Alan. *Pedido sônico! Burrito ou sanduba?*

– Como assim, vai trazer o *duh* de volta? – pergunta Val.

Alan fica todo:

– Que parte precisa de explicação? – Ao que Val responde:

– Não dá pra trazer de volta uma palavra que nunca esteve na moda.

Alan suspira, dramático.

– Qual é, Val. *Duh* super esteve na moda.

Começou no primeiro ano: a gente se encontrava perto da entrada, andava até o lado oposto da escola onde ficam os armários desocupados nesse pequeno refúgio semirrecluso que apelidamos de "Alcova". Nós três nos sentávamos no chão do corredor, de costas para a parede, as pernas estendidas a poucos centímetros da corrente apressada de sapatos, conversas animadas de quem teria ficado com quem, e o que fulano ou cicrano disse ou fez, ou o que ele *não* disse nem fez e, Deus, acredita nisso ou naquilo e, minha nossa, eu sei, não é louco ou horrível ou injusto ou um saco?

Quase sempre, ficávamos sentados na Alcova unidos por nossa crença de que estávamos, de fato, vivendo o melhor da vida.

– Certo, então – diz Val, enquanto jogamos nossas mochilas no chão e assumimos nosso lugar. – Se você vai trazer o *duh* de volta, vou trazer o *da hora*.

– Fica a dica – diz Alan. – *Da hora* nunca saiu de moda.

– O fato de que você acabou de usar *fica a dica* numa frase invalida sua opinião sobre o tema do que está ou não na moda.

Mastigo meu burrito de café da manhã, olhando para a corrente furiosa, grato pela conversa leve. Faz as coisas parecerem normais ou, se não normais, ao menos me distrai do grande problema que preferimos ignorar: que cada um de nós seguiu um caminho diferente depois da festa dos Longmire duas noites atrás e que não falamos sobre isso desde então.

Val cutuca meu braço.

– Ainda está de ressaca ou o quê?

– Hm, não.

– Você está, tipo, superdesligado agora.

– Foi mal – digo. – Depressão pós-férias, eu acho. Além disso, dei de cara com o Tyler hoje cedo, então meu dia já começou mal.

– Tyler Walker?

– Massey.

– Ai, Deus – diz Val. – É, isso é pesado.

– Me deixa adivinhar – diz Alan. – Ele fez um comentário sexual de mau gosto? Algo como você ser bicha ou perder o cabaço ou ter um bilau pequeno?

– Sim, tipo isso – respondo.

Val franze a testa.

– Não fala *bilau*.

– Tyler é um escroto completo – diz Alan. Depois, com a boca cheia de ovo e queijo: – O que é uma pena porque, fora isso, ele até que é gatinho.

Val diz:

– É, e você é um verdadeiro colírio. – Ao que Alan beija o bíceps e arrota.

– Mas, sério – ele diz. – Vocês conhecem alguém que fala de sexo com mais frequência e menos conhecimento íntimo do que o Tyler Massey? Ele é um dos virgens mais trágicos do mundo.

– O que torna pessoas como Noah o quê? – questiona Val, piscando para mim. – Virgens *felizes*?

Alan para no meio da mordida.

– Por que isso me soa familiar?

Fico olhando para minhas botas e me pergunto se é possível que meus dedos dos pés fiquem vermelhos.

– Hm, nono ano. Porão da casa dos seus pais.

Alan desata a rir descontroladamente, e Val fica toda:

– Qual é a graça? – E Alan explica um percalço em particular no nono ano quando ele havia tido um dia especialmente ruim na escola em que tinha sido chamado de nomes especialmente cruéis e, então, ao chegar em casa, decidiu dedicar o fim de semana a virar hétero.

– É, não tem como – diz Val.

Alan limpa os farelos da camisa.

– Duh, Val. *Duh*.

– Então o que você fez?

Alan não consegue parar de rir, então eu assumo:

– Alan pensou que talvez, se assistisse, sabe... coisa de hétero... *pornô*. – Pode me chamar de puritano, mas fico sem graça com a palavra quase tanto quanto com a coisa em si. – Enfim. Como você deve saber, seus pais têm Cinemax.

– Cinemax, sério? – diz Val. – Já ouviram falar em internet?

– Já ouviu falar em controles dos pais? – pergunta Alan. – Histórico de busca, Net Nanny etc.?

– Sem falar em malware – digo.

Val abana a cabeça.

– Vocês são tão bonitinhos, tipo, no sentido mais triste da palavra. Espera, o que isso tem a ver com *virgens felizes*?

Volto a encarar as botas.

– Era o título do filme daquela noite.

Val desata a rir, se juntando a Alan, que ainda não parou de rir, e então também começo a rir sem parar.

– Então, uns babacas te xingam – diz Val – e você decide fazer uma terapia de conversão.

– Certo, primeiro – diz Alan –, eu era novinho. Além disso, não eram *só* os xingamentos. Lembra como eu era obcecado pelo Homem de Ferro?

– Você *era* obcecado pelo Homem de Ferro?

– Tony Stark é o cara, Val. Sempre com uma menina diferente e, sei lá, não tinha nenhum super-herói gay fodão para eu admirar.

Jackson, aquele nosso colega de equipe de um metro e oitenta e tanto, aparece e pergunta como vão minhas costas.

– Melhor, acho. – E acrescento um: – Veremos. – Para garantir.

Ele cumprimenta Alan com um toquinho, depois faz o mesmo comigo.

– Rezando por você, cara. – E vai embora, levando consigo nosso riso descontraído.

Tem vezes que me pergunto se Val e Alan sabem que minhas costas estão bem. Faz tanto tempo que a gente é amigo que é como mentir para o espelho e esperar que eu acredite. Se eles sabem, não comentaram nada.

Uma música começa a tocar no alto-falante – dois minutos para a primeira aula. Juntamos nossas coisas, caminhamos em silêncio e imagino como eram as coisas antes dos Poderes Superiores mudarem os horários para Dia A e Dia B, na época em que todos tinham de usar armários porque faziam mais de quatro aulas por dia. (Se eu pensar demais nisso, começo a ficar triste. Essas caixas inúteis de metal vazias. Nem sei explicar.)

Alan se agacha para amarrar o tênis, olha por sobre o ombro para a própria bunda, depois para mim, e fala:

– Está curtindo a vista?

Eu respondo:

– Vai sonhando.

– Ai, meu Deus – diz Val –, como vocês são moleques.

– *Até parece* – diz Alan. Ele se levanta, e voltamos a andar. – Eu e Noah somos gigantes entre os homens. Não é verdade, No?

– Você é bem alto mesmo.

– Cidadãos vigorosos de maturidade refinada.

Val aponta para a boca de Alan.

– Tem pimenta verde no seu dente.

Alan abaixa a cabeça, cutuca o dente com a unha, e entra na sala deles. Antes de entrar, Val diz:

– Seu melhor amigo é um panaca, você sabe disso, né?

– Duh.

– Da hora.

22 ➟ *Dinge beginnen, für Norbert weirden zu bekommen*

Foi uma daquelas coisas a que eu não dei importância na hora, mas, com o passar do dia, e à medida que a primeira aula virava a segunda, e a terceira, quanto mais eu pensava, menos fazia sentido.

Lembra como eu era obcecado pelo Homem de Ferro?

Você era obcecado pelo Homem de Ferro?

Era como se alguém tivesse plantado essas duas frases na minha cabeça de manhã, e agora aqui estava eu na aula de alemão avançado com um verdadeiro carvalho no cérebro.

– Bratwurst, Poltergeist, Pretzel, Blitzkrieg. – Herr Weingarten está no meio do seu discurso anual de primeiro dia do ano, que inevitavelmente destaca todas as formas por que a língua alemã é superior à nossa. Como o quarto ano de uma matéria eletiva, é um grupo bem unido; tirando um aluno novo, todos estamos aqui desde o começo. – Bildungsroman, Sauerkraut, Schadenfreude são só alguns exemplos de palavras comumente usadas em inglês que foram roubadas do alemão.

Danny Dingledine ergue a mão. A turma ri baixo, que é o que fazemos sempre que Danny Dingledine faz qualquer coisa. Danny é engraçadíssimo até quando não tenta ser, o que eu suponho que já o tenha salvado de várias surras ao longo dos anos.

– Sim, Dingledine – diz Herr Weingarten.

Rimos.

– Oi, sim, olá – diz Danny Dingledine. (Mais risos abafados.) – Não sei o que quer dizer *Schadenfreude*.

O aluno novo ergue a mão, mas não espera ser chamado.

– É quando alguém deriva um enorme prazer pelo infortúnio de outra pessoa. Literalmente significa "alegria ao dano".

SOS, SOS, competência no ar. O resto de nós se entreolha, sabendo o que está em jogo. Durante três anos, demos nosso máximo para criar um espaço em que fosse necessário o mínimo de esforço, baixando os padrões coletivos até que padrões baixos se tornassem a regra.

E agora aqui está esse moleque novo sabendo tudo quanto é merda.

Herr Weingarten parece tão chocado quanto qualquer professor que não teve nenhum aluno oferecendo a resposta correta voluntariamente em mais de uma década. Ele elogia o aluno novo e diz que, como recompensa, ele pode escolher seu nome alemão do ano.

– Escolho Norbert – diz o menino novo.

A sala toda, incluindo Herr Weingarten, volta os olhos para mim. O lance é: sou Norbert faz três anos. Ninguém é mais Norbert do que eu.

Eu *sou* Norbert.

Herr Weingarten fica todo:

– Hm, bom, na realidade. – E gagueja por toda uma longa explicação sobre por que esse menino não pode ser Norbert, cujo resumo é *Noah pegou primeiro*.

– Herr Weingarten – digo. – Não tem problema. Eu posso ser, hm... Klaus.

Pela reação da turma, parece até que tirei o sapato, apoiei os pés na mesa, e acendi um baseado.

Herr Weingarten, bem baixinho:

– Mas você é Norbert.

Sim, penso. *Eu sou Norbert.*

O menino novo, tendo agora reconhecido seu erro, ergue a voz:

– Não tem problema, Herr Weingarten. Posso ser Klaus.

Um suspiro coletivo percorre a sala.

Sorrio para o menino novo.

– *Danke, meine neue Freundin.*

Herr Weingarten limpa a garganta, mas, antes que ele possa dizer algo, o menino novo – *Klaus* – intervém.

– Na verdade – ele diz, todo *na-ver-da-de*, que é a cara de Klaus –, você acabou de me chamar de sua nova namorada. Acho que você quis dizer *Danke, mein neuer Bekannter* ou "Obrigado, meu novo conhecido", que parece mais apropriado.

Na verdade, Klaus, o que quis dizer foi eu derivaria um enorme prazer pelo seu infortúnio.

– *Obrigado*, Klaus – digo, entre dentes.

– *Bitte*, Norbert.

O processo de ensino habitual de Herr Weingarten inclui longas tangentes que não exigem a presença ou a participação de outros humanos, ou seja, nós, seus alunos; mais para o fim do ano, essa aula se transforma em uma sala de estudos, mas, por enquanto, deixo minha mente vagar para a primeira vez que entrei no quarto de Alan Rosa-Haas.

O menino tinha mais revistas em quadrinhos do que eu jamais tinha visto em um só lugar. Estantes e estantes de gibis, pilhas no chão, pôsteres, cobertas, tudo. Nunca manjei muito de quadrinhos, mas vi alguns nomes conhecidos – Batman, Mulher-Gato, Mulher-Maravilha, Super-Homem, Aquaman, Lanterna Verde – e, mais para a frente, aprendi o nome do nicho preferido de Alan: DC Comics. Aprendi outras coisas também, coisas sobre as quais Alan não parava de falar e, embora eu normalmente viajasse durante seus discursos, algumas das informações entraram no meu cérebro. Como o fato de que quase todos (embora não todos) os super-heróis eram divididos entre DC Comics e Marvel Comics, e que havia facções que se dedicavam incondicionalmente a uma ou à outra e, se você fosse mais a fundo nessas facções, poderia encontrar indivíduos que, no Espectro de Fandom, recaíam mais no lado de "passatempo informal" e mais no lado de "fanatismo religioso". Alan não era um fanático religioso pela DC Comics, mas também não estava longe disso, o que significa que o Alan que conheço nunca cantaria louvores a Tony Stark, porque o Alan que conheço nunca foi obcecado pelo Homem de Ferro, porque o Homem de Ferro *não* é da DC.

– Herr Norbert?

Herr Weingarten me olha com expectativa.

– Sim? – digo. – Quero dizer, hm, *ja*?

Ele solta um longo suspiro, tira os óculos e aperta uma têmpora.

– Só uma frase – Herr Weingarten murmura. – É tudo que peço. Uma frase descrevendo seu dia.

Tenho essa teoria sobre professores, e o que separa os bons dos ruins: não é que os professores bons não pensem em desistir; é que eles nunca parecem já ter desistido.

– Hm, então – digo. – Até agora está tudo bem, acho. Meio que começou mal, mas...

– *Auf Deutsch, bitte, bitte* – diz Weingarten, esfregando a têmpora com uma velocidade crescente.

– Certo. Tá, então... – Meu telefone vibra no bolso, o alarme me lembrando de ler a carta de Penny desta manhã. – *Dinge beginnen, für Norbert*... hm, *weirden zu bekommen*.

Herr Weingarten esfrega as têmporas, se afunda na cadeira.

– *Weirden* não é uma palavra – diz Klaus, o menino novo. – Nem em alemão *nem* em inglês.

– Ei, Klaus – diz Danny Dingledine –, como fala omo em alemão?

– Omo? – pergunta Klaus.

– Baixa as calças que eu te como.

E a sala toda morre de rir, mas tudo que consigo fazer é contar os minutos para o fim do dia. Juntando a cicatriz da minha mãe e o cachorro metamorfo da outra noite, não preciso de outra grande dúvida pairando. Uma olhada no quarto de Alan, e vou saber se ele virou a casaca nos gibis.

23 ➟ *os prós e contras de Penny Oakman*

Meu querido irmão,

Em virtude de sua apatia sem sentido em relação ao genial filme Bonequinha de luxo, sou obrigada a escrever uma lista de prós e contras para você. (Sabe o que quer dizer "prós e contras", darling? É quando você escreve todos os motivos por que deveria fazer algo [prós] e todos por que não deveria [contras], e então compara esses motivos lado a lado.) Acredito que, quando vir as evidências arrebatadoras no lado dos PRÓS, não terá escolha a não ser concordar. Agora, preste atenção!

Noah deveria assistir
Bonequinha de luxo
com Penny?

motivos a favor (prós) e contra (contras)

Prós:

1. É um ótimo filme
2. Audrey Hepburn
3. Passar um bom momento com Penny
4. Audrey Hepburn
5. A moda, darling
6. Audrey Hepburn
7. Baseado num romance de Truman Capote
8. Audrey Hepburn
9. Boa música (digna, pelo menos)
10. Audrey Hepburn

Contras:

1. A representação racista do vizinho de Holly Golightly, sr. Yunioshi. Sem dúvida,

este é um grande contra, e um enorme
defeito do filme. Mas você está com sorte!
Sua irmã superinteligente e esperta
(euzinha!) tomou a liberdade de anotar
os minutos de todas as cenas que incluem
o sr. Yunioshi, e terá o maior prazer
em demonstrar sua capacidade de pular
essas cenas de olhos fechados.

Então. Você vai assistir a Bonequinha de luxo
com sua querida irmã? Por favor, responda:

Sim, claro que vou ☐

Não, nunca vou ☐

Ainda estou considerando ☐

Sempre com amor
(mesmo quando você está sendo ridículo),
Penelope

24 ➡ *a Arpanet, os bons tempos e uma olhada exclusiva no primeiro casamento de celebridades caninas!*

Estou na frente da casa dos Rosa-Haas, um tanto apreensivo, apertando a carta da minha irmã no bolso como se fosse um amuleto, imaginando dois cenários: o quarto de Alan está como sempre foi, como se a DC tivesse vomitado gibis por toda parte; o quarto de Alan agora gira em torno do universo Marvel.

Antes que eu consiga criar coragem de tocar a campainha, a porta se abre.

– Noah?

– Ah. Oi, Val.

Ela se trocou, está de shorts e aquela camiseta do AC/DC com a gola larga. Ninguém se veste como a Val.

– Você vai ficar parado aí? – ela pergunta.

– Hm, sim.

– Quer me acompanhar até a caixa de correio?

Descemos até a entrada da garagem, onde Val pega uma pilha de cartas e uma revista *People*.

– Então você estava parado na entrada, torcendo para eu intuir sua presença?

Encolho os ombros.

– Deu certo, não deu?

De volta à entrada, Val diz:

– Estou fazendo *pegao*, quer?

– Claro.

Lá dentro, ela atravessa o corredor, deixando a porta aberta para eu ir atrás dela. É um movimento muito típico, muito Val, muito delicado. Na cozinha, ela joga as correspondências em cima do balcão, ajusta a temperatura do fogão.

– Alan está aí? – pergunto.

– Sério, No?

– O quê?

– Ele tem treino.

– Ah. Claro.

Sento diante do balcão e observo Val mexer o *pegao* com uma mão enquanto navega no celular com a outra.

– Merda.

– Está tudo bem? – pergunto.

– Sim, é só que não devo mexer o arroz no fundo. – Ela tampa a panela, ajusta a temperatura de novo. – Vai dar certo.

– Sua mãe normalmente usa outra panela, acho.

O olhar que ela me lança, Deus do céu.

– Primeiro, é um caldeirão, não uma *panela*. Segundo, você não consegue nem pronunciar *pegao*, quem é você para me dizer como cozinha?

Eu deveria ter mentido. Tocado a campainha, falado que tinha esquecido alguma coisa no quarto do Alan; isso teria me levado lá em cima, sem ninguém questionar nada. Agora estou comprometido com esse *pegao* e a fazer companhia para a Val até ficar pronto.

No balcão, uma das irmãs Kardashian sorri para mim da capa da *People*. Pego a revista, leio a legenda: UMA OLHADA EXCLUSIVA NO PRIMEIRO CASAMENTO DE CELEBRIDADES CANINAS!

– Que ridículo.

– Quê? – Val tira os olhos do celular. – Ah, sim. Claramente uma semana fraca.

– Por que mesmo que ela é famosa?

– Sex tape, acho. Viralizou.

– Maldita internet. – Folheio as primeiras páginas. – Devia chamar outra coisa. *Internet* parece inofensivo demais.

– Acho que não era assim que chamava no começo, era?

– Não?

– Espera, vou dar um Google – Val diz.

– Que metalinguístico da sua parte.

Ela se senta em cima do balcão ao lado do fogão e, um segundo depois, encontra o resultado.

– Certo, parece que o nome original era Arpanet.

– Não é tão melhor assim.

– Inventada por Robert E. Kahn e Vinton Cerf.

– Belo jeito de estragar tudo, Bobby e Vint. Não conseguiram nem escolher um nome bom.

– Você sabe que tem gente que se apaixona on-line, né? Criam amizades duradouras, arranjam emprego, casa. É um lugar onde os marginalizados têm voz, onde todos podemos ganhar uma visão de mundo mais ampla.

Mostro a revista.

– Onde podemos ficar famosos sem nenhum motivo?

– Como qualquer outra coisa, Noah. Tem o lado bom e o ruim.

Jogo a Kardashian de lado como se isso fosse ensinar uma ou duas coisinhas para ela.

– Aposto que os anos noventa eram legais. Nirvana, Pearl Jam, nada de smartphones, flanela até onde a vista alcançava.

– Acho que precisamos dar uma parada nas maratonas de *Gilmore Girls*.

– Mas sabe do que eu mais sinto falta?

– Você não tem como sentir falta, No, você nem tinha nascido.

– A parte em que nem todo mundo no universo conhecido sabia tudo sobre todo mundo do universo conhecido.

– Você é um caso perdido, você sabe disso, não sabe?

– Só um pouquinho de anonimato é tudo que peço. Tipo, se eu puder ir até a porra do banheiro sem que meu primo de segundo grau da Carolina do Norte curta, seria ótimo.

– Se ele está curtindo, você está postando, o que, nesse caso, levanta algumas questões.

– E *eu* não preciso saber quando *todo mundo* vai ao banheiro. Ou, tipo, que você comeu coelho cozido com alecrim fresco no café da manhã.

– Então sai – diz Val.

– O quê?

– Estou cansada das pessoas falando merda sobre as redes sociais como se não tivessem escolha. A participação não é obrigatória. Se você odeia, sai. Ninguém liga.

– É isso – digo. – O ato de sair é em si uma declaração. Como bater à porta saindo de uma festa ou terminar uma mensagem com um ponto-final.

– Noah, sua presença virtual é equivalente a um peido silencioso no meio de um campo vazio. Acho que o mundo vai continuar girando se você disser tchauzinho.

– Muito poético da sua parte.

– Além disso, você sempre termina as mensagens com ponto-final.

– É, me sinto meio mal por isso.

Val bate o celular no balcão.

– Quatro horas.

– Quê?

– Quatro horas. Foi o tempo que passei na minha última postagem. Era Nico e Velvet Underground, e ficou foda.

– Val.

– Eu sei que as redes sociais são um saco às vezes. Mas também são uma reunião de intelectos. Você sabe como dou duro na minha arte, como ela é importante para mim. A *Arpanet* é a minha galeria, Noah.

– Não tinha pensado nesse sentido. Você está certa. Me desculpa.

Val se vira no balcão para olhar o fogão, tira a tampa do caldeirão.

– Puta que pariu, o *pegao* queimou.

Ela se agacha no chão, desliga o fogão, e empurra o caldeirão para a boca de trás.

– Pensei que era para ser assim.

– Era para ser crocante, não assim. – Por um segundo, Val só fica parada olhando para o fogão.

– Val, sinto muito.

Ela se vira para o corredor.

– Vou dar uma nadada. Você pode usar essa sua bússola moral para encontrar a saída.

25 ➟ *monstros*

Mas eu não saio, não ainda.

Subo a escada, paro na porta do quarto de Alan e penso em quantas vezes ainda olho embaixo da cama à procura de monstros. Sei que não tem nada lá, mas também sei que, em algum momento da noite, meu braço vai ficar pendurado na beira da cama, e vou imaginar uma mão escamada subindo, pegando meu punho, e vou imaginar o monstro me puxando da cama, escuridão adentro, e por isso desço para o chão e olho primeiro porque sei que vou precisar de provas mais tarde.

Viro a maçaneta e abro a porta apenas o suficiente para enfiar a cabeça.

⟺

– Mais tarde eu ligo para ele – penso em voz alta. Ninguém me escuta, pelo menos acho que não, o que é outro motivo por que adoro andar: muito propício a pensar alto. – Vou ligar para ele e perguntar – digo, mas não, isso precisa ser pessoalmente. Preciso ver a cara dele quando perguntar, ver se ele acha a pergunta absurda; e preciso que ele veja a minha, veja que estou jogando a real. – Vou conversar com ele amanhã. – E, como se minha cabeça estivesse repassando a tarde de trás para a frente, escuto Val dizer: *Era Nico e Velvet*

Underground, e ficou foda. Tiro o celular do bolso em um pânico súbito. – Não-não-não-não-não-não-não. – Mas sim, tem um monstro em baixo da cama. Desce, desce, confirma, confirma de novo, datas, quem sabe ela só mudou de rumo, mas não: – Não, não, não

Lembro do dia em que Val me contou sua ideia de fotos relacionadas a cinema, como ela se empenhou para decidir com que filme começar, finalmente, escolhendo seu filme favorito de todos os tempos: *Kill Bill.* E lembro, mais recentemente, de como ficou eufórica quando sua postagem com a temática da Rey do *Star Wars: Os últimos jedi* fez com que chegasse a mais de 100 mil seguidores.

Lembro dessas coisas porque aconteceram.

O celular no bolso agora, passo o resto do caminho para casa tentando não vomitar. Passo pela porta da frente, bipe-bipe-oi-amor, e Fluffenburger, o Parvo Inútil, está saltando e pulando nos meus calcanhares, e Penny sussurra:

– Viu? Ele *mudou*.

E minha mãe está na cozinha com o cabelo preso, aquela cicatriz mais visível do que nunca, e tudo que consigo fazer é ir para o meu quarto, fechar a porta, me esconder do mundo. Tudo que consigo fazer é desejar nunca ter olhado embaixo da cama.

A página da Val é sobre música agora.

E o quarto do Alan está coberto de Marvel.

26 ➠ *uma história concisa de mim, parte vinte e seis*

350 a.C.

Aristóteles escreve *Parva Naturalia*, uma coletânea de sete obras sobre o corpo e a alma, incluindo um tratado chamado *De Insomniis* – ou, *Dos sonhos* –, em que analisa a influência da imaginação em nossos sonhos, e a maneira como nossos cérebros despertos processam imagens persistentes a fim de diferenciar realidade de irrealidade.

Nossos cérebros adormecidos não fazem isso.

É tipo assim: você assiste a uma animação que tem um dragão de meia-calça. Você sai e imagina aquele mesmo dragão de meia-calça voando pelo céu. Como acabou de ver isso num filme, é fácil imaginar isso e, dependendo do seu nível de imaginação, pode até ser um retrato bem fiel. Mas você é uma pessoa racional, capaz de distinguir coisas que são presentes no mundo externo daquelas que são imaginadas. Dragões não existem. E, mesmo se existissem, não usariam meia-calça. (Disso, você tem quase certeza.)

À noite, porém, num sonho, você volta a ver aquele dragão de meia-calça, só que agora o filho da mãe existe de verdade ou, pelo menos, você *pode jurar que existe*, porque é tão real, e *é óbvio* que ele usa meia-calça, o que mais um dragão usaria para cobrir as pernas e as nádegas? Além do mais, você acabou de ouvir esse dragão declarar uma simpatia pelo *Quebra-nozes*, que, aliás, foi produzido pelo ratinho mecânico de estimação do seu tio Orville, um animal muito batalhador chamado Rodney. Qualquer que tenha sido a parte do seu cérebro que distinguiu tão facilmente a realidade externa da irrealidade imaginada, ela não estava mais sendo usada durante o sono.

1899. (Ou 1900, dependendo da fonte.) Sigmund Freud publica um livro chamado *A interpretação dos sonhos*, em que se refere a esse efeito como alucinatório. Seu livro aborda outros temas como condensação (quando um único objeto dentro de um sonho representa múltiplas ideias ou sentimentos), deslocamento (quando o sonhador substitui uma coisa no sonho por outra) e realização de desejo.

Freud começou seu trabalho clínico como hipnotista, até que um dia uma paciente simplesmente não calou a boca por tempo suficiente para ser hipnotizada.

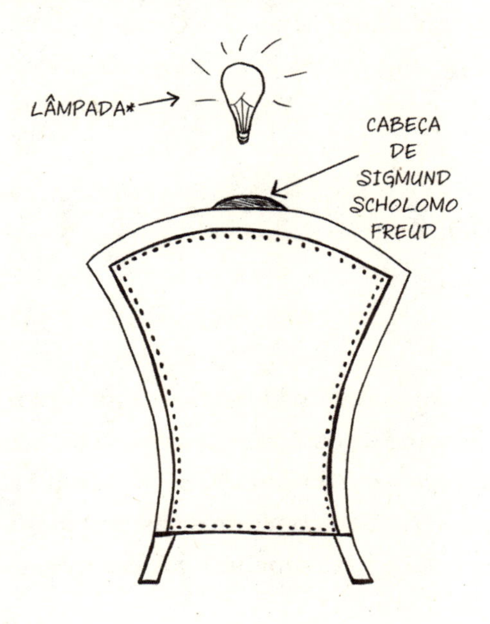

Freud se dá conta de que, se deixar a paciente falar, sem interrupções, não há necessidade de induzir a um estado complexo de consciência no qual o indivíduo se transforme numa marionete submissa. Só falar. Mais cedo ou mais tarde, aqueles que falam vão acabar baixando a guarda e revelar o inconsciente.

Freud viria a trocar a hipnose pela psicanálise.

Sonhos me lembram a ideia de estar embaixo d'água, a maneira como tudo perto de mim fica mais lento enquanto o mundo lá no alto continua sua trajetória frenética. E, quando nado, penso em palavras como *interioridade* e *paz* e *solidão* e, nesse lugar, não importa se a população mundial são sete bilhões ou sete; sou livre para começar minha própria trajetória.

Não sinto tanta falta de nadar. Mas sinto falta disso.

27 ➡ *aplicação*

A capa da biografia de David Bowie é uma explosão de rosas e azuis vivos, como um arco-íris tendo um orgasmo, e penso: *Está aí uma capa digna do homem em si.* Já a li e reli algumas vezes. Certos livros são como músicas, aos quais você volta, faz playlists, coloca para repetir. E aí, às vezes, só tiro o livro da estante e o seguro, sabendo que é o mais próximo que vou chegar do Bowie em pessoa.

Levo o livro comigo para a cama, entro embaixo das cobertas sem tirar a roupa, me enfio dentro dos lençóis e cobertores brancos, apago a luz, e imagino o latido abafado de um cachorro, a pessoa encharcada no canto, o tornado ofuscante de cores. E, embora eu possa escrever sobre teorias do sonho até não poder mais, a verdade é que: não estou muito a fim de dormir esta noite. Porque não sei quantas noites seguidas constituem um sonho recorrente, e não estou interessado em descobrir.

AGORA A ➳ PARTE TRÊS

Mod: Durante uma entrevista ao Portland Press Herald, você afirmou: "Às vezes escrever é desistir. Sabe quantas vezes desisti? Milhares, pelo bem da minha alma".

Henry: Sim.

Mod: Para alguém que tão claramente acredita na magia da escrita, na magia da narrativa, me pergunto se você pode explicar o que quer dizer com isso.

Henry: Isso foi o quê? Uma década atrás?

Mod: Então você não pensa mais dessa forma?

Henry: Não sei.

Mod: Responde, poxa.

Henry: Dizer não sei não é uma ausência de resposta. Realmente não sei como me sinto em relação à escrita. É como qualquer outro amor.

Mod: Em que sentido?

Henry: É como um pêndulo, eu acho. Se ele balança com força para um lado, vai balançar com força para o outro em algum momento. Agora, se estiver só oscilando, quase parado no meio, não vai muito longe nem para um lado nem para o outro. É por isso que a relação com um conhecido pode causar no máximo uma leve irritação, enquanto alguém que realmente amamos pode provocar uma fúria assassina na gente. Se quero desistir de escrever? Com certeza. Odeio minha vida às vezes? Claro. Mas isso é porque amo essas coisas. E confio no pêndulo.

Mod: Então quando o pêndulo balança para o outro lado, quando a questão não é desistir – quando é algo que você ama –, o que é escrever?

Henry: Acho que...

(Silêncio)

Mod: Sim?

Transcrição parcial de "Uma conversa com Mila Henry"
Harvard, 1969
(última aparição pública conhecida de Henry)

28 ➡ *acho que escrever é menos sobre as palavras e mais sobre o silêncio entre elas*

Ao longo das semanas seguintes, via mudanças aonde quer que eu fosse – sutis, mas inegáveis – e isso me lembrou de algo que Henry falou em uma de suas últimas aparições públicas, sobre as palavras serem menos importantes do que o silêncio entre elas. E, em alguns casos, minhas mudanças foram assim, como o silêncio entre as palavras: como o fato de que Christa e Carla agora conversavam na sala de estudos sobre seus sonhos de uma lua de mel em Veneza, ao passo que antes sempre tinha sido Paris; ou que Rawlings, o quarterback (nunca soube se Rawlings era o nome ou sobrenome dele) agora me cumprimentava todo dia nos corredores com um "E aí, cara?" entre a terceira e a quarta aula; e algumas eram mais físicas, como eu podia jurar que Benji Larkin *nunca* tinha sido tão alto, e Rachel Dillard *nunca* tinha usado óculos, e assim por diante, desse jeito.

Mandei uma mensagem rápida para Circuit no Facebook (aparentemente somos "amigos", embora eu não me lembre de isso ter acontecido) pedindo o número de telefone dele. Eu não queria documentação por escrito dessa conversa. Eu tinha considerado ir até a Piedmont, confrontá-lo pessoalmente, mas aquela casa pairava ameaçadora demais na minha mente.

Na primeira vez que liguei, eu estava elétrico, e ele atendeu no primeiro toque, o que me deixou ainda mais elétrico.

– Que porra você fez com a minha cabeça, Circuit?

– O quê?

– Você ouviu muito bem, seu filho da puta.

E foi mais ou menos isso.

Continuei ligando, um dia após o outro. Ele nunca mais atendeu depois daquela primeira vez, mas eu gostava da ideia de ele sentindo o telefone tocar e torcendo para que não fosse eu de novo. Gostava de pensar na cara dele quando via meu nome na tela, e gostava que ele soubesse que eu estava presente. E talvez por que as mudanças eram mais triviais do que monumentais, esses telefonemas não atendidos foram o suficiente.

Por um tempo.

29 ➟ *ch-ch-ch-ch-ch-ch-changes*

– Você já notou como o aromatizante artificial de pêssego tem o sabor do cheiro de cera de ouvido? – pergunta Alan, contemplando o pirulito em sua mão.

– O quê?

– Sabe, balas de pêssego – ele diz. – Têm gosto de cheiro de cera de ouvido. Não pode ser só eu.

– Sim, pode ser só você.

Viemos à biblioteca hoje em vez da Alcova. Foi ideia do Alan. Ele disse que seria melhor eu evitar a Val por um ou dois dias. Parece que ela ainda estava remoendo nossa discussão na cozinha ontem.

Alan morde o pirulito com força e fica encarando o palitinho branco todo molenga por ter ficado tanto tempo em sua boca.

– Mas prefiro pêssego, o que me parece perturbador. Tipo, *escolhi* pêssego em vez, sei lá, de limão, que realmente tem gosto de limão.

– Tenho a impressão de que a gente já conversou sobre isso antes – digo.

– Agora, é óbvio que eu preferiria comer um limão de verdade a cera de ouvido, mas, no mundo dos doces, escolhi pêssego, que tem gosto de cera de ouvido, em vez de limão, que tem gosto de limão.

– Quem pode explicar as curiosidades do corpo humano, Alan?

– Somos uma espécie estranha, cara.

– Então, quando você vendeu sua coleção de gibis?

Alan me olha como se essa fosse a parte mais estranha da nossa conversa até agora.

– O quê?

– Você vendeu, certo? – pergunto. – Ou trocou por outra coleção?

– Cara.

– Isso é um não, então.

Distraído, Alan observa a biblioteca ao redor.

– Escuta, vamos manter essa coisa toda entre nós. Não gosto de todos os cochichos aqui. As paredes têm ouvidos, nunca se sabe quem está escutando.

– Então você vendeu?

– O quê? Não. Estou falando do lance da cera de ouvido. A última coisa de que preciso é uma coisa dessas sendo espalhada pela escola.

Considero brevemente a possibilidade de eu ter estado errado desde o começo, que Alan *sempre* adorou a Marvel, *sempre* odiou a DC. Mas nós passamos por todos aqueles filmes do Batman, discutimos quem era o melhor Coringa; vimos o último Super-Homem só para sair do cinema com meio quilo de kryptonita pendurado no pescoço, e até vimos aquela porcaria de *Batman vs. Superman*, uma verdadeira máquina de tirar dinheiro das pessoas, que concordamos ser ainda pior do que os remakes do Super-Homem.

Em relação a isso, eu não me enganei.

Alan aponta para a mesa ao lado, onde um casal está curvado sobre um livro, visivelmente paquerando.

– O que você acha que está rolando ali?

– Provavelmente um deles prefere batata frita com sabor de catota.

Alan abana a cabeça.

– Espécie estranha, cara.

Almoço no carro alguns dias, e é tranquila a solidão do estacionamento da escola; escuto música, me deliciando com a mesmice das coisas. No terceiro dia, coloquei Beatles no aleatório quando começa "Across the Universe" e, como num flashback, num estalar de dedos, sou transportado para um dia de neve no inverno passado em que Val enfrentou o mau tempo para vir assistir a um filme no porão de casa. Alan estava doente, ou coisa assim, então éramos só nós dois.

– Ah, vamos ver esse – ela disse.

O ícone do filme mostrava um casal prestes a se beijar no meio de uma maçã em forma de coração.

– Val. Qual é.

– Uh-uh, espera. Lê a sinopse. O filme todo gira em torno das músicas dos Beatles. Você ama Beatles.

– É claro que amo Beatles. Quem não ama Beatles?

– Quem odeia música, acho.

– Só não sei se amo Beatles o suficiente para assistir a uma comédia romântica.

O filme se chamava *Across the Universe*, e acabamos assistindo, e não era uma comédia romântica, e eu adorei. Val também. E, quando acabou, ficamos sentados no sofá do porão, as pernas da Val no meu colo, e escutei suas opiniões incríveis sobre cinematografia, as tomadas e iluminações diferentes e, como de costume, me senti uma pessoa de sorte só por estar na órbita dela.

– Podia ser um post misturando música e cinema – ela disse, falando sobre seus planos para uma foto com a temática de *Across the Universe*. Ela estava animada e de olhos arregalados, e eu adorava quando ela ficava assim. – Quem você conhece que tem uma coleção de vinil?

– Meu pai – respondi.

– Sério? Será que ele tem o *White Album*?

– Provavelmente. Mas tem "Across the Universe" no *White Album*?

Val disse que não importava em que disco estava essa música específica, porque o filme todo era cheio de músicas dos Beatles. Ela estava mais preocupada com a direção de arte da foto, como as cores da capa do DVD (que ela já tinha encomendado pelo celular) precisariam se destacar contra um fundo muito branco.

– Você pode descobrir se ele tem esse disco? Senão vou ter que comprar.

Meu pai estava no trabalho, então mandei mensagem para ele.

Eu: Você tem o White Album em vinil?

Pai: O Harry Connick Jr. tem uma cabeleira sexy?

Eu: Hm.

Pai: Levedura alimentar é o ingrediente secreto de macarrão com queijo vegano?

Eu: Pai.

Pai: Sim. Ele tem, e é. E eu tenho todos os álbuns dos Beatles em vinil. (Exceto Magical Mystery Tour, que não conta.)

Val ficou radiante.

– Vai ficar *perfeito*.

No carro agora, desligo a música, enfio o sanduíche pela metade no saco, e entro no Instagram dela – navego por centenas de fotos de álbuns e bandas, pensando que talvez *essa* ainda esteja lá. É relevante para a música *e* para o cinema, então é possível. E, talvez mais do que qualquer outra foto que Val tirou, essa me marcou. Eu tinha presenciado sua concepção, assistindo à semente de uma ideia germinar e florescer. Seja como for, lembro bem da postagem e Val estava certa: ficou perfeita.

Paro de descer a tela, clico numa foto e lá está, sua postagem de "Across the Universe", com DVD, vinil e tudo.

Mas não é o *White Album*. É o *Magical Mystery Tour*.

É o último dia em que almoço no carro.

Eu tinha praticamente ignorado Penny naquele primeiro dia de aula quando ela havia comentado sobre a nova agilidade de Fofo, mas, com o passar dos dias, não pude deixar de ver com meus próprios olhos. Antes, se havia algum buraco onde cair, cimento úmido em que ficar preso ou casca de banana em que escorregar, esse cachorro com certeza o acharia. Mas, nos últimos tempos, havia um ar inegável de *marotice* nele, como se ele tivesse tomado uma injeção de vitamina B12 ou descoberto a fonte da juventude.

– Acho que ele precisava de um nome novo – diz Penn.

Estamos no quintal dos fundos, vendo-o defender um pequeno ninho de filhotes de pássaro contra um gato vira-lata.

– Não dá para rebatizar um cachorro, Penn. Muito menos um tão velho quanto o Fofo.

– Ele não tem mais cara de Fofo.

Ela está certa. Ele parece diferente, como se fosse um filhotinho de novo.

– Certo – digo. – Que tal Hepburn? Heppy, de apelido.

– Não combina. Mas, aliás, já leu minha carta?

– Quê?

– A lista de prós e contras. – Penny solta um suspiro dramático. – Não leu.

– Na verdade, li sim. Só meio que esqueci.

– Bom, não queria encher o seu saco.

– Muito generoso da sua parte, Penn.

Penny ergue os olhos para mim, inabalável.

– E?

– Você *acabou* de dizer que não queria encher meu saco com isso.

– E *você* acabou de dizer que leu. Mas, ei, longe de mim fazer o papel da irmãzinha irritante. Esquece que eu perguntei. – Então, um minuto depois: – Então, que nome a gente dá para ele?

– Para quem?

– Nosso cachorro.

– Está falando sério que quer mudar o nome dele?

Penny bate o dedo no queixo.

– Quem é seu ator favorito? E não diga o Bowie.

Tenho de dar crédito a Penny por saber que David Bowie também foi ator.

– Certo, bom, se não o Bowie... – *Boogie Nights* foi um dos filmes mais antigos que Val insistiu para eu ver, e um dos meus favoritos. – Mark Wahlberg.

Fofo abandona os filhotes de passarinho, corre direto para mim, senta apoiado nas patas traseiras e me olha nos olhos com carinho.

– Mark Wahlberg – digo só para ver o que acontece.

Fofo late uma vez.

– Mark Wahlberg.

Fofo late outra vez.

– Bom – diz Penny. – Parece que a gente achou o nome certo.

Meus pais: a cicatriz da minha mãe ainda era um mistério e, no começo, pensei que talvez meu pai tivesse se safado, que por algum motivo tinha se revelado imune a essa epidemia de modificações sutis.

Mas aí, duas noites atrás, no corredor a caminho do banheiro, escuto aquele riso enlatado de sitcom dos anos noventa vindo do quarto dos meus pais. Episódios únicos de *Friends* muitas vezes se transformavam em maratonas noite adentro, mas algo me soou diferente. Fui andando na ponta dos pés em direção à porta do quarto deles até estar perto o suficiente para ouvir com clareza. Não era Joey quem os estava fazendo rir, nem Phoebe, nem Chandler. Nunca sentei para assistir a um episódio inteiro de verdade, mas vivi tanto tempo perto dessa série, a ouvi ao fundo, vi cenas enquanto passava pelos cômodos, que sou bem familiarizado com ela.

E isso me parecia novo. Um cara falando que adorava esportes, que achava que talvez pudesse virar comentarista esportivo profissional, quando outra pessoa explica que esses empregos normalmente são dados a profissionais de comunicação.

Dei uma batida leve na porta.

– Pode entrar – disse meu pai, entre uma gargalhada e outra.

– E aí? – falei, com uma longa olhada para a TV.

Minha mãe pausou o episódio.

– Está indo pra cama?

– Sim – respondi. – Só queria dar boa-noite.

– Noah – disse meu pai, limpando a garganta. – Queríamos te dar um tempo pra pensar na oferta. Mas já considerou?

– Hmm?

– A mensagem do treinador Stevens. É uma ótima notícia, filhão. Só queria saber o que você pensa disso tudo.

Apontei para a TV.

– O que vocês estão vendo?

Eles trocam um olhar rápido como se eu estivesse pregando uma peça neles ou algo assim.

– É *Seinfeld,* Noah.

– Ah, tá. Estão dando um tempo de *Friends*?

Minha mãe perguntou:

– Como assim, tempo de friends?

– Não, quero dizer, vocês estão dando um tempo de assistir a *Friends*?

– A série? – perguntou minha mãe.

Tentei interpretar o olhar dela. Além da cicatriz de que ela se recusa a falar, ela parecia estar me evitando nos últimos tempos. Quando eu entrava num cômodo, ela estava de saída, e sei lá – a gente sempre foi amigos, desde que eu era pequeno. Ela sentava na beira da minha cama à noite e contava umas histórias incríveis e, quando descobri depois que ela não tinha inventado nenhuma, tinha apenas repetido as sinopses de seus filmes favoritos, nunca apontei isso para ela. Porque não queria que as histórias acabassem, e porque nunca fui o tipo de pessoa que se importa com a origem das histórias, desde que continuassem me contando.

– Noah? – chamou meu pai, mas foi então que vi: na cômoda, do lado do velho aparelho de DVD deles, não havia nenhum box de DVDs de *Friends*; no lugar dele, estava *Seinfeld: A série completa*. – Está bem, filhão?

Eu disse que estava bem, mas não estava bem, voltei para o meu quarto onde não tinha problema em não estar bem, me joguei na cama com meu laptop, cliquei play no vídeo da Menina Se Apagando.

Uma batida na porta, um:

– Noah? – abafado.

– Agora não, Penn. – E me senti um lixo, só fiquei assistindo ao vídeo até começar a sentir que eu *era* a Menina Se Apagando: meu rosto se tornava o dela, e eu ficava olhando para a câmera *todos os dias por quarenta anos* enquanto o mundo ao meu redor se revolvia e evoluía, se revolvia e evoluía.

30 ➠ *entre a sexta visualização e pegar no sono*

Percebo que Penny ainda usa as mesmas roupas de cores fortes, mantém uma obsessão anormal por *Bonequinha de luxo,* continua com a mesma personalidade que não cabe em si: até onde posso ver, minha irmã não mudou nadinha.

31 ➠ *entre a lua e Los Angeles*

– Sabe como as pessoas usam o fato de termos colocado o homem na lua como marco pro que é ou não possível? – pergunta Alan.

Ele está segurando sua pizza retangular, olhando para ela como se estivesse prestes a dar uns pegas nela.

– Claro – digo.

– Não – diz Val.

– Na verdade, é, eu também não. Alan, não fazemos ideia do que você está falando.

Nós três estamos na nossa mesa de sempre com a equipe de natação no refeitório. Desde meu experimento fracassado de almoçar no carro, percebo que os caras pararam de perguntar sobre as minhas costas, e não posso deixar de me questionar se Alan os convenceu a deixar esse assunto para lá.

– Conseguimos colocar o homem na lua – ele diz – mas não conseguimos impedir o cereal de ficar mole. Conseguimos colocar o homem na lua, mas não conseguimos requentar batatas fritas direito.

– Parece que você só usa isso como marco para o que é possível com comida – diz Val.

Alan dá uma mordida gigante no canto de sua fatia, visivelmente saboreando o processo, e, então, abanando a cabeça:

– Conseguimos colocar o homem na lua, mas não conseguimos tornar todas as pizzas retangulares.

Murmurando, Val diz:

– Achocolatado por minha conta se você conseguir mudar de assunto em cinco segundos.

– Alan – digo –, não pude deixar de notar que você está usando um short bem curto hoje.

– Boa – diz Val, mergulhando uma batata frita no molho rancheiro.

Alan se levanta, gira num círculo completo.

– Estou trazendo as Umbros de volta. O que é bonito é para se mostrar, né, não? – Ele bate nas pernas à mostra. – Tem que deixar essas belezuras respirarem.

Val pega outra batata.

– É impossível não babar num cara que usa Umbro.

Em algum momento da última semana, Val parou de me evitar, a que, aliás, dou graças a Deus. O mundo não era a mesma coisa sem seus comentários.

– Belas pernas, panaca. – Tyler Massey para atrás de nós, segurando uma pilha de cartões vermelhos. Às vezes penso que Tyler compartilha material genético com um tubarão, só que em vez de sentir cheiro de sangue a quilômetros de distância, ele sente a oportunidade de ser cuzão. – Uma pergunta para você – ele diz a Alan. – Você tem como ser mais bicha?

Sem tirar o sorriso do rosto, Alan arregaça a Umbro alguns centímetros, rodeia a mesa até estar bem na frente de Tyler.

– Não sei, Tyler. Quer descobrir?

O rosto de Tyler Massey fica vermelho-escuro.

– Só vim para entregar seus convites. – Ele tira um cartão da pilha, entrega-o para Val, e sai para perturbar a próxima mesa.

– "Vocês estão convidados" – lê Val – "para participar da tão aguardada experiência cinematográfica do aclamado diretor Tyler Massey".

Alan mergulha uma batata no molho da Val.

– "Aclamado"? Ele está falando isso a sério?

– "Um *Sexo, mentiras e videotape* da nova geração" – lê Val –, "*Os diálogos de vagina* é uma história pungente de luxúria e intriga, amor e amizade desencantada, um thriller sensual que dá novo sentido ao termo *amadurecimento*".

– Ele *não* está dizendo isso – diz Alan.

Val dá risada a ponto de tremer, vira o convite para nós lermos, e quase nos mijamos de gargalhar.

– Ah, ei. – Viro para Val e canto "Achocolatado" como se fosse uma música.

Ela me dá dinheiro, e vou para a fila para comprar três achocolatados e, quando volto, escuto o fim de uma conversa em que Alan diz:

– Tipo, como é possível? Como posso preferir *isso* a sabor artificial de limão?

– Sério, Alan? – Vou passando os achocolatados. – O lance da cera de ouvido de novo?

Alan murmura alguma coisa, e Val joga uma batata frita na cabeça dele.

– Como assim, você está me dando assuntos reciclados agora? Precisa passar as conversas pelo crivo dele antes?

– Vocês não estavam se falando na época – diz Alan. – Você perdeu assuntos bons, ele perdeu assuntos bons. O que você quer que eu diga?

– Tipo o quê? – pergunto.

Alan dá uma mordida enorme na pizza.

– Hmm?

– Você disse que eu perdi coisa boa. O que eu perdi?

Ele assente enquanto mastiga, ergue um dedo para indicar que devemos esperar e, então, limpa a gordura da boca.

– Caramba, está uma delícia. Certo, então. O calhambeque do seu pai? É, não podemos mais chamar seu carro assim.

– Beleza.

– Eu sei que pode ser um choque.

– Não tem problema.

– E você deve estar se perguntando *qual o sentido disso tudo?*

– Nem, estou de boa.

– A questão é que eu vi um comercial da Hyundai dia desses, e adivinha? – diz Alan. – A pronúncia correta é run-dei, e não run-dai, o que significa que calhambeque do seu pai, na verdade, não rima com *hatchback* Hyundai e, se não rima, qual é a graça?

– Verdade.

– É por isso que agora vou me referir ao seu *hatchback* Hyun*dei* como calhambeque do seu *gay*. Rima intacta. Além disso, é melhor, eu acho. Mais lógico, pelo menos.

– Acho que abandonamos o reino da lógica há muito tempo.

– Acho que a gente devia ir – diz Val.

– Aonde? – pergunta Alan.

Val sorri, aponta para o convite de Tyler.

– À estreia de *Os diálogos de vagina*.

– Hm, não, obrigado.

– Qual é? Lembra do filme dele do ano passado? *Escute o sonho*, ou sei lá o quê? Era hilário.

– Involuntariamente.

– Ainda assim, hilário – diz Val. – Além disso, precisamos estocar nossas reservas de memória, aproveitar o pouco tempo que ainda nos resta, sabe?

– Faça-me o favor – diz Alan. – Você quer mesmo se submeter a um filme do Tyler Massey poucos meses antes de partir pra capital cinematográfica do mundo? Isso sim é poluir a mente.

Às vezes são ditas palavras que parecem combinar com o teor e o tom das palavras em volta delas, até uma inspeção mais detalhada revelar o contrário.

– Espera, o quê?

Val dispara os olhos para Alan, depois para o prato.

– Escuta, eu sei que a gente não fala sobre isso, e eu entendo. Também estou triste. Mas me recuso a ficar deprimida o ano inteiro.

– Do que vocês estão falando?

Alan enfia o último canto da pizza na boca.

– Vai ser um saco, mas vai dar certo, lembra? Aldeia global e tudo mais.

– *Se* a gente entrar – diz Val.

– A gente vai entrar. E aonde quer que Noah vá, dá pra voar fácil pra Los Angeles.

– *Se* a gente entrar.

Alan revira os olhos.

– Qual é, Val? Você nasceu pra UCLA. E, depois que eles derem uma olhada nessas Umbros, eles vão me querer lá.

– UCLA – sussurro e, por algum motivo, estou lembrando de como minha namorada do oitavo ano me deu um fora pelo Messenger do Facebook, aquela mensagenzinha azul com o *foi-ótimo-mas* e o *não-estou-pronta-pra-me-envolver*, e sentindo como se estivesse prestes a vomitar. Em todo aquele tempo, eu era o único vivendo nossa história em comum.

– Você está bem?

Ergo os olhos para a Val.

– O quê?

Alan coloca uma mão no meu ombro.

– Noah, vou te dizer isso como amigo, tá? Você precisa tirar um cochilo, cara. Você está com olheiras, tipo...

– Grandes – completa Val.

– Você passa tempo demais assistindo àquele vídeo que a gente achou no YouTube da mulher envelhecendo em câmera lenta – diz Alan. Eu tinha esquecido completamente que ele estava comigo quando descobri o vídeo da Menina Se Apagando, e acho que a minha cara demonstra isso. – Que foi, acha que não notei que você assiste a esse vídeo o tempo todo?

Levanto e me pergunto: o que acontece quando os participantes da sua história compartilhada não reconhecem mais essa história?

– Preciso ir agora – digo e, sem dizer mais nenhuma palavra, saio da lanchonete, atravesso o estacionamento até meu carro, e tudo em que consigo pensar é naquela mulher do navio de cruzeiro que tinha sido hipnotizada, e a cara com que ela ficou nos dias seguintes, aquele olhar vazio dela passeando no barco. Não sei o que está pegando, mas, se alguém colocou cordinhas nos meus braços e pernas, sei exatamente quem foi.

32 ➟ *Sara, uma conversa lamentavelmente breve*

– Noah-com-*H*, não sabia se te veria de novo.

– Pois é, eu também. Quer dizer... não sabia se veria você de novo. Eu me vejo, tipo, todo dia.

– Ah, ótimo. Você também é esquisitinho quando está sóbrio.

– Foi mal por aquilo. Não sou de beber.

– Espera, foi você que entrou de ré na nossa garagem?

– Hm, sim. É, fui eu.

– Muito eficiente da sua parte. Tem certeza de que não é um pai de família?

– Pois é, né?

– Quer queijo quente? É dia de queijo quente.

– Dia de queijo quente.

– Pois é, quase certeza de que somos os únicos adolescentes que estudam em casa que têm um calendário de almoço mensal.

– Na verdade, não, valeu... Mas preciso conversar um pouco com seu irmão.

– Ah. Certo. Quer entrar?

– Espero aqui mesmo, valeu.

33 ➠ *Circuit, outra conversa*

– O que você quer?

– Pode sair um segundo?

– Se eu posso *sair*? Por quê, você vai me bater?

– Não vou te bater.

– Não basta me ligar cinco vezes por dia, você tem que vir me incomodar na minha residência?

– Certo, escuta. Seja lá o que você fez, estou cansado de ficar maluco por causa disso. Só preciso que desfaça. Só me conserta, ou sei lá.

– Eu não *fiz* nada.

– Circuit, é sério. Minha cabeça está toda zoada.

– Zoada como?

– Está todo mundo... diferente.

– Ha.

– O quê?

– Não olha agora, cara, mas parece que você conseguiu exatamente o que você queria.

– Não tem graça.

– Eu não disse que tinha.

– Estou tendo esses sonhos, Circuit, esses sonhos estranhos tipo toda noite. E agora meus melhores amigos vão embora. E minha mãe tem uma cicatriz na cara, e estou só... não consigo... não consigo respirar.

– Certo. Noah, fica calmo. Tudo bem, olha. Pratos limpos.

Eu *tentei* hipnotizar você. Teria dado certo se você tivesse me dado um minuto, mas, assim que você viu o que estava acontecendo, você caiu fora.

– Mentira.

– Não é. Então, a menos que queira entrar e terminar o que a gente começou...

– Não vou entrar aí.

– Certo, então. Meu queijo quente vai esfriar. Ah, e Noah?

– O quê.

– Sei que você tem amigos, e sei que não sou um deles. Então, talvez, em vez de me ligar todos os dias, você deveria tentar ligar pra um deles.

34 ➡ o vaso

Eu: Dean e Carlo. Sua casa. Agora.

Mando a mensagem antes de sair da garagem de Circuit, e é prova da lealdade de Alan que ele responde na hora com "A caminho", mesmo que isso signifique matar aula e provavelmente o treino também.

– Pizza boa hoje – Alan diz. – Super-retangular.

Estamos no quarto dele agora. *Matrix* está passando ao fundo e, embora não estejamos assistindo de verdade, o filme acompanha nossa sessão de maneira apropriada. Estou sentado ao pé da cama, ele na cabeceira, e olhamos no fundo dos olhos um do outro. O acordo é: vamos conversar. Sincera e abertamente. Tivemos a ideia no ano passado quando a turma tinha de ler *Na estrada*, do Jack Kerouac, até alguns pais ficarem sabendo da tarefa e cancelarem a história toda. Eles disseram que não era adequado para a nossa idade e mandaram proibir o livro na Iverton High. A questão é que nenhum de nós tinha planejado ler aquilo no começo, mas, como descobriram depois, falar para um bando de adolescentes não ler determinado livro é um jeito altamente eficaz de fazer com que leiam o dito livro. Em poucos dias, os corredores estavam cheios de alunos trombando uns nos outros, todos com a cara enfiada em *Na estrada*.

Eu e o Alan lemos juntos. Ele teve a ideia de fazer isso "como se deve", tipo um clube do livro, então foi o que a gente fez. Tomamos notas, assamos bolinhos e discutimos as frases complexas do livro, o tom geral de "só vai" como se o livro tivesse vida própria. Foi só perto do fim que admitimos que não gostamos tanto assim dele.

Exceto de uma cena.

Nela, dois dos personagens principais, Dean e Carlo, se sentam numa cama e conversam a noite toda – só conversam, aberta e honestamente sobre tudo e qualquer coisa, desde que seja verdadeira.

– A pizza era boa – digo. – Mas qual é o lance dos retângulos?

– O gosto fica melhor.

– Acho que você é o único que pensa desse jeito.

– Sou um gênio incompreendido.

– Incompreendido sim, mas gênio já é demais, Alan.

– Se é o que você diz.

Não estamos sussurrando, mas é quase isso, um estado muito sereno, quase meditativo, que foi nossa interpretação mútua dos personagens do Kerouac naquela cena.

– Não precisa falar tão baixo – diz Alan.

Juro que às vezes ele consegue ler minha mente.

– Falar baixo foi nossa interpretação mútua.

– Ah.

– Além disso, você também está falando baixo.

– Beleza.

– Beleza.

– Para de falar *beleza*.

– Eu gosto de falar *beleza*.

– Beleza.

No fundo, Neo encontra a Oráculo pela primeira vez. Ela fala para ele não se preocupar com o vaso, e ele pergunta "Que vaso?" e em seguida derruba um vaso, que se estilhaça no chão.

– Certo, bate-bola, jogo rápido – digo. – Só responde, sem pensar.

– Manda.

– Uma coisa que aconteceu hoje que você adorou.

– Pizza retangular – diz Alan. – Arrasei de shortinho.

– Como assim? São duas coisas.

– Você falou pra não pensar.

– Tá – digo. – Certo, uma coisa que aconteceu hoje que deixou você triste. Ou bravo.

– Colocaram um bilhete na minha mochila que dizia: "Volta pro México".

Um segundo.

– Porra. De novo?

Ele encolhe os ombros.

– Estava assinado dessa vez? – pergunto.

– O que você acha?

– Alan, já é a segunda vez. Você deveria dar queixa.

– Primeiro de tudo, não. Na verdade, é só isso. Só não.

– Por que não?

– Porque me recuso a perder meu tempo com um bando de escrotos que não fazem nem ideia do que estão falando. É óbvio que não posso *voltar* para um lugar aonde nunca fui, mas me consolo imaginando que essa frase daria um nó na cabeça do criminoso.

– Vou ficar de olho na sua mochila amanhã.

– Na verdade, a gente devia ir pro México, tipo, sério.

– Estamos falando de lei marcial total – digo. – Quebrar umas cabeças e tal.

– A Cidade do México parece da hora. A comida e tudo mais. Comprar umas *cervezas*. E eles curtem muito luta livre, né?

– Noah, o Quebrador de Cabeças, esse sou eu.

– Deus, adoro luta livre. Assistir principalmente. Nunca lutei eu mesmo. Quer dizer, lutei *comigo mesmo*, se é que me entende.

– Alan, estou falando sério.

– Eu sei, cara. Mas não cabe a você, tá? Eu lido com meus lances do meu jeito. Tirando sarro da burrice dos criminosos.

Apesar de todas as vezes que Alan pode ser infantil – e são milhares –, tem vezes que a maturidade dele é de fazer cair o cu da bunda.

– Mas valeu por me apoiar – ele diz.

– Eu sempre te apoio. Sei que faz tempo que a gente não manda um Dean e Carlo. Andei meio distante, eu acho. Mas sempre te apoio, sim.

– Eu sei. E você fica supergato quando está bravo.

– É muito triste o quanto você me ama.

– Qual é? – Alan diz. – Esse lance é *super*-recíproco.

– Tem razão.

– Eu sei. Já vi como você me olha do outro lado.

– Do outro lado do quê? – pergunto.

– Do outro lado de qualquer coisa. De onde quer que a gente esteja.

– Não tenho o hábito de olhar para as pessoas do outro lado. E, mesmo se tivesse, não significaria o que você acha que significa.

– Ah, sério?

– Sim, Alan. Porque consigo reconhecer que uma pessoa é atraente sem querer transar com ela.

– Você é um mestre zen, cara. Um exemplo pra todos nós.

– Se é o que você diz.

Mais olhares, mais *Matrix* rolando ao fundo, o tempo todo eu tentando criar coragem para falar o que preciso falar.

Alan diz:

– Lembra quando a gente era criança? E a gente falava de casar?

– Tecer cestas nas montanhas.

– Comer em frigideiras de ferro.

– Comer em frigideiras e tecer cestas – digo. – Esse sim era o sonho.

– Altas expectativas na vida.

Silêncio de novo. Pensando etc., bem Dean e Carlo. Alan pergunta o que quero da vida, e digo:

– Além de tecer cestas na montanha?

– Óbvio.

Encolho os ombros.

– Você vai rir.

Alan coloca a mão direita no shortinho.

– Juro pela minha Umbro que não vou rir dos seus sonhos.

– Queria ganhar a vida vivendo.

– Tipo como caçador e coletor? – pergunta Alan.

– Não, tipo... só queria um trabalho que eu não odiasse, e uma família e amigos que eu amasse. Me preocupar menos com o que eu faço, mais com quem eu sou.

Alan assente.

– Às vezes fico com medo que sejam a mesma coisa.

– Pois é.

– Noah?

– Sim.

– O que está pegando?

Respiro fundo.

– UCLA.

– Sim.

– Vocês dois vão pra lá?

Alan hesita, depois:

– Já conversamos sobre isso, tipo, mil vezes, No. Não lembra?

– Quando tomaram a decisão?

– Assim, a Val sempre quis ir. A UCLA tem um dos melhores departamentos de fotografia. Ela leu alguma coisa sobre como eles dão mais valor à narrativa da fotografia do que aos aspectos técnicos, e ela ficou apaixonada. Além disso, a cena de música ao vivo de Los Angeles é a melhor, o que meio que combina com os maiores interesses da Val.

– E você?

– Jura que não se lembra?

Quando se conhece alguém há tanto tempo quanto conheço Alan, consegue ver muitas farpas em poucas palavras.

– Desculpa, Alan. Juro.

Ele assente, mas eu reconheço a decepção quando a vejo.

– A Marvel tem escritórios em Los Angeles – ele diz. – Tem um estágio que eu quero, mas preciso ter dezoito anos e estudar numa universidade de renome. Imaginei que a UCLA era o cenário perfeito. Isso me dá chance, além disso a Val vai. Fez todo sentido.

Desço da cama, sento no chão na frente da TV; Alan faz o mesmo.

– Noah.

– Vou falar umas coisas agora. E elas vão parecer estranhas, mas preciso muito que você escute. – E Alan fala:

– Beleza. – E mando bala.

Começo pela festa dos Longmire, minha conversa com Circuit, e a caminhada para a casa dele, onde ele pode ou não ter me hipnotizado, e que tudo foi à merda depois disso: a história bizarra do vizinho dele sobre encontrar Deus numa caverna, o cachorro metamorfo, o sonho recorrente, a cicatriz da minha mãe, o lance de *Friends* que virou *Seinfeld*, a mudança nas redes sociais da Val e, depois de um tempo, chego à troca do próprio Alan da DC pela Marvel.

Ele não fala nada no começo, o que me deixa grato. Nenhum clichê, nenhum falso consolo, só nós dois sentados no chão do quarto dele cercados por coisas da Marvel, escutando o agente Smith explicar a história da Matrix ao Morpheus amarrado.

– Pena que estragaram o dois e o três – diz Alan.

– O quê?

Ele aponta para a TV.

– *Reloaded* e *Revolutions*. Anticlímax total.

– Pois é.

– Mas a Trinity é foda.

– Pois é.

– Você contou pra Val?

– Não.

Alan passa as duas mãos no rosto, meio que chacoalha a cabeça toda. Já vi esse movimento antes, normalmente quando a gente está fazendo lição de casa juntos e ele está tentando entender como um avião que viaja do ponto A ao B em oito horas consegue viajar do B ao A em sete.

– Certo – ele diz. – Meu aniversário de treze anos.

– O que é que tem?

– Vamos entender isso aí. Onde a gente estava no meu aniversário de treze anos?

Desde que me mudei para Iverton, eu e Alan passamos nossos aniversários juntos. Repasso mentalmente todas as festas temáticas e viagens ao zoológico e viagens ao...

– Cinema.

– E que filme a gente viu? – pergunta Alan.

Aquela noite ficou gravada no meu cérebro porque Alan entrou no cinema literalmente fantasiado de Batman. Ele queria que eu fosse de Robin, mas não fui porque fiquei com medo de encontrar alguém que a gente conhecesse. Lembro de entrar lá e me arrepender do quanto me importava com o que os outros pensavam.

– *Batman: O cavaleiro das trevas ressurge.*

Os olhos de Alan mudam, mas não sei se ele está surpreso ou o quê.

– Certo, e aí? Depois do filme, a gente saiu e você falou o quê?

Aquele dia foi o começo do nosso Grande Debate sobre o Coringa, e quem achávamos que era o melhor Coringa.

– Falei que gostei do filme, mas que não era meu favorito, porque eu gostava do Coringa. Você comentou alguma coisa sobre a atuação do Heath Ledger, eu falei: "Sim, mas eu estava falando do Jack Nicholson", daí a gente começou, sabe, *aquela* discussão.

– Noah.

– Quê?

– O único Batman que eu vi foi o com o George Clooney. Me brochou pra sempre.

No silêncio entre nós, Neo e Trinity estão resgatando Morpheus das garras do agente Smith.

Olho para Alan, e quase tenho medo de perguntar:

– No seu aniversário de treze anos, onde a gente estava?

– A gente foi ao cinema, mas...

– O quê?

– Foi pra ver *O especular Homem-Aranha*. Minha segunda vez, sua primeira.

– Depois que a gente saiu do cinema, o que eu falei?

– Alguma bobagem sobre o Aranha do Garfield ser melhor que o do Tobey Maguire.

– Alan.

– O quê?

– O único Homem-Aranha que eu vi foi o desenho animado.

Cai um silêncio por um segundo, e um pensamento me passa pela cabeça.

– A cicatriz no rosto da minha mãe... Sabe de onde surgiu? Ou como ela ficou com aquilo?

– Não – diz Alan. – Faz anos que ela tem. Só imaginei, sei lá, tipo um acidente na juventude ou coisa assim.

Neo e o agente Smith e Trinity e um monte de sequências de alta qualidade que normalmente eu adoro, mas para as quais estou cagando dois quilos agora.

– Que esquisito – diz Alan.

– *Esquisito* é uma maneira de dizer, acho.

– Escuta. Certo. Certo, escuta. Vai ficar tudo bem.

– Sério? Você tem poderes mágicos que eu não conheço, algo para reorganizar a ordem do universo para que tudo faça sentido?

– Vamos tentar olhar isso de outro ângulo.

– Que outro ângulo?

– Em vez de concentrar no que mudou – diz Alan –, vamos olhar o que *não mudou*, e entender por quê.

– Certo.

– Então, o que está igual?

– Nada.

– Noah.

– Na verdade... certo, sim. Minha irmã.

E, até agora, é verdade. Desde a festa, ela é literalmente a única pessoa na minha vida que continua exatamente igual.

– Certo, beleza.

– A mesma de sempre – digo. – Obcecada pela Audrey Hepburn, fala como uma socialite de meia-idade, se veste como uma boneca da *American Girl* abandonada.

– Certo, o que mais?

Tento pensar, mas tudo que vejo é o quarto dos meus sonhos: a pessoa no canto, as cores, as letras saindo das paredes

– Meus Estranhos Fascínios – digo.

– Seus o quê?

– Você comentou sobre aquele vídeo em que a mulher envelhece em câmera lenta.

– O que é que tem? – pergunta Alan.

– Então, eu tenho essas leves obsessões, acho. Tipo, uma lista das coisas que não consigo explicar, mas que não saem da minha cabeça. São quatro, e aquele vídeo é uma delas.

– Quais são as outras?

– Tem essa fotografia de um cara. Achei no chão da escola.

– Ah, legal, você também tem uma dessas?

– Mas sério. Lembra no ano passado quando o Pôncio Piloto se apresentou depois do nosso evento de arrecadação de fundos da revista?

– O Mega Gala da Revista.

– Isso. E aí depois o Parish veio e falou com a nossa...

– Quem?

– Philip Parish. O verdadeiro nome do Pôncio Piloto.

Alan ri baixo.

– Esqueci que era esse o nome dele.

– Certo, mas você lembra dele falando com a nossa turma?

– Sim – diz Alan, mas ele não consegue parar de rir. – Não sei por que é tão engraçado. Só não consigo ver aquele cara como Philip.

– O que posso fazer para ajudar a superar isso?

Ele abana a cabeça, respira fundo.

– Continua.

– Enfim, ele estava na nossa sala, falando sobre seu processo de composição, quando meio que teve um chilique.

– Eu lembro disso. Ele saiu da aula no meio do negócio.

– Pois é. Mas antes deixou cair uma foto do caderno, que peguei na hora da saída.

– O que tem na foto?

– É só um cara meio que sorrindo, sabe? Mas no verso está escrito: *O sol é forte demais. Com amor, A.*

– Quem é A?

– Não faço ideia. Mas esse é meu segundo Estranho Fascínio. Tem também o Velho da Incrível Papada, um velho com...

– Deixa que eu adivinho essa.

– Pois é. Mas ele caminha na mesma rua todo dia, e tem alguma coisa nele, como se numa vida passada a gente tivesse sido amigo, ou sei lá. Ou não, sabe? É tipo num filme de viagem no tempo, em que a gente vê uma pessoa que parece familiar e aí, no fim do filme, você descobre que você *é* aquela pessoa.

– Você de fato gosta de caminhar.

– É disso que estou falando.

– Então, qual é o quarto? – pergunta Alan.

– Certo, você leu Mila Henry?

– Assim, não como você, mas como uma pessoa normal.

– Mas sabe os desenhos característicos dela, certo? No começo de cada capítulo?

– Adoro aquilo.

– Pois é – continuo. – Então, tem um desenho, no *Ano de mim*, capítulo dezessete, que é diferente dos outros.

– Diferente como?

– Sei lá, é, tipo, um estilo diferente ou coisa assim. Mas *como* é diferente não é a questão. A questão é: *por quê*? Só esse de todos os desenhos? Parece que deve significar alguma coisa. Enfim, é isso. Esses são meus Estranhos Fascínios.

– A expressão me soa familiar.

– É do Bowie – digo. – Um verso de "Changes". Também é o nome da biografia dele.

– Bom, se eu fosse você, ia por esse caminho.

– Como assim?

Alan assiste ao *Matrix* enquanto fala.

– É como variáveis e constantes, certo? Você tem um milhão de coisas mudando, e não consegue ir atrás de todas elas. Mas acabou de listar cinco que não mudaram.

– Quatro.

– Mais sua irmã. Se eu fosse você, investigaria essa merda pelo menos porque *dá* pra investigar.

De vez em quando, Alan solta essas pérolas de sabedoria, que sempre me levam a pensar: talvez eu não lhe dê crédito suficiente. Talvez Alan seja mais como um sábio sutil, um homem cuja astúcia apenas se *disfarça* de idiotice e não é idiota em si.

– Você acha que o Neo e o agente Smith se pegam? – ele pergunta.

Pensando bem, talvez não.

Digo:

– Não acho que o agente Smith tenha muito apetite sexual. Não sei como ele teria tempo, tendo de praticar tanto a enunciação.

– Mas ele pega bastante gente como Elrond, Lord de Rivendell.

– Seu cérebro está literalmente no meio das pernas, né?

– Acho que alguns de nós não conseguem admitir que alguém é sexy sem querer transar com essa pessoa – diz Alan.

– Elrond é um elfo, sabia?

– Correção. Ele é um *lorde* elfo. Além disso, as orelhas.

Assistimos ao filme em silêncio por um segundo; Trinity beija Neo, que, naturalmente, volta à vida. Fazia um tempo que eu não via o filme. Meio que esqueci que ele morria.

Alan estende o braço para a mesa de cabeceira, abre a gaveta, e tira um caderno e um lápis.

– O que você vai desenhar?

– Você vai ver – ele diz.

Os desenhos de Alan humilham os meus, mas, enfim, não sou tanto um artista, e mais um apaixonado por diagramas. Ele trabalha rápido e, alguns minutos depois, me passa o caderno. À primeira vista, penso que deve ser algum super-herói de um gibi que não conheço – o personagem é musculoso, daquele jeito típico dos heróis mascarados –, mas está vestido como eu, todo de Bowie Marinho, e tem meu cabelo e meus olhos. Nas grandes letras grossas em cima da página, está escrito HYPNOTIK.

– Todos esses personagens têm nomes fodões – diz Alan, apontando para a TV. – Neo, Trinity, Morpheus, Tank. Eles não são exatamente super-heróis, mas têm uma consciência elevada, habilidades especiais e sei lá o que mais.

Fico olhando para o desenho e tento pensar em algo para dizer, mas tudo que me vem à mente é:

– Está legal. Você escreveu *hypnotic* errado.

Alan sorri.

– Como o Philip disse, erros de ortografia propositais ajudam a sua marca.

Devolvo o desenho, repetindo:

– Está muito legal. – Enquanto evito contato visual fingindo assistir ao filme.

– Noah.

– O que quer que eu diga, Alan? Obrigado por tentar ajudar? – Paro por aí e, porque estou agradecido de verdade, não falo o resto do que estou pensando: *Não preciso de uma marca. Não tenho consciência elevada nem habilidades especiais.*

– Ei – ele diz e, como sempre acontece, posso jurar que Alan está lendo a minha mente. – Quase todo mundo se sente estagnado, Noah. Você é a única pessoa que eu conheço que se desestagnou.

No *Na estrada*, perto do fim do capítulo no qual Dean e Carlo se sentam na cama e conversam a noite toda, o narrador, um cara chamado Sal, fala para eles "pararem a máquina". Não sei exatamente o que o Kerouac quis dizer com isso, se talvez Sal só queria que seus amigos calassem a boca e fossem dormir. Mas isso me fez lembrar da saída do robô. Seja como for, não pude deixar de pensar que Dean e Carlo tinham sorte de ter um amigo assim.

35 ➡ *essa tristeza parece mais pesada suspensa no ar*

Todas as cores fortes da criação agora, meu sonho: o prisma luminoso. É como o quarto numa placa de Petri, e as cores são bactérias, e eu fico lá indefeso as observando se unirem e se multiplicarem, se unirem e se multiplicarem, cruzando tão ávidas como o brilho de suas cores. E aí vêm as letras, e Abraham com seu latido silencioso ao pé da cama, e a pessoa no canto encharcada até os ossos, cujo rosto nunca vou descobrir, e as letras tomam forma, o inconsciente e o consciente em harmonia, todo um conjunto de esquecimento.

Venha à luz, Ela disse.

E, por uma fração de segundo, eu vou. Abro os olhos, vejo um quarto, uma figura turva – e acaba.

Acordo empapado de suor, com a primeira insinuação do sol matinal através da janela.

Toda noite por mais de duas semanas, o mesmo sonho, o mesmo suor. Alguém poderia pensar que eu deveria estar acostumado a essa altura, mas toda vez o sonho parece novo, como se fosse apresentado do avesso, sua resolução mais aguda e radiante a cada noite que passa.

Uma lista. É disso que eu preciso.

Algo em fazer listas, classificar as coisas do começo ao fim, seja em ordem alfabética, cronológica, autobiográfica, tópica ou lógica, para mim, libera tanta endorfina quanto uma boa corrida para a maioria das pessoas, quase como um orgasmo, e sei o que parece, mas veja bem: eu gosto de listas, e não ligo para o que os outros acham disso.

Saio da cama, sento na escrivaninha só de cueca, abro o computador e começo.

QUE QUE ACONTECEU?

Uma lista elegante de teorias, por Noah Oakman

1. Meu cérebro quebrou. (Ao mesmo tempo explica tudo e nadinha.)

2. Minha vida é um reality show, e sou o astro sem saber.

3. Nunca existi como nada além de um personagem em um romance. (Ver item 1.)

4. Sem saber, entrei num buraco negro e estou vivendo num universo paralelo.

O lance é: posso conciliar mil teorias sobre como cheguei até aqui, mas descobrir isso não vai impedir Val e Alan de irem para Los Angeles. Alan estava certo: são variáveis demais para que eu persiga todas as possibilidades. Preciso me concentrar nas constantes agora: meus Estranhos Fascínios e Penny.

Então outra lista.

QUE QUE EU FAÇO AGORA?

Uma lista elegante de planos de ação, por Noah Oakman

1. Fazer contato com a Menina Se Apagando.

2. Fazer contato com VIP.

3. Confrontar Philip Parish sobre a fotografia.

4. Chafurdar no Google sobre os desenhos de Mila Henry.

5. Considerar passar mais tempo com Penny.

Investigue essa merda, Alan aconselhou ontem.

Certo, então.

Vamos começar do começo.

36 ➟ *danoalegria*

Tem mais de oito mil comentários a respeito do vídeo da Menina Se Apagando. A maioria são coisas leves como: essa aí não tem o que fazer, ha. Ou este de um usuário chamado RaizQuadradaDoCara_6 (porque, pelo visto, cinco outros caras já tinham feito sua própria raiz quadrada): PQP KKKKK VSF.

RaizQuadradaDoCara_6 é capaz de sentir muitas coisas em gírias de internet ao mesmo tempo.

E, claro, migalhas de amargura cobrem a seção de comentários com aquele tipo especial de ódio inflamado que só o anonimato da internet pode proporcionar. Por exemplo: Alguém fala pra essa puta feia que ninguém liga pra porra da vida dela.

Não sei quem comparou a internet a um parquinho, mas me parece uma comparação certeira. Vai lá de dia. Brinca um pouco com seus amigos, aprende alguns lances e volta para casa. Por mais que você queira, não dá para cozinhar ou trabalhar ou ir ao banheiro no parquinho. Inevitavelmente, outra pessoa está fazendo uma manobra legal que você não consegue fazer, e aí você se sente um lixo; ou pior, alguém tenta fazer uma manobra legal, erra e você se sente melhor consigo mesmo. E, no fundo, quando a gente cansa de balançar no balanço ou escorregar no mesmo escorregador, começa a procurar novas formas de fazer merda.

Sei do que a Val falou sobre as vantagens da internet, e ela tem razão. Só estou dizendo que viveria melhor com um pouco menos de *Schaden* e um pouco mais de *Freude*.

Passo o cursor sobre a caixa que diz "Adicionar um comentário público", e meu coração dispara. Nunca escrevi na seção de comentário de nada, então este é um grande momento para mim. Começo a escrever uma mensagem, depois fico com medo de apertar o Enter sem querer antes de terminar, então fecho o navegador, abro um documento de Word, e começo um rascunho.

Pense de maneira concisa, eficaz, simpática.

> Oi, tudo bem? Eu sou o Noah. Não sou um stalker nem nada, mas já assisti ao seu vídeo umas cem vezes e queria saber onde você mora.

Deleta. Começa de novo.

> E aí!

Não.

> Toda noite antes de dormir...

Deleta, começa de novo, deleta, até chegar a algo que eu não odeio: Oi! Adorei muito seu vídeo. Tenho uma perguntinha. Se tiver um tempo, poderia me mandar um e-mail para doisadoisoak@gmail.com? Valeu!

Tem um pouco mais de exclamações do que eu gostaria, mas é assim que a sociedade funciona.

Cinco minutos depois, crio uma conta doisadoisoak@gmail.com, e estou de volta ao YouTube, tendo copiado meu rascunho do Word. Prendo a respiração ao postar o comentário, fico olhando para ele embaixo do vídeo da Menina Se Apagando como imagino que um pai assista ao seu filhinho no playground: orgulhoso, animado, com um medo do cão.

Uma batida rápida na porta, e minha mãe entra, toda:

– Noah! Você precisa se vestir agora se quiser chegar à escola a tempo.

O lance é: não pretendo chegar à escola a tempo. Nem perto disso.

37 ➠ *plano de ação número dois*

Do capô do meu *hatchback* Hyundai, fico olhando para uma poça de graxa no formato de um pinto com bolas no estacionamento do posto de gasolina e tento não ver coisa demais onde não tem. Alan com certeza teria algumas coisinhas a dizer sobre a leitura desse teste de Rorschach.

Se isso funcionar, provavelmente vou perder minha primeira aula hoje, mas tudo em nome da investigação.

E, na hora certa, alguns minutos depois, lá está ele. O chapéu, a bengala, a papada; o mito, o homem, a lenda: VIP em pessoa. Pulo do capô, atravesso o estacionamento como quem não quer nada. Já imaginei este momento inúmeras vezes, tentei pensar na melhor maneira de abordá-lo, uma introdução para encantar e desarmar. Estou prestes a começar com algo como: "Oi, sou o Noah", quando, do nada, sem nem olhar para mim, VIP manda:

– Bom, garoto, não fique aí parado. – E passa andando por mim.

Não sei quanto tempo leva, mas lá vamos nós caminhando. Sem conversar, só duas pessoas se deliciando com o valor inerente de colocar um pé à frente do outro. Um passeio tranquilo.

Viramos à direita na Ashbrook, e me ocorre que não faço ideia de onde fui me meter, já que nunca vi onde VIP inicia ou termina essas caminhadas, e exatamente quando começo a pensar coisas como talvez ele não *more* em lugar nenhum, só *caminhe* durante dias, rodeando a cidade como o mais peculiar anjo da guarda do mundo, ele vira numa trilhinha de pedras pitoresca, que dá em uma casinha de pedras pitoresca com uma placa de pedras pitoresca que diz POUSADA DA AMBROSIA. Muito devagar, VIP sobe os degrauzinhos de pedra pitorescos que levam à porta, onde digita um código na fechadura sobre a maçaneta, abre a porta e desaparece lá dentro.

E, tão misterioso como começou – acaba.

Tento a porta. Trancada. Tem uma campainha, mas o que é que eu diria? *Hm, ei, acabei de fazer uma caminhada com um dos seus hóspedes idosos. Será que posso dar uma espiada aí dentro?*

Na volta para o posto de gasolina, recebo uma mensagem do Alan: Panaca! Trouxe seu café da manhã sônico. KD TU?

O lance todo durou menos de quinze minutos, o que significa que, se eu me apressar, consigo fazer esse trabalho em dias letivos sem me atrasar tanto assim.

No caminho para a escola, imagino minha relação com VIP nos próximos dias, semanas, meses, nós dois dominando as ruas de Iverton.

Bom, garoto, não fique aí parado.

Algo me diz que essas seis palavras são apenas o começo.

38 ➠ *passagem do tempo (II)*

Visitas ao quiroprata, sessões de condicionamento físico com o treinador Kel, lição de casa, escola, sonho recorrente, pesquisas na internet em busca de informações sobre os desenhos de Mila Henry, *Bom, garoto, não fique aí parado*, diz VIP, e caminho com ele do posto de gasolina até a pousada, onde, todos os dias, ele bate a porta na minha cara.

Nenhuma pista sobre Philip Parish. Pesquisei no Google "o sol é forte demais" até não poder mais, decorei a página dele na Wikipédia e analisei todas as imagens que encontrei de Pôncio Piloto para ver se o cara da foto aparecia, mas nada.

Nenhuma resposta da Menina Se Apagando. Duas outras vezes, publiquei na página do YouTube dela, na esperança de que um empurrãozinho pudesse ser uma boa, mas os únicos e-mails na minha nova caixa de entrada do Gmail são os de boas vindas do Google e propagandas em CAIXA ALTA de métodos infalíveis para alongar o pênis.

Em algum momento, meus pais decidiram que os jantares em família eram sua chance de me pressionar sobre a oferta da UM. No entanto, depois que percebi essa estratégia, rebati com outra estratégia genial: toda tarde, depois de estudar a página de Pôncio Piloto na Wikipédia, eu passava para a página de Audrey Hepburn e decorava uma informaçãozinha qualquer; então, como se jogasse um pedaço de carne para um cachorro faminto, mencionava essa informação à mesa de jantar como quem não quer nada e deixava Penny ir à loucura.

Isso funcionou até certo ponto.

No meio de outubro, bem quando as folhas começaram a mudar de cor, minha mãe bateu na minha porta.

– Seu pai e eu queremos conversar com você na cozinha.

Não era um bom presságio.

– Certo – eu disse. – Bom, estou meio que atolado de...

– Não. Quero você lá embaixo em cinco minutos.

Minha mãe fechou a porta atrás de si sem fazer barulho, e eu soube: tinha chegado a hora.

No andar de baixo, meus pais estavam sentados à mesa da cozinha tomando café. Minha mãe empurrou uma cadeira com o pé, enquanto meu pai servia uma xícara de café para mim.

– Senta aí.

Sentei, observei minha mãe dar um gole do café. Era triste, mas a cicatriz dela tinha se tornado uma representação física da nossa relação nos últimos meses. Reservada, cautelosa, riscada em sua pele como uma linha na areia: minha mãe de um lado, eu do outro.

– Noah, você concorda que eu e seu pai fomos pacientes demais sobre a oferta da UM?

Minha mãe e essa sua jogada clássica de advogada. Ela era boa, isso eu precisava admitir. Se eu concordasse – *sim, vocês foram pacientes* –, pressupunha um fim a essa paciência. Se discordasse, ela pediria um exemplo específico, dos quais eu não tinha nenhum. Porque a verdade era que…

– Sim – eu disse. – Concordo.

Ela assentiu.

– Achamos importante que você tivesse espaço para tomar uma decisão. E talvez você ainda esteja considerando as opções, e não tem problema nisso. Mas está na hora de discutir prazos de verdade.

– Prazos – eu disse.

Ela olhou para meu pai em busca de ajuda. Ele pigarreou, assentiu.

– Isso mesmo. Prazos – ele disse, dando um gole do café.

Isso aí, pai. Disse tudo.

Minha mãe olhou feio para ele, voltou a olhar para mim.

– Conversei com seus dois treinadores ontem. Suas sessões com o treinador Kel estão ajudando. A oferta da UM está de pé, mas não sei por quanto tempo podemos supor que continue assim. A treinadora Tao, como você sabe, não fez nenhuma oferta, mas ainda tem interesse. É óbvio que adoraríamos Milwaukee porque queremos você por perto, e porque já tem uma proposta na mesa. Mas, se quiser considerar a Estadual de Manhattan, acho que ainda é uma possibilidade.

– Você sabe que ainda temos tempo, né? – eu disse; parte disso foi culpa minha, mas nada era mais exaustivo do que ter a mesma conversa de novo e de novo.

– Noah...

– Só não entendo por que a pressa.

– Não estamos com pressa. Estamos tentando ser inteligentes aqui.

– Você perdeu meses – meu pai disse. – O treinador Kel diz que seu ano passado foi ótimo, e seus exercícios melhoraram, mas você não está mais a todo vapor, filhão.

– Você tem que admitir que temos sorte por termos algum interesse de universidades a essa altura – disse minha mãe. – Pode ser que a maioria dos nadadores esperem, mas você não pode se dar a esse luxo. Temos uma chance aqui, e acho que é melhor aproveitar.

– Mas e as minhas costas? – pergunto, mal conseguindo articular as palavras.

Quase consigo sentir o peso das conversas anteriores na cozinha. Meu pai diz:

– O dr. Kirby não acha que essa seja uma lesão permanente. Então tenho de perguntar, Noah. Você acha?

Vasculhei seus olhos, tentei encontrar alguma pista que pudesse sugerir que eles soubessem, mas nada.

– Não, não acho.

Minha mãe disse:

– Certo. Então... Vamos seguir em frente, certo?

Meu pai faz que sim.

– Certo.

Eu solto um:

– Certo – fraquinho, e penso no número quatro da minha lista de QUE QUE ACONTECEU. Para ser sincero, se esse não era um universo paralelo, não veria mal nenhum em encontrar um agora.

– Então, um prazo – disse minha mãe. – O que consideramos racional?

– Vinte e um de dezembro – eu disse.

A cara da minha mãe foi cômica.

– Noah – disse meu pai. – Como assim?

– Vocês sempre falaram "uma decisão no outono". Vinte e um de dezembro é o último dia do outono.

– Na verdade, acho que é o primeiro dia de inverno – disse meu pai.

– Gente. Isso não importa – disse minha mãe. – Porque não vamos esperar tanto assim.

– O que você tem em mente? – perguntei.

– Estava pensando em duas semanas.

Enquanto estava crescendo, fiquei muito bom em saber quando era hora de alternar a conversar entre a Mãe Mãe e a Mãe Advogada. Também fiquei muito bom em jogar meus pais um contra o outro.

– Certo – eu disse, realmente contando com a intervenção do meu pai aqui. – Eu disse dois meses, você disse duas semanas... Será que não tem uma data especial que possamos usar de meio-termo?

Eu pude perceber minha mãe tentando acompanhar meu argumento.

– Uma data especial? – ela disse. – Assim... vamos só escolher um dia e aí...

– Aah – disse meu pai e, de repente, soube que o tinha fisgado. – Dia de Ação de Graças. Perfeito.

Meu pai *adorava* o Dia de Ação de Graças.

– Ah – eu disse, com um leve sorriso para minha mãe. – Boa ideia, pai.

Ele esfregou uma mão na outra – como se tivesse acabado de mediar toda a negociação – e se levantou para cozinhar o jantar.

Minha mãe deu um gole do café, sorriu para mim por sobre a borda.

– Boa jogada, doutor.

39 ➠ *uma história concisa de mim, parte vinte e nove*

Agosto de 1949. Mila Henry publica seu primeiro romance, *Bebês sobre bombas*. Nele, um aspirante a poeta chamado William von Rudolf usa a palavra *absconder*, mas descobre que é uma palavra praticamente morta. Em seguida, pondera sobre a vida das palavras, seu nascimento e morte, e chega à conclusão de que palavras não passam de pessoas escondidas.

Pessoas numa página, pessoas numa página,
Palavras são pessoas numa página, penso eu
Se escondendo em bocas e espreitando no apogeu
Turvadas em signos, esperando ao léu
Algumas usam óculos, outras chapéu
Algumas são redondas, outras mais retas
Algumas se contorcem de maneiras abjetas
Se disfarçam o quanto querem, aquelas mentirosas
Mas não me enganam, não, malditas tinhosas

William von Rudolf passa o resto do romance tentando dar à luz novas palavras. Com a exceção de *deliciutopia* (*substantivo*: uma sociedade que se alimenta apenas de panquecas e uísque), suas tentativas são consideradas um fracasso.

Os deliciutopistas discordam.

Outubro de 1895. Um outro William (William James, que era uma pessoa de verdade e não um personagem de um livro) coloca a caneta sobre o papel e escreve a palavra *multiverso*.

Ninguém nunca tinha feito isso antes.

1935. Um outro Rudolf – Erwin Rudolf Josef Alexander Schrödinger (cujos pais provavelmente tinham dificuldade para tomar decisões) – concebe uma experiência mental, que ficaria conhecida como o gato de Schrödinger. *Muito* resumidamente: um gato dentro de uma caixa com uma fonte radioativa que pode ou não se decompor e soltar um gás venenoso que vai matar o gato. Pelos princípios de mecânica quântica, até alguém abrir a caixa e observar a substância radioativa, ela existe numa superposição. Tanto se decompôs como não se decompôs – ou, em outras palavras, o gato está ao mesmo tempo vivo *e* morto.

Por um lado, isso parece completamente irracional. Impossível, até.

Por outro:

Ontem entrei na internet e observei fotos da Nova Zelândia, me imaginei entre as montanhas, o que foi fácil de fazer – elas estavam bem ali na tela. Pensei: *Talvez um dia eu vá para lá.*

Não muito tempo atrás, alguém em algum lugar quis observar fotos da Nova Zelândia, então foi à biblioteca e tirou um livro da prateleira. Essa pessoa se imaginou entre as montanhas, o que foi fácil de fazer – as montanhas estavam bem ali na página. Essa pessoa pensou: *Talvez um dia eu vá para lá.*

Em algum momento antes disso, alguém em algum lugar ouviu falar da Nova Zelândia, na escola talvez, ou por um amigo da família. *Parece exótico*, a pessoa pensou, e seguiu com a sua vida.

Não muito tempo antes disso, alguém em algum lugar mal pensava no mundo como um todo. Era simplesmente grande demais.

Sempre considero a linha temporal do mundo, e meu lugar nela. E, quando olho para o passado e vejo todas as coisas tão drasticamente mal compreendidas pela humanidade, consideradas impossíveis – ideias antes consideradas ficção científica agora acolhidas na ciência –, seria ignorante da minha parte olhar para o futuro e dizer: "Impossível".

Cada vez mais experimentos parecem confirmar a possibilidade de uma única partícula existir em múltiplos espaços ao mesmo tempo até que a observação a faça recair em apenas um. E, como toda matéria é feita de partículas, teoricamente, por que isso não poderia se aplicar a um gato? Ou a uma pessoa? Ou a um universo? E, se o destino do gato não é determinado até ser observado, quando consideramos os desfechos de nossos destinos, isso leva à pergunta: quem está nos observando?

Não entendo dessas coisas. Mas tudo bem. Não entender não é o mesmo que compreender mal. E talvez um dia, daqui a não muito tempo, nasça uma palavra nova, e um livro seja transferido da ficção científica para a ciência, e possamos olhar para o futuro – talvez até para o multiverso – e dizer: "Talvez um dia eu vá para lá".

40 ➡ *formaturite*

O Dia das Bruxas foi se aproximando como em todos os anos, com seus prenúncios de sempre. Penny esvaziou a gaveta de cima de sua cômoda para a quantidade abundante de Snickers e Milky Ways que virão. (Em tamanho real, claro, porque nada é mais deselegante para um verdadeiro ivertoniano do que parecer mesquinho; e vamos combinar: nada diz *pão-duro* como um bombom em miniatura.) Meus pais assistiram a *O estranho mundo de Jack* pelo menos meia dúzia de vezes. E Val está elaborando seu esquema anual para tirar o máximo de doces possível da vizinhança.

– Pelas minhas contas – ela diz –, se a gente se apressar, dá *sim* pra dar três voltas neste ano. Primeira volta com máscaras de *Pânico*, segunda como jogadores do Bears, porque os capacetes vão conseguir esconder nossos rostos, e terceira volta como mendigos, de longe a troca de roupa mais rápida.

Alguns anos atrás, Val elaborou um sistema infalível de doce ou travessura: a gente se vestia com a Fantasia A, que exigia uma máscara ou cobertura de cabeça de algum tipo, partia para a primeira rodada, depois se reencontrava na casa dos Rosa-Haas e colocava a Fantasia B (sem máscaras dessa vez) e batia nas mesmas casas de novo. Parece que esse ano ela quer tentar a tríade.

Alan fica todo:

– Muito ambicioso. Adorei.

Todos os alunos do último ano estão no anfiteatro da escola, há uma tela gigante no palco; atrás de nós, um projetor passa de uma imagem de anéis de formatura para calças de moletom de formatura.

Val pega o celular, tira uma foto da tela.

– Nada imortaliza tão bem uma formatura quanto uma bela calça de moletom – ela murmura, enquanto digita um post.

– Só falta a pochete agora – diz Alan.

Um cara de uma empresa chamada Zalsten's está fazendo seu discurso de vendedor, tentando tirar todos os centavos do monte de filhinhos de papai da Iverton High. Ele passa mais um formulário, este para algo chamado Pacote do Mascote, que é basicamente um conjunto que inclui capelo, beca, borla, cartões de convite, mensagens de agradecimento, camiseta e, sim, calças de moletom, pela bagatela de 296,90 dólares.

– É isso que eu chamo de pacote – diz Alan, bem mais alto que o necessário, ao que Val responde com uma cotovelada. – Que foi? – ele diz. – Só estou falando que o Pacote do Mascote é um bom negócio. Vale mais do que alguns pacotes menores.

– Que infantil – diz Val, guardando o celular.

O diretor Neusome tira o microfone do moço da Zalsten, faz aquela voz severa dele e ameaça cancelar a nossa viagem de formatura se não fizermos silêncio.

Ninguém está prestando atenção.

Uns professores passam pilhas de formulários da FAFSA para empréstimos e financiamentos, e uma moça de uma agência tal fala que se não preenchermos esses formulários direito, não vamos ser qualificáveis para "nenhuma quantia para nenhuma faculdade, de jeito nenhum, e ponto-final", ao que Alan sussurra:

– Do que você acha que ela *realmente* está falando?

– Essa parte é importante de verdade – diz Val, se debruçando sobre um dos formulários com a caneta. – Ao contrário da calça de moletom.

Todos esses formulários coloridos me dão aquela sensação familiar de pavor. Minha mãe ajuda no conselho consultor da formatura, então eu sabia que grande parte dessas coisas estava por vir, mas ver as palavras de verdade nas páginas de verdade nas minhas mãos de verdade...

– Por falar em faculdade – diz Val –, você conversou com o treinador Stevens ultimamente? Ou quem era a outra? Da Estadual de Manhattan?

Todo o ar se esvai do meu corpo.

– Treinadora Tao – respondo.

Desde o incidente no refeitório, quando fiquei sabendo dos planos de Val e Alan para ir à UCLA, eles estavam evitando o tema faculdade – até agora.

– Certo, treinadora Tao. Então, falou com algum deles recentemente?

O diretor Neusome está com o microfone de novo; ele está listando uma série de desgraças para aqueles que não preencherem o formulário direito, e eu só largo mão:

– Por que todo mundo fala da faculdade como uma certeza? Assim, não estou dizendo que não quero ir pra universidade, tipo, *nunca*, só que queria ter uma opção quanto a isso. Tipo, vamos nos acalmar e entender que a vida de uma pessoa não acaba no dia em que ela decide que talvez não queira ir pra faculdade.

– Você não pode culpar as pessoas por se preocuparem com seu futuro – diz Val.

– É, mas parece que todo mundo na minha vida pensa que sabe o que é melhor pra mim, mas como podem saber se *não* são eu? Tipo, se ao menos a gente conhecesse alguém que *fosse* eu, talvez essa pessoa pudesse nos dizer o que *eu* penso. Espera um pouquinho.

– Entendi, Noah.

– Só estou dizendo.

– E eu só estou dizendo que a faculdade é um privilégio enorme e que talvez não seja pra todo mundo, talvez não seja pra você, mas talvez também seja bom parar de resmungar. Você não sabe da situação das outras pessoas.

Alan diz:

– Titi Rosie iria nos esganar se a gente falasse igual ao Noah.

– Iria esganar a gente até a morte – diz Val.

Ano sim, ano não, a família Rosa-Haas visita a mãe e as irmãs da sra. Rosa-Haas em San Juan. Na última viagem, Alan aproveitou a oportunidade e saiu do armário para todo mundo, incluindo sua querida Lita, que estava à beira dos cem anos. Antes de partirem, Alan me contou que tinha medo da reação dela ao anúncio, mas, como veio a descobrir, a única preocupação da Lita era que Alan cumprisse seu papel em dar continuidade ao sobrenome Rosa. Aparentemente, isso gerou toda uma conversa sobre barriga de aluguel e adoção, o que levou Alan a confessar que não pretendia ter filhos, o que, por sua vez, provocou os lamentos e ranger de dentes que ele tinha suposto que viriam com seu anúncio inicial.

Foi uma viagem e tanto, pelo que me contaram.

– Depois que saí do armário – diz Alan –, Titi Rosie disse que não era da conta dela com quem eu namorava ou deixava de namorar, desde que terminasse a faculdade. Disse que se mudaria pra cá e me levaria à força pra aula.

Encontrei essa tia deles algumas vezes quando ela veio visitar e não é difícil para mim imaginar que ela faria isso mesmo.

– Ainda adoro que o nome dela é Rosie Rosa.

– A gente tem uma prima que chama Rosemarie Rosa.

– Que incrível – comento.

– Ah, os porto-riquenhos, sim, sabem o que é bom.

Val fica toda:

– Mas você entende o que a gente quer dizer, né? Faculdade ou não, este curso ou aquele etc., beleza. Só...

– Para de resmungar – completo.

– Isso, mas também lembra que o lugar de onde você veio, literal e figurativamente, não é o mesmo que o de todos ao seu redor. E aí fala direito. Beleza?

– Beleza.

– E aí, você falou com eles? Os treinadores?

Conto sobre o prazo que meus pais me deram até o Dia de Ação de Graças para eu tomar uma decisão, e os dois brigam comigo por não ter nem contado para eles sobre a oferta da Milwaukee.

– Não queria falar sobre isso – digo. – Era pra vocês serem meu porto seguro.

– Eu nunca quis ser seu porto seguro – diz Val.

– Nem eu, cara. – Alan soca o ar como um boxeador se aquecendo para uma grande luta. – Não tem nada de seguro nessas *belezinhas aqui*!

Val suspira.

– Só queria não me sentir como uma babá de vez em quando.

– É, você está certa – diz Alan, sério de repente. – E tenho certeza de que babás responsáveis em todo o mundo estão planejando formas de tirar o dobro de doces das pessoas no Halloween.

– O triplo, na verdade. Por falar nisso... – Val apoia as pernas na cadeira na frente dela, vira o formulário da FAFSA, e traça o diagrama do nosso bairro no verso – pensei em começarmos aqui hoje. – Ela aponta para a casa vizinha da deles.

– Vocês não acham que talvez a gente seja um pouco...

Alan coloca a mão na minha boca.

– Não diga.

Viro a cabeça mesmo assim.

– Velho demais para doces ou travessuras?

Alan finge desmaiar no colo de Val.

– A gente já discutiu isso – diz Val. – Dos onze aos catorze anos, é estranho e constrangedor pra todo mundo. Mas dos quinze aos dezoito? É a idade ideal pra doces ou travessuras.

– Certo, então. Não posso ir.

Val e Alan me lançam exatamente o mesmo olhar e, beleza: eu os conheço há tanto tempo que, em algum momento, parei de pensar em como eles são parecidos, mas agora, com essa cara que eles estão fazendo...

– Vocês estão me metendo um pouco de medo agora.

– Por quê? – pergunta Val.

– O jeito como estão me olhando. Como vocês são gêmeos, é meio que...

– Não isso. Por que não vai com a gente?

Um segundo, e então:

– Lição de casa?

Eles não se convencem.

– Olha, eu fiz planos. Digamos que é isso.

– Quem é ela? – pergunta Val, meio que sorrindo.

– Não é uma menina.

Val ergue a sobrancelha, olha para o irmão.

– Até parece – diz Alan. – Se Noah não fosse terrivelmente hétero, estaria dando em cima de mim agora mesmo.

Dou um beijo no bíceps.

– Vai sonhando.

– Ai, meu Deus – exclama Val. – Vocês e essa piada. Ela tem tipo cem anos.

O diretor Neusome nos libera, e todos os alunos do último ano se levantam, zonzos de tanta coisa da FAFSA, e, bem ali, no meio da comoção, Val pergunta:

– Onde você estava hoje de manhã?

– Como assim? – pergunto.

Alan limpa a garganta de um jeito nada sutil, dispara um olhar para a irmã enquanto saímos do auditório.

Val finge não notar.

– Toda manhã desde o primeiro ano a gente senta na Alcova e fica falando merda antes da aula, mas, beleza, pode continuar fingindo que sua ausência constante é totalmente discreta, Noah.

Ela vai andando na nossa frente, desaparece na corrente de alunos desconcertados.

– O que você falou pra ela? – pergunto.

– Nada.

– Da nossa sessão de Dean e Carlo? Não contou nada?

Alan olha para mim, subitamente sério. É assustador como ele consegue mudar de expressão tão rápido.

– Noah, quem é a pessoa mais inteligente que você conhece?

Todas as portas das salas se abrem ao mesmo tempo, os alunos dos outros anos enchem o corredor, e Alan meio que me dá um aceno de cabeça antes de ir para sua próxima aula. Sigo o fluxo da corrente e considero todas as coisas que Alan acabou de me dizer sem dizer muita coisa.

Talvez as conversas também sejam mais sobre o silêncio entre as palavras.

41 ➟ *s'BOOk-tastic!*

Eu e Penny estamos sentados no banco traseiro voltado para trás do Pontiac do meu pai, de óculos escuros, o rosto sério, olhando para um casal no carro atrás de nós.

Quando eles pararam, estava tocando uma música alta, mas o semáforo demora muito, então ela já acabou.

– E aí? – diz Penny.

– O quê?

– Imagino que você ainda esteja considerando.

– Considerando o quê?

Penny ergue os óculos escuros, vira para mim.

– A lista de prós e contras, darling. *Bonequinha de luxo*?

– Ah. Hm.

Ela deixa os óculos de sol caírem de volta no lugar.

– Sabe, acho que Mark Wahlberg estava certo em relação a você.

Levo cinco segundos inteiros para entender que ela está se referindo ao nosso cachorro, e não ao ator.

– Levou a mudança de nome a sério, hein?

– Quando perguntei se ele achava que você assistiria *Bonequinha de luxo* comigo algum dia, ele disse que eu não poderia contar com isso, porque não posso contar com você.

– Ah, é?

– Uhum. E aí, quando perguntei para o Mark Wahlberg se ele tinha alguma noção de por que você se recusava, ele disse que é porque você é uma criança eterna.

Não pude conter o riso diante do retrato que Penny faz do nosso cachorro, como algo entre uma bola de cristal e um terapeuta.

– Estão animados pra hoje? – pergunta minha mãe do banco da frente, que, daqui do fundo, parece tão longe quanto Detroit.

Penny suspira:

– Mal posso esperar! – com a voz descaradamente falsa, e me passa pela cabeça: não apenas nosso cachorro *não* é um terapeuta nem uma bola de cristal, como também não tem o dom da fala. *Não posso contar com você. Você é uma criança eterna.* Alguém pensa essas coisas, e esse alguém não é Mark Wahlberg.

A gente tem que respeitar o nível de dedicação necessário para combinar cinco palavras – *that's, book, boo, spook, fantastic!* – em uma. Algo para ficar na história, *s'BOOk-tastic!* é anunciado pela Biblioteca Pública de Iverton como uma "alternativa ao doce ou travessura" para os pais que questionam o sistema tradicional de estranhos dando doces para criancinhas fantasiadas. (Houve uma época em que meus pais tiravam sarro do *s'BOOk-tastic!*, mas, no ano passado, um bando de adolescentes de máscaras de hóquei roubou os doces da Penny, então, sim – esse tempo ficou para trás.)

– Obrigado por ter vindo – diz meu pai, colocando o braço em volta de mim.

Assistimos a Penny aceitando doces de um bibliotecário vestido de palhaço. Até agora, todos os bibliotecários elogiaram a "fantasia" de Penny, sem saber que foram ludibriados: ela literalmente saiu de casa com a mesma roupa com que tinha ido à escola hoje.

– Não perderia isso por nada – digo.

A verdade é: eu não estava no clima de fazer doce ou travessura com Val e Alan.

Além disso, eu realmente gosto de estar dentro de bibliotecas.

A maioria dos participantes do *s'BOOk-tastic!* tem entre zero e sete anos, embora venham alguns extraviados, crianças mais velhas cujos pais não conseguem lidar com o fato de que seus pimpolhos estão todos crescidinhos. Quando entramos, ouvi um pai dizer:

– Cara, queria que tivesse *s'BOOk-tastic!* quando eu era criança. Isso é *superincrível*!

Então, tipo, quando você vira pai, evidentemente perde toda e qualquer noção? Parece que é tipo um pré-requisito para criar um filho. A cegonha deixa o bebê na porta da sua casa, dizendo: *Prontinho, um trocinho humano novinho em folha pra você. Legal, agora preciso da sua capacidade de ter noção. Valeu. Quê? Ah, não, agora você tem a capacidade de ser* sem *noção, não vai mais ter noção de nada. Ei, saca só, sei voar.*

– Quem é você? – pergunta uma bibliotecária.

– O quê?

Ela aponta para a minha roupa.

– Do que você está fantasiado?

– Fã do Bowie – respondo.

Os olhos dela se enchem de lágrimas, ela bate palmas devagar, e me dá uma tonelada de doce.

Realmente me pergunto como meus pais se sentem sabendo que podem levar seus filhos para fazer doces ou travessuras a qualquer momento, sem a necessidade de uma fantasia.

– Ei, mãe. – Desembrulho um dadinho, enfio na boca. – Vou andar um pouco.

– Tudo bem. – Minha mãe olha o relógio, o cabelo caindo sobre o rosto num ângulo que destaca a cicatriz. – Vamos embora daqui a vinte minutos.

42 ➡ *os doces braços da loucura*

Adoro a perambulação intencional e despropositada que vem de anos de experiência vagando pelos corredores de bibliotecas, imaginando todos aqueles que passaram por ali antes – alguns num passeio casual, com as mãos no bolso talvez, observando as coisas; outros examinando as lombadas freneticamente em busca *daquele* livro que pode salvar suas vidas – e deixar a mente sondar a possibilidade de desaparecer de verdade em meio aos livros, como um volume muito bom e virado do avesso.

Não há lugar melhor para se perder do que numa biblioteca.

Ficção, corredor G-I – procurando, procurando, achei: *Henry, Mila*. Ela só publicou quatro romances (os quais eu tenho todos) antes de se refugiar nos ermos de Montana. Mesmo assim, tenho essa compulsão. Toda vez que vou a uma biblioteca, procuro por ela. É como quando você está num aeroporto, e sabe que seu amigo está no mesmo aeroporto. Você já sabe tudo sobre ele, o vê sempre, mas ainda assim vai correndo até o portão de embarque antes de seu voo partir.

Fico olhando para a prateleira dela – com suas múltiplas cópias de todos os quatro romances – e me consolo na presença de uma amiga.

– Qual seu preferido?

Dou meia-volta e encontro Sara Lovelock parada ali, olhando para a prateleira da Henry.

– Ah, ei – digo e, do jeito mais clássico possível, engasgo com o dadinho.

– Você está bem?

Faço que sim, me recomponho, e quase consigo ouvir a voz de Alan na minha cabeça. *Fica tranquilo, cara. Não seja panaca.*

– Sim – digo. – Sim, estou bem. Oi.

– E aí? – Ela acena de um jeito super de boa, mas não *excessivamente* de boa como o irmão. Ela está demais numa camisa de flanela vermelha e azul-marinho, que é tão grande para ela que parece uma túnica.

– Oi – digo, pela quarta vez, parece, todo o tipo de porra relaxa na minha cabeça, camada sobre camada. Sara suga os lábios.

– Oi – diz com um sorriso e, se eu tivesse de chutar, diria que ela estava pensando algo como: *Esse cara não sabe para onde ir depois do cumprimento inicial.* – Então, agora que já deixamos os cumprimentos para trás – ela aponta para a estante atrás de mim –, dá para dizer muita coisa sobre uma pessoa a partir de seus livros favoritos da Henry. Então vamos ouvir os seus, Noah-com-*H*. Quais os seus favoritos?

O bom de ser um desastre logo de cara é que não tem como piorar depois. Ergo quatro dedos, e vou baixando-os conforme enumero.

– Quarto lugar, *Esta não é uma autobiografia.* Terceiro, *Bebês sobre bombas*. O segundo é *Três de agosto*, e o meu favorito é *Ano de mim*.

– Você não gosta de *Esta não é uma autobiografia*?

– É o meu livro menos favorito da minha autora mais favorita. Eu adoro *Esta não é uma autobiografia*.

– De quem mais você gosta?

– Hmm?

– Que outros autores?

– Hm, tá, depois da Henry... Vonnegut, óbvio. Thoreau e Salinger, assumidamente. David James Duncan, Munro Leaf...

– Nunca ouvi falar desse.

– Escreveu aquele livro infantil, *Ferdinando, o touro*?

– Ah, sim, o touro que não quer brigar. Fica só sentadinho...

– E cheirando as flores – digo.

– Legal. O filme é ruim, se me lembro bem.

– Não é sempre assim?

– Pois é.

– Murakami também – digo. – Já leu *1Q84*?

– Meh. Achei mais ou menos. Mas adoro *Tsukuru Tazaki*.

– Está na minha lista.

– Então manda bala, cara.

– Pode deixar. E você? – pergunto.

– Eu o quê?

– Autores favoritos.

– Certo, bom, além da Henry... – Sara diz. – Virginia Woolf, com certeza. Eu amo Jesmyn Ward, Meg Wolitzer, David Mitchell, Zadie Smith e há um tempinho virei fã de Donna Tartt. *A história secreta* dá toda uma interpretação nova à ideia da saída do robô de Henry.

– Vou colocar na minha lista – digo. – Estou surpreso por você não ter mencionado o Vonnegut. Assim, considerando o quanto gosta da Mila Henry.

Sara bate a palma da mão na testa.

– Ah, claro, esqueci, porque precisa de um homem para colocar o trabalho dela em contexto.

– Espera, o quê? Não, não foi isso... o que eu...

– Sabe o que eu não consigo entender? – pergunta Sara; ela revira sua bolsa a tiracolo que tem um adesivo do lado escrito MELVILLE É LEGAL, MOBY DICK NÃO. – Por que as pessoas se intimidam pelo feminismo? Desculpa, mas, se você não consegue entender direitos iguais para as mulheres, imagino que tenha perdido a cabeça.

Quase certeza de que toda a biblioteca acabou de sentir o tremor do meu pomo da Adão agora. Tipo, definitivamente foi registrado na escala Richter.

– *Eu sou* feminista – digo, numa tentativa bem fraca até para os meus próprios ouvidos.

– Tenho certeza de que é, Noah-com-*H*. Considerando quantas mulheres estão na sua lista de autores prediletos.

Tem essa sensação de quando você acabou de perder a discussão, com que me acostumei nos últimos tempos. Engulo em seco de novo, fico olhando Sara digitar.

– Você está aqui para o lance de doce ou travessura? – pergunto, me arrependendo das palavras na mesma hora.

– Não, estava com um livro reservado. Mas imagino que você esteja?

– Quê? Não. Ha. Claro que não.

Minha mãe surge no canto.

– Aí está você. O doce ou travessura acabou, querido. Hora de ir, está bem? – Minha mãe abre um sorriso rápido para Sara, que está claramente tentando não rir, e sai.

– Quer dizer... – diz Sara.

– Viemos pela minha irmã caçula.

Sara faz que sim.

– Mas é claro. – E aponta para a minha boca. – O que você tem aí? Dadinho?

Estou completamente derrotado.

– Preciso ir. Foi bom te ver de novo, Sara.

Ela coloca o celular dentro da bolsa, e entrevejo um livro com encadernação da biblioteca.

– Bom te ver também, Noah.

Sara se vira para sair e, logo antes de sumir no corredor, vejo um pedacinho de papel cair da bolsa dela. Abro a boca para dizer que ela deixou cair alguma coisa, mas, em vez disso, o que sai é:

– O que dá pra dizer sobre mim?

– O quê? – ela pergunta.

– Antes. Você falou que dava para dizer muito sobre uma pessoa a partir dos seus livros favoritos da Henry. O que dá pra dizer sobre mim?

Os olhos de Sara passam das minhas botas para a minha camiseta para o meu cabelo.

– Você tem medo de alguma coisa – ela diz e, exatamente quando penso que é só isso, ela acrescenta: – Assim como o Cletus.

Ano de mim é o meu favorito da Henry e, embora *Primeiro de junho, dois de julho, três de agosto* seja considerado por muitos sua obra-prima, prefiro os cenários quase fantásticos e a caracterização bizarra pelos quais *Ano de mim* ficou conhecido.

Cletus Foot é o herói trágico de *Ano de mim*, um aspirante a escritor que, depois de receber diversas rejeições de publicação numa revista de ficção científica, viaja pelos Estados Unidos num carro de palhaço roubado, surrupiando as correspondências das pessoas. Isso continua por um tempo até um capítulo chamado "A luz", em que Cletus está dirigindo pela estrada em seu "automóvel truncado", cuidando da própria vida, quando as nuvens (literalmente) se abrem e uma voz de mulher, alegando ser Deus em pessoa, fala com Cletus, insistindo para ele devolver o carro de palhaço, parar de roubar as correspondências das pessoas e, pelo amor d'Ela própria, fazer o que Cletus foi criado para fazer: entrar para a Marinha. E é o que Cletus faz. No fim, ele sobrevive à guerra, mas é morto pelo mesmo palhaço cujo carro ele tinha roubado tantos anos antes. (Ele tinha esquecido de devolver o automóvel truncado, veja só, o que, graças à natureza implacável do mundo dos palhaços, tinha tirado aquele palhaço específico dos negócios e o jogado nos "doces braços da loucura".)

O capítulo 17 é foco de muita especulação. Alguns críticos apontam que esse capítulo em particular é o exemplo perfeito da relutância de Henry em editar seu próprio trabalho, e eu entendo. O capítulo realmente parece meio *enfiado de qualquer jeito* ou coisa assim – não tem muito a ver com o que vem antes ou depois dele, mas eu gosto.

Quase só diálogo, a cena toda acontece numa lanchonete onde Cletus discute a essência da arte com um pintor chamado Nathan. Começa com o desejo dos dois de criar para viver e termina com ambos chegando à conclusão de que o mundo é uma "esfera de bosta" que não saberia nem o que fazer com a arte deles.

Eles saem da lanchonete sem pagar.

Os livros de Henry são conhecidos por seus desenhos peculiares na abertura de cada capítulo, ilustrações originais da própria autora. As ilustrações têm a ver com o conteúdo do respectivo capítulo e *sempre* são feitas no mesmo estilo característico: uma caneta de ponta fina num traçado cruzado.

A única exceção à regra é *Ano de mim*, capítulo 17.

O desenho na abertura do capítulo 17 é simples: dois homens, um de frente para o outro numa mesa de lanchonete. Um tem panquecas. O outro tem um hambúrguer. É bem parecido com os outros desenhos típicos da Henry, quase idêntico. Mas sem o padrão cruzado. Já o examinei com lupa para ver se tinha deixado escapar alguma coisa, se talvez o padrão *tinha estado* ali, mas foi alterado de alguma forma. Vasculhei a internet, mas, assim como o único especialista em fraudes a identificar que uma pintura famosa é falsa, parece que sou a única pessoa em todo o universo a detectar a diferença de estilo do desenho. O que me leva a questionar um monte de coisas: Henry fez esse *único* desenho diferente de propósito? Se sim, por quê? E o que isso indica sobre o capítulo, se é que indica alguma coisa? Foi mesmo Henry quem o desenhou? Se não, quem foi? E por quê?

Tenho muitas perguntas, mas nenhuma resposta, o que imagino que seja o que coloca isso num campo estranhamente fascinante.

Finjo não ver minha família me esperando perto da entrada da biblioteca.

No balcão de atendimento, cumprimento um bibliotecário que está, muito possivelmente, digitando na velocidade da luz.

– Posso ajudar? – ele pergunta.

Mais por curiosidade do que qualquer outra coisa, peguei o papelzinho que Sara tinha deixado cair. Para os outros, o que estava escrito nele – *ENEUA, ed. col* – poderia parecer aleatório e inconsequente.

– Estou procurando a edição de colecionador de *Esta não é uma autobiografia*, da Mila Henry – digo. – Não achei na estante.

O bibliotecário me lança um olhar como se eu estivesse tentando pregar uma peça nele. Ele se debruça no balcão, sussurra:

– Tem tipo alguma caça ao tesouro da Mila Henry de que eu não estou sabendo? Porque eu quero participar.

– O quê?

– Sei, pode fingir que não. Mas tem uma pessoa na sua frente já.

– O que você quer dizer?

– Trabalho aqui há quatro anos, garoto. Até hoje, ninguém pediu *especificamente* a edição de colecionador desse livro. E agora dois pedidos em menos de dez minutos. Enfim. Já era. Ela levou.

– Quem?

A cara do bibliotecário fica séria de repente.

– Não posso dizer. É contra as regras. – Ele se vira para o computador, digita voando, aponta para a tela. – Tem uma na Biblioteca Harold Washington, é a sede principal de Chicago. Quer que eu reserve para você?

Já li *Esta não é uma autobiografia* algumas vezes, tenho uma cópia na minha estante. A história narra, em primeira pessoa, a batalha do Pé Grande contra a solidão e a depressão. Considerando a reclusão subsequente de Henry, algumas pessoas especulam que o livro seja mais autobiográfico do que se pensou a princípio. Lembro de ter ouvido falar de uma edição de colecionador uma vez, mas era super-rara ou supercara ou as duas coisas.

Então eu digo sim, e decido ir à cidade no sábado.

Na volta para casa, em vez do banco traseiro voltado para trás, escolho a privacidade do banco do meio, pego o celular e faço uma pesquisa. Alguns buracos de minhoca depois, encontro uma venda expirada no eBay com uma pequena descrição embaixo.

O MELHOR DE MILA HENRY – *Esta não é uma autobiografia*: Uma autobiografia, edição de colecionador. Impressão marginal, poucos milhares de cópias publicadas. Apêndice de mais de 40 páginas. Fotos inéditas de Henry com sua família. Um monte de conteúdo extra.

Não vejo a hora de chegar sábado.

TCHARAM! »→ PARTE QUATRO

Mod: Você tem certamente muito talento com as palavras, srta. Henry, silenciosas ou não. Inclusive, já se referiram a você como a "versão feminina de Kurt Vonnegut". Você gosta desse título?

Henry: Talvez tanto quanto Kurt gostaria de ser chamado de "versão masculina de Mila Henry".

Transcrição parcial de "Uma conversa com Mila Henry"
Harvard, 1969
(última aparição pública conhecida de Henry)

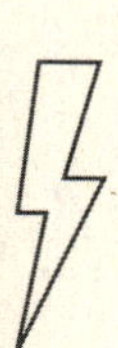

43 ➞ *Mark Wahlberg está com um paladar muito refinado*

– Você tem ideia de como isso soa ridículo?

– Mas é verdade. Lembra que ele comia qualquer coisa? Até o próprio... – Penny franze o nariz e faz com a boca: *cocô*. Depois pega um pedaço de bacon do prato. – Quase só gordura, está vendo? Pega, Mark Wahlberg.

Penn joga o bacon no chão, nosso cachorro o fareja, inclina a cabeça e ergue os olhos de novo para Penny, sem tocar no bacon.

– Certo – digo. – É, é estranho.

– Agora olha – diz Penny, pegando outro pedaço de bacon, dessa vez um com bastante carne. Ela o joga no chão, onde Fofo, ou Mark Wahlberg, caramba (o que aconteceu com a minha vida?), o engole imediatamente. – Não é doido?

Minha mãe entra na cozinha, pega uma garrafa de suco de laranja da geladeira e serve um copo para ela.

– Mãe, olha isso – diz Penny.

Ela faz o lance do bacon de novo, e nós três observamos enquanto Mark Wahlberg torce o nariz para o pedaço gorduroso e depois come o cheio de carne. Mas minha mãe parece mais perplexa com Penny do que com qualquer outra coisa.

– Por que você está chamando o Fofo de Mark Wahlberg? – ela pergunta.

– Sabe – diz Penny. – Ele não tem mais cara de "Fofo", não está mancando e tal.

– Ele está mancando? – pergunta minha mãe.

– Bom, não – digo, olhando para Penny. – Não mais.

Minha mãe assente, claramente sem entender.

– Então, o que vocês vão fazer neste sábado?

Penny enfia o resto do bacon na boca, fala de boca cheia.

– Vou escrever um cheque. Você já deve ter me visto escrevendo cheques antes.

Minha mãe olha para mim em busca de uma explicação; encolho os ombros e balanço a cabeça, e ela diz:

– Certo. E você?

– Vou pra cidade. Tenho um livro reservado na biblioteca central.

Os olhos de Penny brilham.

– Posso ir junto?

– Não – digo.

Minha mãe me lança aquele olhar clássico de mãe, que diz: *Sabemos como isso termina, não?* A questão é: queria muito ficar sozinho. Me daria algo entre quarenta e cinco minutos e uma hora e meia (na ida, dependendo do trânsito) de um bom tempo para pensar. Se a Penny for junto, isso está fora de cogitação.

– E todos aqueles cheques? – pergunto. – Eles não vão se escrever sozinhos, sabe?

– É uma fala de *Bonequinha de luxo*, e você não sabe nada desse filme.

– Tá – digo. – Pode ir.

Penny salta da cadeira, faz uma série de movimentos giratórios em que os dois braços rodam em direções opostas, de maneira completamente descontrolada, até levar os dois punhos abaixo do queixo e dizer:

– *Eeeeebaaaaaaaaaaaaaaaa.*

Não faço a menor ideia de como minha irmã sobrevive ao ensino fundamental.

Penny insiste em levar Mark Wahlberg e, embora eu finja relutância, na verdade não vejo mal nenhum. Mesmo antes de se transformar em Fofo 2.0, ele era senil demais para entender o que estava acontecendo quando o colocávamos no carro.

– Isso aí é pra quê? – pergunto, vendo Penny colocar uma maleta no porta-malas. É rosa-choque e tem uma caveira gigante na frente.

– Nada – ela diz, entrando no banco do passageiro. – Você vai ver.

– Penny.

– O quê?

– Preciso lembrar você da última vez que tentou dar uma de sra. Basil. E. Frankfurter? Quando tentou entrar no rinque de patinação?

– Frank*weiler,* darling. E, não, não precisa. Não é pra isso a maleta.

Depois de alguns minutos de estrada, quando Penny menciona que é estranho nossa mãe não lembrar que o Mark Wahlberg mancava, penso que, se Penny nota a mudança no nosso cachorro quando ninguém mais nota, há chances de ela ter notado outras coisas também. Faria sentido: se ela é uma constante, obviamente pode reconhecer as variáveis.

– Então, Penn. O que você sabe sobre a cicatriz da mamãe?

Calmamente, Penny volta a atenção do cachorro para mim.

– Como assim?

– Bom, tipo… ela te contou alguma coisa?

– *Até parece.*

– Como assim?

– Ninguém nunca me conta nada.

– Certo, bom. Você sabe há quanto tempo ela tem aquela cicatriz?

– Sei lá. Não muito, tipo… um mês? Dois, talvez?

Embora Penny não saiba de onde surgiu a cicatriz, o fato de saber que é algo novo diz muito. Isso, somado ao reconhecimento da evolução milagrosa de Mark Wahlberg, deve significar alguma coisa.

– Você notou alguma coisa diferente nos últimos tempos, tipo mudanças súbitas nos seus amigos ou… coisas assim? – pergunto.

Penny não responde, só se ajeita no banco para olhar pela janela.

– O que está acontecendo com você?

– Como assim?

– Você está fazendo umas perguntas tão estranhas. – Do banco de trás, Mark Wahlberg dá um latido agudo, ao que Penny assente e diz: – Tirou as palavras da minha boca, Mark Wahlberg.

– Sabe, a gente não precisa usar o nome completo dele sempre.

– Como assim? A gente devia chamar o cachorro só de *Mark*? – Penny ri baixo.

– Tem razão. Não sei o que eu tinha na cabeça.

Penny abre a janela, coloca o braço para fora no ar corrente, deixa o vento empurrá-lo para trás e para a frente, para cima e para baixo.

– Tempo estranho – ela comenta. – Você lembra de algum novembro tão quente?

Digo:

– Pra falar a verdade, não. – E então abro a janela, coloco meu braço esquerdo para fora e parece que somos criancinhas de novo, fingindo que nossos braços são asas, propulsionando nosso veículo ao céu.

Não falamos durante o resto do voo à cidade.

44 ➡ *ao Buraco de Minhoca, pelo Buraco de Minhoca*

O lado de fora da Biblioteca Harold Washington é o contrário da Iverton em todos os sentidos possíveis. Explico: parece menos uma biblioteca e mais o fruto arquitetônico do amor entre um museu velho e uma prisão de segurança máxima; entendo quem ache feia, mas eu adoro. E dentro é ainda melhor, com os versos de Thoreau e Eliot na parede, os dez andares de estantes, recantos e salas e janelas gigantes banhando os pisos de luz natural. E o jardim no terraço, meu Deus, o jardim no terraço!

Está aí uma biblioteca na qual se perder.

Estacionamos a alguns quarteirões de distância e caminhamos até lá rapidinho, o que é ótimo porque de repente o tempo ficou gelado. Tipo, sério – num minuto a gente estava falando de como era estranho estar tão quente; no outro, parece que vamos virar um picolé, como se os deuses do clima só precisassem de um lembrete.

Penny espera do lado de fora com Mark Wahlberg enquanto eu entro correndo para pegar a edição de colecionador de *Esta não é uma autobiografia*. Leva mais tempo do que eu esperava, porque, por algum motivo, acabo me perdendo. Já vim aqui antes, mas, ao passar pelo que pensei ser a entrada principal, me vejo no corredor dos fundos. Pela janela, vejo trânsito na State Street, onde eu podia jurar que era a *entrada* da biblioteca, mas devo ter me enganado. Encontro meu caminho e, cinco minutos depois, estou do lado de fora, com o livro em mãos.

E está nevando. Tipo, sério.

Voltamos correndo para o carro, onde ligo o aquecedor.

– Confissão – Penny diz, estendendo as mãos para as saídas de ar. – Eu tinha terceiras intenções ao vir hoje.

– Certo.

– Então, tem esse café chamado...

– Penny.

– Tem ótimas críticas, darling. Olha no celular se não acredita em mim, e eu sei que você adora um bom *macchiato*.

– Nem sei o que é *macchiato*, Penn.

– *Além disso...* Está preparado?

– Tenho certeza de que não.

– Tem um DeLorean.

O déjà-vu bate com força, seguido por aquela sensação ruborizada de quando lembramos de algo que seria melhor esquecer.

– É o carro de *De volta para o futuro* – explica Penny, e respondo que eu sei, e ela fala outra coisa, mas as palavras giram no ar, e tenho a sensação peculiar que sempre me acompanha quando saio do robô, e o lance é: tenho *certeza* de que entrei pela entrada principal da Biblioteca Harold Washington.

– Noah – diz Penny, a voz baixa e presente de novo, e agora sua mãozinha gelada está sobre a minha. – Você está bem?

Me dobro como um papelzinho, os cantos e pontas alinhados, voltando a entrar em mim.

– O Buraco de Minhoca, certo?

– Sim – Penn diz. – Já ouviu falar?

Acho o endereço no celular, começo a dirigir naquela direção, e tento bloquear a voz de um menino embriagado que conheci, um menino que fiz a besteira de acompanhar até a casa dele, um menino responsável pelo abismo crescente no meu cérebro. *O que eu não faria*, a voz diz, *por um transporte imediato para o Buraco de Minhoca agora.*

Daí eu descubro que o café não permite a entrada de cachorros, o que, obviamente, Penny já sabia porque tinha ligado de antemão.

E é aí que entra: a maleta rosa de caveira.

– Não brinca – digo. Penny abre a maleta e chama Mark Wahlberg para dentro. – Penn, você não pode andar por aí com um cachorro na mala.

Como se para provar que estou enganado, Mark Wahlberg entra. Acho uma vaga na rua; estamos na calçada agora, a poucas portas do Buraco de Minhoca.

– Agora tira um cochilo, Mark Wahlberg – Penn diz. – Não vamos demorar.

Ele é pequenininho, então até que tem bastante espaço, mas essa não é minha maior preocupação.

– Ele consegue respirar aí dentro?

– Não seja dramático, Noah.

– Duvido que Mark Wahlberg consideraria essa pergunta dramática.

Ela fecha o zíper das laterais da mala, deixando a parte de cima aberta.

– Está bem aí? – ela pergunta, espiando do lado de dentro.

Um latidinho.

– Certo, vamos lá.

E, assim, minha irmã de doze anos entra com o cachorro num café, onde ela pede um expresso *macchiato* cubano quádruplo como se não fosse nada, o tempo todo usando uma camiseta rosa da Marilyn Monroe e sapatinhos descombinando, e eu diria que a cara do barista resume meus sentimentos agora: *De onde surgiu essa menina?*

Peço um café gelado, e sentamos num sofá de couro verde. O Buraco de Minhoca é de longe o café mais descolado que já vi, como se os anos oitenta tivessem explodido e caído em pedacinhos por toda parte: é cheio de pôsteres de *Os Caça-Fantasmas* e *Os fantasmas se divertem*, Millennium Falcons e parafernálias de viagem no tempo, uma TV de madeira com um jogo de Nintendo na tela, um computador quadradão antigo perto do açúcar, um catálogo de disquetes perto do creme e, sim: um DeLorean de verdade. Eu tinha dificuldades para imaginar um carro – *qualquer* carro – dentro de um café. Mas lá está ele, estacionado em cima de uma plataforma do lado do nosso sofá como se fosse a coisa mais natural do mundo.

– Eu nasci na década errada – diz Penny.

– Você nasceu na dimensão errada, Penn.

– Que pertinente comentar isso aqui.

– Pertinente por quê?

Ela dá um gole do *macchiato* na canequinha.

– Estamos *dentro* do Buraco de Minhoca.

– É claro que você sabe o que é buraco de minhoca.

– Noah. *Darling*. Eu não sou inculta. Eu li *Uma dobra no tempo*.

– Então eu sou inculto.

– Espera, quer dizer que você...

– Nunca li o livro. Nunca vi o filme.

– Você está de *gozação.*

– Não fala *gozação*, Penn.

Ela põe a caneca na mesa baixa perto do nosso sofá.

– Certo, então deixa eu te explicar os buracos de minhoca como explicam para a Meg em *Uma dobra no tempo.*

Não tem como não amar uma menina que despreza o entendimento de uma pessoa sobre um conceito se esse entendimento não vier do livro favorito dela.

– No livro, chamam de tesserato, mas na verdade é só um buraco de minhoca. – Penny aponta para um guardanapo quadrado na mesa. – Se um inseto estiver num canto do guardanapo e quiser ir ao outro – ela aponta para o canto oposto – em três dimensões, ele teria de andar por todo o guardanapo. Mas, se você fizer isto – Penn pega o guardanapo, dobra os dois cantos –, ele chega lá instantaneamente. Mas é muito mais complexo do que isso. Einstein e um outro cara pensaram nisso. É só uma teoria, nada prática, óbvio.

Dou um gole do meu café gelado para esconder o sorriso no rosto.

– Posso te fazer uma pergunta?

– Manda.

– Por que você gosta tanto da Audrey Hepburn?

Ela pensa por um segundo.

– Por que você gosta tanto do David Bowie?

– Ele ficava superbem sendo ele mesmo em qualquer situação. – Que raridade que uma resposta automática também seja a mais verdadeira. – Os músicos evoluem, mas ninguém evoluiu como Bowie. Não me entenda mal: nem todas as suas evoluções foram para melhor. Ele teve umas fases péssimas, mas foram perdoáveis porque era *esse* quem ele era na época. E acho que as pessoas são atraídas por isso. Os verdadeiros fãs de Bowie não são fãs, são fiéis.

– Então você é um fiel?

– Sim, eu sou. O homem era uma revolução ambulante, décadas à frente do seu tempo em coisas como identidade de gênero e identidade sexual e só *identidade* em geral, deve ser por isso que essa foi a primeira coisa que pensei quando você fez a pergunta.

– Ele ficava bem sendo quem quer que ele fosse.

– Autenticidade patológica. Esse é o objetivo. Assim, a música era só... Quando o Bowie era bom, ele era melhor do que todo o resto.

Penny assente, uma mecha solta de cabelo rebelde cai sobre o rosto.

– Você acha que eu sou... patologicamente autêntica?

Aquele sorriso se abre e, estranhamente, sinto o impulso de chorar.

– Penn, mais um pouco de autenticidade e ninguém te aguentaria.

E agora é ela quem não consegue conter o sorriso. Ela termina o *macchiato* e dá uma olhadinha em Mark Wahlberg, que parece estar tirando um cochilo feliz.

– Acho que gosto da Audrey Hepburn pelo que falei antes, de ter nascido na década errada. Não sei se a vida era daquele jeito, como nos filmes dela. Não sei se as pessoas realmente falavam daquele jeito. Ou se vestiam daquele jeito. Mas gosto de pensar que sim. Porque, se *eram* daquele jeito, talvez possam voltar a ser.

Às vezes conversar com um irmão é como passear num país estrangeiro e de repente virar a esquina e dar de cara com a nossa casa. Eu e Penny somos tão diferentes em todos os sentidos – e, no entanto, conheço muito bem esse lugar.

– Como você faz? – ela pergunta.

– Faço o quê?

Ela limpa a garganta.

– Deixa pra lá.

– Não, fala.

– Nem sei direito o que quis dizer. Escola, eu acho? Não sei. É tudo tão difícil.

Se Penny acha mesmo que eu sei o que estou fazendo da minha vida, sou uma fraude total. E, exatamente quando estou prestes a dizer isso a ela – que não consigo segurar as pontas por tempo suficiente para decidir o que quero fazer, quando quero fazer ou com quem quero fazer –, abro a boca e digo:

– O importante é encontrar os amigos certos. – Não sei de onde surgiu isso, mas a resposta continua vindo. – A escola é tipo... aqueles raftings, sabe?

– Você nunca fez rafting – diz Penn.

– Você entende o que quero dizer. Tipo nos filmes, um grupo de pessoas numa canoa ou coisa assim, e a água de repente começa a correr mais rápido, e eles entram em pânico e gritam, e aí tem uma cachoeira...

– E todos sofrem uma morte horrível.

– Certo, não é a metáfora ideal. Mas você entende, não? Ainda estou tentando sobreviver também, então não tenho todas as respostas. Mas de uma coisa eu sei. Você precisa de amigos nessa canoa, Penn. Amigos com quem possa contar. Os amigos certos vão salvar sua vida. Os errados vão te afogar.

– Alan e Val salvam sua vida?

– Sim – digo e, então, pensando neles em Los Angeles: – Acho que sim.

Penny se ajeita de lado no sofá, apoia a cabeça no meu ombro e ficamos olhando juntos para o DeLorean.

– Acha que desmontaram o carro para ele passar pela porta? – pergunto.

– Talvez.

– Ou talvez tenham tirado as janelas.

– Pode ser.

– Então, quem está na sua canoa, Penn?

Ela solta um suspiro meio cantarolado, e aí:

– Ajuda o fato de ser doida varrida dentro de um manicômio.

– Não faço ideia do que isso quer dizer.

– Quer dizer: pegue um remo, darling.

45 ➡ *duas semanas de maré*

Você está lendo numa praia, e é tudo relaxante e sei lá o quê, as ondas batendo altas na areia, e você está curtindo muito seu livro, e está tudo tão perfeito e, antes que você se dê conta, *bam* – a água chegou à sua bunda.

E é assim o isolamento.

Passo as duas semanas seguintes caminhando com VIP, vasculhando os conteúdos extras na edição de colecionador de *Esta não é uma autobiografia*, relendo a frase no verso da fotografia do Parish, esperando uma resposta da Menina Se Apagando, e está se aproximando o dia, eu sei, quando vou chegar à casa de Val e Alan e encontrar uma pilha de caixas em que vai estar escrito "Los Angeles" com caneta permanente vermelho-viva, e apenas esse pensamento é o suficiente para me impedir de ir lá, e não me escapa a ironia de que, na minha tentativa de mantê-los por perto, eu os estou afastando.

Duas semanas e está ficando mais frio. E mal percebo o isolamento até sentir que está molhando os meus dois pés.

46 ⟶ *uma história concisa de mim, parte trinta e dois*

De acordo com a Administração Oceânica e Atmosférica Nacional (NOAA, do inglês National Oceanic and Atmospheric Administration), a água cobre pouco mais de 70% da superfície da terra. A NOAA também afirma que a humanidade explorou menos de 5% do oceano. Nas palavras deles, "Noventa e cinco por cento desse habitat permanece inexplorado, não visto por olhos humanos".

Para ser preciso: 0,95 x 0,7 (ou seja, 95% de 70%) = 0,665.

Mais de 66% de nosso planeta nunca foi visto por olhos humanos.

Por mais fascinante que seja a exploração do espaço, é meio como ganhar um cachorrinho no Natal, achar que é trabalho demais, incômodo demais, para pouca recompensa – e, em vez disso, pedir um elefante de estimação. Não me entenda mal, adoro o espaço, com toda a sua incompreensibilidade infinita, seu alcance e seu mistério. O espaço é atraente para caramba. Mas, quando você nem pôs os olhos em 66% da sua própria casa, talvez seja bom explorar *isso* em vez de ir para a casa dos outros.

Que tal criar o cachorrinho primeiro, é o que estou dizendo, ver como é, antes de passar para um elefante?

Alguns pontos altos dos 5% do oceano que *chegamos a* ver: Thonis-Heracleion, antes um porto de entrada do Egito, agora sepultado nas profundezas do mar Mediterrâneo; as estruturas de Yonaguni perto da ponta sul da ilha japonesa de mesmo nome, uma antiga pirâmide subaquática; a disposição de rochas semelhante a Stonehenge no fundo do lago Michigan, que mostram um desenho muito claro de um mastodonte. Inúmeras ruínas de cidades costeiras antes prósperas, agora submersas na água.

E, minha nossa, como é fácil imaginar futuras civilizações submersas: a Cidade Perdida de Los Angeles, descoberta por um clone desavisado no ano de 8016 que, ao mergulhar perto da costa da província de Vegas, descobre um mundo misterioso de silicone, projetores de rolo, e uma placa gigante de HOLLYWOOD coberta de algas. Clones de todo o mundo se teletransportariam para conferências a fim de estudar esses artefatos, resquícios fascinantes dos tempos em que os originais de carne e osso produziam outros originais de carne e osso por métodos indescritivelmente antiquados de ritmo e secreção. *Consegue imaginar,* os clones pensariam um para o outro através de sussurros telepáticos, coçando as cabeças geneticamente perfeitas diante dessas relíquias, *como devia ser viver naquela época?*

Gosto de observar fotografias de civilizações submersas, e me vêm à boca palavras como *cemitério* e *esquecidas*; olho para as estátuas de deuses em alguns templos com aquele tom azul-esverdeado de submersão aquática, e penso nas pessoas que construíram aquelas estruturas. Foram construídas à luz do dia na areia ou na neve? De quem é o suor entranhado *naquela* pedra, de quem são as canções inocentes que se enterraram na rocha? Seus criadores só queriam terminar um bom dia de trabalho, voltar para casa, ter um pouco de amor e comida? Ou suas mentes vagavam para terras distantes, mundos a serem conquistados, mulheres e homens com quem dormir? Quase sempre, imagino um desses trabalhadores, uma mera engrenagem na grande roda da indústria, parando no meio do trabalho, dando um passo para trás e, ao ver sua criação sob uma nova luz premonitória, sussurrando: *Um dia, tudo isso estará no fundo do oceano.*

Normalmente é nessa hora que percebo que eu sou a engrenagem.

47 ➠ *só mais um quintal*

É a primeira vez que leio um texto em voz alta para alguém. Parece que todo o sangue do meu corpo está acumulado nos ouvidos.

Alan fica todo:

– Nossa, cara.

– O que você achou?

– Está bom, mano. Estranhamente depressivo. E completamente esquisito, mas… é bom. – Ele olha em volta no meu quarto, vê as horas. – Preciso mijar. Já volto.

– Alan.

– Sim.

– Que foi?

O rosto dele, como raras vezes acontece, está completamente inexpressivo.

– Espera aí – ele diz, e desaparece no corredor.

Enquanto ele está fora, volto a olhar para a tela do computador. Nos meus momentos mais sombrios, fico com medo de que as minhas Histórias sejam imitações totais. Certa vez, bem no meio de um texto sobre como, aonde quer que eu fosse, me imaginava morando lá, descobri um verso do *Walden* do Thoreau que dizia: "Em certo ponto da vida ficamos acostumados a considerar todo lugar como o possível terreno de uma casa". Guardei o *Walden* na estante com calma, e pensei talvez a coisa mais sensata que um escritor pode pensar: *Foda-se, vou escrever mesmo assim.*

Não sei dizer com certeza, mas desconfio que grande parte das palavras que eu escrevo na verdade são só meus livros favoritos regurgitados.

Alan volta, mas não está sozinho – Val vem atrás dele.

– Tá – ela diz, sentando na beira da minha cama. – Já começaram?

Alan diz:

– Não, esperando você. – E começo a achar que talvez Alan só tenha ido ao banheiro para enrolar até a Val chegar.

– Começar o quê? – pergunto.

Val diz:

– Alan me falou que você está passando por uns lances agora.

Olho para Alan.

– Mas que porra?

– Calma aí, No – diz Val. – Ele não me disse o que está pegando. – Fazemos silêncio por um segundo e, quando fica claro que não vou dizer nada, ela continua: – Uma das coisas que mais gosto na gente é que nós não mentimos um para o outro. Pelo menos, não até este outono. Não sei o que está rolando, e não preciso saber, tudo bem. Mas já vi muitos amigos se afastarem, e eles nunca jogam a real. E nem se conhecem mais.

– A gente nunca mais saiu junto – diz Alan. Ele fala rápido, como se estivesse nervoso, como se estivesse guardando isso faz um tempo. – Você parou de ir em casa, não treina mais, nunca te vejo fora da escola.

– E a nossa sessão de Dean e Carlo? – pergunto.

– Aquela em que estava passando *Matrix*? Noah, isso foi, tipo... dois meses atrás.

Ficamos em silêncio por um segundo enquanto considero o isolamento frio que vem molhando meus pés nos últimos dois meses.

– Então, o lance é o seguinte – diz Val. – Estamos numa encruzilhada, eu acho. Se precisa se afastar... de nós, de todo o...

– Triângulo delicado – diz Alan.

Val assente.

– É só dizer. Ou pode contar para a gente que nós iremos ajudar. Do jeito que está, a gente não é mais o que era antes. Então fala. Vamos jogar a real em vez de ver a coisa toda desabando.

Os dois abrem o mesmo sorriso nervoso, e penso: *Eles ensaiaram isso*. Eu os imagino na casa deles, repassando as falas. *Você fala isso, daí eu falo aquilo, e talvez ele não pire.*

Abro a boca para falar alguma coisa, não faço ideia do quê, mas só consigo ouvir a voz da Val: *A gente não é mais o que era antes*, e começo a chorar. Não é de soluçar, é só um choro constante e baixo, e eles me deixam assim, sem nenhum clichê ou tapinha no ombro ou *vai ficar tudo bem*. E, quando acabo, Val diz:

– Nós te amamos.

Alan assente.

– A gente te ama, cara.

Seco os olhos, tento recuperar a calma, mas em vez disso:

– Não acredito que vocês vão embora. – Não sei se foi isso que Val quis dizer com jogar a real, mas lá está. – Não acredito.

– Vem com a gente – diz Alan, e Val concorda. – Assim, pode ser que a gente nem entre, mas, se nós entrarmos... você pode vir junto.

Às vezes me sinto como um convidado numa casa cheia de gente carinhosa que mal conheço, e vejo um grande quintal nos fundos, e penso: *É lá que eu queria estar*, aí eu saio. Mas lá fora, sozinho no quintal vazio, olho para dentro e vejo uma casa cheia de gente carinhosa, e penso: *Por que foi mesmo que eu saí?*

Talvez eu possa ir para Los Angeles. Mas parte de mim tem medo de que seja só mais um quintal.

– Vocês têm razão – digo. – Tudo que vocês falaram. Ando meio distante. Fui um amigo de bosta, desculpa por isso.

– Fala comigo – diz Val. – O que quer que esteja rolando, a gente pode ajudar.

E, olhando para ela, devo admitir que a gente não ser o que era antes não significa que não possa vir a ser algo mais no futuro.

Respira fundo, agora vai:

– Então, na noite da festa dos Longmire...

Não sei se é a promessa de um inverno brutal a caminho em Chicago ou de um dia brutal de Ação de Graças, mas as pessoas de repente sentem a necessidade insaciável de lavar a roupa suja.

– A gente precisa conversar – diz minha mãe, literalmente na manhã seguinte à minha conversa com Alan e Val. Sem mencionar que é segunda-feira, e o sol mal nasceu.

– Eu sei, mãe. A gente combinou Ação de Graças. Ainda tenho, tipo, uma semana.

– Não é isso – ela diz, servindo uma xícara de café. – Quer dizer, sim, é. Mas não é disso que estou falando.

Meu pai aparece no batente, rosna como um urso, e diz:

– Hmmmmm, caffffééééééééé. – Serve uma caneca cheia para ele com todo o entusiasmo de Augustus Gloop na fábrica de chocolate do Willy Wonka.

– Certo – diz minha mãe. – Imagino que seu quarto esteja impecável como sempre?

– Hm, sim?

– Ótimo. Orville deve chegar amanhã à noite.

– Certo?

– Ele deve pegar um táxi pra cá – continua minha mãe –, mas vai ser tarde, depois que a gente já estiver dormindo. Falei para ele ir entrando. Aliás, é melhor já desativar o alarme.

– Mãe?

– O quê?

– A gente está chegando à parte em que você me explica qual a relação entre a limpeza do meu quarto e a chegada iminente do tio Orville?

– Ah. Pensei que já tinha avisado. Ele vai ficar no seu quarto.

Fico sem palavras, exceto:

– Espera, o quê?

– Olha como fala com a sua mãe – diz meu pai, caindo de paraquedas no meio da conversa.

– Eu não tinha exatamente como oferecer um quarto de hóspedes, né? – diz minha mãe, revirando os olhos na direção do meu pai.

Nossa casa tem dois quartos de hóspedes, mas os dois foram se convertendo aos poucos em despensa de materiais de bufê para o meu pai.

– Onde vou dormir? – pergunto.

Minha mãe aponta para o sofá na sala, movendo o braço como uma assistente de palco de um game show apresentando um prêmio fabuloso.

– Ou no porão, você que sabe.

– Tá.

Ela pausa, inclina a cabeça.

– Noah. Você está bem?

– Então, não curto muito a ideia do tio Orville no...

– Não, quero dizer... – E de repente minha mãe está no meu espaço, e está me abraçando e fala: – Parece que você anda um pouco... sei lá. Estranho, ultimamente.

Não falo o que estou pensando: *Você também.* Desde aquela manhã no meu quarto no primeiro dia de aula quando perguntei da cicatriz, ela vem me tratando basicamente como um primo de segundo grau.

– Se tiver alguma coisa errada, você sempre pode falar com a gente – ela diz.

– Eu sei, mãe. – E ainda estamos nos abraçando, e sinto o cheiro dela, me recosto nela, absorvo seu perfume enquanto posso.

Ela empurra meu cabelo para trás, me dá um beijo na testa.

– Sei que seu tio pode ser meio... excêntrico, mas...

Meu pai ri um pouco, percebe seu erro, enfia a cabeça na geladeira.

– Ah, não, parece que a manteiga de cenoura está acabando.

– Orville é um *doce* – diz minha mãe, com um olhar fatal para o meu pai, que está pegando um monte de cenouras da nossa gaveta industrial de legumes na tentativa de restaurar nosso estoque perigosamente baixo de manteiga de cenoura. – E, mesmo se não fosse, ele é da família. – Ela procura as chaves na bolsa, acha, me dá outro beijo na testa, depois sai: – O homem das cenouras não merece beijo. – E vai embora.

Meu pai não para de sorrir, pegando o processador de alimentos, colocando uma panela de água para ferver, picando cenouras. Ele está à vontade.

– Grandes planos para hoje, Noah?

– Não tão grandes quanto os seus, aparentemente.

– Ah, essa juventude bajuladora.

– Juventude o quê?

– Que tal aprender um pouco e ajudar seu velho aqui? A parte legal já vai começar.

Pego minha jaqueta no balcão.

– Prefiro manteiga de maçã.

– *Manteiga de maçã.* Coisa de amador.

Me dirijo para a porta.

– Divirta-se com as cenouras, pai.

A última coisa que escuto antes de fechar a porta é uma mordida.

48 ➟ *a vida e os tempos do sr. Elam*

Depois de semanas de porta batida na minha cara, cheguei a uma tática nova e ligeiramente mais agressiva com o VIP. A ideia foi da Val, e não sei se vai funcionar, mas estou prestes a descobrir.

VIP vira à esquina na hora; eu salto do capô e me aproximo, só que dessa vez, quando ele vem com:

– Bom, garoto, não fiquei aí parado. – Respondo com:

– Só pra o senhor saber, hoje vou entrar.

Ele não diz nada, não dá nenhum indício de ter me ouvido, e nossa caminhada continua como sempre. Viramos à direita na Ashbrook, mais perto agora, e, pelo jeito que meu coração bate forte, parece que estou levando uma *crush* nova para casa, refletindo se tento ou não dar um beijo na porta de entrada. Uma olhadinha rápida para a papada dele, que parece maior hoje, dominando tudo – mais do que de costume –, depois entrando na trilha de pedras estreitas até o pórtico da frente da Pousada da Ambrosia, e degraus acima até a porta.

Tão perto.

Ele digita o código e abre a porta para mim.

– Primeiro as damas.

Depois de duas semanas das mesmas seis palavras frias toda manhã, precisou apenas dessas duas últimas para transmitir as complexidades afetuosas do Velho da Incrível Papada.

Alguns anos atrás ficamos na casa de uma família em Boston. Foram duas semanas num predinho antigo, e este lugar me lembra de lá – tipo, muito – e não só por causa da estética visual, mas também pelos cheiros (livrarias velhas e chás de ervas) e sons (madeira rangente, um silêncio antigo e pesado). Se, por fora, a Pousada da Ambrosia é pitoresca, por dentro, ela redefine essa palavra. Pisos de madeira escura, tapetes vermelhos empoeirados, meia-luz, uma chama crepitante numa sala de estar perto da entrada: a pousada chega a parecer demais com uma pousada.

– Bom dia, sr. George – uma mulher diz na sala.

VIP murmura algo sem sentido, balança a cabeça, guia o caminho para o andar de cima.

A escada também é igual à do predinho de Boston, mas imagino que muitos desses lugares antigos foram construídos na mesma época, tendências arquitetônicas e tal.

Segundo andar, no fim do corredor agora, último quarto à esquerda – VIP tira uma chave velha, a insere, vira a trava com um clique satisfatório, e abre a porta.

– Tira os sapatos – ele diz, descalçando os dele.

Como é uma pousada, eu estava esperando só um quarto, mas é um apartamento inteiro.

– Já volto – ele diz. – Não toca em nada.

VIP sai arrastando os pés enquanto desamarro o cadarço das botas e olho ao redor. O cheiro é completamente diferente aqui dentro, um cedro forte e açucarado. Há uma única cadeira de balanço de frente para uma lareira e uma tevezinha quadrada; atrás da cadeira, tem um bar e duas estantes entupidas de livros, todas as lombadas bordadas de ouro ou prata. Além das estantes, o resto das paredes do lugar são dominadas por fotografias: quase só montanhas, florestas, campos, animais. Nenhuma pessoa que dê para ver. Uma prateleira é só de objetos de esporte: várias cartas de beisebol; um ingresso emoldurado para uma luta de boxe autografado por Muhammad Ali; uma carta de basquete autografada por Michael Jordan; e uma flâmula do Chicago Cubs do Campeonato Mundial de 1945.

– Uau.

– Torce para o Cubs? – VIP está no bar, olhando para uma variedade de garrafas chiques de uísque.

Algumas estão cheias, a maioria está quase vazia e, nesse momento, me espanta o quanto o velho parece derrotado, como se, assim como suas garrafas de uísque, alguém tivesse entornado quase tudo dele.

– Sim – respondo.

Considerando a euforia do amor do meu pai pelo Cubs, era quase impossível não gostar desse time.

– Então sabe o que aconteceu em mil novecentos e quarenta e cinco?

– Claro. Maldição do Billy Goat.

VIP escolhe uma garrafa, serve uma dose generosa num copo, e o passa para mim.

– Não ganhava desde mil novecentos e oito, achava que a espera tinha chegado ao fim. – Depois de servir um copo para si mesmo, ele vai arrastando os pés até a cadeira de balanço, cujas almofadas o envolvem, apropriadamente, como uma luva gasta de beisebol. – Se na época eu soubesse o que sei agora, como *isso* estava longe da verdade... quantos anos eu teria de esperar...

Dou um gole longo, examino uma carta de beisebol emoldurada de um garotinho de uniforme com NY bordado na frente. A carta parece ter uns cem anos de idade e, pelo que vejo, é o único objeto de beisebol não relacionado ao Cubs. O nome embaixo diz *Merkle*.

– As pessoas acham que a maldição começou com aquela cabra filha da mãe – diz VIP. – Mas eu sei a verdade. – Ele dá um gole do uísque, o saboreia, e parece se perder em algo. Quando ergue os olhos, é como se tivesse esquecido que eu estava na sala. – Um garoto meio estranho, você, hein?

– Assim... acho que não.

– Segue muitos desconhecidos até em casa?

Você nem faz ideia, penso. Na verdade, aquela foi a última vez que bebi, a noite em que segui Circuit até em casa. Não é um hábito muito saudável.

– Nunca ouvi falar de alguém morando numa pousada – digo.

– Deve ter muita coisa de que você nunca ouviu falar.

Ergo o copo.

– Como bourbon antes do café da manhã?

Ele vira o resto do seu, volta para o bar.

– Você pode esperar o café da manhã se quiser.

Quase engasgo com um gole e noto uma pequena urna na cornija da lareira com uma placa dourada escrita DESCANSE EM PAZ, HERMAN, UM GATO DO CARAMBA.

– Gosta de gatos, sr. George?

– É Elam.

– Não entendi.

Ele vira a garrafa sobre o copo, demorando um pouco mais do que a primeira vez.

– Meu nome – ele diz. – Prefiro sr. Elam. E não sei o que quer dizer, *se eu gosto de gatos*. Eu tinha um. Agora não tenho.

– Tá.

– Está fazendo um trabalho ou coisa assim? – ele pergunta. – Pra escola?

– Não.

Ele aponta para a papada.

– É isto, então, não é? Você notou, ficou curioso, talvez tenha até jogado na internet. No fim, achou melhor ir – ele estala a língua no canto da boca – *direto* à fonte.

– Eu não... não...

– Você sim – ele diz. – E sim. Gostou do bourbon?

– É bom – digo, e então: – Escuta... – Mas como explicar que, nos últimos seis meses, inventei centenas de histórias sobre a vida dele, mudei meu horário para vê-lo caminhando seu trajeto, todo dia, na mesma hora, sem falta? Ele tem razão: fiquei curioso. Mas não é só a papada. É ele. Queria saber quem ele é: na melhor das hipóteses, descobrir por que ele, como um Estranho Fascínio, não mudou; pelo menos, voltar a respirar direito entre a Mill Grove e a Ashbrook. – Sr. Elam, eu gostaria de ouvir sua história. É isso. Não quero nada de você, só quero ouvir sua história. – Depois, acrescento: – Se não tiver problema.

Ele abre a boca e, por um segundo, penso que acabou, ele vai me botar para fora e é isso, mas aí ele começa a falar e, como na explicação de Penny sobre buracos de minhoca, sou uma formiga num guardanapo dobrado, transportada pelo tempo e pelo espaço a um outro mundo, um que não é tão lindo e glorioso, mas é sincero, um lugar onde as esposas morrem jovens, onde guerras foram combatidas a duras penas, onde a vida se desenrola de maneiras como a gente nem imagina. E é mais fantástico do que eu poderia ter inventado não por causa do *que* acontece, mas porque *aconteceu*, porque é a história do sr. Elam.

George Elam se mudou para a Pousada da Ambrosia depois que sua esposa, Barbara, com quem foi casado por quarenta e dois anos, morreu de câncer. O câncer veio como sempre vem: do nada, deixando um buraco negro em sua vida. George e Barbara Elam eram amigos da dona da pousada, e o que começou como um alojamento temporário ("Eu não conseguia dormir naquela casa depois que ela morreu.") virou um acordo permanente. A papada apareceu logo depois. O médico dele ficou preocupado, expressou interesse em vários tratamentos, todos os quais os sr. Elam recusou. "Quando minha hora chegar, chegou", ele diz mais de uma vez, o que me leva a pensar: *Será que esse homem apressa a hora dele?*

O sr. Elam lutou na Segunda Guerra Mundial, pousou na Praia de Omaha, atravessou as cercas-vivas até a França, sofreu e sobreviveu à Batalha do Bulge e avançou até a Alemanha, onde "a gente ia matar o frangote cuzão se ele não tivesse feito isso sozinho", e imagino o sr. Elam como soldado, com sangue nas mãos e nos amigos, sangue nos pensamentos e nas ações, e sou obrigado a confrontar a questão premente que imagino que todos os rapazes das gerações seguintes enfrentem quando ficam diante de uma história verdadeira da Segunda Guerra Mundial: *O que eu teria feito?*

Dez anos depois que Barbara morreu, o sr. Elam realizou um sonho antigo de participar do programa de TV *Wheel of Fortune*. Ele se deu bem, pontuou alto o jogo todo até as perguntas se voltarem à cultura pop, e a frase do *antes e depois* incorporar um astro de cinema atual, e o sr. Elam não viu "um único filme desde 1990", porque foi quando saiu *O poderoso chefão parte III*, o que o fez desgostar de filmes pelo resto da vida.

Ele perdeu dezenas de milhares naquela pergunta.

O sr. Elam volta a encher meu copo vazio, e o dele também.

– Eu frequentava a igreja – ele diz – até pararem de cantar as músicas boas. Ainda acredito em Deus, embora não entenda nada do que Ele faz. – E agora ele não está mais falando exatamente, mas vomitando lembranças, como se seu cérebro estivesse todo esparramado e a única saída fosse a boca, as palavras. – Minha esposa adorava números, mas isso foi muito tempo atrás. – Ele solta quase só fragmentos agora, "só um bebê", e então algo sobre as caminhadas diárias e o lema da família, mas mal consigo ouvir. – "Um mais um mais um é igual a um", ela dizia.

Um silêncio recai pela primeira vez em algum tempo.

Um mais um mais um é igual a um. O lema da família.

– Então... o senhor tem um filho? – pergunto.

O sr. Elam respira fundo – me lembra do momento em que minha cabeça sai da superfície da água, aquela primeira inspiração – e aí:

– Pra mim já chega.

– Tá – digo –, obrigado. – E é de verdade, e de repente me sinto um idiota por já ter me referido a esse homem como qualquer coisa que não sr. Elam. Ele abre a porta, e não é agressivo nem mal-educado, mas é definitivo, e agora estou no corredor, amarrando o cadarço, com ecos de outras vidas na cabeça, tantas histórias bobas que eu tinha inventado se desfazendo, para sempre substituídas pelo verdadeiro sr. Elam.

É impossível não sorrir enquanto desço a escada, o aroma de um predinho de Boston desdobrando o guardanapo, restaurando a linha do tempo presente, e, como uma formiga confrontada com a distância súbita e intimidante entre os cantos, saio pela porta da Pousada da Ambrosia, sentindo o peso da possibilidade em meus ombros, o fardo do conhecimento que vem por ter escutado a história de uma vida bem vivida.

E, na minha cabeça, a voz do sr. Elam se repete...

Bom, garoto, não fique aí parado.

49 ➠ *produtividade gera produtividade*

A visita de hoje ao sr. Elam foi longa e, quando chego à escola, já perdi a primeira aula e a maior parte da segunda. Espero no carro, depois vou para a terceira aula; não presto atenção na exposição estimulante de Herr Weingarten sobre conjugação verbal, preferindo canalizar o barítono imponente do sr. Elam: *No fim, achou melhor ir...* direto *à fonte.*

Postei um comentário diretamente no canal do YouTube da Menina Se Apagando. Abordei o sr. Elam diretamente. Vasculhei o conteúdo extra de *Esta não é uma autobiografia*. Mas, em vez de investigar diretamente um músico da cidade, exagerei o foco na identidade de um cara aleatório na fotografia que esse músico deixou para trás.

Uma pesquisa rápida no Google por baixo da carteira e encontro a agenda de shows de Pôncio Piloto, que inclui um evento em um bar no Lincoln Park chamado Windy City Limits. Ele está lá toda terça à noite às vinte e três e trinta.

Amanhã à noite.

Estalo a língua no canto da boca.

– *Direto* à fonte.

– *Ja*, Norbert? – diz Herr Weingarten.

Ergo os olhos e encontro a turma toda olhando para mim.

– O quê?

– *Hast du etwas gesagt?* – ele pergunta.

Merda.

– Hm, *nein. Ich habe... nichte... sagte...* hm, *nichte.*

A sala ri, e Danny Dingledine ergue a mão, o que aumenta o volume das risadas, e aí ele pede permissão para "usar o sanitário para um belo *Nummer zwei*", e a turma se transforma numa gargalhada única. Até Klaus – que se provou um mala como temíamos – também participa, e Herr Weingarten esfrega as têmporas, e eu sentiria pena dele, mas toda essa produtividade me deixou meio inebriado no momento.

Isso, e o bourbon do sr. Elam.

Depois do jantar daquela noite, recebo dois e-mails na caixa de entrada de doisadoisoak@gmail.com: uma oferta exclusiva da Williams-Sonoma (tipo, QUÊ?) e uma mensagem de RaizQuadradaDoCara_6 perguntando se eu gostaria de comprar suas cartas de futebol americano.

Os mistérios do playground abundam!

Deito na cama com a edição de colecionador de *Esta não é uma autobiografia* e a lupa que encomendei pela internet, que usei para examinar as fotografias no fim do livro. São quase todas da Mila Henry com o pai, e depois com o marido, Thomas Huston, e aí com o filho deles, Jonathan.

Jonathan Henry foi um artista e escritor mais conhecido por seu romance muito terrível, *Sobre asas do caos & da destruição total,* que era exatamente tão triste quanto o título sugeria. Ao lê-lo, quase dava para sentir a grande sombra da mãe de Jonathan sobre a página, e não tive como não pensar: se já houve um escritor condenado desde o princípio, foi o filho de Mila Henry.

Fico acordado até tarde pesquisando Jonathan Henry no Google – sua relação com a mãe (uma grande defensora das artes visuais do filho, chegando a dizer, numa entrevista antiga: "O mundo ainda não sabe o que fazer com Jonathan porque nunca viu nada como ele antes"), sua escrita secundária, suas pinturas polêmicas – e sinto como se tivessem jogado um quebra-cabeça de mil peças na minha frente. Não faço ideia de por onde começar, mas digo a mim mesmo que grandes revelações costumam chegar com o cansaço, quando o cérebro está pensando em outra coisa completamente diferente – é aí que bate.

Meu celular vibra com uma mensagem de Val: Como foi com o VIP hoje?

Sem conseguir manter a cabeça erguida, caio na cama e respondo como foi, graças à sugestão dela, e peço para ela atualizar o Alan.

Val: Pode ser amanhã? Ele treinou até tarde, acabou de chegar.

Eu: Claro. Boa noite, Val.

Val: Boa noite, No

Eu: Ei

Val: Ei

Eu: Obrigado

E, em algum momento, logo antes de cair no sono, quando estou pensando em outra coisa completamente diferente, a grande revelação: dentro do nome Jonathan tem outro nome.

ISSO AÍ ➻ PARTE CINCO

– Trecho do capítulo 17 de Ano de mim *de Mila Henry*

– Nathan.

Cletus ficou observando seu novo amigo chorar. O rapaz estava obviamente sem sorte, mas não era só isso. Verdade seja dita, Cletus via muito de si mesmo – muito do que queria ser, muito do que já tinha sido – em Nathan. Para Cletus, o mundo havia parado de decepcioná-lo quando ele havia parado de esperar coisas do mundo. Mas Nathan ainda sentia as coisas & profundamente. Nathan ainda acreditava na possibilidade, ainda acreditava que havia a chance de o mundo não ser uma esfera de bosta fumegante de decepção.

Mas era, óbvio que era. Uma grande esfera de bosta fétida e fumegante.

Cletus abriu a boca para revelar essa notícia ao amigo, quando, de repente, entreviu um pedacinho de cor saindo do bolso interno do blazer de Nathan.

– O que é isso? – perguntou Cletus.

Nathan tirou uma pintura do tamanho de um livro de bolso.

– Pensei que talvez fosse impressionar alguém. No encontro, quero dizer. Bobagem minha.

– Posso ver? – perguntou Cletus, pegando a tela nas mãos. Ele a virou, revirou, tentando decidir se amava ou odiava. A pintura parecia ao mesmo tempo estridente & suave, um pouco presunçosa da própria virtude, até Cletus olhar com mais atenção & concluir que não, ela tinha a noção exata da própria virtude. E então Cletus começou a chorar (algo que raramente fazia), & ficou aturdido (algo que raramente ficava), pois entendeu que o que segurava em mãos era uma magia rara, que Nathan havia dominado essa magia, havia cumprido a missão tácita dos artistas do mundo todo: *Crie algo* novo, *pelo amor de deus.*

Cletus olhou da arte para o artista, esse homem arrasado diante dele &, sob um brilho revelador & ofuscante, ele entendeu. Para completar a missão – criar algo verdadeiramente novo –, não bastava o artista se colocar em sua obra; ele também deveria morrer por ela.

– Eu só queria criar – disse Nathan, praticamente morto. – Só criar.

Cletus estendeu a mão pela mesa, a pousou sobre a de Nathan.

– Ela também. E aqui estamos nós. Mas, sabe... não sei se a criação Dela saberia o que fazer com a sua.

Nathan ficou comovido com essas palavras & os dois homens choraram sobre a mesa de fórmica. Os fregueses próximos cochicharam, voltando os olhos furtivamente para esses homens estranhos que ousavam chorar & dar as mãos num lugar público. Cletus não ligou. Pois em uma mão ele segurava a magia & e na outra o mago.

E Cletus Foot se questionou que talvez o mundo não fosse uma esfera de bosta tão grande, afinal.

– Desculpa, Nathan. Desculpa mesmo.

50 ➠ *presságio*

É terça de manhã e o posto de gasolina está impecável, nenhuma mancha de graxa no chão.

O sr. Elam não aparece.

51 ➠ *cinquenta tons de bege*

Hoje de manhã, antes da aula, encontro o treinador Kel para as sessões de condicionamento físico, e para discutir o que estou perdendo no treino e, depois de um tempo, a conversa se volta ao treinador Stevens e a oferta da UM.

– Já tomou uma decisão? – ele pergunta. – Ótimo treinador, ótimo programa. Eles teriam sorte de ter você.

Depois, vejo Alan no corredor. Ele claramente me vê, vê que o vi, dá uma volta imediata de noventa graus e fica olhando a parede vazia. Com o nariz a poucos centímetros dos blocos de cimento bege, ele inclina a cabeça para o lado e coça a cabeça como se estivesse admirando uma obra-prima no Museu Guggenheim.

Ontem, depois da visita ao sr. Elam, eu cheguei tão tarde à escola que não o vi, tornando esse o primeiro encontro desde a intervenção deles no meu quarto na noite de domingo. E, ao contrário das muitas divergências que tive com Val, eu e Alan só tivemos uma briga de verdade antes: a noite da festa dos Longmire no último verão, e ela foi resolvida por mensagens de texto, então não temos nenhum protocolo prático para o realinhamento da amizade cara a cara.

– Ei.

Ele olha para mim como se estivesse surpreso em me ver.

– Ah. Olá, Noah Oakman.

Viro de lado de maneira que nossos ombros quase se tocam, fico olhando para a parede junto com ele.

– É bonito. Entendo por que escolheu este lugar. O bege é mais, sei lá, bege do que aquele ali, por exemplo. – Aponto para a parede alguns metros para o lado. É exatamente igual, mas balanço a cabeça como se aquela parte específica de bege tivesse se entregado às traças. – É chato porque nenhum dos outros beges vai dizer isso para o bege na cara dele. Vão só comentar sobre sua falta de brilho bege pelas costas. Tenho pena dele, cara. – Nada ainda. – Certo, ideia de filme. *Cinquenta tons de bege*, estrelando... Steve Buscemi. Coestrelando Dolores Umbridge. Em vez de sexo, eles são obcecados por uma variedade de jogos de tabuleiro tentadores. *Detetive. Jogo Imobiliário. War...* O mote: *Work hard, play hard.*

– Mas o Steve Buscemi é supertalentoso.

– Quem você escolheria?

– Que tal um dos vilões de *Esqueceram de mim*?

– Pode ser.

Alan abana a cabeça.

– Que conversa é essa?

– Sabe, só pensei... Nossa primeira conversa pós-confronto cara a cara estava destinada a ser constrangedora, podia me jogar nisso.

Alan coloca o braço em volta dos meus ombros.

– Que bom que já deixamos isso para trás.

– Verdade.

Nos separamos para a primeira aula, e Alan me fala para mandar mensagem durante a tempestade perfeita para dizer como foi com o VIP. Digo que vou mandar e, no caminho para a aula, me pergunto como é possível que falar tanta merda faça eu me sentir tão bem. E aí me pergunto com quem vou falar tanta merda no ano que vem.

Alan: Cara

Alan: Mano

Alan: Blz, tipo

Alan: Não sei o que você está escrevendo, mas tomara que seja uma obra-prima de máxima importância

Alan: Porque estou aprendendo uns lances da hora aqui

Alan: Sobre história americana e tal

Alan: Por exemplo, você sabia que Abraham Lincoln não tinha um nome do meio?

Alan: Aah, ou que ele adorava ensopado de frango? (O que é ensopado de frango e alguém me dá um pouco????)

Alan: PUTA QUE PARIU O BOOTH ESTAVA NA 2ª POSSE DO LINCOLN E TEM UMA FOTO DELES JUNTOS AHHHHHHH

Alan: Noah o aprendizado existe

Alan: Beleza

Alan: Então em que tipo de linha do tempo você está pensando? Tipo hoje ou...?

Alan: Devo quebrar meu e-reader?

Alan: (E-reader, é assim mesmo que fala?)

Alan: Precisa de mais uma rodada de revisões antes de mandar?

Alan: Então, estou pensando em trocar meu foco profissional de animação para criação de cabras. Que vc acha?

Eu e Alan sempre nos referimos ao primeiro bloco do Dia B como a "tempestade perfeita". Ele tem história dos Estados Unidos com a srta. Ray e eu tenho psicologia avançada com o sr. Armentrout, ambos os quais costumam estar tão concentrados na superioridade de suas matérias para notar umas mensagens furtivas. Hoje, o sr. Armentrout estava um pouco mais atento no começo, então Alan teve uma certa vantagem.

Eu: Tá, quanto ao VIP (que agora me sinto mal de vdd de já ter chamado de VIP, pq o cara TEVE UMA VIDA) é muito pra digitar, então depois te conto. Mais recentemente tenho uma teoria sobre o capítulo 17 do *Ano de mim* da Henry. Lembra que perto do fim do capítulo Cletus pede desculpa para o Nathan e que isso — e todo o capítulo, na real — foi criticado por ser completamente do nada? Acho que decifrei o mistério.

Alan: Sou todo ouvidos

Eu: Se você lembra bem, nunca teve nenhuma explicação sobre por que Cletus estava se desculpando.

Alan: Certo

Eu: Acho que é porque todo o capítulo é uma mensagem da Mila Henry para o filho, Jonathan.

Alan: Fuuuuuu;lksd;lfaj;sl fja jf;;alksnd;lfkna;

Eu: Primeiro, o nome. Nathan é tão anti-Henry por excelência. Comum demais, diferente dos nomes dos outros personagens dela. Além disso, esse nome está literalmente dentro do nome Jonathan.

Alan: FUUUUUU;LKSD;LFAJ;SL FJA JF;;ALKSND;LFKNA;

Eu: Acho que Mila Henry estava fazendo num de seus livros o que ela nunca pôde fazer na vida real... Acho que ela estava pedindo desculpas para o filho.

Alan: Mas desculpa pq?

Eu: Jonathan tentou escrever

Alan: Sobre asas do caos total ou sei lá o quê

Eu: & destruição. E o título é a melhor parte do livro haha.

Alan: Mas adaptaram num filme pior ainda

Eu: Verdade

Alan: J também era pintor né?

Eu: Sim, mas nunca estourou. As críticas eram sempre "Jonathan, filho de..."

Eu: A sombra da mãe era ENORME. Acho que ela se sentia culpada

Alan: Nada disso responde sua pergunta inicial. Por que esse desenho é diferente dos outros?

Alan: (Vou te dar um tempo pra essa)

Alan: (Acho que a resposta é longa)

Alan: (Eu mandando mensagem seria só irritante)

Alan: (*Aqueles*)

Alan: (Aliás, tava na dúvida: QUAL É SUA COR FAVORITA?)

Eu: Que jeito melhor para esse X específico marcar o ponto do que ter uma discrepância na arte? Se ela não conseguia dizer para o filho na vida real, difícil imaginar que sairia dizendo num livro. MAS. Ela podia ter colocado um segredinho para o filho na esperança de que Jonathan encontrasse sozinho. Ou talvez não. Talvez fosse só pra ela. Tipo quando os católicos fazem a confissão. Só desabafar já ajuda.

Alan: Ora, ora, temos um Xeroque Rolmes aqui

Eu: Ainda não faço ideia do por que meus EFs não mudaram se MEUS MELHORES AMIGOS mudaram.

Alan: Você vai chegar lá

Eu: Até lá sempre teremos Joe Pesci

Alan: ???

Eu: O vilão do *Esqueceram de mim*

Alan: Você é um gênio

Eu: Um gênio com o aplicativo do IMDB.

Alan: Espera aí, Pesci e Umbridge dariam um belo par

Eu: Pois é. Time Umbsci destruindo tudo com aqueles jogos de tabuleiro.

Alan: Time Umbsci!!! Você é perfeito e eu te amo

Eu: Eu sei

Alan: Não me venha com o Han Solo

Eu: Isso é um eufemismo?

Nesse momento, o sr. Armentrout confisca meu celular.

52 ➠ *hypnotik: o retorno*

As aulas acabaram. Feriado de Ação de Graças, finalmente. Juntando isso à minha interação com Alan, saí muito bem-humorado da escola para o ar fresco de Iverton e realmente me senti, pela primeira vez em muito tempo (talvez na vida), como Hypnotik, o retrato heroico e musculoso que Alan fez de mim.

– Philip Parish – eu disse, com os punhos no quadril, o queixo erguido –, estou indo atrás de você. – Nesse momento, um garotinho com uma mochila gigante, que por acaso estava passando por mim, saiu em disparada, me fazendo supor que o nome dele era Milip Garish ou coisa assim, porque ele simplesmente saiu correndo e, por que não? Com os passos saltitantes, corri atrás dele, abanando as mãos no alto, dizendo: – Não vou mais ficar aqui parado! – E rindo daquele jeito ritmado e maníaco.

Até onde eu sei, aquele garotinho ainda está correndo.

53 ➠ *mais de um bilhão servidos*

Naquela noite, no jantar, comentamos sobre os planos para a Ação de Graças: quem vem, quem não vem, que prato qual membro da família vai trazer etc. Pelo visto, meu pai esvaziou um dos quartos de hóspede, de maneira que o tio Orville vai, sim, ter seu próprio quarto quando chegar – um alívio, nem preciso dizer.

Meu prazo iminente para a decisão da universidade espera na mesa junto com a lasanha vegana experimental do meu pai: ninguém toca nela, mal olhamos para ela com medo de contaminação, a própria existência dela é de pirar a cabeça. Depois do jantar, vou até o quarto com o conteúdo extra de *Esta não é uma autobiografia* e espero até o som dos risos dos meus pais morrer, no quarto ao lado. Por volta das vinte e duas horas, reviro o fundo da gaveta da minha escrivaninha atrás da identidade falsa que o primo de Alan e Val fez para mim no verão passado. Chaves e carteira na mão agora, e por último, mas não menos importante: a Fotografia Abandonada de Parish.

O corredor está em silêncio. É agora ou nunca. Ando de fininho até o alto da escada, desço os degraus, com cuidado para evitar o penúltimo degrau traiçoeiro, com sua tábua rangente. Considerei falar para os meus pais que iria sair com Alan e Val, mas eles com certeza iriam querer saber para onde. E, como eu nem estaria com os dois, isso me faria ter de mentir duas vezes. Já era difícil convencer minha mãe de uma mentira; duas era como me infiltrar na CIA, não uma missão impossível, mas quase. Na real, porém, quando minha mãe falou de desativar o alarme para o tio Orville, eu soube que sair às escondidas seria muito menos arriscado.

– O que você está aprontando?

– *Cacete*. Penny. O que está fazendo aqui tão tarde?

– Você sabe que gosto de ler perto da lareira – diz minha irmã, com os punhos no quadril como Peter Pan. Aos pés dela, Mark Wahlberg solta o mais baixo dos latidos, como se até ele entendesse a importância de ser silencioso agora. Não duvido que ele entenda, o filhinho da mãe atrevido. – O que *você* está fazendo aqui tão tarde?

– Nada. – Finjo um bocejo. – Estava indo pra cama, na verdade.

Por um segundo, ela fica parada com aquela calça jeans esburacada, uma camiseta velha do Sammy Sosa (com um nome apagado nas costas, de maneira que só dá para ler agora *Soso*), galochas e um tapa-olho. E então, fala baixo:

– Me leva com você.

– O quê?

– Aonde quer que esteja indo, me leva com você.

– Estou indo para a cama é pra onde estou indo.

– Não sou tonta – diz Penn.

– Penny...

– Me leva junto ou vou te dedurar.

Toda a relação entre irmãos funciona sob determinado código: pode chamar de Constituição Fraternal. Cada constituição é diferente, seus princípios tão variados quanto os próprios irmãos. Na nossa, Penny tem a liberdade de me irritar o quanto quiser e eu, por minha vez, tenho carta branca para substituir todos os contatos no celular dela pelo número de telefone da Domino's Pizza. (Embora devamos admitir que essas palhaçadas tenham caído em desuso ultimamente. Vai ver a gente está crescendo.) A questão é, nossa Constituição afirma, claramente, que não se deve dedurar, nunca, jamais, por motivo algum, em qualquer circunstância, ponto-final.

– Pense bem, darling. Lembra da nossa saidinha para o Buraco de Minhoca? Não foi tão ruim assim, foi?

Não sei quem me assusta mais: Penny Ameaçadora ou Penny Astuciosa.

– Não foi nada mal, Penn.

– Tá, então aonde vamos?

Ergo os olhos para a porta fechada do quarto dos meus pais.

– Preciso ir a esse bar...

As palavras mal saem da minha boca quando as sobrancelhas de Penn se erguem.

– Um *bar*? – ela questiona.

– Ai, não.

– Tipo... um bar *bar*? Com garçom?

Nem quero imaginar o quão mais alto as sobrancelhas de Penn subiriam se ela soubesse quantas vezes eu já fui a um bar *bar*.

– Dá pra falar baixo, por favor? E sim. Bares costumam ter garçons.

– Uau.

– Escuta, não é nada de mais, Penn. Mas é óbvio que...

– Não acredito que a gente está indo pra um *bar* de verdade.

– Hm, não – eu digo. – *Eu* estou indo pra um bar. *Nós* não estamos indo a lugar nenhum.

– Espera, não precisa ser maior de idade? Como a gente vai entrar?

– Penn, leia meus lábios. *Você não vai.*

Os olhos dela se estreitam, e posso ver que ela está considerando a ameaça anterior. Nosso corredor de repente se transforma numa cena empoeirada do Velho Oeste, nós dois num impasse, com as mãos no quadril, os polegares se contorcendo, à espera do outro sacar.

Penny ergue os olhos para a porta dos meus pais e diz simplesmente:

– Eu vou.

– Penny. É um *bar.*

– *Exato*, darling.

No fim, não tenho escolha. Concordo em deixar que ela venha se ela concordar em ficar no veículo o tempo todo, mandar mensagem a qualquer sinal de encrenca e levar o spray de pimenta da nossa mãe. Já estou com o cinto de segurança e o motor ligado quando noto Mark Wahlberg no banco traseiro. Penn está sentada ao meu lado, com os joelhos embaixo do queixo, me encarando, toda sorridente. Já estou acostumado com o estilo espalhafatoso dela, mas o tapa-olho já é demais.

– Você tem noção de que *isso* é mais uma fantasia de Dia das Bruxas do que sua *verdadeira* fantasia de Dia de Bruxas, certo? Receptor esquerdo do Cubs, capitão Jack Sparrow, e seu fiel escudeiro, Mark Wahlberg.

Mark Wahlberg late do banco traseiro.

– Campista direito – diz Penn.

– Hmmm?

– Sosa jogava como campista direito.

– Beleza, então.

Dou partida no carro e saio para a rua. Nossa subdivisão está sempre vazia a essa hora da noite, mas parece ainda mais desabitada do que de costume, quase um cenário. Todas as luzes estão apagadas, os postes refletem uma neve leve e empoeirada no chão, que parece ter caído do céu quando ninguém estava olhando. (Isso acontece de vez em quando.) Quase dá para sentir os vizinhos se abrigando, prevendo alguns dias de hibernação durante as festas.

– Por que você não quer mais nadar? – pergunta Penny, também do nada.

– Por que você acha que não quero mais nadar?

– Você não está mais nadando, está?

– Você sabe das minhas costas.

As palavras pairam no ar por um tempo; Penny fica olhando pela janela.

– Você acha que ele vai ter uma daquelas toalhinhas brancas em cima do ombro?

– Do que você está falando? – pergunto.

– Do garçom.

Ela faz perguntas como essa durante o resto da viagem à cidade e, quando finalmente entramos no estacionamento do Windy City Limits, fico chocado ao perceber que conheço o lugar. Antes chamava Shitbucket, e foi onde eu e Val e Alan usamos nossas identidades falsas pela primeira vez. Sem querer estragar a felicidade do novo proprietário, mas, a não ser que tenha havido alguma reforma milagrosa no lado de dentro, Shitbucket é um nome muito mais apropriado para o lugar do que Windy City Limits. Se bem me lembro, as paredes são cobertas de palavrões escritos com caneta permanente, os banheiros não têm porta, e eles servem cerveja ruim aos baldes.

Noto, porém, que atualizaram a marquise no estacionamento.

– *Aquilo* – diz Penny – é impressionante.

A placa é feita de arcos reutilizados de um McDonald's, com as curvaturas amarelas brilhantes viradas de ponta-cabeça de modo que o "M" gigante é agora um "W" de "Windy" e, onde antes podia ter algo como *O McCostela voltou!*, tem agora só uma lista de bandas e artistas que se apresentam nesta semana.

TERÇA À QUINTA, 21H-1H: MICROFONE ABERTO AO PÚBLICO

SEXTA, 23H: YE REALLY OLDE EGGIES

SÁBADO, 21H: BOGIES ARE PART OF THE HUMAN ANATOMY

DOMINGO, 23H: METALLICAN'T

MAIS DE UM BILHÃO SERVIDOS

– Então *este* – Penny está com os dez dedos estendidos diante dela como se presenciasse um acontecimento histórico – é o *bar*.

– Sim, é *um* bar.

– Não acredito que estou no bar.

– Você está no estacionamento de um bar.

– É perfeito.

Eu me viro no banco, repasso as regras com ela de novo. Não é que eu não confie nela, mas tem algo naquele brilho em seus olhos toda vez que ela diz a palavra *bar*, como se fosse o Grande Salão de Hogwarts e estivéssemos prestes a ser selecionados para as casas.

– Vou deixar as chaves no carro para você ficar com o aquecedor. Quero ouvir as portas travarem assim que eu sair, está bem? E não destranque pra ninguém, em hipótese alguma, até eu voltar.

– E se tiver alguém sangrando até a morte?

– O quê?

– Sabe, tipo, se tiver um esfaqueamento e alguém estiver morrendo no chão.

– Se tiver um esfaqueamento, ligue pra polícia.

– E deixo o cara morrer?

– Isso foi um erro.

– Estou brincando, Noah. Não que um esfaqueamento seja motivo pra brincadeira. Mas vou ficar bem. Não vou abrir a porta. Pra ninguém. Nem pra esfaqueamentos.

Eu a lembro de que estou com o celular ligado, e para ela ligar ou mandar mensagem se precisar de mim. Então, logo antes de sair, outra coisa me passa pela cabeça.

– Por que você *quis* vir hoje?

Ela pega o celular, navega por sabe Deus o quê, e diz:

– Ajuda ser doida va...

– Ajuda ser doida varrida dentro de um manicômio – interrompo. Devia estar esperando por essa. Saio do carro, e não consigo deixar de questionar o verdadeiro motivo por trás das roupas absurdas de Penny e de sua aparente incapacidade de responder a perguntas simples. É quase como se ela usasse essas máscaras porque não quer enfrentar o mundo como Penelope Oakman. Me aproximo da entrada do bar, pego minha identidade falsa e contenho um pequeno sussurro no fundo do cérebro: *E qual é a sua desculpa?*

Um olhar do leão de chácara, como se ele talvez desconfiasse de algo, mas não abro a boca. O primo de Alan e Val (o fornecedor das identidades falsas) insistiu na importância do silêncio. *Você vai sentir o impulso de falar demais*, ele dizia, *fazer uma piada sobre sua carinha de bebê e como ela é* irritante. Por favor, *se contenham. Deixe que a identidade fale por si só.*

O leão de chácara carimba na minha mão SHTBCKT. (Os carimbos do Windy City Limits ainda precisam ser atualizados, pelo visto.) Depois aponta para a entrada com um rosnado e, simples assim, eu entro. E é exatamente como me lembro. Palavrões com caneta permanente na parede, banheiros sem porta, baldes cavalares de cerveja amarela; o ar é gosmento, vibrando sujeira.

Um excelente presente de aniversário para mim seria uma hora sozinho neste lugar com uma lavadora de alta pressão e um esfregão de microfibra.

No palco, uma banda está tocando daquele jeito descontrolado que não dá para saber se eles estão tentando fazer música, transar ou se só estão com muita fome.

Além disso, estão sem camisa. Então não sei.

Escolho uma das mesas vazias perto do fundo, mando uma mensagem para confirmar se está tudo bem com Penn. O público é esparso, mas não tanto quanto se esperaria numa semana de feriado. Parece haver várias carinhas de bebê por toda parte, os olhares apreensivos atrás dos goles de cerveja, gargalhadas excessivamente animadas, adolescentes enfiando fritas na boca com o prazer de um fumante inveterado numa pausa para o cigarro. (Não lembrava de batatas fritas da última vez, o que me faz imaginar se não vieram junto com os arcos reutilizados na entrada.) O lugar todo meio que diz: *Estamos pouco nos fodendo pra sua idade.*

A música da banda descamisada termina. Eles desplugam as guitarras e guardam os equipamentos enquanto um cara de rabo de cavalo e camiseta que diz VAI SE F*DER sobe no palco.

– Certo, hm – ele diz, consultando um papel nas mãos. – Palmas para... merda, deve estar errado isso aqui. Como vocês se chamam mesmo? – Atrás dele o guitarrista sem camisa murmura algo, ao que ele responde: – Sério? Então tá. – Depois, de volta ao microfone, Rabo de Cavalo abana a cabeça. – Palmas para Rasgadx... com *x*. – O Guitarrista Descamisado murmura outra coisa. O Rabo de Cavalo diz: – Cara, só estou repassando a informação. Rasgadx com x, foi o que você falou. – O Guitarrista Descamisado murmura de novo, ao que o Rabo de Cavalo ri baixo, se volta para o microfone. – Mais uma salva de palmas para Rasgadx-com-*X*, que acabou de tocar seu Último-com-*U*-maiúsculo show no Windy City Limits.

O Guitarrista Descamisado aponta o dedo do meio para ele; Rabo de Cavalo se vira e aponta para a própria camiseta.

Banheiros sem porta ou não, até que é um lugar legal.

– Certo, meu nome é Dave, e sou o... *coordenador de eventos* aqui no Windy City Limits. – Ele fala como se não conseguisse acreditar nas próprias palavras. – Terça é noite de microfone aberto aqui na nossa instituição recém-reformada. Viram a placa nova lá fora? Loucura, né? Roubamos aquela merda junto com a receita de batata frita. Aqui é rock and roll.

Não sei se Dave está brincando, mas estou começando a achar que este lugar tem mais chances de sofrer uma batida policial do que as festas dos Longmire.

– Por falar em rock – Dave continua –, a próxima atração é uma banda que vai tirar vocês do sério sem nem tirar a camisa. Palmas para Lenny Lennox e os Virtuoses do Xilofone.

Um cara solitário com um xilofone sobe no palco, explica para Dave que ele não é uma banda, mas apenas um virtuose do xilofone. Dave esfrega as têmporas com um movimento circular, seu rabo de cavalo parece murchar e, durante os próximos vinte e dois minutos, Lenny Lennox toca aquele xilofone sem parar.

Tudo em que consigo pensar é no quanto Alan adoraria este lugar. Pego o celular para gravar um vídeo para ele, mas só tem oito por cento de bateria e decido guardar, porque vai que Penny manda mensagem.

Depois da apresentação de Lenny, Dave introduz o "artista solo Harrison von Valour Jr.", que na verdade não é uma pessoa, mas sim o nome de uma banda.

Está sendo uma noite longa para Dave e seu rabo de cavalo flácido.

Harrison von Valour Jr. toca três canções. A música não é ruim, lembra um pouco a primeira fase do Radiohead. Depois que acabam, eles guardam as guitarras enquanto Dave apresenta Pôncio Piloto. Alguns dos adolescentes na plateia batem palmas, e me pergunto se Philip Parish se apresentou nos ginásios da escola deles também, se foi um orador convidado em suas aulas de inglês avançado, se talvez seja isso que ele faz, espalha fotos de pessoas com frases misteriosas no verso.

Pôncio Piloto começa a primeira música, e algumas pessoas se levantam para dançar, e é então que a vejo. Ou acho que é ela, difícil saber daqui. Dou a volta até outro lado do salão e – sim. É ela mesma. Pertinho do palco, dançando e cantando junto com Pôncio Piloto.

Sara sabe todas as letras.

54 ➠ *máscaras*

Eu: Minha bateria está quase acabando então última checada. Tudo certo por aí?

Penny: Não. Fui esfaqueada

Eu: Não tem graça

Penny: Roubada também. Foi o típico roubo seguido de facada

Penny: Noite de merda até agora

Eu: Não fala merda. E não vou demorar muito.

Eu: Estou com 6% de bateria então só manda mensagem em caso de emergência.

Penny: Estou vendo pessoas com batata frita. Vou querer também

Eu: Não vou anotar seu pedido. E que pessoas?

Penny: Relaxa. Uns moleques estão aqui fumando e comendo batata frita. É McDonald's por dentro também?

Eu: Não

Penny: ESPERA. Esse lugar é um Mc disfarçado???

Eu: Não.

Penny: OK. Mark Wahlberg manda saudações

Eu: Ai, meu Deus. Preciso ir. Já saio

Depois que Pôncio Piloto termina sua última música, ele desaparece no camarim através de uma porta na qual se lê COZINHA/COXIA em estêncil branco. Eu tinha passado todo o show dele em dúvida se deveria falar com a Sara, mas agora não a vejo em lugar nenhum; deve ser melhor assim. Não saí escondido de casa e levei um carimbo de SHTBCKT na mão para paquerar.

A voz do primo de Val e Alan ecoa nos meus ouvidos: *Finja estar entediado, como se já tivesse feito isso milhares de vezes.* Bocejo com uma cara de *Nada de mais*, abro a porta COZINHA/COXIA e entro nos bastidores.

Descrição: a coxia está num estado de caos e inclui uma cozinha totalmente equipada. Nessa cozinha, um homem de bigode está diante de uma fritadeira chiando com uma cesta de metal de batatas fritas. Atrás dele, estão duas portas escritas com o mesmo estêncil: BECO e CÂMARA DO MIJO. À minha esquerda, um salão, que inclui sofá e mesa de carteado, amplificadores e cabos, guitarras e caixas de cerveja. O guitarrista sem camisa da Rasgadx está deitado de costas no sofá, olhando para o teto e fumando maconha.

Do palco atrás da parede, começa a apresentação seguinte. É uma voz feminina, estranha e leve, mais pintura do que canção na verdade, e fico ali tentando pensar no que dizer, mas só consigo escutar. A música é curta, talvez um minuto e meio e, enquanto ela toca, parece que nós três dentro da sala estamos sob algum encantamento. Antes de a música seguinte começar, estou prestes a perguntar se eles viram Pôncio Piloto, quando escuto uma descarga vindo de dentro da CÂMARA DO MIJO, depois uma torneira sendo aberta, e aí... a porta se abre.

– Ah – digo. – Oi.

Philip Parish olha para o cara de bigode, que encolhe os ombros e sacode a cesta de fritas. Parish pega uma garrafa d'água da geladeira, a chacoalha, seca a boca com a manga da camisa.

– Você é do Harrison von... sei lá o quê?

O Guitarrista Descamisado tira o baseado da boca, grita para o teto:

– Harrison von Valour Jr. *é uma bela de uma bosta fedida*!

Parish revira os olhos.

– Não sou da Harrison von Valour Jr. – digo. E, mesmo achando que eles foram um gazilhão de vezes melhores do que a Rasgadx, penso que esse cara acabou de ser destruído por um apresentador cínico na frente de um monte de menores de idade que nem tinham gostado muito do show dele, então acrescento: – E concordo que eles são uma bela de uma bosta fedida. – Só para dar uma dose de camaradagem.

No palco, a voz angelical canta, e essa música nova é ainda mais iridescente que a primeira, sua arquiteta dona daquela magia rara que torna a ressonância da melodia pelo ar ao mesmo tempo inevitável e milagrosa: essa menina canta como a maioria de nós respira.

– Tenho uma coisa para você.

Tiro a foto do bolso e a entrego para Philip Parish. Ele dá outro gole da água, olha para a foto pelo que parece um segundo infinito – e talvez porque eu tinha previsto alguma transformação sísmica na sala em que a batida do coração dele aumentaria gradualmente, decibel a decibel, como se conectada a um desses amplificadores velhos até todo o bar tremer e chacoalhar, todos nós unidos num orgasmo comunal de *alguma merda faz sentido* para variar, de *coisas belas acontecendo* para variar, de *tirar a máscara para encontrar o homem* para variar, em vez de ser sempre o contrário. Talvez por causa de tudo isso, a voz rouca de fumaça do Guitarrista Descamisado interrompa tanto.

– É seu namorado? – ele pergunta, cutucando Parish na costela, curvado sobre nossos ombros como uma manta encharcada.

Eu nem o tinha ouvido levantar do sofá.

Os olhos de Parish mudam, cintilam num tipo falso de animação. Eu poderia jurar que ele estava prestes a pegar a foto, mas em vez disso diz:

– Não faço ideia de quem seja.

Devagar, de baixo para cima, começo a deixar de sentir minhas pernas.

– Inglês avançado, Iverton High. Você deixou isso cair na minha sala.

Parish olha para o Guitarrista Descamisado tipo: *Saca só esse moleque.*

– Eu fiz o quê? – ele diz para mim.

– Ano passado. Você se apresentou para o nosso Mega Gala da Revista.

O Guitarrista Descamisado ri baixo, volta a se jogar no sofá. Parish ri também.

– Ah, claro. Disso eu lembro.

– Depois você falou com a nossa turma. Você estava com um caderninho, e isso caiu de dentro dele. Eu peguei, e pensei que talvez... sei lá. Pensei que podia ser importante.

Philip Parish olha ao redor, toma o resto da sua água, joga a garrafa vazia numa lata de lixo.

– Nunca vi essa foto na vida. – Mas ele não me olha nos olhos ao dizer isso, só balança a cabeça e, sem se despedir, desaparece pela porta em que está escrito BECO.

– Tem certeza de que não é da Harrison von Valour Jr., garoto? – pergunta o Guitarrista Descamisado no sofá, e ouço um chiado alto à minha direita enquanto o homem de bigode coloca outra porção de batatas congeladas no óleo borbulhante.

Como se para pontuar a decepção, a voz angelical no palco foi substituída pelos murmúrios de Dave, aquelas canções milagrosas (e curtas demais) suplantadas por seu rabo de cavalo flácido. E a batida do meu coração aumentou de volume, decibel a decibel, como se conectada a um daqueles amplificadores antigos, um anúncio frio de que as merdas raramente fazem sentido, coisas belas quase nunca acontecem e que, na maioria das vezes, o que está por baixo da máscara é uma decepção total.

55 ➟ *enquanto isso, no meu calhambeque do seu gay*

Sara Lovelock está, literalmente, sentada em cima do meu carro. Pelo para-brisa, vejo Penny com seu spray de pimenta na mão, virada de lado para ficar de olho nessa completa desconhecida em cima do veículo como uma sentinela a postos. Posso estar enganado, mas parece que Mark Wahlberg está tirando um cochilo no banco traseiro.

Está aí um cachorro de boa.

– Carro maneiro – Sara diz, batendo no capô.

Fecho o zíper da jaqueta.

– Meu amigo Alan chama de...

– O quê?

– O quê?

Sara esconde as mãos dentro das mangas do casaco.

– Você disse: "Meu amigo Alan chama de" e parou de falar.

– Achei que não pegava bem.

– Noah. Estou literalmente sentada em cima do seu carro.

– Certo, então. Como você pode ver, o carro é um *hatchback* Hyundai, e meu amigo Alan, que é superclassudo e nada infantil, o chamava de "calhambeque do seu pai", até a gente...

– *Do seu pai?* Mas o carro não é seu?

– Pois é, é meu. Enfim, ele descobriu faz pouco tempo que Hyundai se pronuncia *run-dei*, e não *run-dai*, e aí Alan ficou todo: "Melhor ainda!" e basicamente foi assim que o meu *hatchback* Hyundai ficou conhecido como o "calhambeque do seu gay".

Está aí um dono de cachorro nem um pouco de boa.

– É uma história legal.

– Bom, não me peça pra contar de novo. Acontece só uma vez na vida.

Penny acena os braços freneticamente do banco do motorista, e estou prestes a abrir a porta para dizer para ela não se preocupar com essa menina aleatória em cima do carro, quando Sara diz:

– E aí, você vai me chamar pra sair ou o quê?

– O quê?

– Nossa, garoto.

– Não, quis dizer... Desculpa, você me pegou de surpresa.

Ela tira as mãos de dentro das mangas, bate no capô (fazendo Penny saltar meio metro no banco) e sai de cima do carro.

– É que a gente vive se trombando por aí, e não sou do tipo que desafia o destino. Além disso, tenho uma queda por meninos que usam a mesma roupa todo dia.

– Eu alterno entre dez iguais, fique você sabendo. Não uso *exatamente* a mesma camiseta todo dia.

Atrás de nós, a janela do lado do motorista abre alguns centímetros.

– Noah? – Penny está com o spray de pimenta na mão, olhando para Sara com desconfiança.

– Está tudo bem, Penny. Relaxa. Essa é a Sara. Ela é... uma amiga.

– Oi – diz Sara, sorrindo para Penn. – Você é irmã do Noah?

Penny a encara, não fala nada, volta a fechar a janela.

– Desculpa por ela. Ela é meio esquisita.

– Assim, eu subi em cima de um carro com ela dentro.

– Verdade.

– Mas o cachorro não pareceu se importar.

– Aquele é o Mark Wahlberg, aliás.

– Você chamou seu cachorro de Mark Wahlberg?

– Acho que atingi a cota da noite de histórias que me fazem parecer sem amigos.

– Justo – ela diz, sorrindo, simples assim.

– Certo, então. – *Vai. Vai logo de uma vez.* – Quer sair qualquer dia?

– De jeito nenhum, cara.

O impulso repentino de vomitar...

– Brincadeirinha – ela diz. – Eu adoraria. Está com o celular?

Tiro o telefone do bolso.

– Hm. Acabou a bateria.

– Noah, Noah, Noah.

Ela abre a porta do carro ao lado, entra e pega uma caneta. Depois, tira do bolso um papel amassado e começa a escrever.

– Como você sabia que era meu? – pergunto. – O carro, digo.

– Ah, sou meio *stalker*. Pois é. Sei basicamente tudo sobre você, número dos documentos, delitos, esse tipo de coisa.

– Então deve saber que sou procurado por assassinato de sétimo grau.

Sara sorri, me passa o papel amassado.

– Como é o de sétimo grau mesmo?

– É quando você pensa em matar o namorado da prima de segundo grau do seu amigo.

– Bom, tenho certeza de que ele fez por merecer. Mas, sério. Naquela vez que você foi visitar meu irmão, você entrou *de ré* na nossa garagem. Reconheci a bundinha do *hatchback*.

Olho para o papel amassado esperando encontrar um número de telefone, mas dou de cara com o que parece mais uma lista.

Só tem como melhorar

Moby Dick não

Sozinho ou solitário

– São músicas? – pergunto.

– Do outro lado. E não pense por um segundo que é um convite para pegação. Não é.

– Não é.

– Sou uma menina de primeira classe, Noah. Me trate direito ou vai se arrepender do dia em que nasceu.

No banco traseiro, avisto um estojo de violão, e me dou conta. Viro o papel amassado, e a voz angelical ressoa nos meus ouvidos, cada nota uma cor vibrante flutuando em volta das partículas de pó sob a luz do sol.

– Você cantou hoje.

Sara baixa os olhos, e posso ver que mudei o teor da conversa. Ela liga o carro, mas não sai.

– Você foi incrível – digo.

– Obrigada. – Ela não ergue os olhos. – Sabe, nunca entendi direito o que a Henry queria dizer quando falava em sair do robô. Eu achava que entendia, mas não. Até começar a me apresentar. Quando estou no palco, não penso em ninguém da plateia, nem em ninguém da minha vida... Só me perco completamente. Fico vazia. O que é uma delícia. Ou não, mas preciso disso.

– Parece exaustivo.

– A parte difícil é me encontrar de novo depois, voltar a me encher de mim mesma. Além disso, todo o lance dos outros músicos...

– Lance dos outros músicos?

– Já me apresentei o suficiente pra saber, tocar é mostrar vulnerabilidade diante de um público, mas, se você colocar os músicos na frente de outros músicos, é todo um fingimento tenso e frio pra caralho, em que ninguém ganha nada com nada. Deus livre um artista de demonstrar fraqueza na frente de outro.

Nos despedimos, prometo ligar ou mandar mensagem e, enquanto vejo o carro de Sara desaparecer nas ruas escuras de inverno de Chicago, sei exatamente o que fazer.

– Cinco minutos – digo pela janela, erguendo cinco dedos. Encolho os ombros, ergo a outra mão. – Dez no máximo.

Penny não se mexeu desde que Sara foi embora, só continua sentada em cima dos joelhos no banco do motorista, me encarando pela janela (que ela se recusou a abrir para mim). Sara deve tê-la assustado mesmo.

– Desculpa, Penn. Na volta eu explico.

Na entrada principal, o leão de chácara olha para mim e balança a cabeça. Mostro o carimbo de SHTBCKT na mão, mas ele diz:

– Bela tentativa.

– Estava aqui, tipo, cinco minutos atrás. Não lembra?

Ele lança um olhar rápido, porém enfático para o outro lado da rua, onde uma viatura policial está parada em silêncio, com o pisca-alerta ligado, as luzes de dentro apagadas.

Vai dar merda nesse buraco.

O leão de chácara diz:

– Vaza, garoto.

Eu me dirijo ao estacionamento lateral, descendo a rua por todo um quarteirão até chegar ao beco atrás de Windy City Limits, onde dou a volta nos fundos de dois prédios. Me aperto entre lixeiras e saídas de incêndio, desvio de poças de sabe Deus o quê e, na minha cabeça, pesam as seguintes palavras de Parish: *Nunca vi essa foto na vida*.

Penso sobre as máscaras que usamos, para quem as usamos; penso no que Sara disse, sobre como os músicos são vulneráveis na frente da plateia, mas que rola um "fingimento tenso e frio pra caralho" perto de outros músicos. Por exemplo, na coxia de um lugar em que você se apresenta regularmente. Por exemplo, na presença de outro músico local iniciante que tem opiniões muito fortes sobre outros músicos locais iniciantes.

Encontro Parish apoiado na parede de tijolos sujos, fumando um cigarro.

– Ei.

– Ei – ele diz, como um velho amigo, como se o plano sempre tivesse sido de a gente se encontrar aqui no fundo. Entrego a ele a fotografia, que ele pega sem questionar. – "Quando se aproximar da luz, seus olhos ficarão deslumbrados, e ele não conseguirá ver nada do que agora se chamam realidades."

– O quê?

– "Alegoria da caverna." – Parish dá um longo trago, exala no ar frio, depois escorrega pela parede até se sentar na calçada. – Platão. Conhece?

Lá pelos catorze ou quinze anos, passei por uma fase meio filosófica: paradoxos e Nietzsche, principalmente, mas com um toquezinho de *Cogito, ergo sum* para temperar. Nessa idade, a filosofia é um rito de passagem, como um fotógrafo novo tirando fotos de folhas mortas ou livros na praia, minha produção filosófica era pouco mais do que imitação.

– Imagine que você está no fundo de uma caverna – diz Parish. – Você nasceu nessa caverna, é tudo que conhece. Está todo amarrado, então não consegue mexer o corpo, nem a cabeça. Tudo que *sempre* viu foi a parede na sua frente. Atrás de você, tem um fogo e, entre esse você e esse fogo, tem uma trilha. As pessoas passam por ela, carregando tudo quanto é coisa na cabeça. Você não consegue se virar, mas, por causa do fogo, vê as sombras trêmulas na parede. E, como nunca *viu* as pessoas andando, nunca *viu* esses objetos que elas carregam, nunca *viu* o fogo em si... essa sombra na parede? É a sua realidade. E aquelas pessoas andando, livres para sair da caverna quando quiserem, trocando aquele foguinho pelo grandioso sol enorme, são os iluminados. Eles conhecem a verdadeira realidade. – Ele para por um momento, fuma, olha para o menino na foto. – Eu e Abraham vivíamos falando sobre a caverna de Platão.

Todos os pelos do meu corpo se arrepiam.

– O quê?

Parish ergue a fotografia, aponta para o cara nela.

– Meu irmão caçula, Abe. Ele era obcecado pela "Alegoria da caverna". A gente ficava maravilhado com aqueles filósofos gregos, cara. Aristóteles, Platão, Sócrates, eles tinham todas as revoluções no sangue, mas não eram de ficar se mostrando. A "Alegoria da caverna" é um diálogo entre dois caras. Só uma conversa.

Tem horas em que me pergunto se tudo que aconteceu na minha vida até a menor semente de um detalhe foi plantado ali de propósito, *naquele ponto exato* e *naquele outro também*, para que um dia uma árvore pudesse crescer alta e vigorosa, me permitindo uma sombra de perspicácia que eu poderia não ter de outra forma.

– A "troca oral de sentimentos, observações, opiniões ou ideias" – digo, entrando sob a sombra, lembrando de uma conversa de tantos meses atrás; e depois daquela noite, depois que Circuit terminou de ferrar com o meu cérebro, de um encontro com o vizinho dele, que falava de Deus e cavernas, e acariciava as orelhas de um metamorfo chamado Abraham.

– O que é isso? – pergunta Parish.

– Definição de *conversa* – digo num murmúrio.

– Você sabe isso de cor? – Parish não espera uma resposta. – Sentimentos, observações e o que mais?

– Opiniões e ideias.

Parish sorri para mim.

– Qual é mesmo o seu nome?

Encosto na parede, sento ao lado dele e ofereço um aperto de mão.

57 ➟ *Philip Parish, uma conversa*

– Me chamo Noah.

– Philip. Quer um cigarro?

– Não, valeu.

– Cara esperto, o Noah.

– Pois é, quer dizer... Nunca entendi direito esse negócio de fumar, sem ofensa.

– Não, estou falando do seu xará, o Noé da Bíblia. Todo amiguinho de Deus, via nuvens que ninguém mais via. Mesmo quando todo mundo riu dele construindo aquela arca, ele continuou e construiu mesmo assim. Mas fico pensando naqueles bichos. Todos apertadinhos por dias a fio.

– Pinguins e ursos-polares.

– Como é?

– Quando eu era criança, fui à catequese com um amigo, e a aula era sobre a arca de Noé. É claro que todo mundo achou que eu era algum tipo de especialista porque eu e o Noé temos nomes parecidos, então, só pra ser do contra, perguntei pra professora se tinha pinguins e ursos-polares na arca também. Ela disse: "Sim, todos os animais de Deus estavam presentes". Aí eu perguntei: "Como eles chegaram lá?". E ela ficou toda: "Lá onde?", e eu disse: "Escuta, até acredito que o velho construiu sozinho um barco do tamanho de um cargueiro, e acredito no dilúvio apocalíptico, e até acredito na filosofia de Deus de animais primeiro, mas a senhora pode explicar como dois representantes de cada espécie, separados por continentes, oceanos e ecossistemas, se reuniram todos no mesmo lugar ao mesmo tempo?".

– E o que ela disse?

– Ela me olhou nos olhos e falou: "Ele buscou".

– Não acredito.

– Fiquei tipo: “Como é que é?”. E ela: “Todos os animais que não estavam por perto foram buscados por Noé depois”. E aí ela tentou passar para o arco-íris pós-dilúvio, mas eu fiquei: “Espera. Eles estavam em balsas?”. E ela: “Quem?”. E eu: “Esses animais que não estavam perto de Noé, eles construíram balsas?”. E ela: “Agora você está sendo ridículo”, então eu: “Fala isso para os coitadinhos daqueles bichos, só flutuando ao sabor do vento e da oração”.

– Quanta coragem a sua.

– Enfim, meu amigo me chamou de novo na semana seguinte, eu falei obrigado, mas que eu estava ocupado pescando marmotas grisalhas.

– Que bicho é esse?

– São tipo... esquilos gigantes que vivem no Alasca.

– Vai se foder. Esquilos gigantes do Alasca?

– Marmotas grisalhas, pesquisa.

– Vou pesquisar.

– Outra coisa estranha. A Administração Oceânica e Atmosférica Nacional, a principal entidade dos Estados Unidos sobre tudo que é oceânico, é conhecida pelo acrônimo NOAA, pronunciado como o meu nome.

– Sério?

– O artigo deles na Wikipédia até diz: “NOAA alerta sobre climas perigosos”.

– Como você sabe todas essas coisas?

– Escrevo uns lances... Histórias concisas. Não importa. É uma longa história.

– Que é?

– É uma longa história que não importa.

– Certo, então, minha vez de contar uma história. Na verdade, primeiro... quantos anos você tem?

– Dezesseis.

– Dezesseis, caralho. Certo, vamos começar aí. Quando eu tinha a sua idade, eu *vivia* chapado. Maconha principalmente, depois metanfetamina e, depois de um tempo, heroína. Era um drogado total. Sempre loucão, sempre sozinho. E Abe não curtia muito. Ele era um ano mais novo que eu, um bom garoto. A única coisa que curtia mais do que ir à igreja era encher meu saco pra ir também. Eu ficava tipo... pra quê? Mas ele não parava de me chamar, até que inventei uma solução. Eu tinha lá esse irmão solitário, fazendo o lance dele sozinho. E eu estava lá, fazendo meu lance sozinho, os dois completamente solitários. Por que não...

– Vai dar merda.

– Pois é. Daí conto pra ele essa ideia de acordo para trocar tempo um com o outro. Ele fica chapado comigo, eu vou pra igreja com ele. *Só dessa vez,* falei pra ele. Mais idiota impossível.

– É ele na foto?

– Sim.

– E o que aconteceu?

– Fui pra igreja com ele, de gravata e tudo. Lembro como se fosse ontem. O pastor falou sobre inocência. Você sabe sobre Pôncio Pilatos, certo?

– Conheço o nome.

– Então, Jesus foi levado a julgamento, e Pilatos é basicamente o juiz. Mas ele está dividido, sabe, porque acha que Jesus é inocente, mas aquela multidão quer o cara morto... e não só morto, mas crucificado. É uma morte brutal, a crucificação pode matar de tudo quanto é jeito. Perda de sangue, choque, insuficiência dos órgãos, exaustão, fome, até... Mas sabe o que a maioria dos livros lista como a causa real da morte?

– O quê?

– Asfixia. Você fica lá pendurado, engasgando, sem conseguir respirar, até *pfft*... morreu. Então lá está o Pôncio Pilatos com uma decisão pra tomar. Seguir a intuição? Ou a multidão?

– Acho que sei como a história termina.

– Pois é. Mas saca só. Tem um verso em Mateus que fala que, pouco antes de Pilatos entregar Jesus para ser crucificado, ele lava as mãos, dizendo ser "inocente do sangue deste homem". Mas acho que, no fundo, Pilatos sabia. Ele não matou Jesus com aquelas mãozinhas recém-lavadas, mas é quase como se tivesse matado.

– Você acha?

– Digamos que você está num quarto com um monte de gente. Está escuro e só tem uma porta. Digamos que seja a sua casa até, e você conhece bem o lugar. E sabe que, atrás daquela única porta, tem um abismo que dá pra um desfiladeiro. Mas você abre a porta mesmo assim. A primeira pessoa que passa, *pff*, morre. A segunda que passa, *pff*, morre. Agora, você não empurrou essas pessoas, mas sabia o que iria acontecer quando abrisse a porta. Então, de quem é a culpa?

– Tipo... essas pessoas estavam vendadas?

– Qual é...

– E, se só tem essa porta, como a gente foi entrar no quarto?

– Você entendeu o que eu quis dizer. Você *sabia* o que estava do outro lado, e abriu a porta mesmo assim. Foi o que o Pôncio Pilatos fez. Foi o que *eu* fiz com aquele acordo. Eu abri a porta, sabendo do desfiladeiro que havia do outro lado. E meu irmão saiu.

– Foi daí que você escolheu o nome?

– Philip Parish. Pôncio Pilatos. Mesmas iniciais, mesmos destinos. Às vezes uma coisa fica bem embaixo do seu nariz até você aceitar.

– Mas você está limpo agora?

– Sim.

– Quando isso aconteceu?

– Alguns anos depois de Abe ficar viciado. Vi o que estava acontecendo, como ele estava mudando. É igual a caverna, sabe. Tudo vai perdendo o brilho, virando sombra, fica tanto tempo assim que você começa a achar que a sombra é a coisa em si. Não sei como consegui, mas saí daquela caverna e dei de cara com o sol fulgurante. Tentei trazer Abe comigo. Tentei por anos. Pensei que, como já tinha estado lá antes, conhecia a saída. Ele tentou algumas vezes, ficou limpo uma vez. Mas não durou muito.

– O sol é forte demais.

– Achei essa foto no criado-mudo dele. Não sei quando ele tirou, e não sei o que pretendia fazer com ela, mas... enfim.

– A narrativa ensolarada.

– O quê?

– Na minha classe, você falou sobre a narrativa sombreada. Como, na composição, você compõe mais a atmosfera de uma coisa do que a coisa em si. O que parece um pouco com a "Alegoria da caverna", certo? Aqueles caras só viam a sombra das coisas na parede, não as coisas em si.

– Isso.

– Mas, naquele dia, você falou sobre outro tipo de composição.

– Pois é.

– Philip.

– Fala.

– O que aconteceu com o seu irmão?

58 ➠ *e o pássaro cantou*

Tinha um pássaro numa árvore perto do apartamento em que Abraham Parish morava, e ele não parava de cantar, *como os pássaros fazem*, diz Philip, e foi numa terça, ele se lembra, porque a Stacy do posto Shell deu dois donuts de geleia pelo preço de um, e a Stacy só trabalha de terça (*ela é estudante, eu pensei*), e aí Philip chegou à casa do irmão naquela manhã, com um donut de geleia a mais para o Abe, e passou pela árvore com aquele pássaro cantando, *lá-lá-lá, ele cantava e cantava*, e subiu os três lances de escada, a camisa colada nas costas pelo calor do dia e, ao chegar ao último andar, ele bateu na porta do apartamento do irmão, *Abe, sou eu, é melhor já estar em pé*, porque o Philip tinha arranjado um trabalho para ele na Sanders Drywall, e *era um trabalho de merda, mas um trabalho de merda ainda é um trabalho*, e o irmão estava *tentando muito sair do buraco, sabe, ele precisava daquele emprego*, mas depois de alguns minutos sem resposta, Philip tirou a chave do bolso, uma chave que ele quase nunca usava, mas que *pesava uma tonelada*, e abriu a porta e entrou, *Abe, cadê você?*, e era um apartamento pequeno, não tinha muito onde procurar, *Abe?*, e abriu a porta do quarto, *Abe*, e *eu vi o que eu vi, cara, eu vi, cara, caído ali, meu irmãozinho na cama, de costas, a pele azul como a porra do oceano, só olhando para a porra do teto como se estivesse esperando que despencasse em cima dele*, e *as drogas podem matar de várias maneiras, mas meu irmão, Abe – na morte, assim como na vida, seguiu Jesus, cara, engasgou com a própria saliva*, e *Abe*, e *Abe, meu Deus, não me deixa aqui sozinho*, e *Abe, olha só que eu fiz*, e Philip Parish virou e saiu correndo do quarto do irmão, do apartamentinho minúsculo, desceu os três lances de escada, e sentiu o sangue em suas mãos, *eu tinha esmigalhado aquela porra de donut*, e caiu no gramado, de joelhos, rezando, gritando, *não sei o quê*, chorando e chorando, *só chorando muito, completamente sozinho...*

E o pássaro cantou.

59 ➠ *e aí, retardatário*

Penny: Uma das comedoras de batata frita não para de encarar

Penny: Raça estranha, esse povo das batatas

Penny: Isso soou esquisito

Penny: Tá espera um pouco

Penny: A menina que fica encarando tá chegando perto do carro

Penny: Na verdade. Acho que é o carro que ela tá encarando. Não eu

Penny: Tá, hm, Noah kd vc?

Penny: A menina tá literalmente subindo no capô

Penny: Socorro

Penny: Socorro

Penny: SOS

Penny: A comedora de batata tá EM CIMA do carro. Repito

Penny: EM CIMA DO CARRO

Penny: KD VC???

Penny: Olha, sei que tivemos nossas diferenças

Penny: Mas seja lá o que estiver fazendo aí dentro, SAIA AGORA

Penny: Tô com o spray de pimenta, mas preciso de reforços

Penny: Tá você chegou, graças a Deus

Penny: Espera. Vc conhece essa menina????

Penny: Até segunda ordem, não falo mais com vc.

Penny: Não mesmo. A partir de agora.

Penny é ótima em deixar de falar com as pessoas. Ela fica em silêncio o caminho todo de volta para Iverton e, quando chegamos, fico observando-a atravessar o quintal a passos duros e entrar escondida na casa. Fico no carro por um segundo, releio as mensagens dela, tiro o celular do carregador, e recosto a cabeça no banco.

– Nossa, que noite.

O cheiro dos cigarros de Parish continua. Escutar a história dele foi como segurar um vaso e ver o coitado se esvaziar dentro dele e, quando acabou, ele mal conseguia respirar de tão exausto. O jeito como falou do irmão, até a doçura com que falava o nome *Abe* – como se, se não tivesse cuidado, o nome pudesse escapar de sua língua e nunca mais voltar – me lembra de como passei a pensar em Penny nos últimos tempos:

De seu cantinho no banco traseiro, Mark Wahlberg boceja alto.

– Sinto muito se interrompemos seu sono da beleza. – Viro para olhar para ele; ele me encara com aquela viradinha de cabeça como se entendesse todas as palavras. – O que foi que aconteceu com você, Fofo?

Ele se senta naquele quadril estranhamente juvenil, me olhando com cara de ¯_(ツ)_/¯.

Fora do carro, Mark Wahlberg me segue pelo gramado, através da porta de entrada, e vai correndo para o quarto de Penny. Subo a escada dois degraus de cada vez, com cuidado especial ao passar pelo quarto de hóspedes. Já passa das duas da madrugada, então, se o tio Orville chegou mesmo por volta da uma, já deve estar dormindo, mas ainda assim – seria um saco ser apanhado a essa altura do campeonato.

A salvo nos confins do meu quarto, percebo o quanto estou exausto. Tiro a jaqueta, as botas, minha Bowie Marinho, e deito na cama quentinha.

Muito quentinha. Tipo, muito quentinha mesmo.

– E aí, retardatário?

Solto um berro, e o tio Orville dá risada, e Mark Wahlberg entra correndo no meu quarto, latindo para todo mundo ouvir feito um rottweiler, e meus pais chegam voando, descabelados e de olhos arregalados, e Orville levanta da minha cama usando apenas uma cuequinha apertada com estampa de leopardo, e meu pai sussurra:

– Meu Deus, Orville. – E meu tio se espreguiça e boceja, falando:

– Melhor fazer um café, então?

Sem se vestir, tio Orville desce, provavelmente para fazer café, enquanto brigo com meus pais. Mesmo odiando mentir para eles, dificilmente poderia contar a verdade, que eu tinha levado a filha deles de doze anos e o cachorro da família para um bar em Chicago, onde os larguei dentro do carro para usar minha identidade falsa a fim de encontrar um músico da cidade por causa de uma fotografia que ele deixou cair na minha sala no Mega Gala da Revista, ah, e também acho que estou apaixonado por uma menina que subiu no meu carro.

Por isso, digo que não conseguia pegar no sono. Digo que desci para o porão pra ver um filme, e que o tio O deve ter chegado enquanto eu estava lá. Pergunto por que ele estava no meu quarto para começo de conversa, meu pai não tinha arrumado o quarto de hóspedes para isso?

– Sim, arrumei o quarto de hóspedes – diz meu pai, e aí ele conta que a minha mãe simplesmente esqueceu de avisar o tio Orville da mudança de planos, ao que ela responde que achou que meu pai falaria para ele.

Coçadas de cabeça, desculpas insinceras, e descemos para deixar tudo em pratos limpos com Orville (que está tomando tanto café que ou ele é imune a cafeína ou vive num estado tão hiperativo que é impossível saber). "Só uma confusão", dizemos, "culpa toda nossa" etc., e minha mãe vai para a cama, e meu pai leva o tio Orville para o quarto de hóspedes.

Finalmente sozinho, olhando para a minha cama, tudo em que consigo pensar é no tio Orville e naquela cuequinha de estampa de leopardo. Tiro os lençóis, jogo-os no cesto, me afundo direto no colchão e, no escuro do meu quarto, fico olhando para o teto: penso em cavernas e cachorros e Abrahams e Noahs, em pássaros, em músicas angelicais e ações demoníacas, em narrativas sombreadas e iluminadas, em todas as portas que abri para os outros plenamente consciente do penhasco que havia do outro lado. E penso em canoas.

Penny deve ter ouvido a confusão – mas não saiu do quarto em momento nenhum.

60 ➟ *tecidos e panquecas de aveia*

Pairando.

Olho para mim mesmo deitado na cama de Circuit, de costas, Abraham ao meu lado, latindo, silêncio total, a pessoa encharcada no canto sem se virar, o ar rodopiante, um tornado de cores vívidas, letras escorrendo das paredes, flutuando no caos completo até uma mão invisível reordená-las, puxá-las pelo quarto, e aquelas duas palavras estarem tão perto que consigo sentir as cores no meu rosto: *ESTRANHO FASCÍNIO*. E estou no meu corpo de novo, as pálpebras tremulando, e respiro pela primeira vez em anos.

Acordar em um colchão sem lençol já é ruim; acordar em um colchão sem lençol empapado de suor, depois de sonhar o mesmo sonho idiota toda noite durante meses, é pior ainda.

É quarta-feira, primeiro dia do feriado, e, para todos os efeitos, eu deveria estar animado para os próximos dias. Infelizmente, a presença do meu tio na casa combinada à aproximação do meu prazo sobre a universidade torna difícil eu me animar.

Estou prestes a levantar, passo a mão no colchão sem lençol e é estranho, mas tenho aquela sensação súbita de quando o braço esquerdo fica completamente dormente, e a gente toca nele com a mão direita e, embora a mão direita sinta o toque, o braço esquerdo não sente nada.

É como tocar o braço de outra pessoa.

Deixo essa sensação de lado, tomo banho, me visto, desço a escada.

– E aí, retardatário? – Tio Orville, ainda de roupão e nada mais, está literalmente virando panquecas numa chapa. – Vi as opções de cereais do seu pai na despensa, pensei em me virar por conta própria. Fazendo minhas famosas panquecas de aveia. Quer?

– Não, obrigado – digo, pegando uma maçã da cesta no balcão. – Mas tenho que comer e sair correndo.

– Mas você está de férias, certo? – Tio Orville desliga o fogão, entorna o xarope de bordo numa pilha alta e começa a devorar.

– Tenho uma consulta com o quiroprata.

– Ah, claro – ele diz de boca cheia. – A lesão nas costas.

No caminho para o consultório do dr. Kirby, repasso a conversa com meu tio; ele não fez aspas no ar em "lesão nas costas", mas pareceu muito que queria.

61 ➟ *o curioso caso de Len Kowalski*

A ideia de voltar para casa depois da consulta, de voltar ao desfile seminu de panquecas de aveia do tio Orville, é completamente arrasadora. Por sorte, não tinha planejado voltar tão cedo.

– E aí? – diz Alan, entrando no meu carro. Ele pega meu celular do painel, navega pelo catálogo de Bowie até encontrar "Space Oddity". – Como foi? – ele pergunta.

Saio da garagem dos Rosa-Haas.

– Como foi o quê?

– O quiroprata, mano.

– Ah. Bem. – O dr. Kirby disse que viu "muito progresso", o que meio que coloca em questão o estado real das minhas costas, mas talvez também o estado real do diploma dele. – Ele diz que as coisas estão melhorando.

Alan solta um dos seus suspiros dramáticos e olha pela janela.

– O quê? – digo.

– Nada.

– Fala, o que foi?

Ele se ajeita no banco para me encarar enquanto dirijo.

– Só não me trata como qualquer um, tá? Só isso. Não me trata como qualquer um.

– Do que você está falando?

– Escuta, eu entendo. Você se sentiu encurralado, toda aquela pressão para ser um nadador fodão, e quis cair fora.

Negação verbal, agora, só soaria como uma confirmação. Então não falo nada.

– Beleza – diz Alan; ele vira para a janela por um segundo, mas muda de ideia. – Uma última coisa, e aí eu paro, e só vou dizer isto porque vou me arrepender depois se não disser.

– Fala, então.

– Você é meu melhor amigo, Noah. Desde que a gente tinha doze anos e saí do armário pra você, e mijamos pela janela como os poderosos chefinhos que nós éramos. Você não é qualquer um para mim. Pra mim, você é você. E eu não deveria ser qualquer um para você. Quatro dias atrás você pediu desculpas por não estar do meu lado, e eu aceitei cem por cento aquele pedido, mas parte de estar do lado de alguém é não mentir. Se você não quer contar, beleza. Só não mente na cara dura e espere que eu acredite, está bem?

– Está bem.

– Está bem. Então. Como estão suas costas?

– Não há nada de errado com as minhas costas, e nunca houve.

Alan abre a janela do carro.

– Legal. Agora, vamos mijar por essas janelas.

No caminho para a Pousada da Ambrosia, reconto para Alan os detalhes da minha conversa com o sr. Elam, e devo admirar Alan por não ter, em nenhum momento, retornado ao fato de que venho perpetuando uma mentira desde o verão. Ele não se importa que eu não queira falar sobre isso; só não quer que eu minta para ele.

– Um mais um mais um é igual a um – Alan diz, repetindo a última frase da minha história, sobre como a mulher do sr. Elam adorava matemática, e como isso se refletiu no lema da família deles.

– Pois é.

– Mas não é.

– Alan.

– Quê?

Balanço a cabeça.

– É quase difícil de acreditar que você fez recuperação em matemática.

– Você quer dizer que um mais...

– Estou dizendo que *é claro* que não é igual a um. Estou dizendo que, se era um lema familiar, provavelmente significava que eles eram uma família de três, mas ainda assim uma família.

– Tá, faz sentido. Mas gostaria de deixar registrado que não gostei da piada sobre a recuperação de matemática.

– Registrado está.

– O que aconteceu depois? – pergunta Alan.

– Ele praticamente me contou toda a história de vida dele

e nem uma vez mencionou um filho. Então perguntei se ele teve um.

– E?

– E ele me botou para fora. Isso foi na segunda. Ontem ele nem apareceu para a caminhada.

– Vai ver ele não está se sentindo bem. Vai ver o joelho dele torceu ou sei lá. Acontece com gente velha.

– Acontece com qualquer um.

– Espera, não é ali? – Alan aponta ao passarmos pela placa da POUSADA DA AMBROSIA no jardim.

– Sim, vou passar pelo caminho dele por via das dúvidas, pra ver se conseguimos encontrá-lo assim primeiro.

– Por quê?

– Porque não tenho a senha, Alan, o que significa que vamos tocar a campainha, e não sei quem vai atender, ou mesmo *se* alguém vai atender, nem sei como vão responder ao meu pedido para ver um dos locatários porque nunca conheci alguém que morava numa pousada, então é um protocolo meio embaçado, tá?

Quase consigo ouvir Alan piscar.

– É exaustivo, não é? – ele diz.

– O quê?

– Ser você.

– Você não faz ideia.

Sigo o trajeto da Mill Grove para a Ashbrook, nós dois de olho em busca do sr. Elam. Mesmo com o aquecedor ligado, o frio lá fora está começando a penetrar pelas janelas. Aumento o aquecedor e fecho a jaqueta.

– E aí? – digo, os olhos na estrada. – Está saindo com alguém?

– Se estou *saindo com alguém*? Não, não estou saindo com ninguém. Por quê, está interessado?

– Vai sonhando. – Mantenho uma mão no volante, beijo o bíceps do outro braço. – Mas, sério, você era tipo... um namorador em série.

– Estou namorando várias séries agora.

– Qual é? Conversa comigo. Vamos meter um Dean e Carlo nessa porra.

– Noah.

– Alan.

– Estamos virando picolés dentro do calhambeque do seu gay, dirigindo pelo bairro, procurando um velho com uma papada.

– Cara, respeito.

– Foi mal. Procurando o *sr. Elam*. A questão é: não consigo Dean e Carlo nessas condições.

– E o Len? – pergunto. – Ou foi só aquela vez?

– Que Len?

– Kowalski.

– O que é que tem ele?

– Len Kowalski.

– Só dizer o nome dele várias vezes não vai ajudar, cara.

– Você sabe, vocês ficaram na festa dos Longmire. Não sabia se talvez alg...

– Espera – diz Alan. – Eu e o Len Kowalski.

– Pois é.

– Você me viu ficando com o Len Kowalski na festa de fim de verão na casa dos Longmire.

– Viu, depois que você começa a falar o nome dele, é difícil parar, não é?

– Len Kowalski?

– Certo, não precisa exagerar – digo.

– Aquele moleque tacava ovo na sua casa. Ou você esqueceu?

– Alan, não estou bravo. As pessoas fazem todo tipo de coisa das quais não se lembram quando estão chapadas.

– Certo, escuta. Fico honrado por saber que, num universo alternativo, você acha que peguei o Len Kowalski, e ainda está de boa comigo. Mas, cara, se liga. Zero chance.

– Sério?

– Acho que isso entra bem na categoria das suas mudanças. Nunca aconteceu. – Cai um minuto de silêncio, enquanto Alan sopra nas mãos em forma de concha. – Mas já considerou isso?

– Considerei o quê?

– Um universo alternativo.

Na escuridão da gaveta da minha escrivaninha em casa, imagino uma lista elegante de quatro possibilidades intitulada *QUE QUE ACONTECEU*?

– Meio que já.

– E?

– Acho que não.

– Tipo, sei que é meio absurdo, mas... é uma possibilidade, não?

Pouco depois de escrever minha História Concisa sobre a origem da palavra *multiverso*, tinha passado uma coisa pela minha cabeça que tornava essa explicação em particular, embora não inteiramente impossível, altamente improvável.

– Em que ano o Chicago Cubs ganhou o Campeonato Mundial? – pergunto.

– 2016, acho?

– E quantos anos de Campeonato Mundial eles passaram sem ganhar?

– Sei lá, tipo uns trezentos anos?

– E o que aconteceu no onze de setembro?

Alan me lança um olhar de: *Como assim*?

Digo:

– E o presidente dos Estados Unidos é...?

– Por favor, Noah. Não me faça dizer o nome dele.

– Exato.

– Aonde você quer chegar?

– Quero chegar ao fato de que todas as coisas que mudaram giram em torno de mim. Não consigo acreditar que é assim que um universo paralelo funciona, que o meu cachorro, que mal conseguia passar pela sala sem se cagar, agora consegue saltar prédios altos num único pulo, mas que o Chicago Cubs não conseguiu nenhuma vitória por cento e oito anos.

– Acho que você está errado em relação a isso.

– Tenho certeza de que foram cento e oito anos.

– Não isso – diz Alan. – Estou falando da sua lógica. Não sei muito sobre isso, sabe...

– Teoria quântica?

Alan assente.

– Mas toda a sua conclusão nega a experiência do sr. Elam, de Philip Parish, da Velha Se Apagando…

– Menina Se Apagando.

– Que seja. Você não sabe quase nada sobre as origens dos seus Estranhos Fascínios. Só está pensando em como eles se relacionam com você e com a sua vida, mas adivinha? Eles têm vida própria. Talvez estejam lidando com problemas parecidos, mas você não tem como saber porque não os *conhece*.

– Penny não mudou. Ela eu conheço.

Alan espera um segundo, então:

– Conhece mesmo?

Quase consigo ver Penny tomando aquele *macchiato*, dizendo que nasceu na década errada.

– E aí, então? Penny, sr. Elam, a Menina Se Apagando, Philip Parish, o fantasma de Mila Henry… você está sugerindo que todos nós, como grupo, entramos espontaneamente num buraco de minhoca e viajamos para um universo paralelo?

– O que estou dizendo é que, pra *você*, as mudanças giram em torno de Noah Oakman. Mas e se não for assim?

Alan tinha razão. Como eu sabia que a Menina Se Apagando não tinha mudado, ou Philip Parish ou Mila Henry? Não tinha como saber. Eu havia pegado o que sabia deles, onde eles cruzavam com a *minha* vida – um vídeo, uma fotografia, um desenho – e condensado as complexidades misteriosas de seres humanos em organismos unicelulares.

Até onde eu sabia, o sr. Elam de antes pode ter tido uma urna com as cinzas de seu rinoceronte de estimação.

O questionamento de Alan paira no ar enquanto estaciono na frente da pousada. Não é nenhuma surpresa, mas o sr. Elam não saiu para caminhar. Desligo o motor e, por um segundo, ficamos sentados ali no frio, em silêncio.

– Então. – Alan sopra nas mãos, seus dentes batendo como uma sinfonia. – Tocar a campainha?

Não sei se existem outros mundos lá fora, mundos em que Alan ficou com o Len Kowalski, em que a mulher do sr. Elam nunca teve câncer, em que nunca acompanhei Circuit naquela noite. E, embora eu talvez nunca venha a conhecer as possibilidades de minhas muitas vidas refletidas, conheço as possibilidades desta.

Abro a porta do carro e saio para o frio rigoroso.

– Bom, Alan, não fique parado aí.

62 ➡ *dilúvios*

– Esqueci de avisar – sussurro, tocando a campainha. – Ele ama bourbon.

– Quem?

– Quem você acha? O sr. Elam.

– Coincidência, eu também amo bourbon.

– Mas, sério, se entrarmos aí hoje, ele vai te encher de bourbon até você não aguentar mais.

– Legal. Vamos encher a cara e falar mais sobre buracos de minhoca. Contingências espaço-temporais, teorias fânticas e tal.

– Quânticas, Alan. É teoria quântica. E contínuos espaço-temporais, eu acho.

– Acho tão sexy quando você me fala essas nerdices.

A porta se abre e uma mulher mais velha com um cabelo prateado e comprido, olhos grandes e brilhantes e um sorriso estampado no rosto diz:

– Posso ajudar?

No conjunto, essa mulher irradia mais juventude do que a maioria dos adolescentes que conheço.

– Sim – digo. – Estou atrás do... queria saber como está o sr. Elam.

– É você que anda caminhando com ele todo dia. Obrigada por isso. – Ela aponta a cabeça para cima na direção da escada. – *Não ligo para o que ele diz, o sr. George precisa de mais companhia do que admite!* – Ela revira os olhos, baixa a voz: – Ele anda de mau humor. Como na maior parte do tempo. Vocês dois, entrem, saiam do frio e tomem um chazinho. Tenho de tudo menos aquelas borras do demônio do Earl Grey.

Reconheço a voz dela como a que nos cumprimentou na segunda-feira quando entramos. E, pela segunda vez, entro no calor do corredor, dos tapetes velhos e tábuas de madeira e lareiras crepitando ao longe da Pousada da Ambrosia me envolvendo em seus braços como uma manta bem tecida.

– Então ele está bem? – pergunto.

O riso da mulher é tão iluminado quanto seus olhos.

– *Bem* eu não diria. Mas, sim, o sr. George continua o mesmo de sempre. Sou a Ambrosia, aliás.

Eu e Alan alternamos para nos apresentar, e depois disso dona Ambrosia nos chama para uma sala de estar próxima (o local daquela lareira crepitante) e sai para a cozinha em busca do chá.

– Este lugar é como...

Os olhos de Alan perpassam a sala: as pinturas pastorais com molduras de ouro, a madeira escura da mesa de centro, o relógio de pêndulo, as chamas fervilhantes na lareira enorme. Sinto o mesmo, um impulso profundo e instintivo, quatro palavras firmemente plantadas na psique infantil: *Não toque em nada.*

Dona Ambrosia volta com uma bandeja, que ela coloca na mesa de centro. Tenho uma vaga lembrança de tomar chá uma vez: um saquinho encharcado num barbante, alguns goles amargos, e estou fora. Mas essa é claramente uma experiência completamente distinta, quase ritualística. Tem pires e peneiras e várias chaleiras e caixinhas de folhas (não vejo saquinhos nem barbantes em lugar nenhum), e, exatamente quando começo a pensar que dona Ambrosia está de brincadeira, ela diz:

– Quatro minutos de infusão. – Define um timer no relógio de pulso e sorri para nós por sobre a mesa.

Fica estranho por um segundo até Alan dizer:

– E os tal dos Bears, hein?

– Alan.

Dona Ambrosia faz sinal de que tudo bem.

– Grande jogo amanhã. Eu apostaria uns vinte pontos. Melhor defesa desde 1985, mas a linha ofensiva é um cerco, você não acha?

Alan me olha de soslaio, daí diz:

– Ahhhh, então, na verdade, a gente não manja de futebol americano. Pois é, estava só sendo babaca.

– *Alan.*

– Não tem problema – dona Ambrosia responde. – Eu gosto da cara dos jovens quando veem que eu sei uma coisinha ou outra de esportes. Mas futebol americano é o meu favorito. Um jogo muito estratégico. Sem falar violento.

Um minuto de surpresa, diante dessa.

– Então, se não futebol... – ela diz. – De que esportes vocês gostam?

Às vezes, quando você está numa sala, falando de esportes com a proprietária velhinha de uma pousada enquanto espera seu chá de folhinhas infundir, você se pergunta se a vida é tão aleatória por natureza, ou se é você que é.

– Eu gosto de beisebol – digo.

– Camp Cubbie, mano.

Dona Ambrosia alterna o olhar entre mim e Alan.

– Camp Cubbie?

Esqueci completamente do Camp Cubbie.

– Não é nada. Só um lance que meu pai montou quando

a gente era criança, tipo um time, para garantir que a gente virasse torcedores do Cubs.

– Funcionou como um feitiço pra esse aqui – diz Alan, apontando para mim. – Para mim nem tanto. Assim, entendo algumas coisas de um ou outro esporte. Futebol americano, por exemplo. Sei o que é um *touchdown*.

– Já é um começo – diz dona Ambrosia.

– E um *down*, acho.

– Muito astuto – ela diz.

– E um *sack* também – diz Alan, com um sorriso malandro se abrindo em seu rosto. – Sei tudo sobre *sacks*.

Antes que ele comece sua piada pronta de esportes sobre como pontuar com as bolas, digo:

– Sra. Ambrosia...

– Senhora está no céu – ela diz.

– Certo. Ambrosia. Muito obrigado pelo chá e tudo mais, mas viemos pra ver o sr. Elam. Não posso entrar em...

O alarme no relógio de Ambrosia dispara, e ela volta a entrar em ação. Antes de eu e Alan nos darmos conta, estamos equilibrando piresinhos nos joelhos, tentando não derrubar as xícaras como os verdadeiros amadores que somos.

– *Pureza* – diz Ambrosia entre um gole e outro. – É essa a palavra que uso pra descrever um bom chá. Vocês gostaram?

Tusso, limpo a boca com a manga.

– Muito puro.

– Puro como a *neve* – diz Alan com a voz baixa.

– Alan.

– Dá pra parar de repetir meu nome desse jeito?

– Dá pra crescer por tipo meia hora? – Dou um gole gigante para fazer um drama, o que só acaba queimando minha língua e minha garganta.

Ambrosia abre um sorriso caloroso por sobre o pires.

– Eu gosto de vocês. Me fazem lembrar dos meus filhos quando tinham a sua idade. Com a implicância e tudo, mas isso é normal entre aqueles que a gente ama.

– Faz sentido – diz Alan. – Noah é praticamente apaixonado por mim, então...

O tilintar da porcelana dá lugar ao tique-taque do relógio de pêndulo, que dá lugar ao crepitar do fogo e, embora não estejamos com pressa de verdade, sinto uma sensação premente de urgência.

– Ambrosia...

– Vocês gostariam de ver o sr. Elam – ela diz, dando um gole do chá.

– Se possível.

Ela assente uma vez – coloca o pires na mesa de centro, se levanta e sai da sala.

– Cara – diz Alan.

– O quê?

– Você irritou a velha.

– Eu não irritei a velha.

Alan bebe seu chá com um mindinho levantado.

– Ela serve um chá mais puro que uma virgem feliz pra gente e é assim que você retribui.

– Cala a boca, Alan.

Ambrosia volta com um envelope pardo, o entrega para mim, sem o sorriso no rosto.

– Ele pediu para não te ver mais.

Me levanto, pego o envelope, tento entender a relação entre isso e o sr. Elam não querer mais me ver.

– Tá. É... só eu?

– Tem seu nome aí – diz Ambrosia.

– Não, quero dizer... é só eu que ele não quer mais ver?

– Sim – ela diz, como um pedido de desculpas.

– Tá. Bom. Então tá. Obrigado pelo chá.

Eu e Alan nos dirigimos para a porta quando Ambrosia diz:

– "Nesse dia jorraram todas as fontes do grande abismo e abriram-se as comportas do céu. A chuva caiu sobre a terra durante quarenta dias e quarenta noites." Gênesis, capítulo sete. – A voz da mulher é cheia de expectativa, como se dividíssemos o mesmo segredo. – Sabe, na Bíblia, Elam era neto de Noé, também conhecido como Noah.

Um momento de silêncio enquanto a informação entra na minha cabeça.

– Certo, isso é estranho – diz Alan. – Só eu acho que isso é estranho?

Ambrosia coloca uma mão no meu ombro.

– Obrigada. Por ajudar George.

– Não fiz nada. A gente só conversou.

– Às vezes conversar *é* fazer alguma coisa, Noah. Você ofereceu companhia a um homem solitário. E companhia pode ser um santo remédio.

Quando penso no quarto do sr. Elam – nas fotos sem ninguém, nos livros com encadernação de couro uniformes, na urna de seu gato morto –, todo o lugar irradia solidão, e é impossível não pensar em como o quarto é um reflexo do homem.

– O que aconteceu com ele? – pergunto. – Assim... sei que a mulher dele morreu de câncer e tudo, mas...

Ambrosia se assusta.

– Foi o que ele te contou?

Faço que sim, e ela começa uma história em voz baixa, a história de uma família a caminho de Milwaukee para o Dia de Ação de Graças, "indo ver a irmã do sr. George", ela diz, dirigindo na estrada I-94 quando um caminhoneiro que vinha na direção oposta dormiu no volante.

– Aquele caminhão entrou na contramão e bateu de frente com o carro do sr. George, matando Barbara e Matthew na colisão, e é um verdadeiro milagre que o sr. George tenha saído apenas com uma manqueira. Mas não é assim que ele vê. Ele acha que deveria ter morrido no lugar dos dois, como se fosse assim que funciona.

– Matthew?

Ambrosia assente.

– O filho dele.

Fico ali parado segurando o envelope pardo, deixando as palavras da dona Ambrosia me banharem.

– Mais cedo, quando você disse que o sr. Elam estava de mau humor... Comentou que ele é assim na maior parte do tempo.

– Acredito que George não acha que tenha muito por que ser grato na vida – diz Ambrosia. E, embora ela ainda esteja sorrindo, ela também está chorando, os ramos das grandes profundezas irrompendo pelas águas. – Me faça um favor – ela diz. – Tenta de novo na semana que vem? Vamos ver se conseguimos provar que ele está errado.

Eu e Alan voltamos para o carro em silêncio, meus pensamentos se estendem a vários lugares: o ar frio nos meus pulmões, a calçada sob meus sapatos, o vento no meu cabelo; se estendem até o céu, onde as nuvens cinza de inverno se movem, se afastam; se estendem a uma sala de coisas frágeis, completamente isolada da tempestade lá fora.

– Vai abrir?

– O quê? – pergunto, só agora me dando conta de que voltamos para o carro, estamos sentados no silêncio frio. Alan aponta para o envelope pardo nas minhas mãos; abaixo os olhos para o meu nome escrito da forma como o sr. Elam caminha: metódica, determinada, fixa.

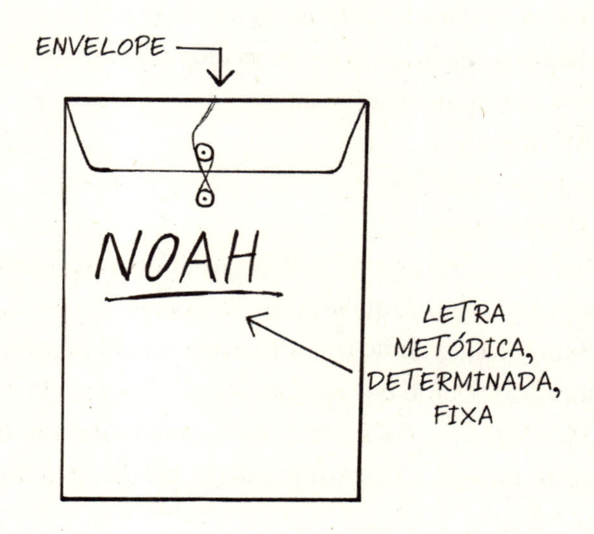

Isto, parecia dizer. Sério mesmo, *isto*.

Desfaço o nó, abro a dobra e tiro um ingresso de boxe assinado por Muhammad Ali, uma figurinha de basquete assinada por Michael Jordan e uma figurinha de beisebol antiga de um menino chamado Merkle.

– Puta merda – diz Alan, se debruçando no painel.

Lá fora está caindo neve, forte agora, vindo naquelas camadas brancas de inverno, e digo:

– Que bom que não é chuva. – Mas Alan nem está ouvindo, está ocupado demais procurando imagens do autógrafo de Ali para confirmar se é igual.

Vai ser. E o de Jordan também.

Acho que Alan nem chega a ver o cartão de beisebol.

63 ➠ *uma história concisa de mim, parte trinta e sete*

Em termos gerais, as pessoas são lembradas por um de dois motivos: uma série de sucessos ou um único fracasso. Depois de um pouco de pesquisa, estou confiante de que Fred Merkle não se encaixa em nenhuma dessas categorias, o que explica seu relativo anonimato.

14 de outubro de 2003. Cubs vs. Marlins, sexto jogo da Série de Campeonato da Liga Nacional (NLCS). O Cubs

sofre um *lead* de 3-0 no fundo da oitava entrada – a cinco eliminações de sua primeira sequência no Campeonato Mundial desde 1945 – quando um torcedor chamado Steve Bartman interfere em uma possível falta. Os Marlins continuam e pontuam oito corridas na entrada, ganhando esse jogo e o seguinte e, mais para a frente, o Campeonato Mundial. A interferência de Bartman é considerada por muitos a primeira peça da desgraça pós-temporada de 2003 do Chicago Cubs e, se você prestar atenção, ecos contínuos de seu nome ainda são ouvidos nos cantos mais escuros do estádio Wrigley Field, um edifício assombrado por aparições tão densas quanto a hera que cobre seus muros.

No NLCS de 2015, os Mets, liderados pelo segunda-base Daniel Murphy, derrotam o Cubs em quatro jogos a zero. Murphy quebra um recorde pós-temporada de jogos consecutivos com *home run* (seis), e passa a ser considerado o jogador mais valioso do campeonato. Por incrível que pareça, ele não é o Murphy mais odiado na história do Chicago Cubs.

Quarto jogo do Campeonato Mundial de 1945 contra o Tigers; Billy Sianis, proprietário de um bar de Chicago, é convidado a deixar o estádio por causa do mau cheiro de sua cabra de estimação. Ao sair, Sianis supostamente diz: "Esse time do Cubs não vai mais ganhar". O Chicago Cubs perdeu esse campeonato, e só voltaria a participar de outro setenta e um anos depois.

O nome da cabra era Murphy.

Muitos torcedores do Cubs atribuem o azar inusitado de seu time, incluindo o Incidente de Steve Bartman, como mais tarde ficou conhecido o acontecimento, à Maldição de Billy Goat. Mas não acho que o azar do Cubs comece com nomes como Bartman e Murphy. Acho que começa com um nome menos conhecido.

1908. Último jogo da temporada regular, Cubs contra Giants, quando um erro polêmico de corrimento de bases na última entrada cometido por um novato de dezenove anos chamado Fred Merkle custa o jogo ao Giants. Os torcedores do Cubs entram em êxtase, aclamando o erro (com o apelido infame de *Gafe de Markle*) como um presente divino. O Cubs entram para o Campeonato Mundial de 1908 com força total e ganham a coisa toda. Muitos consideram esse o começo de uma era em que o Chicago Cubs vai reinar supremo. Palavras como *dinastia* e *destino* e *dominação* não são raras em conversas sobre o futuro da equipe. *Gafe de Merkle?*, dizem os torcedores do Cubs. *Está mais para Milagre de Merkle, não é mesmo? Cola aquele adesivo* FOI MERKLE QUE ME DEU *no para-choque do seu Modelo T novinho em folha e agradeça a Deus que um iniciante bobão de dezenove anos correu para a base errada.*

Falso.

Em muitos aspectos, a carreira de Fred Merkle imitou a do Cubs. Depois de 1908, os times dele chegaram ao Campeonato Mundial em 1911, 1912, 1913, 1916 e 1918, e, assim como o Cubs (e até uma vez jogando *pelo* Cubs), perderam todos.

Mas é aqui que as coisas ficam interessantes. Dá uma olhada no que acontece com os times que *ganharam* de um time do Fred Merkle.

Depois de ganhar de Merkle no Campeonato Mundial de 1911 e 1913, o Philadelphia Athletics perde o Campeonato de 1914 de maneira extremamente suspeita, desmonta a maior parte da equipe e, em dois anos, atinge a pior porcentagem de vitórias na história do beisebol moderno.

Depois de ganhar contra Merkle no Campeonato Mundial de 1918, o Boston Red Sox não ganha nenhum outro Campeonato Mundial por oitenta e cinco anos, uma série de derrotas apenas superada por...

Chicago Cubs, que vinha de uma vitória de temporada regular admirável contra o New York Giants, na qual um novato de dezenove anos pode ou não ter cometido um erro, derrotou o Detroit Tigers em 14 de outubro de 1908 para conquistar seu segundo título de Campeonato Mundial consecutivo.

Eles só voltariam a conquistar outro cento e oito anos depois.

Em termos gerais, as pessoas são lembradas por um de dois motivos: uma série de sucessos ou um único fracasso. E, embora há quem aponte o erro polêmico de corrimento de base de um garoto de dezenove anos e o considere um único fracasso, isso não me convence. Não acredito que Fred Merkle tenha sido um fracasso, e não acredito que era um simples caso de má sorte. Pode chamar de maldição, pode chamar do que quiser, mas acho que Merkle encontrou uma maneira de passar essa sorte para todos os times que tiveram a infelicidade de derrotá-lo.

Fred Merkle morreu em 2 de março de 1956, aos sessenta e sete anos de idade.

Foi enterrado em um túmulo de indigente.

64 ➠ *refletir, ouvir os conselhos, tomar uma atitude*

No capítulo 17 de *Ano de mim*, Cletus diz a Nathan: "Às vezes não sei o que estou escrevendo até que esteja escrito. Às vezes não sei em que estou pensando até que eu leia. E às vezes não sei aonde estou indo até que esteja lá".

Eu sabia que o presente do sr. Elam tinha me assustado, mas até agora não fazia ideia do porquê.

Ajeito o laptop para que fique alinhado perfeitamente com o abajur de LED. Do outro lado da escrivaninha, numa pilha bonita e organizada no canto oposto, rascunhos impressos; minha obra, meus livros, minha cama, minha cadeira, meu quarto, meu corpo dentro dele, tudo em seu devido lugar. Mas qualquer aconchego que costumo sentir pela simples ordem das coisas agora me escapa.

Estou pensando: em um homem que não tem fotos de ninguém no lugar onde mora, ignora uma senhoria simpática e afasta um menino novo por se aproximar demais; em um homem cuja única companhia é uma coleção de recordações velhas, as cinzas de seu gato e seu bourbon; em um homem cujo lema mais frequente é *quando minha hora chegar, chegou*, que está cada vez mais perto do aniversário do dia em que perdeu tudo, e que está passando para a frente posses valiosas. E estou pensando num túmulo de indigente.

Meu celular vibra. E vibra de novo antes que eu consiga tirá-lo do bolso. Depois de novo antes que eu consiga abrir as mensagens, e de novo enquanto as leio.

> Alan: Ingresso autografado por Ali IGUALZINHO AO SEU vendido por US$ 2200 no ebay
>
> Alan: O AUTÓGRAFO DO MJ ENTRE US$ 800-1200
>
> Alan: VOCÊ TÁ ARRASANDO, MANO
>
> Alan: vê o cartão de beisebol, super aposto que vale uma grana tb

Largo o celular na mesa, pesquiso o número de telefone da pousada e, quando Ambrosia atende, conto o que tinha no envelope, que estou preocupado com o sr. Elam.

– Ele está cochilando agora – ela diz. – Me pediu pra não ser perturbado.

Falo que vou tentar de novo, desligo o telefone, fico olhando para a tela – e uma ideia me passa pela cabeça. Do outro lado do quarto, tiro o cesto de roupa suja do guarda-roupa, reviro os bolsos até encontrar o que estou procurando: o papel amassado que Sara me deu ontem à noite.

Só tem como melhorar

Moby Dick não

Sozinho ou solitário

Penso em ligar, mas o assunto parece sensível demais. *Ei, então, sobre seu pai...* Não, isso precisa acontecer pessoalmente.

Passo os próximos três minutos rascunhando uma mensagem, até parar em: Ei, aqui é o Noah. O ponto-final, penso eu, é o que realmente me convence. O ponto-final diz: Então, não estou sendo neurótico nem nada, mas me importo o bastante com você para pontuar isto como uma frase oficial.

Alguns segundos depois de enviar, recebo as assustadoras "...".

...

...

Só "..." pelo que parecem dias.

Finalmente, uma resposta.

Sara: Noah, Noah, Noah.

Não consigo conter um sorriso. Ela usou ponto-final.

Sara tira o casaco (que está coberto de neve) e o larga no chão.

– Você veio caminhando até aqui? – Resisto ao impulso de pegar o casaco, pendurá-lo bonitinho no armário.

– Ah, sim – ela responde. – Eu amo a neve.

– Você ama a neve.

– Eu venero a neve. Meu amor pela neve é profundo. – O olhar dela pousa no colchão sem roupa de cama. – Dia de lavar a roupa?

– Tipo isso.

Sara senta na cama, enquanto sento à escrivaninha e tento não deixar minha imaginação à solta.

– Sabe aqueles filmes em que o cara aparece na porta da menina com algum gesto romântico grandioso? – ela diz.

– Claro. *Digam o que quiserem.*

– Viu, essa é boa. Eu estava pensando em *Simplesmente amor,* aquela cena horrível em que o cara aparece na porta dela com todos os cartões gigantes confessando seu amor.

– Por que é uma cena horrível?

– Pra começo de conversa, a menina que ele está xavecando é *casada com o melhor amigo dele*. Além disso, é o maior furo de enredo da história: como ele sabe que ela vai atender a porta? O que ele iria fazer se o amigo atendesse?

– Verdade.

Sara assente.

– A questão é, e não me entenda mal, eu poderia perdoar tudo aquilo se estivesse nevando na cena.

– Uau.

– Bom, na minha opinião, um cara aparecer com cartões e uma caixa de som quer dizer que ele tem tempo de sobra. Mas um cara aparecer com neve, isso é destino ou bruxaria.

– Ou uma meteorologia do cão.

– Exato – diz Sara. – Todas as opções são bem sexy.

Sempre há um momento com as meninas com quem converso em que as vejo avaliar quem é Noah Oakman. O grau de limpeza e organização, o branco e o pastel, os ângulos retos com os quais alinhei meu quarto: eu sei que não é o normal. E, por mim tudo bem, porque é assim que eu gosto das coisas.

Mas não é para todo mundo.

Os olhos de Sara percorrem esses ângulos e cores agora.

– É como se seu quarto fosse dirigido pelo Wes Anderson – ela diz.

– Vou tomar isso como um elogio.

– Aposto que ele também é superneurótico.

– Também?

– Noah. Cara. Você é patologicamente neurótico.

– Prefiro o termo adoravelmente peculiar.

O telefone dela vibra na bolsa, mas ela o ignora.

– Você comentou na mensagem que precisava de um conselho?

Me arrependo da ideia na hora. Eu gosto da Sara, mas não a conheço bem o suficiente para saber como ela vai reagir, e a questão é: queria mesmo passar a conhecê-la a esse ponto, o que pode ou não acontecer dependendo do desenrolar dos próximos minutos.

Começo pelo sr. Elam e nossas caminhadas, e a conversa que tivemos no começo da semana, e aí a conversa que eu e Alan tivemos com Ambrosia hoje cedo, e então passo para o que tinha dentro do envelope.

– Ele me deu todas essas coisas, coisas que são importantes pra ele, ou eram, pelo menos. E o aniversário do acidente está chegando, e a Ambrosia falou que ele acha que não tem por que ser grato.

– Sei.

– Você deveria ver a casa dele, Sara. A única coisa que lembrava uma companhia era um jarro com as cinzas do gato morto. Enfim, não sei se...

– Do meu pai, você quer falar?

Um segundo.

– Escuta, desculpa. Não deveria ter tocado no assunto.

– Tudo bem. Ele nunca... Nunca houve avisos específicos com relação a meu pai. Ele nunca deu as coisas, não que eu saiba. Ele só era... triste. Desde que me entendo por gente, ele era triste. Às vezes é simples assim.

Cai um silêncio e, embora parte de mim fique aliviada por Sara não ter levantado e ido embora, outra parte deseja que ela tivesse feito isso para eu poder perguntar para o meu pai se ele precisa de ajuda para fazer manteiga de cenoura ou sei lá, porque... caralho. E isso não é *Schadenfreude*; não sinto nenhuma alegria na tristeza de Sara. É alguma outra palavra em alemão que ainda não roubamos, algo que expressa uma sensação de valorização do que temos quando confrontados com o fato de que outra pessoa não tem.

– A gente devia fazer alguma coisa – Sara comenta.

– Eu liguei lá. Ambrosia disse que ele estava cochilando, pediu para não ser perturbado.

– Espera. – Sara se empertiga, se senta na beira da cama. – Você comentou que ele tinha um gato?

– Sim. Herman. E, pela plaqueta de ouro, eu diria que ele *amava* o bicho.

E agora Sara sai da cama, veste o casaco.

– Já volto.

– Aonde você vai?

Ela sorri, não fala nada e sai, me deixando sozinho no quarto repassando todas as maneiras pelas quais a afugentei. Releio minha história sobre Merkle, faço alguns ajustes e, em algum momento, me passa pela cabeça... *ela já vai voltar.*

A casa dela não é longe.

Merda.

Atravesso a porta do quarto, entro no corredor, quase termino de descer a escada quando escuto:

– Estou te dizendo, Sara, não tem nada como saltar de um avião.

– Não, tenho certeza de que o senhor está certo. É só que estamos meio com pressa.

– Pode me chamar de você.

Vou pulando os degraus, encontro Sara e o tio Orville no vestíbulo.

– Bom – diz Orville, cruzando os braços diante do peito muito bronzeado e muito nu. – Vou deixar vocês, então. – Ele pisca para mim, dizendo: – Não faça nada que eu não faria, retardatário. – E sai todo serelepe para a cozinha.

Só agora, na ausência de Orville, vejo o gato nos braços de Sara.

– Noah, esta é Nike – ela diz. – Nike, Noah.

– Já nos conhecemos, na verdade. – Pego meu casaco do armário. – Vamos.

AQUI VAI ➳ PARTE SEIS

– Trecho do capítulo 17 de Ano de mim *de Mila Henry*

– Não tem para onde ir – disse Nathan.

Quando eles entraram na lanchonete, Nathan falava como se o mundo estivesse a seus pés; agora, falava como alguém que carregasse o peso do mundo nas costas.

Cletus conhecia essa sensação.

– Olha – Cletus disse. – Você é um ótimo artista.

– Ha.

– Não me venha com *ha*. Você é. Os grandes panacas do mundo podem não ver. Talvez você não viva para *vê-los* vendo, mas acredite: daqui a gerações, eles vão saber. – Cletus ergueu a pequena tela. – Eles vão ver essa pintura pendurada numa galeria de arte...

– Se ainda existirem galerias de arte até lá.

– ...em Paris...

– Se ainda existir Paris até lá.

– ...& vão admirar extasiados, abanando a cabeça diante da obra milagrosa de Nathan... hm... como é seu sobrenome?

– Brumbleberry.

Minha nossa, pensou Cletus. Ele deu um gole d'água, limpou a garganta, & tentou recuperar as peças de seu discursinho motivacional.

– Eles vão, hm, sussurrar o nome... hm, enfim. Vão sussurrar *seu* nome, sabe, admirados & tudo mais.

Uma garçonete diferente parou perto da mesa para deixar a conta. Cletus olhou o papel por um momento.

– Quantas panquecas você comeu, pelamor?

– Não sei o que estou fazendo – disse Nathan. – Não tenho ninguém na minha vida & não faço ideia do que vai ser depois.

Cletus colocou a conta na mesa, se debruçou.

– Certo, escuta. Chega de birra, então vou te contar dois segredos. Primeiro, você não tem ninguém na sua vida porque é um imbecil infeliz &, quando não é um imbecil infeliz, é um imbecil completamente insuportável. Eu sei porque também sou. Pessoas como nós serão sempre sozinhas, não tem problema; o segredo é saber a diferença entre ser sozinho & ser solitário. Quanto a não saber o que vai ser depois... às vezes não sei o que estou escrevendo até que esteja escrito. Às vezes não sei em que estou pensando até que eu leia. E às vezes não sei aonde estou indo até que esteja lá. Então vou te dizer o que fazer. Pinte. Esqueça os grandes babacas. Apenas pinte, Nathan. – Cletus olhou para a conta na mesa. – Agora vamos cair fora desse buraco de merda.

Juntos, Cletus & Nathan saíram da lanchonete sem pagar.

65 ➟ *só tem como melhorar*

Coberto de neve, na porta do sr. Elam, seguro uma gata chamada Nike no colo e penso nas sábias palavras de Cletus.

– Sr. Elam! Sr. Elam, abre a porta!

Aquele predinho de Boston das minhas férias de infância vem à mente, o aroma de livrarias e chás de ervas, e, no andar de baixo, escuto as reprimendas afáveis de Ambrosia:

– Querido, você não pode ficar aí em cima agora. – Mas continuo batendo e batendo. – Sr. Elam.

Em todos os aspectos práticos, a ideia é um tiro no escuro – eu sei. "Nike gosta de pessoas que gostam dela", Sara disse no carro. E lembrei de uma noite meses atrás, depois de seguir o irmão dela na festa dos Longmire, quando Circuit havia chamado a gata de "meio ingrata" e depois rugido na cara dela como um leão.

– Sr. Elam!

O estalo alto e satisfatório da porta sendo destrancada; ela se abre alguns centímetros, e o sr. Elam não diz nada, só espia o corredor com os olhos vermelhos e secos, os olhos de uma pessoa sem ninguém, e ele está com uma cara de quem não dorme há dias.

– Tenho uma coisa para o senhor.

Ele abre a porta um pouco mais, continua em silêncio.

– O nome dela é Nike – digo, erguendo a gata, e os olhos

do sr. Elam ficam um pouco assustados, mas um pouco felizes também, e ele diz:

– Tá. – E aí entrego a gata, que não emite nenhum barulho.

– Além disso – tiro o envelope com meu nome escrito, o ingresso de boxe e as duas figurinhas autografadas dentro –, vou devolver isso para o senhor.

O sr. Elam os pega junto com a gata e diz:

– Tá. – E tem algo mais naqueles olhos, como se ele não pudesse ficar mais assustado, mais surpreso, mais atônito, mais contente do que está no momento.

– Não acho que o senhor esteja cansado deles – digo. – Então vou devolver.

Ele assente uma vez, olha para a gata.

– Tá.

– Então tá. Acho que é isso. Até amanhã, sr. Elam.

– Amanhã é Ação de Graças.

– É, eu sei. Sou grato pelo senhor.

Seus olhos vermelhos se enchem de lágrimas, e ele passa uma mão no pelo das costas de Nike, e é então que sei que ele vai ficar bem.

– Noah?

– Sim.

– Obrigado.

Do alto da escada, vejo a luz branca do sol refletida na neve através da janela do vestíbulo, e é tudo tão triste e bonito, e digo:

– O senhor vai ficar bem. – E então olho nos olhos dele e

repito, desejando que seja verdade. – O senhor vai ficar bem, sr. Elam. Até amanhã.

No andar de baixo, dou um abraço rápido em Ambrosia, e escuto as palavras dela de hoje cedo, sobre o sr. Elam achar que não tem muito a agradecer, que deveríamos tentar provar que ele está enganado.

– É um começo – sussurro, e saio pela porta, para o ar frio, pensando em como sou grato por ter encontrado este lugar, mesmo sem saber aonde estava indo até ter chegado aqui.

66 ➠ *moby dick não*

No carro, a caminho de casa, noto a bolsa de Sara com o adesivo de Melville, que me lembra do nosso encontro na biblioteca no Halloween, e não sei por que faço isso, afinal, já sei a resposta, mas pergunto que livro ela tinha ido pegar.

– Tinha ouvido falar de uma edição de colecionador de *Esta não é uma autobiografia* que tinha um conteúdo extra – ela responde. – Por quê?

Digo:

– Nada. – E depois: – Por nada. Mas tem alguma coisa, algum motivo, porque o bibliotecário daquele dia me falou que fazia anos que ninguém pegava aquele livro, e, quando penso na coincidência que foi Sara por acaso estar na biblioteca naquele dia, naquela hora exata, que por acaso ela derrubou aquele papelzinho no chão, que por acaso vi e peguei esse papel, fico me questionando sobre todas essas coincidências.

67 ➡ *sozinho ou solitário*

– Poderia, por favor, me passar as batatas-doces?

Minha irmã deve ser a única pré-adolescente do mundo a enunciar essas seis palavras nessa ordem.

– Claro – diz tio Orville, passando um prato gigante das batatas-doces do meu pai. – Pronto, gatinha.

Penny olha para mim por uma fração de segundo – respondo com o Revirar dos Oakman, um movimento sutil dos olhos que reservamos para quando o tio Orville usa um de seus apelidos conosco. Ela vê; desvia os olhos. E é assim que sei que minha irmã ainda está de mal de mim. Nenhuma palavra desde o incidente no estacionamento do Windy City Limits na terça passada.

Penny pega o prato do tio Orville.

– Obrigada, Fred, darling.

Tio O ergue a sobrancelha, olha ao redor da mesa.

– Quem é Fred?

Dou uma garfada na salada com molho vegano do meu pai.

– Você.

– Eu?

Penny diz:

– Sim, darling. – E Orville diz:

– OK, então.

Nesse momento, minha mãe começa a explicar para a mesa sobre a obsessão de Penny por *Bonequinha de luxo* até ser interrompida por nossa prima de três anos, Hannah, que decide que agora é a hora perfeita para fazer uma enquete sobre quem achamos que ganharia uma briga entre um tubarão-tigre e um gorila, quando seu irmãozinho, Eli, joga o prato de sua cadeirinha alta de bebê, aponta para o chão, e solta um grito digno de um pterodátilo, como se ele próprio não tivesse acabado de jogar a maldita comida no chão e, durante todo esse tempo, tio Orville fica repetindo:

– Por que mesmo que você me chamou de Fred?

E meu pai está se recriminando por não ter "massageado direito" a couve para a salada de outono, e ahhhhh, a cacofonia pitoresca da mesa de Ação de Graças, uma canção sutil e refinada.

Também presentes na cacofonia: a irmã do meu pai, tia Becky, e seu marido, tio Adam, cujas virilhas combinadas são responsáveis por Hannah e Eli; a irmã adotiva temporã da minha mãe e do tio Orville, aluna da Universidade de Calgary, que, considerando nossa proximidade etária e o fato de que ela tem esse charme intelectual – como o fato de usar palavras como *mise en scène* e *paralipse* e *petricor* na mesma frase –, me deixa meio sem jeito de me referir a ela como "tia" Jasmine; e a nova namorada da tia Jasmine, Noelle.

– É um esporte meditativo, no fundo – diz o tio Orville.

Meu pai, com um sorriso contido no rosto, diz:

– Mas paraquedismo chega mesmo a ser esporte?

Tio O lança um olhar para ele que, se eu tivesse de adivinhar, não é diferente da forma como ele olha para um avião pousado no chão.

Embora Orville seja irmão da minha mãe, ele e meu pai sempre agiram como irmãos, sabendo exatamente como irritar um ao outro. E, ouvindo os dois agora – quando meu pai pergunta a Orville as "estratégias sutis" de pular de um avião, e Orville pede a receita do *delicioso* pão de beterraba e lentilha do meu pai –, fico pensando no que configura uma família.

Hoje de manhã, o sr. Elam apareceu na hora certa, nossa caminhada começando pelo típico: "Bom, garoto, não fique aí parado", e acabando na entrada da Pousada da Ambrosia. Eu tinha perguntado sobre Nike, se o sr. Elam achava que daria certo com a gata, e ele me respondeu apenas com um aceno rápido. Não pude deixar de me sentir um pouco desapontado, não apenas pela falta de entusiasmo na resposta dele, mas por minha própria ingenuidade em achar que um gato substituto teria algum efeito na solidão do sr. Elam. E de novo me lembrei do meu pacto com Ambrosia: *Já é um começo.*

Somos onze pessoas em volta dessa mesa agora, dez das quais são família, e, embora algumas dessas pessoas me tirem do sério, não posso negar que a presença delas é um consolo. O que, para mim, é o efeito mais benéfico da família, a certeza de que, se algo acontecer a um de nós, vai acontecer a todos nós.

É um contrato assinado com sangue no nascimento: *Você, Bebezinho Minúsculo Que Não Sabe De Nada, aceita essas pessoas completamente aleatórias como figuras permanentes na sua vida para todo o sempre?* Assinamos essa merda na linha pontilhada com todo o prazer porque significa que, na alegria ou na tristeza, não estaremos sozinhos.

A questão é que o sr. Elam também assinou esse contrato, e aí sua família foi destruída – porque um caminhoneiro pegou no sono. Foi isso. Não precisou de muita coisa.

Não precisa de muita coisa, penso, olhando ao redor da mesa.

– Eu faria – Noelle diz.

Tio Orville assente e bate palmas devagar.

Tia Becky responde:

– Acho que só não entendo.

– Que parte? – pergunta o tio Orville. – A parte da maior aventura de toda uma vida, ou a parte em que você se diverte mais do que pensava ser possível?

– Acho que... – Tia Becky olha em volta da mesa em busca de ajuda. Sem encontrar nada, volta a olhar para Orville. – A parte em que você pula de um avião?

Meu pai estala os dedos, aponta para a irmã.

– É o típico risco contra recompensa. Um simples defeito no paraquedas, e está tudo acabado. Um cara na fábrica de paraquedas esqueceu de tomar os comprimidos de cafeína de manhã...

– *Fábrica de paraquedas?* – questiona o tio O, com o rosto tenso como um punho fechado.

– E você fica a três quilômetros de altitude no ar, sem nada entre você e o chão além de uma mochila inútil.

Noelle pega uma colherada de alguma coisa, diz:

– Eu faria mesmo assim.

Tio Orville mia como um gato, ao que meu pai diz:

– Orville, por favor. – E o tio O responde:

– O quê? O que foi que eu fiz?

Meu pai dobra o guardanapo, coloca-o sobre a mesa.

– Certo, Orville. Uma frase. Do que é que você gosta no paraquedismo?

O rosto do tio Orville se ilumina e, por um segundo, parece que ele vai chorar.

– Por uns dez minutos – ele fala baixo –, da hora em que você pula à hora em que seus pés tocam o chão, você é a única pessoa no planeta.

Imagino o sr. Elam sozinho naquela cadeira de balanço, tomando bourbon em silêncio, comendo uma refeição com o prato no colo; e Ambrosia, a doce Ambrosia, no andar de baixo perto da lareira, pensando que deveria ter insistido mais para que ele a acompanhasse, mas sabendo muito bem o que ele queria dizer quando balançou a cabeça e disse: "É nosso aniversário". Imagino Nike ao pé da cadeira, e a mão envelhecida do sr. Elam acariciando as costas dela. Imagino os olhos do sr. Elam e, através deles, sua mente, voltando para o passado, sempre o passado, para o rosto daquele caminhoneiro que tinha pegado o contrato dele e o rasgado em pedaços. O sr. Elam ergue um copo para Barbara e Matthew, para as cinzas de Herman, o gato; sem saber se eles podem vê-lo; reza para que sua fé diminuta seja suficiente, ergue o copo, e reflete sobre o velho lema da família – *um mais um mais um é igual a um* – e sente o peso de uma equação agora esburacada pela subtração.

– Um – ele diz para ninguém.

O tio Orville entendeu errado: a queda dura muito mais do que dez minutos.

Se eu tivesse de morrer agora, bem aqui nesse banho escaldante, e alguns cientistas curiosos abrissem meu crânio para dar uma olhadinha lá dentro, em meio às prateleiras cerebrais perfeitamente catalogadas de Bowie e botas sobre pisos de madeira, em algum lugar entre os diagramas com setinhas e as Histórias Concisas de Mim, imagino esses cientistas enfiando o fórceps lá no fundo e:

– Achei! – diz um deles, tirando uma borboleta.

Saio do chuveiro em estupor, me seco, coloco a cueca, a bermuda, escovo os dentes. Tem um bater de asas ali em cima, algum tipo de padrão que me escapa há semanas.

A bolsa do tio Orville em cima da pia: uma escova de dentes, um barbeador elétrico, um desodorante, um...

Um.

A borboleta levanta voo, de um galho sináptico a outro.

Atravesso o corredor em silêncio, paro na frente do quarto de hóspedes. A porta está fechada, aquela luz azul da TV brilhando através da fresta perto do chão. Imagino o tio Orville sentado na cama, sem camisa, com os olhos exaustos vidrados enquanto o apresentador de algum programa noturno continua com suas gracinhas ininterruptas, a mesma piada repetidamente, só que meu tio parou de rir há anos. E penso nele no velório do tio Jack, diante do cadáver imóvel do irmão gêmeo, e me pergunto como é perder a única pessoa que já entendeu você de verdade, ver seu par num caixão aberto.

Entro no meu quarto, fecho a porta sem emitir um som.

Deve ser injusto da minha parte pensar dessa forma. Muitas pessoas levam vidas inteiras sozinhas e felizes. Mas não é só que o tio Orville é sozinho. Não é só que ele manda aqueles comerciais ridículos em VHS para a família, e não é só que ele usa apelidos irritantes ou que a autoconfiança dele é transbordante.

Parado no escuro, imóvel, fico olhando o contorno do meu colchão sem roupa de cama. Banhos noturnos sempre injetam uma dose de calma dentro de nós, aquela espécie de letargia refrescante que costuma vir depois de uma soneca.

É quando penso melhor.

Meu pensamento agora: *Tio Orville não mudou.*

Costumo pensar na história como uma série de padrões, em historiadores como estudiosos de padrões, videntes como previsores de padrões; e o resto de nós faz o possível para ver esses padrões à medida que vão surgindo.

Parish, Henry, sr. Elam, Menina Se Apagando, Penny e agora tio Orville: minhas constantes. Segundo a sugestão de Alan, investiguei cada um deles, mas os padrões não surgem num nível individual; surgem num nível coletivo. E, quando olho para meus Estranhos Fascínios, para Penny e o tio Orville, não como árvores individuais, mas como uma floresta, surge um padrão.

Orville. *Da hora em que você pula à hora em que seus pés tocam o chão, você é a única pessoa no planeta.*

Penny. *Pegue um remo, darling.*

Parish. *Abe, meu Deus, não me deixa aqui sozinho.*

Henry (via Cletus). *Pessoas como nós serão sempre sozinhas, não tem problema; o segredo é saber a diferença entre ser sozinho & ser solitário.*

Menina Se Apagando. *Um rosto, quarenta anos.*

Sr. Elam. *Um mais um mais um é igual a um.*

As únicas pessoas na minha vida que não mudaram são mais do que sozinhas: são solitárias.

68 ➡ #gratidão

Depois que baixa a poeira do Dia de Ação de Graças, meus pais me rodeiam como um casal de dementadores famintos à solta numa conferência de Teletubbies.

Universidade de Milwaukee: a primeira da lista, a escolha óbvia. A Estadual de Manhattan ainda está em jogo, mas, a essa altura, acho que meus pais se cagariam de felicidade se eu dissesse: *Ei, vamos dar uma olhadinha na Universidade do Alasca Anchorage, ouvi dizer que eles têm um ótimo programa de bobsled.* Eu conheço as minhas opções, e sei o que deveria fazer, mas o abismo entre *dever* e *querer,* como sempre, é gigantesco.

Eu: Ei.

Sara: Noah, Noah, Noah.

Eu: Sara, Sara, Sara.

Sara: E aí?

Eu: Preciso sair de casa. Quer ver um filme?

Sara: *corando*... ele quer um segundo encontro

Eu: Mas a última vez contou como um encontro?

Sara: Todos os outros meninos com quem fui à casa de um velho e dei um animal de estimação da família chamaram isso de encontro, entããão

Eu: Nesse caso, sim, gostaria de ter um segundo encontro.

Sara: Bom, legal. Eu não posso.

Eu: Ah. Tá.

Sara: Tipo, sério, não posso. Estou presa em Elgin até domingo. Ação de Graças com a família. #gratidão

Eu: Haha ok. Eu entendo.

Eu: Ei

Alan: E AÍ, NO?????????????

Eu: Espera, você está chapado?

Alan: Não. Val me acusou recentemente de mandar "mensagens apáticas"

Eu: Ah

Alan: Tentando endireitar o curso

Eu: Boa sorte com isso

Alan: E aí?

Eu: Quer ver o Homem-Aranha (meio) novo no cinema? Só vi o Homem-Aranha do desenho animado. Tentando endireitar o curso.

Alan: Boa sorte com ISSO. Você vai precisar, considerando que NÃO É O ARANHA

Eu: Ah

Alan: É o Super-Homem (meio) novo, e ouvi dizer que é uma bosta kriptônica

Eu: Bom, preciso de alguma coisa para esvaziar a cabeça. Pode ser bosta kriptônica. Você topa?

Alan: Não posso

Eu: PQ não?

Alan: Pra que não?

Eu: Por. POR QUE não, porra?

Alan: Não sei se vc pode fazer isso. O p de PQ sempre foi "Para"

Eu: Ai meu Deus

Alan: Não posso por causa da lição de casa

Eu: VSF

Alan: Ver o Sol Florescer?

Eu: Você esqueceu com quem está lidando aqui. Eu sei que você não está fazendo lição de casa porque te conheço. #virgensfelizes

Alan: Beleza. Não é lição de casa. Estou doente. Gastroenterite

Eu: Você não está doente

Alan: O quê, você tem dedos telepáticos? ESTOU DOENTE. VOMITANDO AS TRIPAS

Eu: Você teria começado com MANO DO CÉU TÔ VOMITANDO SEM PARAR AHHHHHH

Alan: Merda. Tem razão

Eu: Fala a verdade

Alan: MANO DO CÉU TÔ VOMITANDO SEM PARAR AHHHHHH

Eu: Tarde demais

Alan: Tá, mas não me odeia. Estou na casa dos Longmire

Eu: Vaza daí

Alan: Foi mal. Noite dos boys

Eu: Noite dos boys na casa dos Longmire

Alan: É

Eu: O que isso significa?

Alan: Videogames, vodca, Will perguntando os detalhes da minha "gayzice"

Eu: Deus

Alan: Jake socando o ombro do Will, depois esperando que eu responda

Eu: Tá

Alan: Não fica bravo com agente

Eu: A gente. A gente. A gente. A gente. A gente.

Alan: FOI MAL NÃO FICA BRAVO COM A GENTE!!!

Eu: Tá.

Alan: Mas vc tá chateado?

Eu: Não. Vou assistir o Homem-Aranha matar o Lex Luthor

Alan: #casoperdido

Eu: #casoperdidodegratidão

Mando mensagem para a Val, mas ela não responde.

Por impulso, decido provocar a Menina Se Apagando antes de sair. Ela ainda não respondeu (nem por YouTube nem por Gmail), mas lembro a mim mesmo que ela não me deve nada, que não é obrigada a nada, e que meu direito de clicar em enviar não é maior que o direito dela de ignorar minhas mensagens. Sem nem me dar ao trabalho de escrever um rascunho, coloco o cursor na caixa que diz "Adicionar um comentário público", e digito o seguinte: Oi. Eu de novo. Você não me deve nada, e desculpa se esses comentários são irritantes. Se adianta de alguma coisa, esta vai ser a minha última tentativa: queria muito conversar com você. Manda um e-mail para doisadoisoak@gmail.com se tiver um segundo. Obrigado.

Sem pontos de exclamação desta vez.

69 ➠ *atrações, indo e vindo*

O Discount é a verruga maligna no lábio superior de Iverton – e eu adoro esse lugar. Para explicar melhor: algum magnata construiu esse cinema multiplex sem verificar as leis de zoneamento e, como se revelou, essa área em particular não era zoneada para um cinema legítimo. E, como o lugar todo já estava preparado, algum outro magnata (muito menos bem-sucedido) sugeriu: *Vamos só mostrar os filmes, tipo, alguns meses depois que forem lançados, pode ser?*, e aí todo mundo ficou: *Problema resolvido, acho*, então agora temos filmes velhos mais ou menos na mesma época em que saem na Netflix, mas, ei, dá para ver numa tela gigante a poucos centímetros de completos desconhecidos no escuro, então por mim tudo bem.

– Uma para o Super-Homem novo, por favor.

– Só uma? – pergunta o menino atrás do vidro. Ele é jovem e esquisito de um jeito que me faz questionar se veio direto do ensaio da banda do ensino fundamental.

– É, cara. Só uma.

– Dois paus – ele diz.

– Ah.

– Algum problema?

– Sempre foi um e cinquenta. – Aponto para a placa na porta que diz A EXPERIÊNCIA DE CINEMA PREMIUM POR US$ 1,50. – Está vendo?

– A gente aumentou o preço, cara.

Entrego dois dólares, com quase certeza de que um clarinetista do sétimo ano está me roubando cinquenta centavos, e vou para a bombonière.

Ir sozinho ao cinema parece que vai ser divertido. Posso aproveitar o filme, rir das partes que eu achar engraçadas, chorar se quiser sem me perguntar se a pessoa com quem estou está rindo ou chorando nas mesmas partes.

Só uma?

Menino escroto que não me conhece.

Peço uma pipoca pequena e uma Coca, garanto ao caixa que realmente só quero a pequena, que foi exatamente o que eu pedi, e sim, digo, sei que não é o maior negócio da casa, mas é tudo que eu quero, e não sou de desperdiçar. Ele me entrega a Coca e a pipoca, e vou até o moço no banquinho que vai pegar meu ingresso.

É assim que funciona a sociedade.

E, aliás, quando foi que os cinemas viraram uma saída social? Quer dizer, entendo o lance dos drive-ins, pelo menos nos anos cinquenta e tal, com as capotas abaixadas, comendo pipoca, tomando cerveja, dando uns beijos. *Aquele* tipo de experiência cinemática social eu respeito.

– Noah! – Val, do nada, corre até mim e me abraça.

– Ei.

– Está sozinho? – ela pergunta, e só agora percebo que ela não está. Bem do lado dela está a namorada do Jake Longmire, Taylor Qualquer Coisa.

– É – digo. – Ver filmes sozinho vai virar meu novo lance, acho.

Um longo gole de Coca, assim, como se eu estivesse na crista da onda.

– Muito Noah da sua parte.

Mas ela diz isso com um sorriso, não de um jeito maldoso, eu acho. Taylor Qualquer Coisa limpa a garganta, e me sinto mal por não a incluir na conversa.

– O que vocês vieram ver? – pergunto a Taylor Qualquer Coisa.

– Acabamos de sair, na verdade – ela diz, o que explica a mensagem não respondida de Val. Ela se recusa a usar o celular num cinema.

– E o que vocês viram?

– O novo Super-Homem – diz Val, levando um dedo à boca e engasgando. – Toda essa franquia está decidida a rodear o ralo até escoar para o fundo do esgoto a que ela pertence.

– Ah.

– E você? – pergunta Val. – Entrando ou saindo?

– Entrando.

– Que filme?

– O novo Super-Homem.

Taylor Qualquer Coisa ri baixo, e diz:

– Encontro você no carro, V. – Como se não aguentasse ficar na minha presença por nem mais um segundo, e além do mais, de onde foi que essa menina tirou que pode chamar Val de *V*? Val é *Val*, às vezes *Valeria*, mas nunca V. E, se ela fosse V para alguém, seria V para mim e para Alan, o que não é o caso, o que me traz de volta a: *De onde foi que essa menina tirou isso?*

– Não sabia que vocês eram amigas – digo, escolhendo o caminho bem mais diplomático.

Val abaixa os olhos e, de repente, o ar parece mais denso.

– A gente começou a sair juntas faz pouco tempo.

– Ah. – Algo no meu cérebro se acende como se alguém tivesse ligado um interruptor.

– Melhor eu ir, então – diz Val. Um sorriso irônico: – Bom filme.

– Ha. Pois é. – Dou um abraço rápido nela, e ela se vira para sair. – Val.

– O quê?

– Você está ficando com o Will Longmire?

O rosto dela fica um pouco vermelho e, a princípio, ela não responde.

– Perguntei porque o Alan está lá para uma noite dos boys agora. E você está aqui com a namorada do Jake.

– É. – Ela assente, abaixa os olhos, olha para mim. – Quer dizer... sim, estou.

– Ah. Está bom. Só não tinha visto vocês dois juntos na escola, então eu não sabia.

– É bem recente, mas é algo que nós dois queríamos tentar. Além disso ele já estava considerando a Universidade do Sul da Califórnia, então, se der certo, não vai ser necessariamente um namoro a distância.

– Legal – digo. – Que ótimo.

– Pois é.

– Bom, não quero perder os trailers, então...

Ela me interrompe com um abraço, nosso terceiro nos

últimos cinco minutos, e, quando você já passou tanto tempo com uma pessoa como eu já passei com Val, você começa a sentir vida nas frases, sentir os fluxos e refluxos de sua corrente lírica, o pulsar da pontuação: não ligo que Val esteja ficando com alguém, mesmo que seja um dos irmãos Longmire, e não ligo se ele participar da nova vida dela sob o sol de Los Angeles. E, se Alan quer ser amigo dessa turma, beleza, mas parece muito que eles construíram toda essa outra canoa às escondidas, e agora estão partindo para o grande desconhecido, me deixando na margem do rio, acenando um adeus.

– Tchau, Noah.

– Tchau, Val.

Ela vai embora, e esse é o fim da frase.

A única coisa pior do que um filme inevitavelmente ruim é o charco de futuras atrações inevitavelmente ruins. E os trailers estão na linha do tempo do Discount, de maneira que todo filme é anunciado como "em breve nos cinemas", ainda que a maioria já tenha entrado e saído de cartaz. Depois de algum tempo, as luzes se apagam e, assim que os créditos de abertura começam – quando estou prestes a desligar o celular –, vem uma notificação do Gmail.

De chewie.elefante57@gmail.com.

Assunto em branco.

O charco de elefantes no vídeo da Menina Se Apagando, o boneco do Chewbacca – é ela, eu sei, mas a princípio eu não consigo abrir. O e-mail não lido só fica ali na minha caixa de entrada como se fosse o dono do lugar, como se sempre tivesse estado ali, como se meu celular fosse a casa dele e eu fosse o intruso. Ele me encara da tela como se dissesse: *E você é...?*

Respiro fundo, clico para abrir e leio: Então qual é a sua pergunta?

Derrubo a pipoca na saída do cinema.

70 ➡ *(sem assunto)*

Dentro do carro no estacionamento do Discount, abro o aplicativo de notas no celular e rascunho uma resposta, passando pelos vários estágios de escrita ruim até chegar a:

> Não há nenhuma maneira de isso não soar estranho (e, acredite, tentei de tudo), então só torço para que você entenda esta mensagem pelo que ela é: um pedido sincero. Tem alguma coisa acontecendo e, embora não nos conheçamos, acho que você pode me ajudar. Gostaria de me encontrar com você. Também estou cansado. — Noah Oakman.

Releio a mensagem algumas vezes, mas no fim acho que é o melhor que posso fazer. Sinceridade, de cara. Copio e colo a mensagem no Gmail e aperto enviar, depois fico encarando minha caixa de entrada por dez minutos.

(Sem assunto)

(Sem assunto)

(Sem assunto)

Fico encarando por tanto tempo que as palavras começam a parecer bobas, a ponto de nem parecerem palavras: *Sem. Assunto. Sem. Assunto.* É cruel, na verdade, como se dissessem: *Aqui tem um e-mail que não serve para nada.* E aí (Sem assunto) se transforma em...

(Sem assunto)

Essa simples transição de texto redondo para negrito dispara uma pontada interna de adrenalina que sempre acompanha a todo-poderosa Mensagem Não Lida.

A resposta diz:

Café Arrogância, Inc.
Av. Concourse, 149.
Nova York, NY 10029

É no East Harlem, entre as ruas E 116 e E 117.

Se decidir vir, só me manda um e-mail um dia antes com o horário em que quiser me encontrar. Agenda flexível. Se você for um tarado, eu vou te esfaquear. Sério.

71 ➠ *existem dois tipos de planos*

Alguns levam anos para se desdobrarem, muitas vezes exigindo um grande número de preparações e ponderações antes de serem colocados em prática, quando então esses planos podem precisar de um certo tempo para germinar, absorver o sol, a água e o solo antes de dar frutos.

– Está bem – diz minha mãe, se sentando na cama. – Está bem.

Meu pai pausa *Seinfeld*.

– Está bem.

Depois de meses de olhares de soslaio e dos dois em cima de mim, encontro meus pais sem reação.

– Sim – digo. – Está bem.

– Então você refletiu bastante sobre isso?

– Sim – digo, calculando o trajeto do Discount até a minha casa. Tinha um pouco de trânsito na North Mill, então estamos olhando para uns vinte minutos completos de reflexão talvez. – Entendam que não tomei a decisão de *estudar* na Universidade Estadual de Manhattan. – Limpo a garganta e recito com cuidado as frases que decorei no caminho. – Mas fiz umas pesquisas, e acho que a instituição tem muito a oferecer. A treinadora Tao parece estar levando o programa na direção certa, e eu gostaria de ver com meus próprios olhos antes de tomar uma decisão.

A cara dos meus pais – ambos balançando a cabeça sem parar, tentando parecer tranquilos, fracassando miseravelmente – é comicamente contida. Eu os deixo assim, sabendo muito bem que eles vão passar a maior parte da noite conversando, organizando as coisas. Meus pais são dinâmicos, não gostam de perder tempo, fãs daquele outro tipo de plano, o tipo em que você põe a mão na massa e começa a agir.

O dia seguinte é sábado.

Eu e meu pai tomamos café da manhã no aeroporto.

72 ➟ *o que penso quando olho para as nuvens lá embaixo*

Penso que sou uma batata pequena.

Penso que batatas pequenas são tão gostosas quanto as grandes.

Penso que deveria ouvir mais jazz.

Existem muitos lugares onde eu gostaria de viver, e muitas épocas em que gostaria de viver, e penso que ouvir músicas que foram compostas num tempo ou espaço em que nunca vivi é o mais próximo que consigo chegar de transformar isso em realidade.

Histórias fazem isso também, eu acho. Elas nos dão novos lares.

E, se me perguntassem: *Noah, qual é o aspecto mais importante de uma história?* Eu provavelmente responderia: *personagem*, mas não sei se é verdade, porque meus livros favoritos contêm meus lugares favoritos. Não digo: *Adoro o Harry Potter* ou *Adoro Frodo Baggins*; digo: *Adoro Hogwarts* e *Adoro a Terra Média*. *Walden* do Thoreau gira menos em torno do livro, e mais em torno do lago. Da floresta.

Sendo assim, o cenário, penso eu, é a arma secreta da narrativa.

Sempre quero conhecer pessoas novas até conhecê-las.

Acho que, se passar tempo suficiente com uma pessoa de maneira a ficarmos entrançados como uma cesta velha, vai chegar o momento em que vamos pensar de maneira parecida até que nossas diversas histórias sejam como maçãs e laranjas transbordando pela beira da cesta, e acho que esse tipo de história compartilhada é perigoso.

Acho que não tem problema reconhecer os defeitos de uma coisa e ainda assim gostar dela. Porque maçãs e laranjas transbordando de uma cesta também podem ser bonitas.

Acho que tenho o tipo de personalidade que odeia testes de personalidade.

Acho que nostalgia é apenas o jeito da alma de sentir falta de algo e, assim como o amor à distância, a nostalgia fica mais profunda com o tempo até que a realidade do que uma coisa realmente foi fica indistinta a ponto de você sentir falta da ideia da coisa mais do que da coisa em si.

Gosto da ideia de chocolate quente mais do que de beber chocolate quente.

Gosto da ideia de filmes de terror mais do que de ficar com medo.

Gosto da ideia de espontaneidade mais do que de ser espontâneo, e gosto da ideia de ficar ao ar livre mais do que de ser uma pessoa ao ar livre.

Gosto da ideia de ser uma pessoa de ideias.

Deixo o jazz entrar, a testa encostada numa janela blindada e fria, meus pensamentos se multiplicando em abandono – até pararem, se condensarem, como uma centena dividida por uma centena.

E penso que precisei estar voando a dez quilômetros acima da terra para finalmente desencavar a raiz do meu problema:

Romantizo meu passado e romantizo meu futuro; o presente é sempre o momento mais desolado da minha vida.

73 ➠ *aviões, trens e xilofones*

– Você está bem? – pergunta meu pai.

– O quê? Ah. Sim.

Nós dois nos seguramos em um suporte prateado no meio do metrô lotado. Acho que o estou apertando com um pouco mais de força do que meu pai.

Na última vez que estive em Nova York, eu tinha seis anos, e meu pai trouxe a família junto com ele para um trabalho de bufê, mas, como Penny ainda era bebezinha, minha mãe nem saiu do quarto. Tenho lembranças vagas de sair com meu pai uma ou duas vezes, mas não vi muita coisa, definitivamente nada do metrô.

É seguro dizer: Nova York deu um curto nos circuitos de limpeza do meu cérebro.

O trem atravessa os trilhos aos trancos e solavancos; para ser sincero, a única coisa mais incômoda do que as fuligens e os odores é o fato de que ninguém me olha nos olhos, nem as pessoas no meu círculo imediato nas quais tropeço sem parar. É como se todos estivéssemos nos recusando a enxergar a realidade.

Além disso, tem um cara no canto recitando poesia do alto dos seus pulmões.

Meu pai olha para mim, sorri com uma piscadinha rápida, e me sinto melhor; e depois me sinto meio bobo por me sentir melhor, como se eu tivesse seis anos de novo e tudo de que precisasse para estancar o sangramento da terra fosse uma piscadinha rápida do papai.

Mas é sério, sim, estou feliz que ele esteja aqui.

Ontem à noite, depois de falar para os meus pais que queria visitar a Estadual de Manhattan, fui direto para meu quarto e fiz a mala: artigos de higiene, roupas, o de sempre, mais a mesada dos últimos meses. Eu precisaria me virar sem que ninguém soubesse, o que significava nada de cartão de crédito. Eu tinha total consciência da reação em cadeia que havia provocado no quarto ao lado: minha mãe, cujo horário de trabalho era menos flexível, ligaria para a treinadora Tao para informar que eu voaria para Nova York a fim de fazer uma visita no fim de semana, o que significava que meu pai já estava fazendo as malas e marcaria o primeiro voo possível de Chicago para Nova York na manhã seguinte, e foi basicamente isso o que aconteceu. Hoje de manhã, antes de o sol nascer, eu e meu pai já estávamos no carro para o aeroporto O'Hare, revisando os detalhes do itinerário que ele havia montado na noite anterior. Pousamos no JFK no meio da manhã, pegamos um táxi do aeroporto até uma hospedaria requintada no SoHo cujo dono é um empresário promissor de hotéis de luxo para quem meu pai havia feito o bufê em um evento igualmente requintado, "mas meu Deus", meu pai beijou as pontas dos cinco dedos da mão, depois soltou uma exclamação com um entusiasmo italiano alto o bastante para fazer com que o taxista nos lançasse um olhar: "meu rabanete branco e meu shiitake cozido estavam *perfeitos* naquela noite", em seguida mais baixo: "tanto que ele nos ofereceu quartos de cortesia".

Depois que entramos, desfizemos as malas enquanto eu tentava não ter um orgasmo organizacional com todos os ângulos retos, as cortinas e almofadas perfeitamente simétricas, a arrumação de tudo, todo o lugar transbordando elegância e sofisticação. Meu pai disse: "Falta meia hora para a gente sair para almoçar e pegar o trem", e foi então que peguei meu computador e parti para o trabalho. Prioridade número um: encontrar uma lacuna no horário do fim de semana, algumas horinhas em que eu pudesse escapar, sem a interferência do meu pai. De acordo com o itinerário dele, nossas atividades após o almoço de hoje incluíam encontrar a treinadora Tao para um tour pelas instalações de natação dos Marmotas Guerreiros. A próxima competição deles só seria em dezembro, mas, passado o feriado de Ação de Graças, a equipe estava de volta ao treinamento, ao qual eu e meu pai assistiríamos. Então, amanhã às treze e trinta, tínhamos marcado um tour pelo campus em si. (Não sei dizer se é o procedimento comum fazer tours por universidades na tarde de domingo ou é só a capacidade que a minha mãe tem de ativar a voz de advogada e conseguir que qualquer um faça o que ela quer.) Depois do tour do dia seguinte, a gente voltaria para o aeroporto para um voo no fim de tarde. O único intervalo de verdade era no domingo de manhã. Conhecendo meu pai, ele iria querer tomar café em algum restaurante desconhecido, mas seria fácil me livrar dessa. Examinei o calendário de eventos do Marmotas Guerreiros. Era o fim de semana de Ação de Graças, então não havia muita coisa, mas exatamente quando estava prestes a desistir encontrei algo numa comunidade sobre o Brunch de Domingo de Volta às Aulas marcado para as dez. Obviamente não era voltado a futuros alunos, mas meu pai não precisava saber desse detalhe.

Antes de comentar isso com ele, eu precisava confirmar que o horário era bom para a Menina Se Apagando, então entrei na conta doisadoisoak@gmail.com, abri a conversa, e digitei: Em Nova York. Amanhã de manhã, Café Arrogância, 10h? Vou estar usando uma camiseta do Bowie.

Em poucos minutos, recebi a resposta: Pode ser, até lá. (E repito: vou levar armas. Se for um tarado, já era.)

O moço no canto parou de recitar poemas e começou a cantar uma das Cabinet Battles, do musical *Hamilton*. Ele até que é bom, na verdade, o que estou prestes a dizer em voz alta quando as portas se abrem e meu pai guia o caminho para fora do trem; eu o sigo através do mar de tráfego de pedestres que se movem como um só, uma maré avançando para a frente e para cima.

Ao pé da escada estreita de cimento tem um homem sentado no chão, descalço, sem meia, o cabelo e a barba compridos, com um xilofone no colo. Ele não toca, só abraça o instrumento com os dois braços, com uma expressão de desespero silencioso no rosto que me faz pensar há quanto tempo ele largou mão. Ao nos aproximarmos, imagino a barba e o cabelo desse homem crescendo ao contrário e, como a Menina Se Apagando de trás para a frente, o imagino rejuvenescendo, seus olhos brilhando, passando do desespero à expectativa, até ser um garotinho com um rosto jovem, com o mundo todo diante dele. Mais perto agora, e me pergunto como isso aconteceu – se foi de repente, se foi aos pouquinhos, se foram drogas ou má sorte, ou se o mundo diante dele apenas se encolheu feito um balão de hélio com um vazamento lento até murchar e secar nisto: um velho emudecido segurando um xilofone emudecido.

Não sei se meu pai faz isso porque vê a minha cara, ou se teria feito de qualquer forma, mas, quando passamos, ele joga uma nota de vinte dólares numa xícara ao lado do homem e, juntos, subimos a escada, e meu pai diz:

– Preparado? – E me pergunto se existe algo como *estar preparado* considerando a discrepância entre o mundo que nos prometeram e o instrumento quebrado que nos deram.

– Sim – digo –, estou preparado. – Mas na verdade estou calculando quantos pares de meia dá para comprar com vinte dólares.

74 ➠ *a Universidade Estadual de Manhattan não é em Manhattan, e Manhattan também não é um estado*

Imagino como seria uma guerra entre marmotas, e tenho de me perguntar se os fundadores da MSU não estavam simplesmente tentando criar uma atmosfera educativa de crise existencial violenta. Se sim, eu diria missão cumprida.

– Então onde é?

– No Bronx – diz meu pai; em seguida ele explica que a universidade era originalmente em Manhattan, mas mudou de lugar e nunca trocou o nome, o que me faz pensar no que aconteceria se um lugar como a Universidade de Illinois fosse realocada para Michigan, mas mantivesse o nome, e seria o caos total, e sim, acho que é nesse tipo de merda que se pensa ao visitar uma universidade que você não quer frequentar sob o pretexto de observar um programa esportivo de um esporte em que não quer mais competir na companhia de um pai que não faz ideia de que o verdadeiro motivo de você ter vindo é estar perto de um café no East Harlem amanhã de manhã para encontrar uma completa desconhecida que pode ou não ser a última peça do quebra-cabeça fascinante que é o desastre da sua vida nos últimos meses estranhos.

Enfim.

A treinadora Tao é simpática. Pergunta sobre minhas costas, se acho que vou conseguir voltar a entrar em forma ("Quando se trata de natação", ela diz com uma piscadinha e uma risada, "nunca se está a mais do que dois bolinhos do último lugar"), se vou estar pronto para competir, e digo a ela: "Sim, estou bem melhor", e digo a ela: "Sim, o dr. Kirby acha que vou estar pronto logo", e digo a ela todas as coisas que sei que ela quer ouvir, todas as coisas que todos na minha vida querem ouvir: vou viver a vida que vocês definiram para mim; vou seguir a trajetória que montaram desde o começo, vou continuar dentro do robô, ser um bom menino, fazer tudo que vocês quiserem; e, embora seja uma mentira, eu não posso *não* dizer isso.

Porque tenho meias e porque, olha só: não estou segurando um xilofone como se ele fosse toda a minha existência de merda. E por isso "Sim, vou estar pronto", e "Sim, me sinto bem", e "Sim", e "Sim".

Mas não.

– Então o que você achou? – pergunta meu pai.

Estamos embaixo da terra de novo, esperando o metrô. Nenhum xilofone dessa vez.

– Foi bom – digo. – A treinadora Tao foi simpática. Os meninos pareciam, sabe...

– Simpáticos?

– É.

Meu pai limpa a garganta, e sei o que está por vir.

– Escuta, você não falou praquele menino... qual era o nome dele?

– Paul – digo.

– Você não recusou o convite do Paul por minha causa, recusou? Tem muita coisa que posso fazer sozinho.

Como essa era a minha primeira visita de recrutamento à universidade, eu não fazia ideia de que parte da experiência era sair com a equipe, o que claramente significa alguma coisa em Milwaukee, e outra diferente em Manhattan. (Ou no Bronx, ou onde quer que seja.) Depois do treino, um dos meninos tinha vindo e se apresentado como Paul, meu "anfitrião oficial", e pedido desculpas por não ter tido tempo de planejar nada, mas que, se eu quisesse, os meninos me levariam para sair.

– Não recusei o convite do Paul por sua causa, pai.

Deixo por isso mesmo. Dificilmente poderia dizer a verdade para ele, que eu não tenho a mínima intenção de estudar na Estadual de Manhattan, que toda a viagem é uma farsa, que a última coisa que eu quero é um bando de universitários aleatórios me levando "para sair".

Parece que meu pai está prestes a dizer alguma coisa, mas nosso trem emerge das profundezas do túnel, passa zunindo com uma rajada de ar frio, e para com um som agudo. Embarcamos e, como já está tarde, tem vários bancos disponíveis, e meu pai não diz nada em todo o trajeto de volta para o SoHo.

Saindo da estação, encontramos um restaurante coreano pequenininho onde meu pai pede uma cerveja e um *bulgogi* de carne com repolho roxo e outra coisa que não consigo pronunciar.

– O que você pediu? – pergunto, depois que o garçom sai.

– *Bulgogi*. É churrasco coreano, uma delícia...

Meu pai fica falando sobre os detalhes de um bom *bulgogi*, mas suas palavras desaparecem no ar e meus pensamentos passam por elas, de volta a um quintal numa noite, e um saco de comida para viagem, e uma sensação de querer voltar atrás, sabendo que deveria, e sabendo agora que eu estava certo em querer isso. Mas também: esse prato de carne vermelha marinada é algo que meu pai nunca comeria. E talvez a maioria dos filhos não preste atenção nos hábitos alimentares dos pais, mas a maioria dos filhos não tem um famoso chef vegano como pai.

Depois de um tempo o garçom coloca nossos pratos com um pouco de floreio, e meu pai começa a comer.

– Você acha que seria feliz aqui? – ele pergunta entre uma mordida e outra.

– Sim – respondo. – Só preciso de um tempo pra pensar, sabe?

Meu pai faz que sim, dá um gole da cerveja.

– Ei, como se chama uma vaca que fez regime?

– O quê? – digo, mas mais como um *Espera, do que você está falando?* e não como um *Não sei, como se chama uma vaca que fez regime?*

– Carne magra – ele diz.

– Pai.

– O quê? Não foi boa?

Não é que meu pai não faça piadas de pai; é que ele não faz piadas de carne. Ele encolhe os ombros, dá outro gole da cerveja, pesca um pedação de carne com os dois palitinhos de metal.

– Como se chama uma vaca que fez muito exercício?

– Pai. Por favor.

– Carne moída.

Mais tarde, quando nos levantamos para sair, ele comenta que eu mal comi nada. Digo que não estava com tanta fome assim.

– Nervoso – digo, sabendo que ele vai aceitar, que estou processando nosso dia com a treinadora Tao, e todas as formas como esse dia pode promover a trajetória de Noah Oakman.

Saímos para as veias frias e pulsantes da cidade, e é verdade, estou nervoso, mas não tanto pelas maneiras como este dia pode promover essa trajetória, mas mais como a manhã de amanhã pode fazer isso.

75 ➟ *menina, apagada*

– Se vou viver nessa cidade, preciso praticar andar de metrô sozinho – digo, o que não é uma *in*verdade.

Meu pai concorda, com a condição de que eu mande mensagem para ele assim que chegar lá, e que o encontre no escritório de admissões da MSU às treze e quinze em ponto. (O

Brunch de Volta às Aulas é num restaurante perto do campus, e nosso tour está marcado para às treze e trinta.) Eu concordo e, embora prometa para ele que sei exatamente aonde estou indo, ele insiste em me levar até a estação.

No caminho, passamos pelo restaurante coreano de ontem à noite. Como se aquele jantar não tivesse sido estranho o suficiente, mais tarde, todo aconchegado sob as cobertas chiques, eu havia tido uma versão especialmente vívida do meu sonho recorrente em que a pessoa no canto finalmente se virava, só que, antes de eu ver seu rosto, as cores no quarto iam de brilhantes a ofuscantes, como se tivessem aumentado a intensidade.

Quando acordei, minhas retinas estavam ardendo.

Eu e meu pai descemos a escada de cimento, encontro um mapa na parede, e repassamos a rota até a estação mais próxima do restaurante. Só de olhar o mapa eu tenho palpitações cardíacas – as letras e cores se espalhando em caos absoluto. Mas de fato confirma o que o mapa no meu celular me mostrou mais cedo, que é que o East Harlem fica entre o SoHo e o Bronx, o que me dá tempo de sobra para conversar com a Menina Se Apagando e chegar à MSU até treze e quinze.

Meu pai me dá um cartão de metrô, me manda tomar cuidado, e é isso. Ele vai embora.

Quando meu trem chega, entro, sigo todas as regras – *nada de contato visual, cabeça baixa, você fez isso mais de cem vezes, você não é o Macaulay Culkin naquela continuação ruim.* Na primeira parada, desço, subo as escadas correndo para a luz do dia e, feito um verdadeiro profissional, ergo a mão no ar. Como sou de Chicago, táxis não são algo completamente novo para mim, mas quando nos aventurávamos na cidade normalmente íamos de carro, então essa é a minha primeira vez. Fico ali parado, com a mão no ar sem que nada aconteça, me sentindo totalmente como o jovem Macaulay Culkin, imaginando toda a cidade de Nova York parando de repente: pneus cantando, helicópteros pairando, cabeças saindo das janelas de todos os arranha-céus, como se em algum lugar no céu Deus Todo-Poderoso tirasse a agulha da vitrola e, na mesma hora, todo mundo apontasse e risse.

Você viu o jeito como aquele menino ergueu a mão no ar? Tipo, ele pensou que é assim *que se chama um táxi, haaaahahahahahahahahaha!!!!!*

Um táxi para. Abro a porta traseira, temendo alguma pegadinha da cidade inteira, mas nada acontece.

– Vai entrar, garoto?

Entro, bato a porta como se tivesse feito isso um milhão de vezes, faço isso todo dia na verdade, o dia *todo* na verdade, e *ai, Deus, outro táxi, mas acho que esse é o preço que se paga por uma vida tão grandiosa.*

– Garoto.

– O quê?

O taxista revira os olhos.

– Pra onde a gente vai?

– Concourse Avenue, cento e quarenta e nove. No East Harlem.

Haaaahahahaha, as vozes soam, os helicópteros pairam,

os pneus cantam, *você ouviu o menino dizer: "No East Harlem"? Ai, meu Deus, não aguento esse moleque.*

Enquanto cogitava a melhor maneira de chegar ao Café Arrogância, eu tinha considerado pegar o metrô por um segundo antes de pensar melhor. A decisão não teve nada a ver com xilofones e saraus de poesia improvisados, e sim com a programação do fim de semana, e a certeza de que, ao escolher uma linha com minha estação no caminho, eu sem dúvida embarcaria no *exato* trem que pulava aquela estação em particular domingo sim, domingo não, entre nove e onze e quarenta e cinco da manhã, ou a estação estaria em construção, ou ela teria sido fechada no mês passado. Eu simplesmente não confiava o suficiente nas minhas habilidades de orientação subterrânea para correr esse risco. Meu segundo pensamento foi pedir um Uber até o café. No ano passado meus pais instalaram o aplicativo no meu celular "para o caso de alguma emergência", o que é o código dos pais para "no caso de algum dia você ousar pensar em beber e dirigir", o que, beleza, boa ideia, mas o aplicativo estava ligado à conta bancária deles, então, no minuto em que o usasse, eles saberiam.

Táxi, então. E, como estou descobrindo agora, há um tipo especial de deslumbre em ver a cidade através da janela de um táxi, meio que a versão invertida da vista de um avião: você vê o chão onde as estruturas foram fixadas, em vez do céu onde mil delas brotaram.

E eu gosto disso.

Até que...

Toco a janela, meus dedos estão em foco, a rua turva atrás deles e, embora tudo esteja vivo agora...

– Um dia, tudo isso vai estar no fundo do oceano.

Às vezes a gente só percebe que disse alguma coisa em voz alta quando um silêncio ensurdecedor vem na sequência.

– Qual é seu problema, garoto? – O motorista me olha desconfiado pelo retrovisor.

Peço desculpas e, a cada quarteirão que passa, vou ficando mais e mais tenso, como se minha barriga estivesse à beira de um precipício. Pego o celular, abro o YouTube, e assisto ao vídeo da Menina Se Apagando a caminho de conhecer a Menina Se Apagando em pessoa, na esperança de que isso me acalme, mas só torna as coisas piores. E, bem nessa hora, uma mensagem...

Alan: Boa sorte no fim de semana, mano

Alan: NY é loko. Se diverte!

Eu: Valeu, cara. Até agora, tudo certo.

Alan: Se você fizer tudo certo, vai ser um Gambá Guerreiro no ano que vem

Eu: Marmota. Marmotas Guerreiros da MSU.

Alan: MEU DEUS HAHAHAHA

Eu: Pois é.

Alan: Como uma marmota vai meter medo num oponente?

Eu: Pois é.

Alan: Alguma marmota guerreia, PORRA? Elas atacam os inimigos com fofura?

Eu: Melhor do que um gambá.

Alan: Até parece. O bicho transformou a própria urina em arma, mano. Gambá > marmota toda vida

O táxi freia, daí para.

– Chegamos – diz o motorista.

Pago em dinheiro, saio para o meio-fio e me despeço de Alan. Quero incluir um obrigado por me acalmar, mas não posso exatamente dizer a ele o motivo por que estou nervoso, então paro no Preciso ir. Te amo! Em seguida, mando para o meu pai a mensagem obrigatória de "cheguei bem aqui" e tento não me sentir culpado por esta palavra – *aqui* – e por como é diferente do que ele imagina.

Pai: Ótimo! Divirta-se. ☺

Respiro fundo agora – seguro a culpa, o nervosismo e o medo – e abro a porta.

O Café Arrogância é um lugar pequeno, com mesas e cadeiras encostadas umas nas outras e, pelos MacBooks, caras feias e canecas de vidro, eu diria que os proprietários tinham uma boa noção de sua clientela quando batizaram o lugar.

Abro a jaqueta para que o Bowie fique visível, peço um café gelado (que vem numa caneca de vidro), escolho uma cadeira perto do canto no fundo, e espero.

Cinco minutos se passam.

Dez.

Quinze. E exatamente quando começo a ficar com medo de ela não aparecer – lá está ela. A Menina Se Apagando em carne e osso.

Até agora, o frio na minha barriga era de curiosidade ansiosa – o que eu deveria perguntar, o que ela vai dizer, quais os possíveis rumos dessa conversa? –, mas não mais. Meu estômago se revira, perco o ar, fico com os pés dormentes, e eu nunca desmaiei na vida, mas de repente entendo a sensação que deve vir imediatamente antes do desmaio, o leve pânico e o descontrole, e nada disso acontece porque estou nervoso – acontece porque a Menina Se Apagando não é velha. Tipo, nem um pouco velha. Não é que ela pareça jovem para a sua idade; é que ela nem tem a idade que tinha no *começo* do vídeo.

Ela descobriu, penso, *como envelhecer ao contrário, como voltar, do lago envelhecido, à jovem cachoeira borbulhante da vida.*

É como se ela tivesse encontrado o controle remoto do filme da sua vida e apertado rebobinar.

A Menina Se Apagando olha ao redor, vê minha camiseta, caminha até minha mesa e senta. Ela não fala nada, só me encara com olhos ligeiramente apertados como se eu fosse uma placa distante que ela está tentando ler.

Fico todo:

– Hm, oi.

Nada, ainda tentando me ler. Estou prestes a perguntar se ela gostaria de um café quando ela coloca uma mão enluvada em cima da mesa entre nós e aponta para mim.

– Quero saber quem você é. E quero saber por que veio aqui.

Se eu não estava pirando antes, estou agora.

– Essas... não são perguntas fáceis de responder.

Ela se recosta, cruza os braços.

– Tenho todo o tempo do mundo.

– Desculpa, mas... como você... – *Ficou jovem de novo? Envelheceu ao contrário?* Não tenho nenhuma condição de completar essa frase. – Como fez isso?

– Fez o quê?

Merda. Ela vai me fazer perguntar.

– Eu vi você envelhecer. Tipo, um milhão de vezes, eu vi, mas aqui está você com vinte e cinco anos, se tanto.

– Sabia. – Ela balança a cabeça. – Sabia que você era um tarado.

– Eu não sou um tarado.

– Você viu o vídeo da minha mãe um milhão de vezes, e está me dizendo que não é um tarado?

Aos poucos, vou juntando as peças: as polaroides granuladas escaneadas, o ar típico dos anos setenta...

– Ela era sua mãe.

– Olha, não sou muito de – ela move os braços num movimento circular – *sair.* Assim. Então vou fazer algumas perguntas e, se não for direto comigo, eu vou gritar.

– Você vai gritar.

– Você precisa saber que eu grito bem alto.

– Tá.

– Como você se chama?

– Noah Oakman.

– Quantos anos você tem, Noah Oakman?

– Dezesseis.

– De onde você é, Noah Oakman?

– Pode me chamar só de...

– De onde você é, Noah Oakman?

– Região de Chicago.

– Onde especificamente?

– Iverton.

Essa resposta a faz pausar, mas ela continua:

– Wren Phoenix.

Não me parece uma pergunta. Não me parece nada na verdade, por isso não digo nada.

– Wren Phoenix – ela repete.

– Não sei o que você quer dizer.

– Wren. Phoenix. Esse nome significa alguma coisa para você?

– Eu nem sabia que isso *era* um nome.

– Respostas diretas, Noah Oakman.

– Não, esse nome não significa nada pra mim.

Isso a decepciona, o que na verdade me dá uma pontinha de satisfação. Até agora era ela quem comandava essa conversa estapafúrdia, e qualquer insatisfação que ela possa sentir no momento não é nada perto da minha confusão.

– Wren Phoenix – digo. – Era... a sua mãe?

Lá vem a encarada de novo e, exatamente quando fico com medo que ela grite mesmo, ela diz:

– Já volto. – Vai até o caixa, pede alguma coisa e espera perto do balcão enquanto tento relaxar. Quando ela volta, diz: – Então o que um menino de dezesseis anos de Iverton, Illinois, está fazendo sozinho em Manhattan?

– Não vim sozinho.

– Explique-se.

– Meu pai veio também. Estou visitando a Estadual de Manhattan.

Ela coloca o nariz embaixo da borda da caneca, funga audivelmente, e começo a me dar conta de por que essa menina não "gosta de sair".

– Meu nome é Ava – ela diz, depois move os olhos do café com leite para mim e estende a mão enluvada.

Aperto a mão dela, tento não ficar encarando, mas a semelhança é perturbadora, até para mãe e filha. Só vi fotografias da Menina Se Apagando – Wren Phoenix, aparentemente

–, mas a maneira como Ava olha para você como se estivesse olhando *dentro* de você é exatamente igual à mãe.

– Então – digo –, se aquela é sua mãe no vídeo...

– Por que estou aqui em vez dela? – pergunta Ava.

– É.

– Fico de olho na seção de comentários.

Aceno como se isso fizesse todo o sentido.

– Tá.

– Não fala "tá" desse jeito. Você não precisa fingir que é normal. Ela se foi. É por isso que olho os comentários do vídeo.

– Ah. Sinto muito. Quando ela morreu?

Ava ergue a caneca acima da cabeça, olha o fundo como se estivesse tentando encontrar algo.

– Você não é um bom ouvinte, sabia, Noah Oakman?

– O que você está fazendo?

Ela baixa a caneca, volta a me encarar.

– É importante para mim saber de onde as coisas vêm. Esta caneca, como esperado, vem da China. Não que isso importe, mas agora sabemos.

– Tá.

– Eu não disse que minha mãe morreu, disse que ela se foi. É por isso que olho a seção de comentários, para descobrir se alguém sabe aonde ela foi. Entrei nas contas de e-mail e do Facebook dela também. E para de dizer "tá" como se as coisas que faço fossem normais, é ofensivo.

Transtornada, essa é a palavra. Ava Phoenix é transtornada.

– Então sua mãe...?

– Desapareceu. Dois anos atrás.

Não sei o que eu estava esperando, mas não era isso.

– Não sei o que dizer. – O que é exatamente a verdade. – Você, tipo...

– Se chamei a polícia? Hm, claro. Ela é oficialmente uma "pessoa desaparecida" ou sei lá. – Ava dá um gole do café com leite, depois pergunta: – Você gostaria de ouvir uma história muito triste, Noah Oakman?

Respondo:

– Sim. – Mas, à medida que a filha da Menina Se Apagando revela a história da mãe, vou me arrependendo da minha resposta.

76 ➠ *Ava Phoenix, uma conversa*

– Nós mudamos de Vancouver para cá quando eu tinha doze anos. Eu não queria mudar. Mudar para meio continente de distância dos seus amigos, de toda a sua vida. Dei um chilique, mas minha mãe estava decidida.

– Era para algum trabalho?

– Ha, até parece. *Trabalho*. Seria o que um adulto normal faria, certo? Mas não: nós duas mudamos para Nova York para que minha mãe divorciada de trinta e poucos anos pudesse *correr atrás do seu sonho*. Patético, não é? Assim, ela sempre pintou. Minhas memórias mais antigas são dela pendurando seus quadros na parede, dando um passo para trás para admirar sua obra em um estado de total serenidade, como se realmente tivesse acertado nessa. Isso costumava durar um dia, dois no máximo, antes de ela arrancar o quadro da parede e jogá-lo no lixo. Não sei por que ela achou que conseguiria suportar Nova York.

– Talvez ela só quisesse ver se tinha o que era necessário.

– Posso dizer para você que força de vontade ela tinha. Poxa, talvez até talento. Mas ela não tinha estrutura. Minha mãe basicamente desmoronou quando chegamos aqui.

– E ela já estava tirando as fotos nessa época? Para o vídeo?

– Sim, isso ela já fazia desde antes de eu nascer. Pelo que sei, foram poucos os dias em que ela não tirou uma foto: algumas viagens, uma cirurgia para remover a vesícula, acho, e aí os poucos dias da viagem para cá. Ah, e acho que o dia em que nasci. Mas normalmente era pontual.

– Mas você não estava em nenhuma delas.

– Em Vancouver ela sempre tirava as fotos no porão, sozinha. Mas, sim, depois que mudamos para cá, fomos morar num apartamentinho minúsculo de dois cômodos, então normalmente eu a via tirar as fotos, mas ela não me queria nelas. Dizia que tinha de ser o mesmo cômodo, os mesmos itens todos os dias para destacar o objeto da obra, isto é, *ela*, como a variável. Se tudo em volta dela mudasse com o tempo, a mudança dela não pareceria tão significativa.

– *A obra*, você chamou.

– Sim.

– Então ela via aquilo como arte.

– Ah, com certeza. Não sei qual era o conceito original dela, em relação ao que *fazer* com todas as fotos, mas sim. Ela via *Um rosto, quarenta anos* como, tipo, uma obra-prima multimídia. No mínimo, gostava que fosse *dela*, sabe? Só dela, de mais ninguém. Você já teve isso?

– O quê?

– Teve uma ideia, algo pessoal que fosse só seu, e aí descobriu que um monte de outros panacas teve exatamente a mesma ideia? Quando minha mãe começou, nunca teria como prever o YouTube, ou as dezenas de outras pessoas que tinham feito a mesma coisa. Então ali estava esse trabalho da vida dela, essa coisa que era *dela*, essa coisa extraordinária em suas mãos como um pássaro raro, e o progresso do mundo tornou aquilo extremamente comum. Isso partiu seu coração, eu acho. E foi então que as coisas começaram a ficar estranhas.

– Estranhas como?

– Ela parou de se cuidar. Tipo, parou de tomar banho. Parou de escovar os dentes. Em algum momento, e sei que isso vai soar estranho, mas, em algum momento, percebi que ela estava dizendo as mesmas coisas várias e várias vezes.

– Tipo o quê?

– Tipo, ela tinha essas frases que repetia, mas ela as dizia todo dia como se tivesse *acabado* de pensar nelas. Tipo esta, que vou lembrar para sempre. "Eu só quero criar", ela dizia.

"Só quero criar." Tipo assim, sabe? E então outra coisa: "Não basta se implicar na arte, é preciso...".

– Morrer por ela.

– Isso mesmo.

– É da Mila Henry.

– Quem?

– A escritora.

– Ah, sim.

– O que mais ela dizia?

– Coisas estranhas. Algumas eu não entendo até hoje. Alguma coisa sobre uma blusa nova.

– O quê?

– Como se a vida dela fosse uma blusa velha que não servisse mais. Ficava dizendo que precisava de uma blusa nova. Falei que não fazia... Ei, você está bem? Você não vai vomitar, vai?

– Estou bem.

– Segura aí. Vou buscar água.

77 ➠ *o progresso do mundo*

Enquanto Ava busca a água, saio porta afora, e penso no que ela havia dito, sobre ter algo extraordinário nas mãos, como um pássaro raro, e ver o progresso do mundo destruir aquilo. Ando sem rumo agora, o burburinho do trânsito, os sapatos de desconhecidos, e meio que fico achando que Ava vai vir atrás de mim, mas nada acontece.

Ela deve estar ocupada demais olhando o fundo da porra da minha caneca de vidro.

Mais caminhada, mais burburinho e sapatos, e *Se tudo em volta dela mudasse com o tempo,* Ava disse, *a mudança dela não pareceria tão significativa,* e juntando isso com o lance da blusa nova, é como um daqueles diagramas que dão na pré-escola com duas colunas de objetos aparentemente aleatórios, e você tem de traçar uma linha do objeto na coluna A que se relaciona ao objeto na coluna B: o ferro vai para a camisa, o bacon para a frigideira, o pássaro para o ninho, e a Menina Se Apagando vai para Noah Hypnotik.

Ergo a mão no ar, um táxi para e, no caminho para o Bronx, olho pela janela e penso naquele hábito peculiar de Ava. Ela disse que precisa saber de onde as coisas vêm, mas não acho que seja só isso. Acho que, quando uma pessoa perde algo, ela se contenta com o que pode ter. A mãe de Ava foi embora e, como Ava não consegue encontrar o lugar para onde vão as coisas perdidas, ela encontra o lugar de onde as coisas vêm. Ava se contenta com o que pode ter.

Todos nós, na verdade.

É HORA DA ➻ PARTE SETE

"Sabe quantas vezes eu desisti? Milhares, só pelo bem da minha alma. Vou terminar uma frase e declaro que será a minha última. Para mim, para valer a pena escrever, preciso me esvaziar, sair do robô. Para valer a pena escrever, dói para caralho, é o que estou dizendo. Mas... inevitavelmente escrevo outras frases. Então não sei. Vai ver há alguma beleza nisso também."

– Mila Henry,

trecho da entrevista ao Portland Press Herald, *1959*

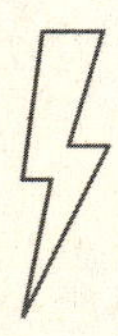

Esconder uma ereção do seu pai é um pouco como esconder um bilhete dourado do Willy Wonka: ele já teve antes, sabe de onde vem, e sabe o formato no seu bolso.

A questão é que nossa comissária de bordo é a cara da Jyn Erso de *Rogue One* e cheira a milkshake de Oreo com amaretto, então esse é basicamente um sonho que eu já tive. Ela entrega nossos refrigerantes para mim e para o meu pai e segue pelo corredor. Meu pai está me olhando, consigo sentir; me pergunto por quanto tempo ainda consigo ficar sentado curvado assim sem que ele faça perguntas.

– Você está bem?

Não muito, pelo visto.

– Estou sim.

Ele aponta para as minhas costas.

– Não é o banco mais confortável do mundo, eu sei. Como estão as costas?

– É, sabe... bem. Estão bem.

Meu pai abre a boca para falar alguma coisa, e penso que sei o que está por vir – alguma besteira sobre a Estadual de Manhattan, sobre como tenho sorte de ainda ter oportunidades, de como ele está orgulhoso – e então:

– Você pode me contar tudo, sabe?

Certo, por essa eu não esperava.

E então ele começa a falar de como, quando nasci, ele ficava em casa, e a gente era "miserável, mas, Noah, vou te contar, foi a melhor época da minha vida", e ele continua, sobre como era uma situação diferente, em que minha mãe estava estudando advocacia, e ele só ficava cuidando de mim durante o dia, fazendo jantares criativos durante a noite, e ele nem sabe direito como foi acontecer, mas as coisas começaram a se encaixar e agora:

– De repente estamos olhando universidades.

Nunca sei o que dizer quando ele fala desse jeito. É como se eu fizesse parte desse momento importante, mas não tenho nenhuma memória disso.

– Enfim – ele diz. – Você pode me contar qualquer coisa.

E abro a boca para fazer exatamente isso, para contar que fingi minha lesão nas costas porque estava cansado da pressão, e nem sei mais se quero ir para a universidade, muito menos para nadar, mas em vez disso o que sai é:

– Pai, o que aconteceu com o rosto da mamãe?

– O quê?

O motor do avião de repente ronca mais alto.

– A cicatriz dela. – Faço um movimento do lado da minha bochecha. – Ela não quer falar sobre isso.

Meu pai fica:

– Ah. – Num suspiro e, nessa única palavra, eu ouço as complexidades da família. – Você não... lembra?

Quero dizer: *Nunca cheguei a saber, na verdade*, mas tanta coisa mudou nos últimos meses, tantas coisas conhecidas se tornaram desconhecidas, que não sei separar o que deveria saber do que sei de verdade.

– Não, não me lembro.

Meu pai limpa a garganta.

– A gente sempre foi tão aberto e sincero com você em relação a isso, até quando você era criança. Pensei que fosse o melhor, mas... agora não sei mais.

– Pai.

– Quando a gente voltar, acho que precisamos ter uma conversa séria sobre colocar você na terapia.

– Pai. O que aconteceu?

– Você não lembra mesmo?

– Não. Eu deveria lembrar?

Jyn Erso passa: meu pai pede um scotch e conta uma história.

Quando chegamos em casa, levo três minutos para desfazer a mala. Deito no colchão sem lençol e tento não pensar na conversa que está acontecendo na cozinha agora. O caminho do O'Hare para casa tinha sido em um silêncio doloroso e, quando chegamos, dei um abraço rápido na minha mãe e subi direto. Entrei, saí, deixei os dois conversarem.

Coloco um travesseiro em cima da cabeça e grito.

79 ➟ e o gelo

Tinha sido um novembro especialmente nevoso naquele ano, *você tinha dez anos*, diz meu pai, o que significa que foi antes de a gente se mudar para Iverton, quando morávamos em Ohio, e *o trabalho da sua mãe sempre foi exigente*, e meu pai faz uma pausa, bebe, e o gelo chacoalha no copinho plástico, e *no começo ela não tinha aprendido a lidar com isso, com o estresse do trabalho*, e o avião chacoalha por um segundo, provocando aquela telepatia comunal súbita em que todos os passageiros se perguntam ao mesmo tempo *Em nome de tudo quanto é mais sagrado, o que estamos fazendo aqui em cima mesmo?*, mas o avião se acalma, e meu pai continua, *ela começou a beber, muito*, e ele não sabia o que fazer em relação a isso, tentava conversar para ela diminuir, para ela parar, entrar para o AA, mas *ela não dava ouvidos*, e aí um dia, no almoço com um cliente, minha mãe voltou bêbada para o escritório, e foi suspensa, levou várias advertências sérias, mas aí aconteceu de novo, e *eles a demitiram na hora, bem no meio do dia, e Deus, eu só queria... só queria que ela tivesse me ligado*, e meu pai repete isso de novo, que queria que ela tivesse ligado para ele, mas em vez disso, *com o passar da tarde, ela decide buscar os filhos na escola como nunca fazia*, outro solavanco no céu, pânico comunal, tudo fica bem, meu pai continua, *então ela busca você no fundamental primeiro, e depois, no caminho para buscar Penny, passa por um trecho coberto de gelo,* e meu pai diz de novo *um novembro tão nevoso,* e *ela exagerou na curva, bateu num orelhão,* o nível de álcool no sangue dela estava altíssimo pelo jeito, e *você ficou bem, graças a Deus, mas ela sofreu vários cortes e hematomas graves nas mãos, nos braços, no rosto,* e aí estava, o alerta de que ela precisava, e ela ficou sóbria, AA e tudo mais, *mas nunca se perdoou por colocar você em perigo daquele jeito,* e meu pai termina o scotch, olha para o gelo no copo, e *é por isso que ela se preocupa tanto com as suas costas,* e ele contém as lágrimas, *ela fica com medo de que você tenha ferido alguma vértebra naquele acidente de carro,* e ele chacoalha o copo, nada além de gelo agora, depois ergue os olhos cheios de lágrimas, *você não lembra de nada disso mesmo?*

Mais um trecho de turbulência chacoalha o avião – e o gelo.

80 ➠ *enfrentando o mundo como Penelope Oakman*

No andar de baixo, na cozinha, as vozes abafadas dos meus pais: eles estão falando de mim. Ainda.

Sei lá.

Talvez eu precise de ajuda. Provavelmente, mas agora tenho o forte desejo de me debruçar sobre algo conhecido, de fazer algo por alguém que importe.

Bato de leve na porta de Penny. Sem resposta. Bem devagarzinho, giro a maçaneta e abro uma fresta. Está escuro, a única luz vem do abajur na mesa de cabeceira dela; Penny está dormindo profundamente, com um livro sobre o peito que sobe e desce a cada respiração. Ao pé da cama, Mark Wahlberg ergue a cabeça e olha para mim, e levo um dedo à boca, o que – obviamente – ele parece entender. Ele apoia a cabeça nas patas e não emite um pio.

De volta ao meu quarto, procuro a carta antiga com a lista de prós e contras de *Bonequinha de luxo*. No fim da página, onde ela pergunta: *Você vai assistir a* Bonequinha de luxo *com sua querida irmã? Por favor, responda*, dou um visto no quadradinho ao lado de: *Sim, claro que vou*.

De volta ao corredor, no quarto dela, coloco a lista com a minha resposta em sua mesa de cabeceira, me sento no pufe com estampa de leopardo favorito dela no cantinho, e observo o livro subir e descer, ritmicamente para cima, ritmicamente para baixo, para cima, para baixo, desse jeito.

Então, quem está na sua canoa, Penn?

"Ajuda o fato de ser doida varrida dentro de um manicômio."

Não faço ideia do que isso quer dizer.

Quer dizer: pegue um remo, darling.

Fico sentado assim durante a maior parte da noite, sem conseguir desligar o cérebro por tempo suficiente para pegar no sono, sem conseguir juntar energia para levantar e sair. Fico sentado no pufe da minha irmã e me pergunto por quanto tempo ela vai oferecer aquele remo antes que ele escorregue para dentro d'água.

Melhor não descobrir.

81 ➠ *o fechamento hercúleo da cortina*

– Isso é *de verdade*? – Aos poucos, o rosto de Penny vai entrando em foco. – Isto – diz o rosto embaçado –, isto aqui – apontando para o pé da página de prós e contras. Sento com cuidado, estralo um nó enorme do pescoço. – Esta resposta. Você está falando sério?

– Meu Deus. Penny. Me dá um segundo.

Levo uma contagem total de cinco segundos para lembrar onde estou. Não sei dizer exatamente quando peguei no sono, mas meu melhor palpite seria por volta das três da madrugada.

– Certo, já te dei uns dez segundos – diz Penny. – Isso é de verdade? Você quer assistir a *Bonequinha de luxo* comigo?

Mesmo no meu torpor, não consigo deixar de admirar a vida dentro da minha irmã: o brilho em seus olhos é como um vulcão borbulhante, prestes a explodir ao primeiro sinal de confirmação de que sim, estou mesmo concordando em assistir a esse filme com ela.

Limpo a garganta e balanço para trás para tomar impulso para me levantar.

– Sim.

– Sim, o quê? – ela diz, terminando a frase num misto de riso e grito agudo que só minha irmã é capaz de tornar fofo.

– Eu marquei *sim*, Penn. Não força.

Não sei qual é a palavra certa para os movimentos de dança de Penny. Talvez não tenha uma, mas é como se um cachorrinho tivesse ficado bêbado num bailinho dos anos cinquenta e não parasse de dizer, *Isso! Isso! Ebaaaaaaaa*.

Digo para ela que não estou me sentindo bem no momento, que vamos assistir ao filme no porão depois da aula, e é como se eu tivesse lhe dado um cheque em branco e dito para ela ir à loucura no shopping.

Mas, pois é, estou me sentindo bem bacana no momento.

Pelo que descobri, fingir estar doente para matar aula é muito mais fácil quando seus pais estão pisando em ovos toda vez que você entra na sala.

– Não estou me sentindo bem – digo para eles na cozinha. – Acho que estou ficando doente.

– Tá – eles dizem e, em menos de uma hora, todos saíram.

Coloco o celular no silencioso, o jogo em cima do colchão sem lençóis, e abro o laptop. Às vezes um pensamento leva uma eternidade para tomar forma, se movendo no ritmo de uma lesma; outras vezes, ele explode como uma supernova, aqueles momentos finais preciosos na vida de uma estrela, em que sua verdadeira grandeza é mais aterradora, um fechamento hercúleo da cortina para ficar na história. E, embora eu mal consiga manter os olhos abertos, preciso tirar essa supernova do cérebro.

82 ➠ *uma história concisa de mim, parte quarenta*

2003. Nick Bostrom, um professor da Universidade de Oxford, publica um artigo apresentando o "Argumento da Simulação", em que destaca as três possíveis opções para o futuro da raça humana, ou um estágio "pós-humano": a) somos extintos antes de chegarmos ao estágio pós-humano; b) tendo chegado ao estágio pós-humano, temos poucas chances de executar qualquer realidade simulada; ou c) estamos vivendo atualmente em uma realidade simulada.

A ideia é a seguinte: dada a trajetória do avanço tecnológico e, partindo do pressuposto de que esse avanço vai continuar, pode-se supor que uma realidade simulada será possível em algum momento e, partindo do pressuposto de que aqueles na simulação não estarão cientes de seu estado simulado, a consequência é que, se nossa civilização atual *for* simulada, nós a) não teríamos como saber e b) juraríamos que ela é real. Assim como as sombras dançando no fundo da parede da caverna ou como Neo no começo de *Matrix*, aceitaríamos o que nos é oferecido, viveríamos dentro do robô e faríamos isso sem reclamar. Mas e se...

83 ➡ *o cursor pisca*

Mas e se...

Mas e se...

Mas e se...

Fecho o documento e abro o Google, digito "Elam" e "Ambrosia" e "Phoenix", "Ava" e "Wren", e considero a importância dos nomes, Philip Parish para Pôncio Piloto, Nathan em Jonathan, e do meu próprio nome em relação a Abraham e Elam, e do meu próprio nome em relação a Neo, e do meu próprio nome em relação a NOAA, e do meu próprio nome. Fico encarando a tela por um minuto ou uma hora e, embora eu só tenha passado uma noite maldormida, de repente é como se não dormisse há meses. Fecho o computador, cambaleio até a cama, fecho os olhos, deixo essa ideia arrepiante crescer, minha bochecha e minhas mãos contra o tecido áspero do colchão sem lençol.

Mas e se...

84 ➡ *Piedmont*

É uma névoa grossa como neve derretida, uma cidade fantasma; ando através dela, me perguntando se alguém realocou Iverton para o topo de uma montanha, *mas isso é bobagem – não dá para mudar uma cidade inteira de lugar,* e agora estou numa rua em que não quero estar, e agora estou no quintal dele. A lua é grande e brilhante e parece uma foto em preto e branco de uma melancia.

– A lua parece uma melancia – digo, mas ninguém escuta.

– Sabe quem eu encontrei na caverna? – pergunta Kurt, balançando na cadeira, fumando aquele charuto.

Abraham Parish diz algo, mas não consigo escutar.

– Cadê seu cachorro, Kurt? – pergunto. – Você perdeu seu cachorro?

O velho olha para mim, aponta para a casa vizinha à dos Lovelock.

– Ele voltou pra dentro. Aquela melancia velha ficou brilhante demais.

Chego ao alpendre dos Lovelock, estou prestes a abrir a porta, quando sinto uma mão no meu ombro.

– Cuidado aí dentro – diz Abraham Parish. – Fica bem escuro.

Dou um abraço nele e entro, com a tocha na mão, seguindo a voz de Bowie até o fundo da caverna. Gotas se acumulam e pingam das paredes e dos tetos curvos, caem no chão de pedra no ritmo da canção ecoante, a contagem regressiva de Bowie para a decolagem. A chama na minha tocha bruxuleia, depois se apaga por um momento antes de voltar a se acender mais brilhante, e agora aquelas letras pingam das paredes da caverna como seiva de uma árvore, se acumulando no piso onde se unem para formar uma frase inteiramente nova: JEITO PECULIAR.

– Não se preocupa com o vaso.

Tem outra pessoa ali dentro comigo. Eu não o tinha visto antes, mas ele está no canto, lá longe. Só vejo as costas dele; seu rosto deve estar quase tocando a parede da caverna. Ele está encharcado dos pés à cabeça, tem água pingando do seu cabelo, roupas e mãos, caindo no chão da caverna, onde as gotas se acumulam e se multiplicam, se acumulam e se multiplicam.

– Alan.

Meu melhor amigo se vira, me encara pela primeira vez. Ele não diz nada, só dubla "Space Oddity". Sempre foi a sua favorita.

Deito na cama sob os lençóis recém-lavados, grandes travesseiros macios, e eu poderia dormir para sempre. Ao lado da cama, Abraham, o labrador, late em silêncio e, enquanto fecho os olhos, penso em como é assustadoramente estranho que deva acabar agora como começou 26.000 anos atrás: com um menino e um cachorro numa caverna iluminada por uma tocha.

85 ➠ o oráculo

– Merda – diz uma voz. – Não, não. – E aí: – Merda. – De novo, e alguma coisa pressiona meu rosto, espremendo minha cabeça como uma laranja num torno, e minha garganta está seca, e meu corpo todo dói como se eu estivesse correndo há dias, e a voz diz: – Merda. – Ouço alguém digitando. Ergo uma mão para soltar a cabeça; o que quer que seja está quente ao toque e, antes de eu conseguir tirar, há um som de rodinhas no chão, e aí a voz está perto: – Espera um segundo. – E sinto um par de mãos por trás da minha cabeça, e um estalo baixo, e o peso é retirado.

O brilho do quarto é ofuscante a princípio, mas, conforme meus olhos se adaptam, percebo que só é brilhante em comparação ao lugar em que eu estava.

Um teto: a primeira coisa que vejo.

E então um rosto debruçado sobre mim.

– Ei. – Os olhos de Circuit estão vermelhos e arregalados, e há uma tensão na voz dele, como se ele estivesse à beira de um ataque de nervos.

Tento falar, mas a única coisa que sai é uma tosse.

– Relaxa. Já volto. – Ele desaparece, o som de rodinhas outra vez, e o ouço sair do quarto. Há um peso nas minhas mãos e nos meus pés, mas não consigo me mover para ver o que é, não consigo nem erguer a cabeça. Uma música toca no fundo, o fim de "Space Oddity" do Bowie.

Mas que porra...?

– Você deve estar com uma bela dor de cabeça agora. – O som de rodinhas de novo, o que agora reconheço como as rodinhas de uma cadeira de escritório no piso de madeira, e o rosto de Circuit paira sobre mim. – Além disso, o aparelho pode causar paralisia temporária, mas não se preocupa. Eu trouxe aspirina. E água.

Circuit me ergue pelas axilas até eu ficar apoiado na cabeceira, e me ajuda a tomar os comprimidos e a água.

Olho pela primeira vez para o quarto inteiro dele, desde a noite da festa dos Longmire.

Sua escrivaninha ainda está cheia de livros didáticos e papéis por toda parte, uma caixa de bolinhos de canela com açúcar mascavo, sacos vazios de Cheetos, e nada menos do que uma dezena de latas amassadas de refrigerante. Um laptop zumbe com uma variedade de janelas piscando na tela em intervalos regulares, gráficos e longas séries de dígitos ilegíveis; e, ao lado do computador, aquele par de óculos gigantes, cujo nome Circuit havia falado, embora eu não me lembre qual era.

– Calminha aí – ele diz, abaixando para tirar o que parece ser um par de botas de esqui dos meus pés. Ele as coloca no chão, e depois tira uma luva da minha mão esquerda, depois da minha mão direita. – Como sua fala e sua mobilidade estão limitadas, que tal eu falar primeiro? Mas devo avisar – Circuit se inclina para a frente, rola a cadeira até a beira da cama –, acho que você vai querer me machucar, Noah. E estou falando sério. Mas entenda o seguinte, logo de cara. Não estou arrependido. Nem agora, nem nunca. Tá?

Estou chorando, e não sei quando isso começou, mas sei o porquê: eu acredito nele.

Circuit rola a cadeira de volta ao computador, minimiza todas as janelas, e abre o YouTube.

– Vamos começar por aqui.

O vídeo abre com um título em caixa alta dizendo TESTE DE MODIFICAÇÃO AMBIENTAL F. Daí corta para a imagem de um rato numa gaiola. A gaiola tem uma decoração estranha: num canto há uma miniatura da Estátua da Liberdade vestindo uma túnica e uma boina azul; no outro, uma bola de beisebol branca dentro de uma caixa de vidro; e, cobrindo o piso, lascas de madeira verde. Uma minitelevisão de frente para a gaiola exibe um episódio de *Tom e Jerry*. O rato está na rodinha de exercício, quando um narrador com sotaque australiano diz: *"Este é Herman. Herman tem dois anos e morou nesta gaiola durante a vida toda. Desde o dia em que nasceu, sua casa foi conservada de maneira meticulosa, todos os itens exatamente iguais e exatamente no mesmo lugar"*. O narrador em seguida explica que a rodinha de exercícios de Herman está conectada a um aparelho que emite uma lufada do mesmo perfume com aroma de coco a cada dez rotações, e que esse episódio específico de *Tom e Jerry* está sendo repetido há dois anos. Uma variedade de cortes exibe Herman comendo, bebendo numa garrafa enganchada na lateral da gaiola, dormindo confortavelmente. *"Esta é a Gaiola A"*, diz o narrador. *"A Gaiola A é a casa de Herman, a única que ele já conheceu."* O vídeo corta para outra gaiola com decoração semelhante, mas com algumas variações sutis: a Estátua da Liberdade nessa gaiola usa uma toga e uma boina verde; no canto oposto, há uma bola de tênis numa caixa de vidro; e as lascas de madeira são azul-escuras. *"Esta é a Gaiola B"*, diz o narrador, que em seguida aponta as diferenças entre as duas gaiolas, incluindo o aroma de pinheiro emitido a cada cinco rotações da rodinha de exercício e o episódio recorrente de Coiote e Papa-Léguas na televisão. *"Agora veja o que acontece quando Herman é transferido para essa nova casa"*, diz o narrador. Uma mão enluvada coloca devagar o Herman, inquieto, dentro da Gaiola B. O rato começa a correr de um lado para o outro, chutando as lascas de madeira e escalando as paredes. O narrador explica que eles deixaram Herman na Gaiola B por três horas. *"Ele não se acalmou em nenhum momento."*

A tela fica preta.

Alguns segundos se passam, e as palavras UM MÊS DEPOIS aparecem; vemos Herman em sua casa original, a Gaiola A. A mão enluvada aparece de novo, dessa vez com uma seringa, e o narrador explica que Herman vai receber uma pequena dose de Telazol antes de ser realocado para a Gaiola B.

A tela fica preta.

UMA HORA DEPOIS. Herman acorda na Gaiola B. Ele fareja a base da toga da Estátua da Liberdade, a bola de tênis na caixa de vidro. Assiste por alguns segundos ao desenho do

Coiote e do Papa-Léguas e então, muito calmamente, sobe na roda de exercícios... e corre. "*Existem duas possibilidades em relação ao resultado deste teste de modificação ambiental*", diz o narrador. "*A primeira é que o cérebro de Herman simplesmente fica mais complacente à modificação quando é induzido a um estado de inconsciência. A segunda e muito mais convincente é que, quando transferido durante um estado de inconsciência, Herman é incapaz de diferenciar os dois ambientes.*"

Em algum momento durante o vídeo, recupero um pouco da sensação no corpo, sento na cama e, embora esteja tudo doendo, pelo menos consigo me mexer.

– Meu pai me contou uma vez que, nos primórdios dos computadores, as pessoas piravam nesse programa chamado Paintbrush. Adivinha o que ele fazia. – Circuit ri baixo. – Nossa sociedade ficou hipnotizada por computadores como um bebê com um chocalho... Mas meu pai não. Ele passou anos elaborando um software que trabalhasse paralela e conjuntamente ao cérebro humano, permitindo que a pessoa vivesse e prosperasse dentro da simulação. Vi isso acontecer várias vezes, uma das vantagens de estudar em casa. Eu fazia todas as minhas lições em uma hora e passava o resto do dia o ajudando.

Por algum motivo, não consigo olhar nos olhos de Circuit enquanto ele fala, não consigo encarar os níveis de determinação que escuto em sua voz.

– Ele construiu o Oráculo. – Circuit pega os óculos-binóculos, o gira nas mãos. – A peça da cabeça veio primeiro, depois as botas e as luvas. Batizou em homenagem àquela personagem do *Matrix*. Já viu esse filme? Divertido, embora antiquado. Enfim, ao contrário do Oculus, do Google Cardboard ou daquela merda da Samsung VR, que não passam de videogames superestimados, o Oráculo opera em conjunto com todos os principais serviços de busca, possibilitando que o usuário vivencie as coisas de verdade, *saiba* de coisas que nunca havia vivenciado ou conhecido antes. Lugares, ideias, fatos, aromas e sabores, está tudo lá. Mas a verdadeira beleza do Oráculo é como ele responde ao que já existe no seu cérebro. Por exemplo... – Ele gira de volta para o computador, abre uma das janelas minimizadas, e pergunta: – Quem é Fred Merkle?

Perco o chão, e meus olhos se fecham como cortinas no fim de uma peça.

– Prontinho.

Abro os olhos, tusso e me sento.

– Devagar – diz Circuit. – Você desmaiou por um minuto, um efeito colateral bem comum. Toma – ele estende uma barra de cereais –, isso vai ajudar.

Minha boca saliva antes que possa formar as palavras *vai se foder*. Desembrulho a barra e a devoro.

– Meu pai amava scotch – diz Circuit. – Agora, não vou fingir que sei muito sobre o processo de produção, mas tenho uma noção geral. Destilar o álcool, deixar envelhecer num barril. Ou um *tonel*, como também é chamado. Aprendi com meu pai que nem todos os tonéis são criados da mesma forma. Ex-tonéis de xerez, ex-tonéis de bourbon, ex-tonéis de chardonnay, todos de características diferentes, cada scotch envelhecido por um período de tempo diferente, e esse processo representa um papel enorme no produto final.

– Aonde você quer chegar? – Minhas primeiras palavras são roucas, mas é bom voltar a falar.

– Seu cérebro é o álcool puro, Noah. O Oráculo é o tonel. Ele pega o que tem aí dentro, conhecimento, experiência de vida, opiniões, ideias, e preenche as lacunas. Dá sabor. Meu pai construiu uma obra-prima, sem dúvida. – Circuit dá um tapinha no Oráculo. – Mas tinha um problema. Sabe qual era o problema?

– Vai se foder?

– Ha. Não, o problema da realidade virtual sempre foi irritantemente simples. *Consciência do usuário*. Durante a simulação, o usuário tem a presença de espírito para distinguir entre o que é real e o que não é, reduzindo a experiência a nada além de um escapismo masturbatório. Uma porra de Paintbrush 2.0. Imagina construir um automóvel completamente funcional do nada, mas colocar a ignição no lugar errado. E essa consciência do usuário... essa foi a ignição no lugar errado do meu pai. Depois que ele morreu, me deixou um caderno cheio de teorias técnicas, instruções, coisas que ele havia tentado que funcionaram, coisas que não. Ele *queria* que eu fizesse isso, continuasse de onde ele parou. Queria que eu encontrasse a ignição. E eu encontrei. Descobri quando achei o Teste de Modificação Ambiental F. Uma simulação que começa apenas quando a cobaia está em *estado inconsciente* poderia, em tese, permitir que essa pessoa vivesse numa realidade simulada sem nunca descobrir que era simulada.

– Hipnose.

– Tinha de ser mais do que o sono, mas eu não achava que conseguiria fazer alguém apagar – diz Circuit. – Claro, você tinha bebido bastante, o que ajudou.

– Você é doido pra cacete.

Circuit dá de ombros.

– Eu nunca poderia construir o que meu pai construiu. Mas, quando achei aquele vídeo, soube que tinha achado a ignição. Minha contribuição para mudar o mundo que nós conhecemos.

Ver Circuit falando é como ver uma criança em uma cabine de piloto de avião: acredito que *ele* acredita que saiba o que está fazendo. Mas Circuit não construiu essa máquina; ele não fez nada além de subir nos ombros do arquiteto para apertar o botão. E os defeitos e peculiaridades da coisa? Como pode operar de maneira diferente em alguém cujo estado está, para começo de conversa, tão radicalmente alterado? Já estive em festas suficientes para saber que as pessoas não são as mesmas quando estão bêbadas, e já vi os olhos de gente hipnotizada – mas as duas coisas ao mesmo tempo?

– Por que eu?

Circuit faz careta, imita um choramingo.

– "Quero uma trajetória nova. Todo mundo na minha vida está estagnado. É como se minha vida fosse uma blusa velha que não servisse mais." – Ele ri um pouco, balança a cabeça. – Tipo, sério, não teria como inventar uma cobaia mais apta do que você.

Olho para os lençóis embaixo de mim, a cama feita, o contorno de onde eu estava.

– Então o quê... você me atraiu pra sua gaiola?

– Bom, tive uma ajudinha.

– Mentira.

Ele encolhe os ombros, não fala nada.

– Quem? – pergunto.

– Não cabe a mim dizer. – Circuit rola de volta para a mesa, navega por uma playlist no computador, toca "Life on Mars?" e diz: – Sabe, nunca fui muito fã de Bowie antes, mas fiz uma playlist pra nossa sessão, e devo dizer que estou começando a curtir.

– Você me manipulou.

– Não é assim que funciona. Não é um videogame, não estava controlando seus movimentos, dizendo a você aonde ir, o que fazer. O Oráculo pega o que encontra aí – Circuit aponta para a minha cabeça – e integra com o que encontra *aqui*. – Circuit aponta para o computador. – Se der pra encontrar no Google, dá pra viver.

– Características físicas, coisas que as pessoas diziam e faziam... As coisas estavam diferentes. Você fez aquilo acontecer.

– Eu não.

Aponto para o computador.

– Assim como aquela segunda gaiola tinha todas aquelas mudanças, você rearranjou os troços na minha cabeça.

– Não é uma ciência exata, Noah. Viver em simulação é mais ou menos o equivalente a viver na ficção. E, assim como na ficção, variações e falhas estão previstas. Não me surpreende nem um pouco que você tenha sentido mudanças nas pessoas ao seu redor.

– E o padrão?

Isso faz Circuit parar.

– Padrão... nas mudanças?

Nunca foi difícil para mim me imaginar naquela lanchonete com Cletus e Nathan. *Pessoas como nós serão sempre sozinhas, Noah, não tem problema; o segredo é saber a diferença entre ser sozinho & ser solitário.*

– Hm. – Circuit vira para o computador, abre um documento, e digita. – Interessante – ele diz, e me imagino enrolando esse lençol e o enfiando na boca dele, pressionando um desses travesseiros no rosto dele, segurando ali até seu corpo todo sofrer espasmos e ficar imóvel. – Fascinante – ele diz.

– O quê?

– Meu pai usou quase cem voluntários na simulação e, embora todos tenham relatado variações dentro do Oráculo, você é o primeiro a relatar um padrão entre essas variações. Não vou mentir para você, Noah, estou um pouco excitado com isso agora. Qual foi o padrão, se me permite perguntar?

Fui voltando a sentir minhas pernas, o que dá uma pitada de fuga aos meus devaneios de luta.

– Não importa – diz Circuit, vendo em meus olhos que não vai receber uma resposta. Ele suspira e se recosta na cadeira, um verdadeiro cientista maluco. – Pensa no seguinte. Daqui pra frente, não há literalmente nada que continue igual. Demitido do trabalho? Divórcio litigioso? Diagnóstico de câncer, morte na família, *vida de merda*? Pelo preço certo, aqui vai uma nova. Ou dá pra tirar só umas férias rápidas, como você fez.

Formigamento agora, nas pernas. Meu sangue está correndo, e estou prestes a fazer o mesmo.

– Férias rápidas?

Os olhos de Circuit mudam, e ele sorri como se tivesse acabado de reconhecer um velho amigo, e penso em como seus dentes se quebrariam como vidro, como seu sangue jorraria pelo quarto e pintaria as paredes de vermelho.

– Em que mês estamos? – ele pergunta.

Algo na simplicidade da pergunta me dá vontade de vomitar.

– Novembro.

Circuit dá uma gargalhada curta, bate uma palma na outra.

– Que beleza.

– O quê?

– A proporção de simulação é mais ou menos de uma hora para cada duas semanas. Faz pouco mais de seis horas.

– Desde quê?

Mas a ficha cai, e Circuit se vira para o computador como se nem ele conseguisse encarar o que está prestes a me dizer, e todas as palavras dessa noite se separam em letras agora, flutuando no ar, e o quarto assume todos os tons vivos do mundo.

– Faz pouco mais de seis horas que saímos da festa dos Longmire.

86 ➟ *é só fingir que você mora aqui*

Antes dos meus tempos de Bowie Marinho, eu ia ao shopping com a minha mãe perto do fim do verão para comprar roupas novas. A gente andava pelos corredores de ladrilhos brancos, e eu comentava sobre como odiava o shopping – os funcionários assertivos dos quiosques, o cheiro da praça de alimentação, a conveniência sintética de tudo – e minha mãe só encolhia os ombros como se concordasse, mas o que eu esperava que *ela* fizesse. "É só fingir que você mora aqui", ela disse uma vez.

Lembro de olhar ao redor, imaginando todas aquelas fachadas escuras depois de o shopping fechar, quando não tinha mais ninguém, e descobri que tinha uma aptidão incrível para romantizar até o mais traiçoeiro dos ambientes simplesmente imaginando esses lugares como se fossem a minha casa.

É só fingir que você mora aqui.

Andei por aqueles corredores vazios na minha mente, e o luar através das janelas tingia os ladrilhos brancos de azul, e não havia ninguém, todos os funcionários robóticos estavam na cama, e, embora esse espaço fosse escuro e vazio e um pouco fora de mão, era minha casa.

Imagine viver num lugar assim.

E foi lá que eu estive.

– Noah – diz Circuit, mas minhas pernas estão de volta e já estive neste quarto por tempo demais.

Chego ao patamar da escada, desço, e estou prestes a atravessar a porta da frente quando escuto um farfalhar vindo da sala, e tem um abajur no canto, e Sara acaba de acordar no sofá. Ela boceja e se espreguiça, dizendo:

– Você sabe que estava cansada quando prefere dormir no sofá a subir a escada para o próprio quarto. – E então ela sorri para mim, inclina um pouco a cabeça. – Noah-com-*H*, certo?

Nike, a gata, sobe no colo dela, e o medo que estava em ebulição no meu estômago começa a transbordar.

– Noah, por favor. – A voz de Circuit do alto da escada é arrepiante de tão normal. – Volta. Vamos conversar.

Uma última olhada para Sara – e saio pela porta, atravesso o jardim, chego correndo à Piedmont. O sol está começando a nascer, e o vizinho Kurt ergue uma caneca fumegante de café.

– Bom dia – ele diz, como se tudo estivesse em seu devido lugar. E, aos seus pés, Abraham, o collie peludo late uma vez, e é como se eu tivesse passado a noite toda lendo a frase a seguir, e esse latido fosse o ponto-final:

Minha vida nos últimos três meses foi apagada.

87 ➠ *a palavra mais próxima*

Abro a porta como se fosse um Band-Aid, o alarme dispara e, se minha mãe e meu pai já não estavam acordados, agora estão, mas de uma coisa eu sei: Preciso do meu quarto. Mantenho a cabeça baixa, evito a cozinha, subo com dificuldade, tranco a porta, caio na cama, e deixo esse sentimento tomar conta de mim. Sinto algo entre tristeza, remorso e raiva impulsiva, mas tudo e de repente, e como não existe protocolo para ouvir que você precisa reviver parte da sua vida – nem mapa nem traçado nem ninguém que já tenha passado por isso que possa dizer: *Vai ficar tudo bem* –, fico com esse sentimento sem nome.

Uma batida na porta.

– Noah! – Meu pai não me espera responder antes de tentar entrar. – Noah, abre a porta.

– Estou bem, pai. Só preciso dormir um pouco.

– Noah, me deixa entrar agora.

Ele não sente raiva com frequência, então, quando acontece, é preocupante. Abro a porta e, no instante em que vejo seu rosto, eu sei: o que quer que seja, não é raiva.

– Onde você estava? – ele pergunta.

– Desculpa. A festa foi até tarde, dormi na casa do Alan e da Val. Sei que deveria ter avisado, mas...

Não sei o que passa na cabeça dele; e por algum motivo a casa fica em silêncio de repente.

– Pai.

Ele engole em seco, e seus olhos ficam vazios, e, enquanto meu pai fala, aquele sentimento sem nome começa a tomar forma, *Ontem à noite o Alan bateu a cabeça na piscina dos Longmire*, começa a formar algo reconhecível, *Ficou sem oxigênio por um tempo*, começa a entrar em foco, *Ele está no Chicago Grace agora*.

– Ele está bem? – pergunto; não parece a minha voz.

– Ele está na UTI. Estável, mas não sabemos muita coisa. Sua mãe está lá agora.

– Tenho que ir. Tenho que estar lá.

Meu pai assente.

– Está pronto?

No caminho, meu pai explica que, pouco depois da uma, Val ligou me procurando e, quando ela contou o que tinha acontecido, eles deixaram Penny no vizinho para que meu pai pudesse sair atrás de mim, e minha mãe pudesse ir ao hospital com os Rosa-Haas.

– Sua mãe passou a noite toda lá. – Fica um silêncio por alguns segundos, e então ele diz: – Eu fui à festa dos Longmire. Atrás de você. Mas você não estava lá, então saí dirigindo pelas ruas para ver se te encontrava caminhando. Fiquei chamando por você, e eu estava prestes a ligar para a polícia.

Estou apenas vagamente consciente dessa conversa, em que meu pai me pergunta onde eu estava sem perguntar diretamente.

Estou apenas vagamente consciente da minha existência neste carro.

Eu deveria estar lá.

Pego o celular para ligar para a Val e meu estômago se revira: cinco mensagens de voz, dezenas de ligações perdidas, uma série de mensagens da minha mãe e do meu pai, e uma série de mensagens de Val, a primeira das quais é uma única palavra, enviada à 1h01.

Val: Noah

Val: Kd vc??

Val: Alan bateu a cabeça

A mensagem seguinte é das 3h22.

Val: A gente está no Chicago Grace. Ele não
está acordando

Val: Kd vc porra

Eu deveria estar lá, deveria estar lá, deveria estar lá, deveria estar à beira da piscina para mergulhar e o puxar, deveria estar na casa para impedir que ele nadasse chapado e evitar tudo isso, deveria estar no hospital agora no mínimo.

– Vai ficar tudo bem – diz meu pai, mas nós dois sabemos que isso não significa nada.

Atordoado: é a palavra mais próxima.

88 ➡ *vidas refletidas*

Eu tinha doze anos na primeira vez que fui ao Wrigley Field. Depois de assistir a centenas de jogos pela televisão, estava ansioso para ver o campo com meus próprios olhos: a marquise gigantesca, as paredes de tijolos e trepadeiras por toda parte, o sol brilhando forte sobre uma grande vitória dos Cubbies. Mas estava nublado quando chegamos, e a marquise de tamanho comum promovia mais a Budweiser do que o Cubs, e as paredes externas eram as únicas cobertas de trepadeira, e vi aquilo por apenas vinte minutos antes de começar a chover.

Aquele não era o Wrigley que eu conhecia.

Alan está deitado na cama, não exatamente na horizontal, mas um pouco erguido. Seus olhos estão fechados, ele está com um tubo enfiado na boca, outro no nariz, um colar cervical, uma intravenosa no braço e, quando entrei, meu primeiro pensamento foi: *Desculpa, quarto errado.*

Aquele não era o Alan que eu conhecia.

Abraço minha mãe, depois o sr. e a sra. Rosa-Haas, e depois Val – este abraço é mais demorado.

– Desculpa, Val. Eu deveria estar lá. Desculpa. – Ela balança a cabeça no meu pescoço, e sinto a umidade de suas lágrimas, seu nariz escorrendo, e daqui vejo a cabeça de Alan no colar, cheia de tubos, e não consigo acreditar nessa merda. O sr. Rosa-Haas diz alguma coisa sobre buscar café, e os adultos saem, e agora ficamos nós três sozinhos.

– Eu falei pra ele não fazer aquilo – diz Val. – Falei que ele estava sendo besta, que deveria ignorar o Jake... – E depois ela explica que no começo ninguém sabia o que tinha acontecido e, quando perceberam que Alan estava embaixo d'água, demorou um tempo para o tirarem de lá e, a essa altura, ele já não estava mais reagindo. – Botamos o Alan no carro e eu o trouxe pra cá. Vim a tipo uns duzentos por hora o caminho todo.

– Já sabem de alguma coisa?

Val faz que não.

– Fizeram uma tomografia, acho. Ressonância, talvez. Falaram que ele definitivamente bateu a cabeça, então.

Consigo imaginar a cena toda: Alan mergulhando, querendo colocar Jake em seu devido lugar, nadando em direção à parede, julgando mal...

Val começa a chorar.

– Ouvi os médicos falando para os meus pais que não tentariam acordá-lo até ele conseguir respirar por conta própria. Até lá – ela aponta para um dos aparelhos perto da cama –, essa coisa vai respirar por ele.

Fica um silêncio enquanto ficamos parados lado a lado diante de Alan, e não consigo deixar de imaginar como deve ter sido, e como teria sido diferente se eu estivesse lá. Mas eu não estava, e agora Alan está nessa maca, conectado a todos esses aparelhos, e vai saber se ele vai acordar de novo.

– Olha só pra ele – diz Val, e ela pega a mão mole do irmão, unindo nosso trio, o mais delicado dos triângulos.

Passo o dia todo no hospital. E não sei direito quando, porque o tempo é incompatível neste quarto, mas em algum momento meu pai sai para buscar Penny. Decidem que ele vai levá-la para casa, e que minha mãe vai buscar almoço para o resto de nós e, depois, vai esperar aqui comigo, e me pergunto como alguém consegue fazer planos agora, ou por que alguém faria algum plano, considerando que tudo vai à merda de qualquer maneira.

Duas vezes – uma quando minha mãe estava lendo uma revista, outra quando ela pegou no sono –, me peguei encarando o perfil do rosto dela: aquela pele lisinha, nenhum traço de cicatriz.

Fico vagamente consciente de algum tipo de jantar.

Fico vagamente consciente de que ainda não chorei.

Fico vagamente consciente de que eu e Val não conversamos desde que eu cheguei. Mas ninguém está conversando, na verdade.

Algumas vezes, penso ver os dedos de Alan se mexerem, mas não tenho como ter certeza.

E, à noite, quando dizem "Só membros da família", falo para a minha mãe que vou dormir numa cadeira na sala de espera.

Ela dorme na cadeira ao meu lado.

89 ➡ *passagem do tempo (III)*

Três dias até agora. Faço visitas de manhã e à noite.

Eu ficaria mais se deixassem, mas não me deixam.

Quando não estou na UTI, fico trancado no quarto com esse torpor, minha nova sombra. Durmo para passar o tempo, e traço diagramas morosos de tentativas frustradas de paraquedismo, papadas estouradas, e o rosto de uma velha senhora cuja existência se tornou extremamente comum pelo progresso do mundo. E sinto cada momento escapar conforme passa, como se tivesse embarcado num ônibus infinito, mas tivesse perdido o ponto, então agora estou condenado a ver todos ao meu redor chegarem exatamente aonde queriam, sabendo que nunca serei um deles. Sair do robô nunca foi sinônimo de morte, ao menos não para mim, mas talvez seja isso que acontece quando se perde o ponto. Talvez você fique preso nessa espécie de purgatório existencial, nem aqui, nem lá, nem em lugar nenhum, na verdade.

À noite, minha mãe senta na beira da minha cama e conta histórias, como fazia quando eu era pequeno. Fico ali deitado enquanto ela fala e, ao terminar, ela beija minha testa e, nesses momentos, sou forçado a considerar as profundezas da minha própria escuridão, que no palco do meu tempo Sob, meu eu inconsciente colocou minha amorosa mamãe no papel de uma alcóolatra que bateu o carro num orelhão com o pequeno Noah no banco traseiro. E, quando o clique suave da porta anuncia a saída dela, sou deixado sozinho no escuro para pensar sobre isso; sou deixado sozinho para retomar minha angústia.

Eu me mudaria para o quarto de Alan se me deixassem.

Mas não me deixam.

90 ➠ reviver

– Você vai ficar para trás logo de cara – minha mãe diz, mas não consigo deixar de encarar o perfil do rosto dela.

– Não vou, mãe. – E me viro na cama, puxo os lençóis brancos e limpos até o queixo; do lado de fora, escuto a discussão abafada deles no corredor.

Depois de faltar nos dois primeiros dias, meus pais decidiram que chegou a hora de eu ir à escola. Eles podem falar o que quiserem, mas meu melhor amigo está em um coma que eu poderia ter evitado se não tivesse ficado bêbado e deixado um cientista maluco me colocar em sua gaiola de rato por três meses (ou seis horas, tanto faz), então não, não acho que vá levantar e me vestir e recomeçar um ano que eu já tinha feito até a metade.

Pego o computador, volto para a cama, abro meu manuscrito e encaro a tela. Eu o tinha deixado aberto na última coisa que havia escrito: Uma História Concisa de Mim, Parte Vinte e Dois, sobre um menino e seu cachorro na caverna de Chauvet. Embaixo, não há nada. Dezoito histórias concisas, milhares de palavras – perdidas. Como se nunca tivessem existido.

Acho que nunca existiram, na verdade.

Dá para estourar um tímpano com um dedo, ou precisaria de algo afiado, tipo um lápis? Dá para quebrar um joelho com um martelo, e quanto tempo um isqueiro leva para queimar a pele e o músculo até encontrar o osso, e de quantos andares uma pessoa pode cair e sobreviver, e qual é a parte com mais carne da anatomia humana, o lugar que realmente daria para machucar antes de tirar a vida da pessoa?

Não visito Alan hoje. Em vez disso, mergulho nas águas mais profundas, minhas cobertas e travesseiros, e fico ali deitado com as luzes apagadas, vislumbrando formas criativas de infligir dor em Circuit. Imagino alguém olhando de fora e pensando: *Foram só três meses, supera*, mas a questão não é o tempo, na verdade. É a viagem à Estadual de Manhattan, e o Buraco de Minhoca. São todas as histórias que o sr. Elam ou Philip Parish contaram, as milhares de palavras que eu tinha escrito que agora foram apagadas. É como *é óbvio* que Sara Lovelock amava o que eu amava, tinha uma voz angelical, era obcecada por Mila Henry, e basicamente incorporava tudo o que eu sempre quis numa garota: ela era, literalmente, a Menina dos Meus Sonhos.

É que meu melhor amigo pode nunca acordar.

O que você faz, o que você pensa, com quem você faz – essa é a sua vida. Então, sim, foram só três meses, mas a questão não é o tempo. É a vida.

91 ➟ *a contingência de se importar*

– Val se recusa a sair. – Minha mãe está com cara de choro; ela está usando as mesmas roupas de ontem. Meu pai entra de fininho no quarto atrás dela. – Ela diz que você não visitou hoje, e que ela só sai de lá quando te vir.

Eu ainda não saí da cama, e a menos que...

– Alguma coisa mudou? Com o Alan?

– Não – diz meu pai.

Como uma palavra tão pequena pode fazer tanto mal, nunca vou saber.

Viro de lado, puxo o edredom para cima da cabeça.

– Estou cansado. Fala pra ela que eu a vejo amanhã.

Debaixo das cobertas, escuto meu pai rodear o quarto até chegar ao meu lado.

– Você acha que isso não é difícil para o resto de nós? Alan é como um filho para mim, Noah. E, quando ele acordar, imagine a decepção dele quando encontrar o melhor amigo apagado. Agora a Val literalmente *plantou* os pés na cozinha porque ela se importa. Sabe qual é o nome disso? Amizade.

Sinto vontade de chorar, mas não consigo. Respiro fundo, tiro o edredom da cabeça.

– É melhor eu tomar um banho primeiro.

O rosto do meu pai se enche de alívio.

– Vamos ficar com ela até você estar pronto.

Depois que eles saem, levanto da cama, pego uma Bowie

Marinho nova, mas, antes de chegar ao banheiro, Penny entra.

– Oi, Penn. Não estou muito a fim de conversar agora.

Ela vai até a minha mesa, coloca uma folha de papel perto do meu laptop.

– Eu fiz uma coisa pra você.

– Ah. Valeu.

– Estou com saudades, Noah. – Fofo surge do nada. – Certo. *Nós dois* estamos, eu acho.

Depois que Penny e Fofo saem, pego o papel dobrado. Tem meu nome escrito com canetinha na frente: o *O* de *NOAH* é um sol amarelo-vivo, e o *A* é um coração de ponta-cabeça. Desdobro o papel e choro pela primeira vez em dias.

Querido Noah,

"Mesmo após a noite mais escura, o sol brilhará outra vez." Você já leu Os miseráveis, darling? Victor Hugo era um verdadeiro gênio, na minha opinião. Enfim, acho que você está no meio de uma noite bem escura agora, então queria te lembrar que o sol vai brilhar outra vez. Vai sim! Eu juro, tá?

Amor,
Penelope

PS: E talvez, depois que ele nascer, a gente possa assistir a Bonequinha de luxo? Considere, darling.

O cabelo de Val está sujo, ela está usando o mesmo jeans furado do hospital e a tensão em sua voz é clara quando pergunta:

– Onde você estava hoje?

– Não sei, Val. Como ele está?

– Igual. Não sei.

– Mas ele consegue respirar sozinho?

Ela encolhe os ombros.

– Não vai demorar, dizem.

– Dizem.

Val senta em cima do balcão.

– Noah, preciso de você agora. Meus pais não estão servindo pra nada, estão totalmente fora de si. Você não pode sumir de novo.

– De novo?

– Você entende o que eu quero dizer.

– Na verdade, não.

Val diz:

– Faz semanas que você está diferente. Distante ou sei lá.

Eu sei o que meu pai disse, que Val está aqui porque se importa, mas o fato de se importar não é independente da pessoa com quem se importa. Estou prestes a dizer isso, mas no lugar o que sai é:

– Val, para onde você vai no ano que vem?

– O quê?

– Universidade. Para qual você vai?

Ela desce do balcão devagar, e dá para ver que ela está prestes a chorar.

– Quem liga pra universidade agora? Alan está por um fio e, de todas as pessoas na vida dele, No, não consigo *acreditar* que você está tão despreocupado assim.

– Val, escuta. Não estou... não estou despreocupado. Aconteceu uma coisa comigo.

– Do que você está falando?

– Na festa. Ou depois. Conheci uma pessoa, e tinha bebido demais, e eu não deveria ter confiado tão fácil em alguém, mas, como você falou, eu andava estranho, e ele falou que poderia ajudar, então fui até a casa dele. Val, esse menino... ele ferrou com o meu cérebro. Tem alguma coisa errada.

Cai um silêncio perturbador na cozinha por um segundo, e então Val pergunta:

– Foi o Circuit?

Tem essa coisa, eu acho, uma coisa sem nome que habita tão fundo dentro de nós que esquecemos dela; mas de vez em quando acontece algo que bota fogo nessa coisa sem nome.

– O quê?

– Circuit Lovelock.

Ela dá um passo à frente.

– Espera.

– Preciso te contar uma coisa, Noah. – E esse fogo se transforma numa chama. – Lembra na semana passada, quando a gente estava na piscina, e comentei que os Lovelock tinham ido jantar lá em casa? Eles levaram aquela lata gigante de pipoca doce que o Alan estava devorando. Ele estava no treino quando eles vieram. Enfim, depois do jantar, o Circuit ficou perguntando sobre as minhas fotografias, então mostrei meu equipamento pra ele. E, sei lá, a gente ficou falando sobre hobbies, eu acho, e ele comentou que curtia hipnose, e...

– Espera.

Pego a mão de Val, a levo até os confins do porão, onde ela continua:

– Aí Circuit me conta essa história de um amigo que tinha torcido o joelho jogando basquete, mas pelo visto todos os médicos diziam que o menino estava bem. O menino não estava mentindo, era só uma coisa psicológica. Então ele leva o menino até a casa dele, o coloca sob... o hipnotiza, quero dizer... e depois a dor some. Simples assim. Noah, na hora eu só conseguia pensar em você e nas suas costas, em como ninguém conseguia identificar o que havia de errado. Daí falei de você pra ele.

– Falou o quê, exatamente?

– Falei que um dos meus amigos machucou as costas nadando, e que agora você vivia numa... névoa desde então.

– Numa névoa?

– Circuit disse que podia ajudar, mas que tinha de ser orgânico. Falou que não podia ser como um encontro às cegas, ou uma reunião oficial ou coisa assim. Não poderia parecer arranjado, senão você não ficaria relaxado o suficiente.

– Então o que você fez?

– Nada, na verdade. Só precisei levar você para a festa. E depois pra biblioteca.

E agora: eu sei a quem Circuit estava se referindo quando falou *Tive uma ajudinha*, e agora: lembro que foi Val quem me apontou a direção da biblioteca na casa dos Longmire, e agora: parado nesse porão, lembro de um tempo muito distante em que dois amigos assistiam a *Across the Universe*, em como as coisas eram simples na época, e em como mudaram desde então.

– Não sei aonde ele levou você ou o que aconteceu. O acordo era uma hora naquela biblioteca, só isso. Ele falou que seria o suficiente.

– Ele te manipulou, Val.

– Como assim?

– Circuit nunca esteve interessado em me ajudar. Deve ter descoberto sobre a lesão nas minhas costas, depois inventou alguma história sobre o joelho de um jogador de basquete, sabendo que você morderia a isca.

– Por que faria isso? – pergunta Val.

Está na hora de dizer em voz alta:

– Circuit não apenas me hipnotizou.

Naquela noite, pela primeira vez desde que acordei no quarto de Circuit, tenho meu sonho recorrente: é em outro quarto, em outra cama, mas o mesmo brilho ofuscante, as mesmas letras flutuando no ar e se unindo para formar JEITO PECULIAR, e lá está Alan no canto, pingando, e ele se vira e dubla "Space Oddity", e ao lado da cama um cachorro tenta latir, mas não consegue.

92 ➟ *jeito peculiar*

Na manhã seguinte, minha mãe entra sem bater.

– Bom dia, Noah. Hora de ir.

Já estou acordado faz um tempo, olhando para o teto.

– Não vou para a escola.

– Não estou falando da escola.

Sento.

– Alan?

– Ele está igual. É outra coisa. Vamos sair em meia hora – ela diz.

– Mãe.

Ela para, mas não se vira.

– O Chicago Grace fica no caminho? – pergunto.

– Pode ficar.

Meia hora depois, coloco a mala de caveira rosa de Penny no banco traseiro da Land Rover da minha mãe.

– Isso é para quê?

– Nada – digo. – Só um monte de gibis que o Alan deixou no meu quarto. Achei que ele poderia querer ver quando acordar.

No Chicago Grace, minha mãe estaciona numa vaga de visitante, diz que vai me esperar ali. Entro com a mala a reboque, andando com os passos confiantes de uma pessoa que sabe aonde está indo porque já esteve lá antes.

Não o tipo de confiança que se quer nos corredores de um hospital.

Só que, quando chego ao quarto de Alan, encontro-o vazio. Numa recepção ali perto, pergunto a um enfermeiro se o transferiram, na esperança de que isso possa significar alguma melhora.

– Certo – ele diz, pesquisando o nome de Alan no computador. – Parece que seu amigo tem menos de dezoito anos, o que o coloca na UTI pediátrica. Estávamos com poucas vagas lá até ontem.

Sigo as instruções do enfermeiro até o novo quarto de Alan, que é basicamente uma réplica do antigo: as mesmas máquinas, os mesmos cheiros, a mesma depressão generalizada etc. A única diferença de verdade é o papel de parede, um fundo de arco-íris coberto de abecedários.

Lá dentro, Val e o pai estão sentados em silêncio ao lado da cama.

– Noah, como você está segurando as pontas? – O sr. Rosa-Haas se levanta para me abraçar; como é a tendência da moda do momento, ele está usando a mesma roupas há dias, e tem olheiras gigantes embaixo dos olhos.

– Estou bem. E vocês? – Ele encolhe os ombros, não parece capaz de responder, então mudo de assunto: – Cadê a sra. Rosa-Haas?

– No aeroporto para buscar a irmã. Falei para ela ir para casa depois. Tomar um banho e descansar, mas veremos. – O sr. Rosa-Haas aponta para a mala rosa de caveira. – Vai se mudar para cá?

– Trouxe alguns gibis do Alan. Achei que poderia ler um pouco para ele.

O sr. Rosa-Haas aponta para o papel de parede de alfabeto e arco-íris.

– Mala de criancinha para um quarto de criancinha. Faz sentido.

Não sei se ele está fazendo uma piada ou se está realmente irritado por Alan ter sido transferido para este quarto, mas ele parece bem fora de si – acho que eu estaria igual.

– Vocês acham que tudo bem se eu passar uns minutos sozinho com ele?

Val – que não disse nenhuma palavra desde que cheguei aqui, muito menos me olhou nos olhos, algo em que não vejo mal nenhum – intervém:

– A gente estava mesmo falando em sair pra tomar café da manhã, certo, pai?

O sr. Rosa-Haas sorri.

– Chegou na hora certa.

Depois que eles saem, puxo uma cadeira para o lado da cama de Alan, sento, tiro o celular do bolso, e coloco "Space Oddity" no *repeat*. Em seguida, abro o zíper da mala de Penny, e tiro Fluffenburger, o Parvo Inútil. Eu não sabia direito como ele reagiria à viagem de carro, mas ele está simplesmente senil demais para se importar com muita coisa, e devo admitir: até que é bom ter o velho rabugento de volta. Eu o coloco no colo, onde mais parece que ele está se fazendo de morto.

– E aí? – digo. De cabeça baixa, acaricio a nuca do Fofo, e depois ergo os olhos para Alan. – Oi. Antes que você diga qualquer coisa, eu sei, este é de longe o pior Dean e Carlo da vida, certo? Mas boa notícia. Conversei com o pessoal do refeitório, e eles concordaram em cortar a pizza em retângulos pra você. Aposto que você vai gostar. Ah, além disso, vamos fazer um curso de tecer cestas quando você acordar, depois um jantar em volta de uma fogueira com panelas de ferro porque estou cansado de falar dessas merdas. Já passou da hora de realizar nossos sonhos. – Parece besta falar com uma pessoa quando é quase certo que ela não consegue ouvir nada, mas hoje de manhã acordei com uma ideia e, por mais maluca que ela parecesse, não conseguia tirá-la da cabeça. – Por falar em sonhos – me inclino, baixo a voz –, eu vi você. Em um sonho, quero dizer. Você estava pingando, sozinho num canto. E tinha um cachorro. – Olho para o Fofo. – Sempre um cachorro tentando latir, mas nunca conseguia. – Agora respiro fundo como se estivesse prestes a mergulhar nas profundezas, ergo os olhos, e me aproximo, e vai: – Não sei onde você está agora, nem se consegue me ouvir, mas queria te contar uma história, se não tiver problema. – E, assim como minha mãe fez tantas vezes, sussurro uma história à beira da cama, uma história sobre um menino que tinha medo de ficar sozinho, que achava que nada mudaria, que tratava mal seus amigos. – E numa noite esse menino vai a uma festa – eu digo, e conto a Alan a História Concisa do meu tempo Sob, e, quando termino, dou um beijo na mão imóvel dele, e é claro que era Alan no sonho: porque, durante todo o tempo em que eu estava Sob, ele estava Sob também. – Desculpa – digo, e agora estou chorando em cima dele –, desculpa por não estar lá com você. – E aquele torpor que eu estava sentindo começa a passar, mas a realidade que vem depois é ainda pior. – Escuta, Alan, é sua música, tá? – Aumento o volume enquanto Bowie canta sobre flutuar de um jeito muito peculiar. – Acordei com essa música, e talvez você possa acordar também. – E tenho de acreditar na possibilidade de que tudo aconteceu em função disso, que o sonho de ontem à noite, e tudo que veio antes, foi mais uma premonição do que uma alucinação. Por favor, só saia da caverna. – E tenho de acreditar que existe um momento em que você dá um passo para trás e vê sentido e lógica no que antes parecia casual e acidental. – Está tudo montado agora, Alan. Assim como no sonho. Escuta – digo, quando a música começa a se repetir depois de um tempo. – *Can you hear me?* – pergunto junto com o verso, e ao nosso redor o quarto ganha vida, o alfabeto escapa do papel de parede de arco-íris, aquelas letras brilhantes vazam e rodopiam, e todos aqueles cacos do meu tempo Sob se unem bem na minha frente: – Você não está sozinho, Alan.

Fofo tenta latir, mas não sai nada.

93 ➠ *o labirinto*

– Não *acredito* que você entrou com ele dentro de uma mala no hospital – diz minha mãe.

Fofo está ou dormindo ou desmaiado no banco de trás. Para falar a verdade, eu ficaria com mais medo se a respiração difícil dele não estivesse no ritmo do motor a diesel pré-histórico da Land Rover.

– Ele se comportou bem, na verdade.

– E *por que* você fez isso mesmo? – pergunta minha mãe.

– É uma longa história.

– Bom, é um longo caminho.

– Aonde a gente vai?

– Você vai ver – diz minha mãe, cheia de mistério, mas, quando ela entra na estrada, o GPS no celular dela diz *"Começando a rota para... Jasper, Indiana"*, e fala para ela entrar à esquerda daqui a algumas centenas de quilômetros. Minha mãe olha feio para o celular, como se ele fosse ao mesmo tempo consciente e teimoso.

– Indiana? – pergunto.

– Quê?

– E se o Alan acordar? E se... sei lá, alguma coisa der errado? E eu estiver a centenas de quilômetros de distância?

– Primeiro, nada vai dar errado. E segundo, *quando* ele acordar, você não vai poder vê-lo imediatamente.

– Mãe.

– Isso está acontecendo, Noah. É para você. E está acontecendo. Vamos voltar a tempo.

Viro e observo as árvores passando turvas em alta velocidade.

– Então o que tem em Jasper, Indiana?

– Muita madeira.

– O quê?

– É a Capital Mundial da Madeira, sabia? – diz minha mãe.

– A gente está precisando de madeira?

– Que eu saiba, não.

– Então... por que a gente está indo para Jasper, Indiana?

– Jasper quem?

– Tá, entendi. O mistério da mamãe. Vou deixar você ter o seu momento.

Duas horas depois, paramos para abastecer e passar no banheiro, e voltamos para a estrada. Tento escrever uma História Concisa com papel e caneta sobre a evolução da revisão, e como antigamente escritores como Tolstói e Thoreau e as Brontë tinham de escrever tudo à mão, o que significava que todas as palavras na página continham valor, ao contrário dos macetes dos escritores de hoje, que têm o luxo de tentar algo, errar, deletar, tentar outra coisa, errar, deletar, até chegarem a um produto final. Esses escritores antigos precisavam focar no destino, precisavam saber aonde estavam indo e por quê.

Pensei que, talvez, como eu estava escrevendo isso à mão, o texto pareceria meio metalinguístico, mas não, não parece, é só uma escrita de merda porque sou dos escritores de macete de hoje em dia.

Paramos para almoçar no Wendy's, e minha mãe fala:

– Não conta para o seu pai. – E pedimos fritas, sorvetes, e cheeseburgers de bacon com bacon extra, o que leva o balconista a perguntar se queremos nossa comida quente primeiro, ao que minha mãe responde: – Não, o tempo que leva para comer um cheeseburger de bacon é exatamente o tempo que leva para um sorvete descongelar no ponto perfeito.

Isso faz com que eu me pergunte quantas vezes minha mãe foi ao Wendy's sem contar para ninguém.

Às vezes me pergunto se conheço meus pais direito.

Colocamos um hambúrguer no banco traseiro para o Fofo, deixamos uma fresta da janela aberta, e escolhemos uma mesa do lado de dentro. Acabamos a comida rápido, e minha mãe tinha razão: os sorvetes estão no ponto perfeito.

– Então como foi a conversa com a Val ontem?

– Não muito boa.

Ela acena, dá uma colherada enorme do sorvete.

– Não muito boa como?

– Ela mentiu pra mim. Manipulou uma situação. – Empurro meu sorvete pela metade de lado, me recosto na cadeira. – Enfim, nada disso importa.

– Por quê?

– Por que você acha?

A colher da minha mãe para no meio do ar. Ela balança a cabeça, dá uma colherada, olha para mim, outra colherada, outra olhada, encarando e tomando sorvete...

– Que foi, mãe?

– O quê?

– Você está me olhando como se eu fosse um dos seus clientes.

– Não, não estou.

– Está sim.

– Tá – ela diz. – Você sabe de tudo, e eu não sei de nada.

– Para de ser louca.

Minha mãe enfia a colher no copo vazio de sorvete, suspira fundo.

– Sabe, eu achava que ser louco era uma coisa boa.

– Não nesse sentido.

– Então é tipo a palavra *foda*?

– Em que sentido é como *foda*?

– Sabe, por exemplo, essa prova é *foda*, não é bom. Mas, se for como um Corvette rebaixado com aquelas luzes nos pneus...

– Ai, meu Deus.

– Você diria: *Que carro foda*. Nesse caso, *foda* é uma coisa boa.

Um casal de idosos na mesa ao lado levanta e sai.

– Não acredito que minha mãe acabou de dizer "foda é uma coisa boa".

– E *foda pra caralho*? – pergunta minha mãe. – Qual é o lance dessa?

Abaixo a cabeça na mesa.

– Mãe, por favor. Pelo amor de Deus.

– Tipo, quando alguém é *loucamente foda pra caralho*, o que isso quer dizer?

– Não acredito que estou tendo essa conversa com você num Wendy's.

– A gente pode mudar de lugar. Tem um posto de gasolina aqui do lado.

Ainda de cabeça baixa, digo:

– *Foda pra caralho* quer dizer que é muito bom. Tipo isso.

– Ah, tá. Então dá pra dizer que sou uma mãe loucamente foda pra caralho, certo?

– Já parou?

– Sua mãe nunca para de ser loucamente foda pra caralho.

– Tá.

– É mais um estilo de vida, na verdade. Loucamente foda pra caralho, bom demais pra voltar atrás, comemorar como se não houvesse amanhã.

Tento esconder meu sorriso, mas não sei se está dando certo porque agora minha mãe está sorrindo como se compartilhássemos um segredo. E então ela diz:

– Filho, eu sei que, com o Alan no hospital, pode parecer que nada mais importa, mas juro que isso não é verdade. Pelo contrário, as coisas passam a importar mais. Não sei qual foi a mentira da Val, mas conheço a Val. E sua relação com ela é mais importante agora do que nunca.

– É complicado, mãe.

Ela limpa a mesa com um guardanapo, joga todo nosso lixo numa bandeja.

– Minha colega de quarto na faculdade fazia xixi na cama.

Um segundo, então:

– Certo.

– Já te contei essa história? – ela pergunta.

– Acho que não.

Minha mãe encolhe os ombros, continua:

– Carrie bebia muito e tinha a bexiga minúscula. As manhãs depois de festas normalmente envolviam uma viagem à lavanderia. Ela era uma socialite, uma namoradeira em série, mais bonita que eu, mais descolada, mais peituda que eu...

– Mãe.

– Mas, sério, eram tipo... – Minha mãe ergue as duas mãos alguns centímetros à frente dos seios.

– *Mãe.*

– Enfim. Eu estava namorando o Dalton. Ou será que era o Gordon?

– Quem é você?

– Fazia só algumas semanas que eu estava saindo com ele, no máximo. Mas a história não é sobre ele, enfim. Digamos que foi o Dalton. E a Carrie estava saindo com esse cara do time de *tumbling* que era todo musculoso. Então, numa noite estávamos os quatro no bar, quando eu começo a passar mal. Tipo, *muito* mal. Falo para o Dalton que preciso ir, mas que ele pode ficar se quiser. É óbvio que quero que ele me leve de volta para o alojamento e fique comigo, mas ele diz que, se tenho certeza de que tudo bem, ele quer ficar, e que pode arranjar uma carona de volta com Carrie e o outro lá.

– O todo musculoso.

Minha mãe faz que sim.

– Daí eu saio. Vou de carro para o alojamento e depois de alguns... *episódios*, vou direto para a cama, pego no sono na hora. – Até quando minha mãe conta uma história real, ela conta com o mesmo ritmo e entonação que usa para as histórias de ninar; já ouvi o suficiente a essa altura da vida para saber quando ela está chegando no clímax da narrativa. – Em algum momento da noite, acordo com barulhos da Carrie transando. Infelizmente, não era uma coisa rara e, em geral, eu só fingia que estava dormindo, mas, dessa vez, acordei enjoada que nem o diabo, e decidi que já chega, não aguentava mais. Então acendo a luz e estou prestes a pedir para a Carrie parar quando vejo o Dalton. Na cama com ela.

– Não.

– Pois é.

– *Seu* namorado.

– Pois é.

– Na cama com a *sua* colega de quarto. Com *você* dentro do quarto.

– Os olhos de Dalton estavam totalmente vidrados. Ele estava *muito* bêbado...

– Sim, sei como é.

Minha mãe pausa, ergue uma sobrancelha.

– Tipo, não *pessoalmente*, só... em filmes e tal. O que você fez?

– Bom, eu gritei muito. Terminei com o Dalton, óbvio, e parei completamente de falar com a Carrie. Ela se sentiu péssima, ficou tentando pedir desculpas, e eu só... não escutava. E aí, duas semanas depois, ela morreu.

Eu e minha mãe ficamos nesse silêncio estranho de fast-food, e ela deixa essa última frase pairar no ar.

– O que aconteceu?

– Ela bateu o carro num orelhão. O nível de álcool no sangue estava altíssimo. Além do mais, tinha um monte de gelo e neve naquele novembro. Dalton estava no carro com ela. Ele ficou bem machucado, ficou com uma cicatriz horrível no rosto pelo resto da vida, mas...

– Ah.

– Quê?

– Nada, é só... – *Deprimente? Exaustivo? Um suspiro gigante de alívio?* – Acho que você já me contou essa história antes.

– Viu, foi o que pensei.

Tá, sim, um pouco de alívio. Alívio por não ter associado minha mãe aleatoriamente a esse acontecimento horrível, agora que sei a história da origem da cicatriz. Mas agora me ocorre como eu estava redondamente enganado: a noção de que meu tempo Sob foi orquestrado por Circuit não é a pior das hipóteses; a pior das hipóteses é que meu tempo Sob, como Circuit disse, foi orquestrado por mim. As histórias contadas quando eu era criança, incidentes e conversas há muito enterrados em meu subconsciente tinham sido colhidos e espalhados por toda parte feito sementes. Nos próximos dias, semanas, meses, anos, vai saber que pensamentos ou medos latentes poderiam vir à tona, ou em que cenários? Se poderia acontecer com a minha mãe em um Wendy's, poderia acontecer com qualquer um em qualquer lugar.

– Contei essa história por um motivo.

Abaixo os olhos para o guardanapo.

– Mãe.

– Não perdoar alguém é como um tumor. Começa pequenininho, inofensivo, mas enterrado lá no fundo. E, se você deixar, ele vai consumir você por dentro.

– Você está falando da Val.

– Estou falando de você, Noah. Não sei por quê, mas acho que você se culpa pelo que aconteceu com Alan. E queria ser a pessoa a dizer que não é culpa sua.

– Você não tem como saber.

Minha mãe coloca a mão em cima da minha, com uma urgência nova na voz.

– É como um grande labirinto, sabe. Com dragões que cospem fogo e minas terrestres e armadilhas em todo canto. E o labirinto continua por centenas de quilômetros e, exatamente quando você acha que encontrou a saída, é um beco *sem* saída. Anos de curvas erradas e falhas e batalhas com esses dragões, anos de feridas, cortes e queimaduras, mas no fim? Você chega. Você sai do outro lado do labirinto, e está um pouco cansado, mas está bem. E talvez você encontre outra pessoa que estava no labirinto ao mesmo tempo, mas você não sabia. Então você conversa com essa pessoa, troca observações sobre o labirinto, e escuta todas as formas como ela saiu que você nunca nem cogitou, e você conta todas as formas como você saiu que *ela* nunca cogitou e, dessa compreensão mútua, vocês passam a se amar. E esse amor se aprofunda com o tempo. E talvez você e essa outra pessoa tenham um filho. – Minha mãe começa a chorar, e eu também. – Um menininho lindo e perfeito, e você jura que vai fazer de tudo para poupar seu filho dos dragões que cospem fogo e das minas terrestres e das armadilhas. *Vou traçar um mapa para ele*, você pensa, um mapa detalhado do labirinto destacando as rotas mais rápidas, armadilhas a evitar, atalhos que você levou anos para aprender, e talvez assim ele não tenha os machucados e queimaduras que você tem.

Aperto a mão da minha mãe com mais força, deixo as lágrimas correrem.

– Mãe.

Ela sorri e chora.

– Você acha que tem muito tempo para desenhar o mapa, para deixá-lo perfeito. E, um dia, você acorda e descobre que seu filho lindo e perfeito já está lá, bem no meio do labirinto. Você foi tão cuidadosa, ficou vigiando dia e noite, e não sabe quando ou como isso foi acontecer, mas aconteceu. Seu filho está no labirinto sem mapa nenhum, e não há nada que você possa fazer além de ficar olhando.

– Eu te amo, mãe. – E lembro de uma conversa que nunca aconteceu, no meio de uma explosão dos anos oitenta, quando falei para a minha irmã que o importante para sobreviver era encontrar os amigos certos, e me passa pela cabeça que, de certa forma, eu estava passando para a frente algo que havia aprendido no labirinto, de certa forma, eu estava mostrando o caminho para a minha irmã. E talvez isso seja algo que eu possa fazer por ela com mais frequência.

Minha mãe assoa o nariz num guardanapo.

– O perdão não é um milagre, Noah. Não é mágica. Mas sim, você deveria perdoar a Val. E, aproveitando que já está nessa, deve se perdoar.

– E se eu não conseguir?

O sorriso da minha mãe é como um arco-íris depois de uma tempestade forte.

– É, eu lembro dessa armadilha.

94 ➠ *raízes afetuosas*

Chegamos a Jasper, e minha mãe entra num pequeno cemitério com uma estradinha de cascalho. Ela se orienta pelas fileiras de lápides lascadas cobertas de ervas daninhas e grama seca, e depois de um tempo para o carro, entreabre a janela para o Fofo, desliga o motor, e abre a porta.

– Vem comigo. – Ela não me espera, apenas sai do carro e começa a andar e, quando finalmente a alcanço, ela para entre duas lápides.

– Mãe, o que estamos fazendo aqui?

Ela aponta para o chão.

ENFIM ➻ PARTE OITO

OS ANOS DE NOVA YORK

Outono de 1946. Aos dezoito anos, Henry trocou a natureza de sua infância na fazenda perto de Boston por um outro tipo de natureza selvagem: Nova York. Acredita-se que essa mudança foi para sempre um ponto de discórdia entre Mila Henry e seu pai, Hank Henry, que teria se ressentido do abandono da filha, assim como a mãe dela o havia deixado muitos anos antes (ver: "FAMÍLIA & INFÂNCIA"). E quando, no ano seguinte, Hank Henry morreu após uma queda do telhado do celeiro, muitos especularam que talvez ele não tivesse caído, que talvez tivesse se jogado, que a amarga realidade de envelhecer sozinho – de perder a primeira esposa no parto, e depois a filha para aspirações distantes – foram demais para ele.

Qualquer que fosse o caso, a morte do pai não reprimiu a carreira de Mila Henry como escritora. Em 1949, ela publicou *Bebês sobre bombas* com certo sucesso, embora seu retrato duro da violência em tempos de guerra, bem como uma subtrama em particular envolvendo uma viúva que abandona o único filho, tenha tornado o livro polêmico demais para o sucesso comercial. A essa altura, Henry já havia conhecido e se casado com o escritor Thomas Huston e, juntos, eles tiveram um filho, Jonathan. Anos depois, Henry diria sobre ter filhos, "É como levar uma pancada na cabeça do seu martelo favorito".

Mila Henry e Thomas Huston viveram e escreveram em sua casa no Chelsea, mas a tarefa diária de cuidar do filho recaiu a Henry, já que Huston costumava se referir à criação dos filhos como "trabalho de mulher".

E assim Mila Henry cumpriu essa função, ao mesmo tempo em que escreveu o que os críticos consideram sua obra-prima: *Primeiro de junho, dois de julho, três de agosto.* Após a publicação, o *New York Times* se referiu ao livro como "uma revolução na página, uma criação que vai viver muito depois de a sua criadora dar seu último suspiro". Isso se revelou bastante profético, visto que *Primeiro de junho* se tornou um dos livros mais vendidos e lidos da época. Quase da noite para o dia, Mila Henry se tornou um nome conhecido.

Thomas Huston nunca foi publicado.

– *Trecho do conteúdo extra de* Esta não é uma autobiografia: Uma autobiografia de Mila Henry *(edição de colecionador)*

95 ➟ *minha árvore imortal*

A lápide de Mila Henry é bem menor do que aquelas ao redor, como se, ao longo dos anos, ela tivesse afundado gradualmente, mas com determinação, para dentro da terra.

Meu primeiro pensamento: é uma piada. Mas a expressão da minha mãe indica que não é. Meu segundo pensamento: é outra Mila Henry. Esse até que dura um segundo. Deve haver outras Mila Henry, talvez dezenas ou mais, se contarmos as que já morreram. Além disso, duvido que *a* Mila Henry, *minha* Mila Henry esteja enterrada em Lugar Nenhum, Indiana, sem meu conhecimento.

E então vejo a inscrição sob as datas de nascimento e morte: AQUI JAZ O SILÊNCIO ENTRE ELES.

– Foi ideia do seu pai – diz minha mãe. – Vir aqui. Ele ficou péssimo por ter de trabalhar hoje.

– Não entendo – digo, o que nem começa a explicar a realidade.

Minha mãe aponta para uma lápide bem ao lado da de Mila Henry.

– Ela nunca morou aqui – diz minha mãe. – Mila, quero dizer. Mas imagino que você já saiba disso.

Quantas horas eu passei na internet atrás de artigos sobre o passado de Henry, seus escritores e musas favoritos, suas tragédias e seus sucessos e seus relacionamentos? O suficiente para montar um mapa da vida dela, o qual excluía a maior parte, senão a totalidade, do Centro-Oeste, e que quase *certamente* excluía Jasper, Indiana.

– Os avós maternos de Mila eram de Jasper. – Minha mãe aponta para outras lápides ao longo da fileira com outros sobrenomes, pessoas de quem nunca ouvi falar, tantos nomes através de tantos anos, nenhum dos quais entrou para a história, mas todos parte integral de um nome que jamais seria esquecido, como se fossem as raízes afetuosas de uma árvore imortal. – Quando a mãe de Mila morreu dando à luz, sua avó insistiu para que a filha dela fosse enterrada aqui.

Não consigo deixar de encarar o nome de Mila Henry na lápide. E que estranho estar tão fisicamente perto dela agora. Depois de todos esses anos a *sentindo* perto, agora *estar* perto.

– Por que você me trouxe aqui? – pergunto. Soa como uma acusação; não era para ser.

– Seu pai e eu queríamos te afastar das coisas, mesmo que por algumas horas. Imaginamos que já era hora de você conhecer sua heroína. Mas também – ela ergue os olhos para a área rural espalhada em todas as direções, as fileiras simétricas de lápides e bandeiras, os campos e cercas e carvalhos dispersos e, depois, um horizonte, um belo e vasto nada americano – tem algo no fato de ela estar enterrada aqui que eu gosto. Não que ela se importasse muito com Jasper, Indiana. Mas acho que ela queria estar perto de sua família.

As palavras anteriores da minha mãe sobre perdão são muito mais fortes agora sobre o túmulo de alguém que nunca entendeu direito esta palavra – *desculpa* –, a não ser da única maneira que conhecia: uma história no papel.

Desculpa, Nathan. Desculpa mesmo.

Eu sabia que os nomes dos pais dela eram Martha e Hank, mas nunca soube que Hank era apelido de Nathaniel. Ao olhar para a lápide compartilhada dos pais, me pergunto: será que Mila Henry se sentia culpada por abandonar o pai? Será que se arrependia? Será que passou o resto da vida se culpando pelo que aconteceu a ele?

– Não é culpa sua – digo em voz alta.

E, diante dos ossos da minha escritora favorita, minha árvore imortal, sinto suas raízes sob meus pés, pulsando e ainda agora vivas, erguendo essa lápide baixa e rachada do solo até o céu, e nesse firmamento azul ofuscante mil nomes esquecidos se unem em um único coro infinito de Mila Henry.

– Queria ser a pessoa a dizer que não é culpa sua.

O caminho para casa é em silêncio. Olho pela janela e penso como é triste que as únicas coisas que sabemos são aquelas que os donos da história decidem nos contar. Eles podem cagar um quilo para os heróis depois que eles estão mortos e esgotados, pelo visto. E, embora seja decepcionante, não posso negar a intimidade que senti ao lado da cova de Henry sabendo que ela não estava em um memorial em um panfleto, nem mesmo num lugar muito público.

As pessoas estragam tudo se tiverem a oportunidade.

Fecho os olhos, encosto a cabeça na janela, e penso na inscrição na lápide de Mila Henry – *Aqui jaz o silêncio entre eles* – e me pergunto se existe algum valor a ser encontrado em outros espaços não preenchidos também. Talvez todas as coisas que eu tinha feito Sob, todas as conversas e ações, toda a vida que eu antes tinha considerado roubada, talvez aquelas coisas fossem as palavras, e agora eu tinha encontrado o silêncio. Talvez eu possa pegar aqueles meses fantasma, empilhá-los na minha escrivaninha e marcar a pilha como *Primeiro rascunho*, sabendo que não foi o meu melhor trabalho, mas que não tem problema. Sempre há a revisão.

Acordo assustado pelo toque do telefone da minha mãe. Ela olha o identificador de chamadas.

– Seu pai – ela diz, depois atende. – Alô? Sim, vamos chegar logo. Acho que por volta da meia-noite.

Tem algo sobre pegar no sono enquanto está claro lá fora e depois acordar quando está escuro que é completamente desorientador.

– Certo – diz minha mãe ao celular.

Meu telefone vibra no bolso.

– Certo, e...?

Duas chamadas perdidas de Val, e uma mensagem.

Val: Ele acordou

96 ➠ *nossas melhores vidas possíveis*

Eu não tinha esperança de ver Alan na noite em que voltamos de Jasper (embora não por falta de tentativa), mas definitivamente esperava vê-lo logo de manhã na sexta. No entanto, embora os médicos tivessem confirmado que não havia lesões significativas no cérebro ou na coluna, tivessem conseguido diminuir as medicações e tirá-lo do respirador para respirar por conta própria – embora ele estivesse *acordado* –, não me deixaram fazer o que meu coração e minha alma mais queriam, que era entrar no quarto dele com bolo e flores, levantá-lo da cama e sair dançando por aí, rindo e chorando e cantando trechos selecionados de *Hamilton* a plenos pulmões.

– Mas quando eu *posso* vê-lo?

– Amanhã, provavelmente – diz minha mãe. – Eles vão ter terminado os exames, e ele deve estar mais lúcido. Mas esses remédios que ele estava tomando têm propriedades amnésicas, então não sabemos do que ele vai conseguir se lembrar. E ele pode estar um pouco atordoado.

Meu pai pergunta:

– Qual era o *Hamilton* mesmo?

Minha mãe aponta para o meu pai.

– Igual a ele.

No dia seguinte, Val se joga em cima de mim para me abraçar assim que entro no quarto de Alan.

– Desculpa – ela sussurra no meu ouvido, e penso no tumor de uma mágoa, em como ele já havia começado a crescer, e em como ele poderia ter crescido mais se eu permitisse.

– Tudo bem – digo, e retribuo o abraço –, você só estava tentando ajudar. – E, como minha mãe disse, não é um milagre.

Não é mágica. Mas é bom.

– Vocês dois estavam só esperando eu entrar em coma para voltar a ficar, hein? – Alan abre um sorriso fraco na cama, o rosto vermelho, o tipo de torpor que dá para ver. Ele balança a cabeça, todo: – Nada legal, mano. Nada legal. – E, embora a voz dele esteja rouca, acho que nunca ouvi nada mais límpido e belo na vida.

Vou até ele e não consigo conter um sorriso diante da ausência de máquinas salva-vidas.

– Se sentindo bem, hein? Descansou bastante? – Olho um relógio imaginário no meu pulso. – Teve uma soneca longa aí.

– Você sabe que estou pelado sob todas essas cobertas – diz Alan.

– Você sabe que estou hétero sob todas essas roupas. – Beijo um bíceps. – Mas quem sabe um dia. Se você se esforçar direitinho, vai saber.

E minha mão, que estava ao lado da cama, está agora sobre a dele, e Alan diz:

– Senti sua falta. – E eu começo a chorar.

– Eu também.

E agora Val está com a gente, e esse quarto esterilizado na UTI pediátrica é como meu quarto lá em casa: subimos na cama, Val de um lado do Alan, eu do outro, a equação completa de nosso triângulo – *um mais um mais um é igual a um* – e, por um tempo, ficamos ali deitados, contentes com nossa forma.

Val e eu assistimos a *Gilmore Girls* no celular dela enquanto Alan acorda e dorme entre nós. Desde a última vez que estive aqui, parece que alguém tentou ver quantas flores conseguia fazer caber em um só quarto.

– Titi Rosie – diz Val, respondendo ao meu olhar vagando. – Ela não traz flores, traz o florista.

– Então ela chegou bem?

– Sim, é ela quem está segurando as pontas em casa. E, quando digo segurando as pontas, quero dizer fazendo comida suficiente para alimentar o estado.

Alan se mexe como se fosse acordar, mas não acorda.

– Seus pais também estão em casa? – pergunto baixo.

– Sim. Foram embora quando souberam que você vinha.

– Ah. Por quê?

– Olha só pra gente.

– Ah, tá.

– Ah, além disso... – Val aponta para um dos muitos buquês na mesa ao lado da cama. – Adivinha de quem são essas?

– De quem?

– Tyler.

– Tyler... Walker?

– Não.

– Não são do Tyler Massey.

Ela faz que sim, explica que aparentemente a família de Tyler Massey tinha passado o verão em algum lugar na Inglaterra, onde ele ganhou consciência.

– Estão dizendo que ele fica andando pela escola, pedindo desculpas para todos com quem foi babaca. Enfim, ele descobriu o que aconteceu com o Alan e mandou essas flores.

– Que simpático.

– Talvez mais do que simpático. Lê o bilhete.

Tiro o cartãozinho branco do vaso, leio o garrancho de Massey:

Mil desculpas pela maneira como te tratei.
Se puder me perdoar, adoraria te levar para
o cinema algum dia. Beijos – TM

– Minha nossa – digo. – Ele mandou beijos.

– Louco, né?

– Monumental é a palavra.

Estou prestes a fazer uma piada sobre a carreira cinematográfica emergente de Tyler, e como essa notícia pode ou não explicar seu último trabalho, *Os diálogos de vagina* – quando lembro que *Os diálogos de vagina* só existiram na minha cabeça.

– Qual é a graça? – pergunta Val.

Eu não tinha percebido que estava dando risada.

– Nada, não – digo. – Só estou feliz, acho.

– Por falar em monumental – Val aponta para minha camiseta e minha calça –, o que aconteceu com a Bowie Marinho?

Hoje de manhã, pela primeira vez em muito tempo, fui pegar minha camiseta do Bowie e pensei *hoje não*. E assim, sendo fiel à minha ideia de revisão pessoal, revirei o fundo do cesto de roupas e encontrei meus únicos artigos de vestuário além da Bowie Marinho que ainda serviam: uma velha camiseta cinza de gola V, uma calça preta com uma faixa marrom na lateral, e um All Star branco de cano alto.

– Pois é, sei lá – respondo. – Achei que estava na hora de mudar. O que você acha?

– Em uma palavra? – diz Val. – *Funéreo*.

Do nada, Alan diz:

– Eu ia dizer *zoológico*. Mas funéreo é melhor.

– Não sabia que você estava acordado – Val diz.

– Eu sou discreto – diz Alan. – Como uma lebre.

– Você está chapado.

– Como uma lebre chapada. Mas essas drogas são boas, mano. Noah, vou pedir pra enfermeira arranjar uma dessas para as suas costas.

Não sei dizer se Alan está mesmo consciente ou não, mas considerando que ele pode voltar a dormir a qualquer momento e eu posso ou não conseguir falar com ele outra vez hoje, acho que é agora ou nunca.

– Então, sobre as minhas costas...

– Ah. – Val pausa o episódio no celular, senta na cama e olha para mim. – É agora?

– É agora o quê?

– O pedido de desculpas – diz Alan. – Tomara que seja bom.

– Espera. – Agora eu sento, e os dois ficam olhando para mim, tentando parecer durões, mas sem conseguir segurar um leve sorriso. – Há quanto tempo vocês sabem? – pergunto.

– Sério mesmo? – diz Val. – Tipo, desde o começo, cara.

Alan diz:

– Você é literalmente o pior mentiroso, No.

– Da história das mentiras mentirosas – diz Val. – Literalmente o pior.

– Hm, tá.

Val cruza os braços, ergue as sobrancelhas.

– E então?

– Quê?

– Mano. Só porque a mentira não colou – diz Alan – não quer dizer que você não estava repetindo todo dia.

– Certo. Tá. – Limpo a garganta. – Me desculpem por ter mentido sobre as minhas costas.

Alan assente para Val, que diz:

– Desculpas aceitas.

Ela volta a deitar na cama e está prestes a apertar play de novo, mas eu a impeço.

– Espera. Vocês são meus melhores amigos – digo. – Não são qualquer um pra mim. Para mim, vocês são vocês, e sinto muito por ter traído isso. Além disso, Alan, antes que você pegue no sono...

– Lebres não sentem sono.

– Desculpa por não estar lá por você. Desculpa ter saído da festa, desculpa ter sido cuzão *na* festa, e desculpa por não ter valorizado você como deveria. Vocês dois. Desculpa mesmo, e espero que me perdoem.

Alan coloca a mão sobre a minha.

– Já está esquecido, mano.

– Valeu.

– Não, tipo, literalmente esquecido. Tipo, não lembro de nada disso.

– Ah.

– Falaram que isso podia acontecer – diz Val –, com os remédios e tudo.

– Certo.

No silêncio que vem a seguir, fico olhando para a tela no celular de Val, desejando que ela aperte o play. Porque, ainda que Alan não se lembre daquelas coisas – incluindo especialmente a cara que fez quando falei para ele ficar na cozinha chapando com os amigos –, eu sempre vou lembrar.

– Só me fala uma coisa – diz Alan.

– Manda.

– O Luke e a Lorelai vão se pegar algum dia?

Alan está dormindo de novo, dessa vez mais profundamente. Ficamos na cama desse jeito, eu e Val em volta dele, os dois assistindo a Rory Gilmore se mudar para o alojamento da faculdade em Yale, o que parece estranho depois de anos sonhando com Harvard.

– Por que a SAIC? – pergunto.

– O quê?

Não sei direito, na verdade. Não sei direito por que perguntei.

– Sempre foi SAIC pra você. Por quê?

Com a voz baixa para não acordar Alan, Val diz:

– Tem um dos melhores cursos de fotografia do país. De graduação e pós, se eu decidir seguir por esse caminho. Além disso, é aqui perto. Por que está perguntando?

Agora sei o porquê e, embora parte de mim queira dizer "Por nada", eu não consigo pois, assim como tudo mais, a página de Val voltou ao normal, ao seu primeiro e verdadeiro amor: cinema. Porque só existe uma cidade no mundo que integra perfeitamente a magia do cinema e da fotografia. E porque a única coisa pior do que Val ir embora é Val se contentar com a segunda opção.

– Você deveria ir para Los Angeles.

Ela senta apoiada nos cotovelos, pausa o episódio.

– O quê?

É a coisa certa, uma oportunidade de revisão, eu sei disso – ainda assim, tenho de conter as lágrimas.

– Li em algum lugar que o programa de fotografia da UCLA valoriza mais os aspectos narrativos do que os técnicos. Val, isso é você. Isso é *muito* você. – Engulo em seco, continuo: – Você é a pessoa mais talentosa que eu conheço. E é a melhor pessoa com quem assistir a filmes. E acho que deveria fazer mais do que só assistir.

Não sei o que se passa na cabeça de Val. Não acho que ela esteja brava, mas... sei lá. Ela volta a apoiar a cabeça no peito de Alan, aperta play no celular e, depois de um minuto, diz:

– Você iria me visitar?

Estendo a mão por cima de Alan, e ela a pega, e juntos sentimos o subir e descer do peito dele enquanto ele respira, ouvimos a batida rítmica do seu coração, deixamos essa prova tangível da vida dele nos banhar, cada onda uma lembrança de que estamos, de fato, levando nossas melhores vidas possíveis.

– Sempre, Val.

97 ➠ *animais*

Na terça depois da aula, bato na porta do quarto da minha irmã.

– Entra!

Do lado de dentro, Penn está debruçada na mesa com seu iPad e quatro livros didáticos abertos; Fluffenburger, o Parvo Inútil, vem mancando na minha direção e, bem na hora em que penso que ele vai pedir colo, ele vira à direita na direção da porta do corredor.

Pois é, é bom tê-lo de volta. Mark Wahlberg era bom demais para ser verdade.

– Hora de mudar?

Volto o olhar para Penny.

– O quê?

Ela aponta para mim.

– Suas roupas.

– Ah. Sim, já tinha passado da hora.

– Concordo e aprovo.

– Bom, é um peso a menos nas costas.

– Como está o Alan?

– Ele está bem – digo. – Deve voltar para casa daqui a alguns dias.

– Que bom. Eu gosto dele.

Juro. Essa menina.

– Pois é, ele está melhor. Escuta, estava pensando em

assistir a um filme que chama *Bonequinha de luxo*. Ouvi falar bem, não sei se você gostaria de assistir comigo.

Qualquer que fosse a reação que eu imaginei que isso provocaria não acontece. Penny se contorce na cadeira.

– É fofo da sua parte. Mas não, obrigada.

– Sério mesmo?

– Sim, eu... cansei desse filme.

– Penn, você está passando bem?

Ela tira os olhos de seu mar de lições de casa e olha para mim.

– Uma menina da minha turma, a Karen Yi, assistiu a *Bonequinha de luxo* por recomendação minha. E aí ontem na aula ela me perguntou como eu poderia gostar de um filme tão racista. Perguntei do que ela estava falando, e ela disse que chorou por causa da forma horrível como representaram o sr. Yunioshi. E agora ela nem olha mais na minha cara de tão magoada.

Fico tentando lembrar da última vez que vi Penny desse jeito, tão silenciosa e profundamente abalada. Eu a escuto falar que cansou de *Bonequinha de luxo* e que ela não quer ser o tipo de pessoa que gosta de histórias como aquela e, enquanto escuto, me sinto triste pelo coração dela estar tão claramente partido, mas ao mesmo tempo feliz que o coração dela seja capaz de se partir dessa forma.

– Penny...

– O filme realmente a magoou, Noah. E eu falei para ela assistir.

No breve silêncio, fico pensando nas maneiras como posso proteger aquele coração.

– Penn, você é um ser humano único. E eu te amo. E acho que tenho uma ideia.

Então assistimos a *Bonequinha de luxo* e, como Penny nunca chegou a registrar os minutos em que o sr. Yunioshi aparece, nós os anotamos conforme vão acontecendo. Durante uma dessas cenas, Penny chega a desviar os olhos – da TV e de mim – e sei que ela está pensando na amiga da escola, e parte meu coração pela metade ver a ficha dela cair de que essa coisa mais maravilhosa e querida tem seus defeitos. Mas também sei que às vezes – não sempre, mas no melhor dos casos – a inocência perdida pode ser conhecimento adquirido, e penso que essa é uma dessas ocasiões. Porque, na verdade, toda dor que Penn possa sentir agora assistindo a esse filme não é nada em comparação à que Karen deve ter sentido.

Sinto vontade de abraçar Penny, e a abraço, e falo que ela ainda pode amar essa coisa falha. Falo que vai ser um amor diferente, um pouco mais triste talvez, mas também mais sábio. Falo para ela que, se não pudéssemos amar coisas falhas, provavelmente não amaríamos nada. E ela diz que faz sentido, porque ela me ama embora eu a ignore na maior parte do tempo, e isso meio que termina de partir meu coração.

Penny pega no sono perto do fim do filme, e acabo sozinho, assistindo Holly Golightly abandonar seu gato num beco qualquer, e é um daqueles momentos estranhos em que você tem a impressão de que o filme está tentando te dizer alguma coisa, mas você não sabe direito o quê, e então senta e toma nota.

Sento. Tomo nota.

No começo do filme, Holly Golightly adota um gato de estimação, o batiza de Gato, e aí Gato aparece em todas aquelas cenas, só andando por aí feito um gato normal, mas não é exatamente importante nas cenas até o final, quando Holly o solta no beco e, claro, cai uma chuva *torrencial*, então, ao assistir, você fica tipo: *Uau, acho que o Gato já era*, mas aí, tipo, cinco minutos depois, o interesse romântico de Holly – um escritor chamado Fred Darling – lhe dá uma bela de uma bronca por agir feito uma criança, e sai em busca do Gato. Nesse momento, Holly admite seus erros e vai com ele, e aí ela corre de um lado para o outro do beco sob a chuva torrencial, gritando: "Gato! Gato!" feito uma doida. Ela encontra o Gato escondido em meio a umas caixas de madeira, o pega no colo e volta para Fred Darling – que, pelo jeito, tinha passado todo esse tempo parado ali olhando para ela – e então eles meio que tropeçam num beijo desajeitado, mas o problema é que Holly ainda está segurando o Gato, que fica amassado entre os dois, olhando diretamente para a câmera com uma cara de: *Nossa, você não vai* acreditar *no dia que eu tive.*

E pronto. Fim. Pois é, no começo eu odiei o filme.

Mas então eu entendi o que ele estava tentando me dizer.

98 ➠ *o sol brilhará*

Eu achava que o endereço doisadoisoak@gmail.com já tinha dono. Não tem, então eu pego para mim. Um minuto depois, no YouTube, navego até a seção de comentários do vídeo da Menina Se Apagando, digito: Oi, gostei muito do seu vídeo, e queria fazer uma perguntinha rápida. Se tiver um momento livre, poderia me escrever no e-mail doisadoisoak@gmail.com? Obrigado. Nenhuma exclamação. E não li *Os miseráveis*, nem vi nenhuma das adaptações teatrais, então não tenho nenhum contexto para o conselho de Penny, mas reconheço uma verdade quando a escuto, e enfrentei uma noite muito escura e sei como me levantar, sacudir a poeira e dar a volta por cima. Então associo meu aplicativo do Gmail à minha conta nova e, como às vezes é bom falar as coisas em voz alta, digo:

– Um já foi.

Cinco minutos depois, tenho a data e o local do próximo show de Pôncio Piloto programados no calendário do celular.

– Dois agora.

E os ossos de Mila Henry podem estar enterrados na Capital Mundial da Madeira, mas conheço a realidade por trás daqueles ossos. Vi as suas raízes enfiadas no fundo da terra, e senti sua pulsação viva, e há quem diga que ela está morta e enterrada, mas eu sei a verdade: ela está com a família dela; ela foi perdoada.

– E agora são três.

Olho para o quarto ao redor, observando a limpeza e a organização com prazer; escuto "Changes" do Bowie, seguida de "Space Oddity" e, embora seja tarde e a casa toda esteja dormindo faz tempo, digo:

– Mesmo a noite mais escura vai chegar ao fim. – E penso em como meus Estranhos Fascínios estão enraizados numa única coisa: o medo de ficar sozinho.

A questão é que tenho apenas dezesseis anos. Não sei como é ter levado toda uma vida, olhar para trás e descobrir que fui realmente solitário. Mas conheço o outro lado da moeda, como é ver minha vida toda diante de mim como centenas de estradas a serem percorridas, mas e se eu escolher o caminho errado? Ou, pior, e se o caminho errado for escolhido para mim, e eu chegar ao fim da estrada e não tiver ninguém lá? Esse medo eu conheço bem. E às vezes penso que a possibilidade de solidão é mais assustadora do que a solidão em si.

Pego o celular. Parece um bom momento para uma companhia.

– Três já foram, só falta um – digo para o quarto vazio.

Eu: Está acordado?

Alan: Pra você? Sempre

Eu: Você está trocando mensagens com o Tyler, não está?

Alan: ¯_(ツ)_/¯

Eu: Você sabe que já tem um emoji para isso?

Alan: Ouvi dizer. Os jovens de hoje em dia

Eu: Não têm ética.

Eu: E aí, como está se sentindo?

Alan: Bem. Um pouco melhor. Assim, tive uma melhora, então veremos.

Eu: Espera.

Alan: Está tudo bem. O médico disse que as coisas estão progredindo.

Eu: VOCÊ ESTÁ SENDO EU???

Alan: ESTÁ UM POUCO TENSO, MAS TÁ MELHORANDO

Eu: Boa.

Alan: Estava esperando para fazer isso desde que acordei

Eu: Se tiver terminado, preciso da sua ajuda pra uma jornada

Alan: Desculpa. Pensei que você tinha dito que precisava da minha ajuda pra uma jornada

Eu: Foi o que eu disse.

Alan: Desculpa. Pensei que tinha dito

Eu: Estou falando sério.

Alan: Quando você diz *jornada*, quer dizer tipo na História sem fim?

Eu: Não acredito que você ainda faz referência a esse filme.

Alan: Assim, seu pai estava MUITO a fim de mostrar o filme pra nós.

Eu: Haha e lembro que ele ficava chamando o filme de "fuleiro"

Alan: PQP SIM

Alan: "ESSE FILME É UM POUCO MAIS FULEIRO DO QUE EU LEMBRAVA"

Eu: Os drogadinhos dos anos 80 realmente encontraram um lar no cinema infantil

Alan: Sério mesmo, cara. Labirinto, saca?

Eu: Pois é, mas Bowie

Alan: Ah, sim, Bowie

Eu: Certo, Atreyu. A questão é a seguinte. Quero levar um gato prum velho.

Alan: Não sei o que isso quer dizer

Eu: Quer dizer que quero levar um gato prum velho

Alan: Tá, melhor eu jogar no Google

Eu: Cara, não é um eufemismo.

Eu: Literalmente um felino.

Eu: Literalmente um velho que pode morrer em breve

Alan: Qual é o problema dele?

Eu: Nada. Ele é velho. Merdas acontecem

Alan: Certo, tá, posso pular fora? Sem ofensa. Parece meio bobo. Além disso, eu e o Tyler estamos falando de palavras engraçadas pra sexo

Eu: Ai, Deus, não queria dizer agora.

Eu: Aliás, que palavras?

Alan: Fazer amor

Eu: Por que essa é engraçada?

Alan: Fala sério. Tipo, é uma torta com uma receita difícil?

Eu: Ah. OK. Entendi

Alan: Hmmm, gato, esse amor que você faz é maravilhoso.

Eu: Já saquei, já

Alan: Pode me mandar a receita desse amor que você fez ontem? UMA DELÍCIA

Eu: E aí, você vai comigo ou não? A JORNADA precisa de você, Atreyu

Alan: Estou a caminho

Eu: SERIA MEU SONHO?

Alan: Não é?

Eu: Quando você tem alta?

Alan: Falaram que na quinta provavelmente

Eu: Quinta então. Passo na sua casa depois da aula.

Alan: A Hiiiiis-tó-rrrriiiiiaaa-sem-fim!

Eu: Partiu, Atreyu!

Alan: ATREYU SOU EU MANO

Eu: Tanto faz. Não fica falando de sexo a noite toda

Alan: ¯_(ツ)_/¯

Na quinta depois da aula, vou direto para a casa dos Rosa--Haas, que está com a cara e o cheiro da cozinha no porão daquela série britânica que meus pais não cansam de assistir, em que um milhão de pessoas correm de um lado para o outro de smoking, e toda refeição tem sete pratos, e, apesar de todas as "ladys" e "lordes", fica claro que a cozinheira cheia de pó na cara é quem realmente manja das coisas.

– Vinte horas, *nene* – diz Titi Rosie, colocando um molho com um cheiro delicioso de orégano e cebola e alho e sei lá mais o quê no processador de alimentos. – No *máximo*, entendeu?

Antes que eu possa assegurá-la de que eu entendi, a sra. Rosa-Haas entra na cozinha e literalmente me faz jurar de pé junto que vou trazer o Alan de volta antes das vinte horas.

Essas duas vivem basicamente em sintonia.

– Prometo – digo, o mais solene possível. – De volta às vinte horas. Entendido.

Val entra, se debruça sobre a mistura recém-batida no processador de alimentos.

– Seu *sofrito* está com um cheiro divino, Titi Rosie. – Ao que a tia responde com um dar de ombros e um aceno de cabeça como quem diz: *É sempre assim.*

A sra. Rosa-Haas então me lembra que o Alan não pode fazer nenhum tipo de esforço. Pelas costas da mãe, Alan finge bater punheta, o que me faz rir baixinho, o que a sra. Rosa-Haas interpreta como se eu não a estivesse levando a sério.

– Isso é uma piada para você?

Faço que não.

– Não, sra. Rosa-Haas. O Alan está fazendo uma brincadeira superinapropriada atrás da senhora.

Alan lança aquele olhar de cachorrinho inocente para a mãe; ela retribui com aquele sorriso que as mães dão quando você pode jurar que elas estão pedindo paciência a Deus.

– Te amo, *mi hijo* – ela diz. – Mas volta antes das vinte ou você já era.

– Aonde vocês vão? – pergunta Val, pegando uma garrafa d'água da geladeira.

– Levar um gato prum velho – diz Alan.

– Não sei o que isso significa.

Alan sorri para mim.

– Falei.

– Não é um eufemismo – digo. – Vamos literalmente levar um gato prum velho. Você deveria vir junto.

Val dá um gole longo.

– Com esses talentos, Noah, é uma surpresa você ainda estar solteiro.

– O universo é um lugar misterioso, Val.

Minutos depois, nós três estamos no meu carro, pesquisando anúncios de gatos para adoção na internet.

– Que sorte a nossa de viver nessa época, não? – diz Alan. – Arranjando um gato pela internet.

Val diz:

– Me acorda quando chegar a entrega.

Alan finge estar ao telefone.

– Sim, eu gostaria de um gato malhado de massa fina, e um Fancy Feast do caralho, mano.

– Que eu viva para viver esse dia.

Acabamos encontrando um gato na internet cujo endereço é apenas a alguns quarteirões de distância. Alan dá um tapinha no painel.

– Vá rápido, calhambeque do seu pai!

Acho que nunca vou voltar a me sentir normal de novo. Muito menos em termos de conversas. Mas há algo especial em saber que as coisas dão certo no final.

– Sabe – digo. – Vi um comercial, e na verdade se pronuncia *run-dei*.

Vinte minutos depois, Val está com um gato chamado Bonkers no colo, e estamos a caminho do posto de gasolina no trajeto de VIP, e eles não me perguntam nem uma vez o que me fez ter essa ideia, nem fazem piadas sobre isso. E, desde minha conversa com Val no porão – em que ela confessou ajudar Circuit sem saber do que se tratava, e eu lhe contei um resumo do que ele tinha feito comigo –, ela não fez nada além de me apoiar. E, embora eu tenha contado todos os detalhes para Alan na UTI, ele estava no Sob pessoal dele na hora; não sei se me ouviu nem se o que fiz naquele dia ajudou a trazê-lo de volta. E fico pensando com os meus botões como as coisas vão mudar para nós no ano que vem, que outras formas nossa amizade pode assumir, mas tenho esperanças de que um dia, na piscina dos Rosa-Haas, talvez, eu saia para tomar ar, chegue à superfície, inspire fundo, com o cabelo molhado sob o sol quente...

"Cara", Alan diria.

"Foi tipo um recorde", Val diria. "Você está bem?"

E eu respiraria fundo algumas vezes, grato por não estar sozinho. Eu diria: "Preciso contar uma coisa"; e, em vez de uma, conto todas as coisas. Porque, na realidade, que sentido haveria em compartilhar uma história se não compartilhando histórias?

99 ➡ *e como é perfeito*

Três dias depois, tem um e-mail na minha caixa de entrada do doisadoisoak@gmail.com de uma pessoa cujo endereço de e-mail é cantoocorpoeletrico@yahoo.com. A mensagem é curta. Seis palavras. Leio duas vezes, coloco o celular na minha escrivaninha, e fico olhando pela janela.

– Oi – eu disse, sem saber de que outro jeito começar.

– Quem é você? – ele indagou, uma pergunta pertinente.

– Sou o Noah. – Ergui o gato. – E este é Bonkers.

O homem pareceu nervoso, impaciente para retomar a caminhada, e tentei não pensar nele como o sr. Elam, tentei não pensar em todas as formas como eu achava que conhecia esse homem.

– Olha – digo. – Sei que isso é esquisito, e não conheço o senhor. Mas pensei que talvez o senhor quisesse ficar com este gato.

– Não consigo carregar esse gato – ele disse, como se essa fosse a única coisa que o impedisse.

– Eu carrego para o senhor.

O homem assentiu uma vez, voltou a andar, e fui atrás. Passamos por Alan e Val, que ficaram sentados no capô do meu carro no posto de gasolina; eles meio que sorriram, meio que balançaram a cabeça, e meio que encolhi os ombros, como se a situação toda fosse bizarra demais para que qualquer um de nós reagisse com algum gesto de certeza. Segui o velho até uma casinha a alguns quarteirões de distância – nem um pouco parecida com uma pousada aconchegante – e de novo contive a sensação de tristeza que surgia toda vez que algo não correspondia a como era no Sob. O homem procurou a chave no bolso do casaco, destrancou a porta, entrou. Pendurou a bengala na parede, depois pegou o gato.

– Obrigado – ele disse.

– De nada. Além disso, se não tiver problema, gostaria de visitar o senhor algum dia.

O velho ficou olhando por um minuto, apontou para a papada:

– Não vou falar disto.

– Tudo bem.

Ele acariciou Bonkers devagar.

– Não entendo.

– É só que... eu vejo o senhor todo dia. No caminho para a escola, no caminho para casa. Vejo o senhor andando na rua. E o senhor está sempre sozinho. E não que isso seja ruim. Vai ver o senhor goste de ficar sozinho. Mas também me ocorreu

que talvez o senhor ache que ninguém no mundo realmente o enxerga. Sei que também sinto isso às vezes, como se ninguém me enxergasse. E queria que o senhor soubesse que não é verdade. Que alguém neste mundo enxerga o senhor, sim. E que, se quiser me contar sua história, ou só conversar, ou sei lá... estou aqui.

Bonkers ronronou, e o homem disse:

– Está bem. – E deu para ver que ele ainda estava tentando entender qual era a minha, mas também parecia prestes a chorar, então sorri para ele, estendi a mão e cocei a cabecinha de Bonkers.

– Gostaria de passar aqui amanhã? – o velho perguntou.

– Pode ser.

No dia seguinte depois da aula, bati na porta dele, e ele abriu, e a primeira coisa que disse foi:

– O que você gostaria de saber?

Tiro o Whitman da prateleira, folheio até o poema "Eu canto o corpo elétrico", e como é perfeito que a Menina Se Apagando use esse poema como endereço de e-mail, já que eu sempre associei o vídeo dela à deterioração do corpo, quando talvez ela o cantasse elétrico. "Ó meu corpo! Não ouso fugir ao que preferes", diz Whitman, e começo a desconfiar de um complô em que meus Estranhos Fascínios estavam conspirando para me lembrar que este mundo é ao mesmo tempo muito real e muito mágico.

Releio a mensagem de cantoocorpoeletrico@yahoo.com: O que você gostaria de saber?

100 ➠ *um belo terreno*

– Não sei – digo, e é verdade. Meus pais não falam nada, só ficam olhando para mim, e não consigo encarar o olhar deles, então continuo falando: – Não sei o que eu quero. No ano que vem ou nos próximos dez anos, não sei mesmo. – E é boa essa sensação, de abrir a mente, o coração. – E minhas costas estão bem, não estou machucado, menti sobre isso, e desculpa. Estou arrependido. – E, ainda assim, meus pais não falam nada. – Acho que nunca gostei tanto de nadar quanto todo mundo pensava que eu gostava. É como... suas batatas-doces, pai. Comi uma vez quando era criança sem pensar muito nelas. E aí, toda vez depois disso, você colocava um monte no meu prato, dizendo: "Sei que o Noah adora batata-doce", só que eu não adorava, não tanto assim. Então talvez eu vá pra universidade. Talvez vá nadar. Talvez não. Sei lá. Mas juro por Deus. Se me *obrigarem* a ir, vou fugir pra Europa. Vocês vão acordar de manhã, e vou ter sumido. – Meus pais ainda não falaram nada, o que meio que me desarma, mas pelo menos não estão me botando numa camisa de força por estar basicamente pirando na cozinha. – Vocês sempre me dizem que posso contar tudo para vocês. Então pronto, aí está. Isso fui eu contando tudo. Tudo mesmo.

Meu pai começa a chorar, porque é óbvio.

– Vou cometer erros – digo. – Mas tenho esse direito. Certo?

Os dois fazem que sim, e agora nós três nos abraçamos, e isso me lembra de como as coisas eram antigamente, quando eu era pequeno, nos tempos antes da Penny. E, embora eu não consiga imaginar nossa família sem ela, havia algo de especial em ser apenas nós três, algo intangível e encantado, e o que quer que fosse, está aqui agora. O abraço acaba e, enquanto saio da cozinha, olho para trás uma última vez e vejo meus pais sorrindo um para o outro. Eles ainda estão chorando, mas estão sorrindo mais, e percebo que, além da coisa encantada e intangível que tínhamos quando éramos apenas nós três, meus pais tinham toda uma vida diferente antes de eu nascer.

Me faz pensar num belo terreno vazio. E talvez as pessoas construam algo nesse terreno, como um celeiro, e talvez esse celeiro abrigue um monte de animais, e continue em pé por anos, e então um dia um filho ou filha se casa no celeiro, e todos os velhos que o construíram olham ao redor com carinho. Porque se lembram que aquele era um terreno vazio e, embora fosse bonito, eles pensam em todos os animais que passaram a morar ali, e em seus filhos que sempre vão lembrar de terem se casado ali, e os velhos ficam felizes, muito felizes por terem construído aquele celeiro.

O sorriso dos meus pais é um terreno lindo.

⬌

O cursor pisca...

Escrevo algumas coisas. São quase todas ruins. Mas estão lá, na tela bem na minha frente, todas *existindo* e tudo mais.

Tão irritante.

Escrevo mais algumas coisas, e são ainda piores. Tantas palavras, um desfile de ruindade: ruim, pior, pior ainda.

Mila Henry dizia que sempre tinha dificuldades para escrever os capítulos de passagem do tempo porque "preferia as minúcias", e "quais detalhes eu deveria deixar de fora?". Sempre achei interessante que Henry conseguisse colocar em prática a inclusão de tudo – até as meias usadas em quais dias por quais personagens (em *Bebês sobre bombas*) – ao mesmo tempo em que mantinha o ideal de que "escrever é menos sobre as palavras e mais sobre o silêncio entre elas". Mas a vida é assim, acho. É complexa e nuançada e tanto isso como aquilo.

O cursor pisca...

Fecho o laptop, e ele faz aquele som de *pá* de quando a tela bate na base do computador. Nos meus piores dias de escrita, soa menos como *pá* e mais como *pare*, o que interpreto como meu computador me mandando desistir logo de uma vez.

Do lado de fora, nuvens cinza se assomam, parecendo que as comportas dos céus estão prestes a se abrir e as fontes das grandes profundezas a irromper. E, por algum motivo, penso no sorriso que acabei de ver na cozinha.

Abro o computador.

– Não, não acho que eu vá parar.

epílogo ➟ *oh! o mundo se revela um lugar estranho e fascinante*

Oito de janeiro, meu aniversário: o maior marco na Passagem do Tempo.

– Noah, está gelado lá fora – diz minha mãe, mas ela vê na minha cara que eu vou sair mesmo assim, que, quando anunciei minha decisão de fazer "caminhadas noturnas", não queria dizer "caminhadas noturnas, exceto durante o clima inclemente".

Eu me agasalho (luvas, moletom, casaco, botas, fones de ouvido sob a touca reforçada) e parto para as ruas, assim mesmo.

É o que eu faço.

Hoje a gente comeu frango empanado em bandejas no porão enquanto assistíamos a *Um clarão nas trevas*, a mais nova obsessão de Penny. As noites de filme em família estão rolando sempre agora, e sei lá – eu adoro, mas também me deixa um pouco triste, como se nós quatro estivéssemos tentando aproveitar o tempo que ainda temos juntos. Penny se faz de inconsolável por causa da minha partida, mas acho que no fundo ela está animada com a perspectiva de voar com as próprias asas.

Com frio nos ossos, Bowie nos ouvidos, ando pelas ruas de Iverton e digo "Feliz aniversário, amigo", e Bowie diz *Cheers, mate*, e não há nada como isto, como ver a respiração diante do seu rosto como se ela estivesse tentando provar sua própria existência para você, nada como o ritmo de um pé diante do outro, cada passo um contrato entre sua mente e o robô com quem você é, literalmente, nesse ser conjunto.

De repente, e sem pensar a respeito, entro na Piedmont, tiro os fones de baixo da touca, deixando aquela voz saliente e imortal flutuar para o céu negro de inverno.

Na casa ao lado, uma sacada vazia: Kurt e Abraham entraram para dormir.

Do meio-fio, fico olhando para a casa dos Lovelock como se fosse uma maquete interditada num museu depois de fechar. Há uma forma de reverência aqui, mas sobretudo repulsa e medo e uma estranha sensação de conexão, e me passa pela cabeça que, se evitei a Piedmont intencionalmente no meu trajeto noturno – e evitei –, não é por acaso que estou aqui agora.

Atravesso o jardim, subo os degraus da varanda, bato na porta, e aí vem um impulso violento – mas não é por isso que estou aqui, não é por isso que bati na porta, não é por isso que toco a campainha.

Por que estou tocando a campainha?

A porta se abre.

Desde o verão, vi Circuit uma vez: no carro dele, num semáforo. Quase vomitei no volante.

– Oi – ele diz e, atrás dele, escuto vozes, risos; como se essa fosse uma casa completamente normal. Circuit diz: – Noah. – Mas ainda não consigo falar, então só balanço a cabeça uma vez e isso parece o suficiente.

Me concentro em Circuit agora, em onde ele esteve: o inferno emocional que deve ter passado com o falecimento do pai, a maneira como o pai dele faleceu, e a tragédia que suportou. Soube que o cultivo da empatia fica mais forte com o uso, e por isso tento usá-la agora. Claro, esse menino na minha frente seria uma pessoa completamente diferente se todas aquelas coisas não tivessem acontecido. Claro, não foi culpa dele, no fundo.

Eu te perdoo.

É difícil pensar, ainda mais dizer.

Então fico parado na varanda em silêncio, e Circuit espera, e exatamente quando eu penso: *Não adianta, só mete um soco na cara dele de uma vez,* começa a nevar. Não de leve, mas uma neve pesada de flocos grossos. Ele diz:

– Entra aí, cara. – Mas não entro. Deixo a neve cair por toda parte e fico pensando na longevidade da história dela: seus lagos, oceanos e piscinas; seus rios em cavernas; suas civilizações subterrâneas. E, como *cada átomo que pertence a mim também pertence a você,* fico pensando em quantos corpos essa neve cantou elétricos para só agora pousar em mim. – A história é um tempo longo – digo; e é então que sei que vou perdoá-lo.

Mas não até ser de verdade.

– Certo – ele diz, mas ele desaparece, e Piedmont também, e Iverton vai embora junto, o mundo todo consumido e, daqui de cima, vejo aquelas ligações sutis se estendendo pelo tempo e espaço daquele jeito peculiar, pulando de um floco de neve para o outro como pedrinhas num lago.

Sabe aqueles filmes em que o cara aparece na porta da menina com algum gesto romântico grandioso?

E fico pensando em que verdades podem ser encontradas em uma conversa que nunca aconteceu.

Eu venero a neve. Meu amor pela neve é profundo.

– Noah – diz Circuit. – Você está bem?

Um cara aparecer com neve, isso é destino ou bruxaria.

– Estou – digo, e não sei se essas pedras caem no mesmo lugar duas vezes, mas acho que está na hora de descobrir. – Sua irmã está em casa?

AGRADECIMENTOS

Agradecimentos dirigidos aqui ➡ família Arnold e família Wingate por assinarem aquele contrato familiar. Amo todos vocês.

Aqui também ➡ Ken Wright e Alex Ulyett na Viking, estou perdendo a minha criatividade para detonar seu talento. Então: vocês são muito talentosos. O mesmo vale para o resto da minha família na Penguin: Elyse Marshall, Jen Loja, Theresa Evangelista (pela minha capa *glam rock* maravilhosa), Kate Renner (pelo projeto gráfico igualmente maravilhoso), Dana Leydig, Kaitlin Severini & Janet Pascal (revisoras extraordinárias), Carmela Iaria, Venessa Carson, Erin Berger, Emily Romero, Felicia Frazier, Rachel Cone-Gorham, Mariam Quraishi, John, Allan, Jill, Colleen, Sheila, Doni Kay, e todo o pessoal de primeira das vendas e do marketing.

E aqui, claro ➡ Dan Lazar (Agent Royale), Torie Doherty-Munro, James Munro, Cecilia de la Campa, Natalie Medina, e todos na Writers House; e Josie Freeman na ICM.

Um “valeu, mano” caloroso para ➡ Adam Silvera por ser a maior musa que um cara poderia querer. Chega a ser triste o quanto você me ama.

Noah e eu temos uma enorme dívida de gratidão a ➡ Courtney Stevens, Becky Albertalli, Jasmine Warga, Nic Stone, Yamile Mendez, Melanie Barbosa, Ellen Oh, Kelly

Loy Gilbert, Jeff Zentner, Brendan Kiely, Bill Konigsberg, Blair Setnor (por todas as coisas relativas à natação), Brian Armentrout & Jared Gallaher & Kelly Meyers (por responderem às minhas várias perguntas médicas), Nicola Yoon, Victoria Schwab, Michelle Arnold, Gary Egan, Rebecca Langley, Abby Hendren, Teddy Ray, Michael Waters, Stephanie Appell & as pessoas lindas da Parnassus Books, Amanda Connor & as pessoas lindas na Joseph-Beth Booksellers, e todos os bibliotecários e livreiros de uma inteligência fabulosa que fazem um trabalho verdadeiramente heroico no dia a dia.

Mas, acima de tudo ➠ Stephanie e Wingate, obrigado por flutuarem pelo espaço comigo – ainda que seja muito peculiar.

Vire a página para ler mensagens deletadas entre Noah e Alan!

Alan: OK

Noah: OK

Alan: A gente é tipo... caralho

Alan: Esqueci o nome deles. O menino e a menina

Alan: Daquele livro

Noah: Adoraria ajudar você, Alan.

Alan: Virou filme tb

Noah: Adoraria mesmo.

Alan: Adolescentes. Com câncer. Vão pra Amsterdã

Noah: A culpa é das estrelas

Alan: Bingo

Noah: Como a gente é tipo eles?

Alan: Lembra? Um falava okay, daí o outro falava okay

Noah: Okay

Alan: Okay

Noah: Promete uma coisa para mim.

Alan: Tudo o que você quiser

Noah: Quando você fizer trinta anos. E eu fizer trinta anos...

Alan: PASSEI MINHA VIDA TODA ESPERANDO POR ESSE MOMENTO

Noah: ...e ninguém nunca tiver nos levado para Amsterdã ainda...

Alan: Certo não era exatamente o que eu estava esperando

Noah: ...nós vamos juntos.

Alan: Blz. Eu te levo pra Amsterdã

Alan: Mas só se a gente dividir um baseado numa gôndola com um daqueles caras que canta superalto

Noah: Sua visão da Holanda é ao mesmo tempo fiel e respeitosa, pode apostar.

Alan: O que combina melhor com maconha, champanhe ou absinto?

Alan: Talvez seja um universo paralelo???

Noah: Duvido.

Alan: Não *este* universo. O outro

Alan: Aquele em que eu curto DC Comics. Vai ver *aquele* é o universo paralelo

Noah: Perguntinha rápida. O que você acha que "paralelo" quer dizer?

Alan: Desejos mais profundos, vai

Noah: Você primeiro.

Noah: E meu amor incondicional não conta.

Alan: Ah

Noah: Nem minhas panturrilhas de nadador

Alan: VOCÊ ESTÁ DIFICULTANDO AS COISAS

Noah: ¯_(ツ)_/¯

Alan: Tá blz

Alan: Algum dia gostaria de ganhar a vida com a minha arte

Noah: A poesia beat, você diz?

Alan: Exatamente isso que eu digo

Noah: Mas existem poetas beat profissionais?

Alan: COMO VOCÊ OUSA???

Noah: Só quero saber, tipo... dá para ganhar dinheiro com poesia beat?

Alan: Pelo menos eu respondi à pergunta.

Noah: Tá. Eu respondo. Mas você vai dar risada.

Alan: Juro em nome de todos os poetas beat profissionais do mundo

Alan: Que não vou rir dos seus sonhos

Noah: Queria ganhar a vida vivendo.

Alan: Tipo como um daqueles caçadores-
-coletores?

Noah: Não.

Noah: Talvez.

Noah: Sei lá.

Noah: Um trabalho que eu não deteste. Amigos e uma família que eu ame.

Alan: Ah.

Noah: Menos preocupado com o que eu faço, mais preocupado com quem eu sou.

Alan: Tipo como vivem na Espanha

Noah: É assim que vivem na Espanha?

Alan: Cara. Eles jantam tipo à meia-noite lá

Alan: De boa bagarai

Noah: Isso, sim. Quero ser um espanhol quando eu crescer.

Alan: Tipo o Javier Sei-lá-o-quê, o do cabelo horrível

Noah: Bardem. E aquele cabelo era só num filme.

Alan: Sério?

Noah: Acho que o cabelo dele é bem normal normalmente.

Alan: Que tal uma poesia beat para o cabelo do Javier Bardem?

Noah: Eu tenho opção?

Alan: Bardem, eu apresento

Alan: Atuar é seu talento

Alan: Um homem incomum, um belo bumbum, tão potente, tão potente

Alan: Mas quando sua carreira chegou ao final

Alan: Para aquela bunda artesanal

Alan: Todos perguntaram por que, como, qual?

Noah: (Perguntamos mesmo por que, como, qual)

Alan: É aquele cabelo de anormal

Noah: BRAVO

Alan: *faz uma reverência*

Noah: Gosto especialmente de "bunda artesanal"

Alan: Eu sei que gosta, Noah. Eu sei que gosta.

Noah: Cola aqui?

Alan: ESTÁ TUDO ACONTECENDO

Noah: Não é para transar.

Alan: Desculpa, não posso

Noah: Beleza

Noah: Prefiro ficar aqui na cama com Gilmore Girls mesmo.

Alan: A frase continua sexual desse jeito

Noah: Só eu e Rory

Noah: Acho que Jess pode vir também

Alan: Noah

Noah: #TimeLogan não está convidado

Alan: Noah

Noah: E #TimeDean pode se mandar

Alan: Continue falando desse jeito e você vai morrer sozinho

Noah: Sabe o que dizem

Alan: Olho por olho, dente por coiso?

Noah: Isso. E o inferno são os outros também

Alan: Quem falou isso não tinha amigos

Noah: Sartre. Entre quatro paredes.

Alan: Saúde

Noah: Por que você não pode vir?

Alan: Estou ocupado.

Noah: Fazendo o quê?

Alan: Estou mto confortável agora

Noah: Você está ocupado ou mto confortável?

Alan: Você parece uma criança que não para de perguntar o porquê das coisas.

Noah: POR QUE POR QUE POR QUÊ?

Alan: AI DEUS, blz. Estou assistindo a The Great British Baking Show enquanto fuço o Snapchat. Está feliz?

Noah: Ouvi dizer que dá pra roubar as coisas no Snapchat.

Alan: Viu, é por isso que não queria te contar

Alan: Qualquer coisa a ver com internet é certo que você vira um velho na hora

Noah: Você acabou de falar que eu era uma criança.

Alan: Você é um velho que parece uma criança

Noah: Deus, odeio esse cara

Alan: ???

Noah: Desculpa. Dean acabou de se autodenominar um santo

Noah: Acho que porque ele está *deixando* que a Rory tenha uma noite sozinha?

Noah: Mas esse cara

Alan: Aqui não está muito melhor.

Alan: Mary Berry acabou de quebrar o pau por causa da bundinha mole

Noah: Não entendo por que não somos os caras mais populares de Iverton

Alan: É o que eu estou dizendo, mano

Alan: Somos incompreendidos no nosso tempo

Noah: Em todos os tempos, na verdade.

Alan: Todos os tempos

Noah: O que é uma bundinha mole??

Alan: Quando a bundinha do bolo está úmida ou não assou direito

Noah: Você deve curtir muito esse programa.

Noah: Eu perguntei "O que é uma bundinha mole?" e você respondeu a sério.

Alan: Caralho, o desafio técnico começou, preciso ir

ANO DE MIM

Mila Henry

Capítulo 17

– Vamos pedir primeiro!

– Você não deveria exclamar as coisas – disse Cletus. – É uma escrita de merda.

– Mas não estamos escrevendo! – exclamou Nathan. – Estamos conversando!

Cletus reflete sobre isso.

– Conversa de merda, então. – Como era seu costume quando ele atingia um ponto particularmente estimulante, Cletus encolheu os ombros & espirrou ao mesmo tempo. Ele abriu o cardápio à sua frente, os olhos pousando em uma fotografia encenada de um hambúrguer gigantesco de aparência plástica encharcado de queijo derretido, quando uma garçonete excessivamente alta se aproxima. Lá em cima, *quase no maldito teto, pelo amor,* pensou Cletus, um crachá no avental dela dizia, *Olá, sou Ocasionalmente.*

Ocasionalmente o quê?, se perguntou Cletus. *Sedenta? Sensual? Inacreditavelmente entediada?* Cletus considerou a possibilidade de que o nome dessa mulher fosse, de fato, Ocasionalmente. O sobrenome dele próprio era um substantivo; tinha lhe servido bem. No entanto, como nunca havia conhecido alguém com um sobrenome de advérbio & sem saber qual seria a etiqueta apropriada, Cletus achou melhor não perguntar diretamente para a garçonete.

– Esse é seu nome de verdade?! – exclamou Nathan.

– *Nathan* – murmurou Cletus. – Você é sempre um rafeiro tão espúrio?

– Na verdade, é sim – disse a garçonete cujo verdadeiro nome era aparentemente, inacreditavelmente, Ocasionalmente. Ela soltou um riso tenso e vigoroso feito o motor de um carro velho dando partida & perguntou: – O que é rafeiro espúrio?

– Deixa para lá – disse Cletus, observando sua primeira humana advérbia: ela usava um avental verde & tinha o cabelo castanho da cor de casca de árvore. Cletus concluiu que Ocasionalmente parecia um bordo, especificamente aquele do quintal lindo para caralho do desgraçado do ex-vizinho dele.

Ela ficou ali, sorrindo, esperando pacientemente os pedidos dos dois.

Pelo menos ela é humilde, pensou Cletus. *Melhor*

"Ocasionalmente" do que "Vitoriosamente" ou "Vorazmente". Se havia uma coisa sem a qual Cletus conseguia viver era pompa. E também herpes.

– Bom, eu curti! – exclamou Nathan. – Do seu nome, estou falando. Sui generis & tal. Bom para você!

O sorriso de Ocasionalmente a Bordo cresceu como uma vinha indomável.

– Qual é o pedido dos senhores? – ela perguntou.

Lembrando-se de uma expressão pedestre, algo sobre vencê-los & se juntar a eles, Cletus ergueu o cardápio & apontou para a fotografia supramencionada.

– Vou querer um desses cheeseburgers gigantescos de plástico! – ele exclamou.

Cletus Foot era, em todos os aspectos, um bosta na escrita & na conversação.

Depois de anotar o pedido de Nathan ("Panquecas! Capricha no xarope, por favor!"), Ocasionalmente saiu ruidosamente para trás do balcão, deixando Cletus & Nathan em uma nuvem de silêncio constrangedor. A nuvem continuou pairando como se revelou, & não demorou para que Ocasionalmente voltasse com os pratos deles.

– Estas são as melhores panquecas do mundo! – disse Nathan, logo depois de cravar os dentes cor de açafrão em uma mordida.

Ai-minha-nossa, que pateta, pensou Cletus. Nathan era um pateta, claro. Que outra conclusão seria possível tirar sobre uma pessoa que afirma que uma panqueca é inerentemente mais preciosa do que todas as panquecas produzidas no mundo? Existiam um "melhor martíni", um "melhor concerto", uma "melhor transa". Não uma "melhor panqueca", & sugerir o contrário era decididamente patético.

Ao menos foi o que concluiu Cletus.

– E esse hambúrguer com queijo aí está bom? – perguntou Nathan. – Parece deliça!

– Só chama de cheeseburger, porra, pode ser?

– Pó'deixar.

– E não fala *pó'deixar*. Nem *deliça*. Aproveitando, não fala nada. Prefiro mastigar em silêncio.

– Sim, sim, capitão!

Cletus estava de olho em um pedaço especialmente saboroso, cheio de queijo, bem no centro da proporção entre pão e hambúrguer. Foi durante essa mordida que ele parou, olhou para Nathan, & fez a pergunta que ambos vinham evitando:

– Qual é o sentido da vida, na sua opinião?

Ora: verdade, eles tinham se conhecido poucas horas antes no encontro de solteiros no porão de uma igreja batista da cidade do qual ambos tinham sido botados no olho da rua por "conduta inapropriada" (embora nunca tenha se esclarecido exatamente inapropriado para *que*; em segredo, Cletus desconfiava que seus traços esculpidos & índice de massa corporal impressionante fossem simplesmente demais para a fraqueza daqueles batistas), mas Cletus sentia uma certa irmandade por Nathan. Sentia que poderia contar coisas para ele.

Nathan, por outro lado, sabia exatamente por que eles tinham sido botados no olho da rua batista (ele havia trazido um de seus quadros para leiloar a quem pagasse mais, ao passo que Cletus viu uma sala cheia de gente & aproveitou a oportunidade para ler em voz alta seus trechos prediletos de sua última duologia de ficção científica; eles estavam vendendo suas mercadorias na casa de Deus, pelo amor de deus) &, embora não houvesse garantia de que Cletus fosse um homem honesto e trabalhador, ele sabia que eles se assemelhavam.

Animais normalmente se assemelham.

– Gosto de pensar que é arte – Nathan disse.

– Hmm?

– Você perguntou sobre o sentido da vida. Estou respondendo... gosto de pensar que é arte.

– Eu também.

– Criação.

– Certo.

– A criação da arte.

– Sim, seria bom.

Nathan limpou o último resto de xarope & panqueca & comeu sem prazer.

– Vejo que você se encontrou com Ela também, então.

– Quem?

– Deus.

A quem quer que estivesse ouvindo por acaso, a pergunta teria parecido abrupta e estranha, mas Cletus sabia que não.

– Ah, Ela – ele disse. – Sim, nos encontramos.

Ocasionalmente passou – *com mais frequência do que seu nome poderia sugerir,* pensou Cletus – para encher a caneca de café de Nathan. Nathan agradeceu & Cletus notou que seu novo companheiro tinha abandonado as exclamações.

– Então, hm – disse Cletus. Sem querer esclarecer seu encontro com a Toda-Poderosa antes de ouvir o de Nathan, ele recorreu a interjeições no lugar de palavras, fragmentos no lugar das frases de Nathan. – Hm, ãn – ele continuou, sem a mínima vergonha. Ser péssimo em conversas muitas vezes significava deixar pequenos fios de discussão pendurados atrás de si. – Enfim – ele disse em um dar de ombros & espirro simultâneos.

Nathan baixou a cabeça na mesa & começou a bater ritmadamente na fórmica.

– Pare com isso – disse Cletus.

Nathan não parou.

– Pare. As pessoas estão encarando.

Isso pareceu apenas aumentar a determinação de Nathan. Ele bateu mais forte &, a cada batida, enunciava as palavras:

– Eu-não... enten... do... Eu-não... enten... do...

– Você está fazendo birra – disse Cletus. – Não consigo tolerar birra.

Isso deteve Nathan, ao menos por um momento.

– Eu sou birrento – ele disse, a testa ainda na mesa. – Meu pai era birrento, meu avô era birrento. A birra está no meu sangue. *Nasci* para fazer birra.

– Para de falar a palavra *birra*, pelamor.

Nathan ergueu a cabeça & o olhar dele quase partiu o coração de Cletus.

– Onde você A viu?

– Na estrada para Montana – respondeu Cletus. Verdade, ele não tinha planejado contar sobre isso primeiro, mas existe algo chamado generosidade movida à compaixão. – Ela abriu as nuvens. E você?

– Cemitério. Eu estava visitando minha tia Ingrid quando, do nada... *bum*... lá estava Ela bem ao meu lado. Eu desabafei. Falei para Ela que tinha medo de ter perdido minha alma. Sabe o que Ela disse?

– O quê?

– Ela colocou o braço no meu ombro & perguntou onde eu tinha visto minha alma pela última vez.

Cletus refletiu sobre o dia em que dirigia seu carro truncado do Arizona para Montana, comendo um cachorro quente, cuidando da própria vida, quando Ela havia partido as nuvens acima dele, Sua voz ressoando sobre ele com tanta força que ele não teve escolha a não ser parar o carro. Os métodos Dela haviam parecido tão reveladores, tão inteiramente divinos, mas, em retrospecto, Cletus se perguntou se não tinham sido apenas um tanto preguiçosos. Abrir as nuvens parecia uma visão ridiculamente humana do Divino cósmico.

– Ela não nos ama, Cletus. Ama?

Cletus pensou no que Deus havia dito a ele, para parar de roubar a correspondência dos outros &, pelo amor Dela, fazer o que tinha sido criado para fazer: entrar para a Marinha. Ele tinha feito exatamente isso & agora aqui estava ele, sentado em uma lanchonete com um completo desconhecido que não parava de bater a cabeça na maldita mesa.

– Não, acho que não – disse Cletus.

Nathan voltou a bater a cabeça. Cletus deu um gole da água & apontou dois dedos médios para o salão.

Depois de um tempo, Nathan parou. Mas sua testa estava vermelha onde ele tinha ficado batendo a cabeça.

– Não tenho nenhum dinheiro – ele disse.

– Tudo bem, eu pago as panquecas.

– Não foi isso que eu quis dizer. Eu quis dizer... não tenho nada. Na vida. Desperdicei meus talentos & meu tempo & minha fé & agora não me restou nada de mim. Sou um fantasma.

– Nathan.

Cletus ficou observando seu novo amigo chorar. O rapaz estava obviamente sem sorte, mas não era só isso. Verdade seja dita, Cletus via muito de si mesmo – muito do que queria ser, muito do que tinha sido – em Nathan. Para Cletus, o mundo havia parado de decepcioná-lo quando ele havia parado de esperar coisas do mundo. Mas Nathan ainda sentia as coisas & profundamente. Nathan ainda acreditava na possibilidade, ainda acreditava que havia a chance de o mundo não ser uma esfera de bosta fumegante de decepção.

Mas era, óbvio que era. Uma grande esfera de bosta fétida e fumegante.

Cletus abriu a boca para revelar essa notícia ao amigo quando, de repente, entreviu um pedacinho de cor saindo do bolso interno do blazer de Nathan.

– O que é isso? – perguntou Cletus.

Nathan tirou uma pintura do tamanho de um livro de bolso.

– Pensei que talvez fosse impressionar alguém. No encontro, quero dizer. Bobagem minha.

– Posso ver? – perguntou Cletus, pegando a tela nas mãos. Ele a virou, revirou, tentando decidir se amava ou odiava. A pintura parecia ao mesmo tempo estridente & suave, um pouco presunçosa da própria virtude, até Cletus olhar com mais atenção & concluir que não, ela tinha a noção exata da própria virtude. E então Cletus começou a chorar (algo que raramente fazia), & ficou aturdido (algo que raramente ficava), pois entendeu que o que segurava nas mãos era uma magia rara, que Nathan havia dominado essa magia, havia cumprido a missão tácita dos artistas do mundo todo: *Crie algo* novo, *pelo amor de deus.*

Cletus olhou da arte para o artista, esse homem arrasado diante dele &, sob um brilho revelador & ofuscante, ele entendeu. Para completar a missão – criar algo verdadeiramente novo –, não bastava o artista se colocar em sua obra; ele também deveria morrer por ela.

– Eu só queria criar – disse Nathan, praticamente morto. – Só criar.

Cletus estendeu a mão sobre a mesa, a pousou sobre a de Nathan.

– Ela também. E aqui estamos nós. Mas, sabe... não sei se a criação Dela saberia o que fazer com a sua.

Nathan ficou comovido com essas palavras & os dois homens choraram sobre a mesa de fórmica. Os fregueses próximos cochicharam, voltando os olhos furtivamente para esses homens estranhos que ousavam chorar & dar as mãos em um lugar tão público. Cletus não ligou. Pois em uma mão ele segurava a magia & e na outra o mago.

E Cletus Foot se questionou que talvez o mundo não fosse uma esfera de bosta tão grande, afinal.

– Desculpa, Nathan. Desculpa mesmo.

Caiu um silêncio por um tempo – Cletus foi o primeiro a parar de chorar. Mas os dois continuaram de mãos dadas por um momento, contentes na companhia simples & silenciosa proporcionada por um semelhante.

– Vamos cair fora daqui.

– Não tem para onde ir – disse Nathan.

Quando eles entraram na lanchonete, Nathan falava como se o mundo estivesse a seus pés; agora, falava como alguém que carregasse o peso do mundo nas costas.

Cletus conhecia essa sensação.

– Olha – Cletus disse. – Você é um ótimo artista.

– Ha.

– Não me venha com *ha*. Você é. Os grandes panacas do mundo podem não ver. Talvez você não viva para *vê-los* vendo, mas acredite: daqui a gerações, eles vão saber. – Cletus ergueu a pequena tela. – Eles vão ver essa pintura pendurada numa galeria de arte...

– Se ainda existirem galerias de arte até lá.

– ...em Paris...

– Se ainda existir Paris até lá.

– ...& vão admirar extasiados, abanando a cabeça diante da obra milagrosa de Nathan... hm... como é seu sobrenome?

– Brumbleberry.

Minha nossa, pensou Cletus. Ele deu um gole d'água, limpou a garganta, & tentou recuperar os pedaços de seu discursinho motivacional.

– Eles vão, hm, sussurrar o nome... hm, enfim. Vão sussurrar *seu* nome, sabe, admirados & tudo mais.

Uma garçonete diferente parou perto da mesa para deixar a conta. Cletus olhou o papel por um momento.

– Quantas panquecas você comeu, pelamor?

– Não sei o que estou fazendo – disse Nathan. – Não tenho ninguém na minha vida & não faço ideia do que vai ser depois.

Cletus colocou a conta na mesa, se debruçou.

– Certo, escuta. Chega de birra, então vou te contar dois segredos. Primeiro, você não tem ninguém na sua vida porque é um imbecil infeliz &, quando não é um imbecil infeliz, é um imbecil completamente insuportável. Eu sei porque também sou. Pessoas como nós serão sempre sozinhas, não tem problema; o segredo é saber a diferença entre ser sozinho & ser solitário. Quanto a não saber o que vai ser depois... às vezes não sei o que estou escrevendo até que esteja escrito. Às vezes não sei em que estou pensando até que eu leia. E às vezes não sei aonde estou indo até que esteja lá. Então vou te dizer o que fazer. Pinte. Esqueça os grandes babacas. Só pinte, Nathan. – Cletus olhou para a conta na mesa. – Agora vamos cair fora desse buraco de merda.

Juntos, Cletus & Nathan saíram da lanchonete sem pagar. Cletus concordou em acompanhar Nathan até a casa dele, onde conversariam mais sobre suas produções artísticas.

No caminho, Cletus se perdeu.

Eles nunca mais se viram novamente.

SUA OPINIÃO É MUITO IMPORTANTE

Mande um e-mail para **opiniao@vreditoras.com.br** com o título deste livro no campo "Assunto".

1ª edição, ago 2019

FONTE New Aster LT Std 10,25/15, Futura Std
PAPEL Holmen Book 60 g/m²
IMPRESSÃO Geográfica
LOTE G90171